本书是国家社科基金一般项目22BWW040的阶段性成果

英国布鲁姆斯伯里团体与中国文化

The Bloomsbury Group in Britain and Chinese Culture

高 奋 主编

ZHEJIANG UNIVERSITY PRESS
浙江大学出版社
·杭州·

图书在版编目（CIP）数据

英国布鲁姆斯伯里团体与中国文化 / 高奋主编.
杭州 ： 浙江大学出版社，2025.6. -- ISBN 978-7-308
-26298-9

Ⅰ. I0-03

中国国家版本馆 CIP 数据核字第 2025K79X24 号

英国布鲁姆斯伯里团体与中国文化

高　奋　主编

责任编辑	诸葛勤
责任校对	杨诗怡
封面设计	周　灵
出版发行	浙江大学出版社
	（杭州市天目山路 148 号　邮政编码 310007）
	（网址：http://www.zjupress.com）
排　　版	大千时代（杭州）文化传媒有限公司
印　　刷	杭州钱江彩色印务有限公司
开　　本	710mm×1000mm　1/16
印　　张	14.75
字　　数	249 千
版 印 次	2025 年 6 月第 1 版　2025 年 6 月第 1 次印刷
书　　号	ISBN 978-7-308-26298-9
定　　价	78.00 元

序　言　中西融通视域下的

英国布鲁姆斯伯里团体与中国文化研究

本书是关于"英国布鲁姆斯伯里团体（Bloomsbury Group）与中国文化"的专题研究，它是对发端于 20 世纪 90 年代的"现代主义与东方文化"议题的推进，体现了近年来中国学者在外国文学研究上的中西融通特性，值得予以总结和拓展。

20 世纪 90 年代以来，中西学界开始自觉关注"现代主义与东方文化"的关系研究，拉开了对西方现代主义的东西融通研究的序幕。1996 年、2004 年和 2010 年，美国耶鲁大学、英国剑桥大学和中国浙江大学先后主办了三届"现代主义与东方文化国际学术研讨会"，并在美国和中国相继出版了钱兆明教授主编的《现代主义与东方》（*Modernism and the Orient*, 2012）和高奋教授主编的《现代主义与东方文化》（2013）论文集。两部论文集分别以英文和中文出版，汇集了英国牛津大学罗纳德·布什、美国哈佛大学丹尼尔·奥尔布赖特、加拿大大不列颠哥伦比亚大学艾拉·纳达尔、美国西北大学克里斯汀·弗洛拉、美国新奥尔良大学钱兆明、香港城市大学张隆溪、北京外国语大学张剑、中国人民大学孙宏、中国人民大学郭军、浙江大学高奋等诸多欧美和中国学者对现代主义与东方文化的关系的多视角研究。我们在《现代主义与东方文化》的序言中概括了"现代主义与东方文化"研究在方法、意识、重心和境界上东西融通的主要特性：基于东学西渐文化交流史，阐释西方现代主义文学、艺术和诗学中的东方元素，揭示其东西互鉴的交融性和重构性以及超越欧洲中心主义和人类中心主义的境界。

近 10 年来,"现代主义与中国文化"议题在中国取得了长足发展,其中"布鲁姆斯伯里团体与中国文化"的专题研究引人瞩目。多个研究项目获得了国家社科基金立项,包括:陶家俊教授的国家社科基金项目"英国现代主义对中国古典文明的美学阐释"(2020)、"跨文化的文学场:20 世纪中英现代主义的对话与认同"(2011);杨莉馨教授的国家社科基金项目"'布鲁姆斯伯里团体'现代主义运动中的中国文化元素研究"(2016)和"《伯灵顿杂志》与中国艺术美学西传研究"(2021);高奋教授的国家社科基金项目"英国形式主义美学及其文学创作实践研究"(2014)和"中国诗学范畴语境下的弗吉尼亚·伍尔夫小说研究"(2022)等。学者们发表了诸多论文,既深入论析英国布鲁姆斯伯里团体与中国文艺、哲学、美学之间的影响、对话和重构关系,也用中国哲学、美学、诗学观照英国布鲁姆斯伯里团队的文论和作品,以多种方式拓展并推进中西融通的外国文学研究。

"英国布鲁姆斯伯里团体与中国文化"专题之所以引起中国学者的关注,是因为该团体作为英国 20 世纪初期的重要文化团体,在持续 30 余年的文化活动中培育了英国文学、艺术、哲学、汉学、经济学领域的多位著名学者,而他们的思想创新与他们对中国文化的领悟和接受密切相关。

布鲁姆斯伯里团体的大部分成员毕业于剑桥大学,其源头可以追溯到英国剑桥大学的"使徒社"(the Society of Apostles),一个致力于通过论辩探求真理的学生社团。"使徒社"的重要成员,比如 G. L. 迪金森、罗杰·弗莱、伯特兰·罗素、E. M. 福斯特、索比·斯蒂芬、利顿·斯特雷奇、伦纳德·伍尔夫、约翰·梅纳德·凯恩斯等,都相继成为布鲁姆斯伯里团体的成员。布鲁姆斯伯里团体延续了在辩论和对话中探寻真理的模式和宗旨,其成员更多向家庭和朋友关系拓展,保持了基于亲情友情的长达 30 余年的文化活动。

布鲁姆斯伯里团体起始于几位剑桥大学同学的定期小型座谈。1904 年,父亲莱斯利·斯蒂芬去世后,他的孩子们索比·斯蒂芬、文尼莎·斯蒂芬、弗吉尼亚·斯蒂芬搬家至伦敦布鲁姆斯伯里的戈登广场 46 号。索比开始每周四晚上在家中招待他的剑桥同学,合作出版诗集《欧佛洛斯涅》(*Euphrosyne*, 1905)。文尼莎和弗吉尼亚参与了他们的讨论,由此开启了自由松散的布鲁姆斯伯里团体的文化活动。其核心成员包括:小说家弗吉尼亚·伍尔夫和 E. M. 福斯特、文学评论家德斯蒙德·麦卡锡、艺术批评家罗杰·弗莱和克莱夫·贝尔、传记家利顿·斯特雷奇、画家邓肯·格兰特和文尼莎·贝尔、政论家和小说家伦纳德·伍尔夫、经济学家约翰·梅纳德·凯恩斯、政治哲学家 G. L. 迪金森、哲学家伯特兰·罗素、汉学家阿瑟·韦利等。[①] 这一文学团体的朋友们推崇剑桥大学教授 G. E. 摩尔的伦理学思想，在文学、艺术、美学、政治、经济等领域有着敏锐的领悟力和独到的见解。他们定期聚会，从多个视角讨论"真""美""善"等美学议题和相关现实问题，批判维多利亚时代的文化传统，弘扬欧美文艺经典，介绍东方文化。他们秉持独立批判精神，将聚会活动变成了原创思想的培育场所。

　　　　该文化圈领袖人物与众不同之处是他们能身体力行自己的信仰。这里没有禁忌的话题，没有不假思索便被接受的传统，没有不敢下的结论。在保守的社会里，他们是另类；在绅士的社会里，他们是粗鲁的；在你死我活的社会里，他们与世无争。对于认定是正确的事物，他们充满热情；对于认定是平庸的事物，他们无情拒绝；对于妥协行为，他们坚决反对。[②]

　　正是在质疑、争论、反思等种种思想的交锋之中，他们各自的独创思想逐渐形成，并独立著书出版。罗杰·弗莱、弗吉尼亚·伍尔夫、克莱夫·贝尔、利顿·斯特雷奇、阿瑟·韦利、伯特兰·罗素、G. L. 迪金森等均出版了诸多富有影响力的文艺作品和学术论著。他们正是本书的主要研究对象。

　　本书所汇集的均是中国学者的论文，在研究视野、研究方法和思想深度上可以与《现代主义与东方文化》中的研究媲美，体现了中国外国文学研究的特色。本书分上下两篇，分别探讨布鲁姆斯伯里团体与中国文艺和中国美学、哲学、诗学的关系。

　　上篇包含 7 篇论文，重点论析罗杰·弗莱、克莱夫·贝尔、阿瑟·韦利、利顿·斯特雷奇、伯特兰·罗素对中国文艺思想的汲取与重构。

　　《以形式之美跨越文化鸿沟：论布鲁姆斯伯里团体对中国艺术的阐释》分

---

① 参见 Laurence, Patricia. *Lily Briscoe's Chinese Eyes: Bloomsbury, Modernism and China*. Columbia: University of South Carolina Press, 2003: 119-120; Roe, Sue. *Cambridge Companion to Virginia Woolf*. Shanghai: Shanghai Foreign Language Education Press, 2001: 1.

② 罗森鲍姆. 回荡的沉默：布鲁姆斯伯里团体侧影. 杜争鸣，王杨，译. 南京：江苏教育出版社，2006: 7.

析以罗杰·弗莱和克莱夫·贝尔为代表的布鲁姆斯伯里团体的美学思想与中国文艺的关联性,以揭示中国艺术进入西方主流艺术圈的特定路径。文章指出,弗莱和贝尔以形式审美作为进入中国艺术的路径,从自身艺术变革的需求出发重释中国艺术,使之成为西方现代主义形式美学观念形成的重要资源。

《罗杰·弗莱与英国现代主义运动中的中国风话语建构》论析了中国古典艺术对罗杰·弗莱的影响和他将中国艺术引入英国现代主义话语范畴的方式。在弗莱等现代主义文化精英的引领下,20 世纪的中国风经历了多维度的话语转型,从文化物质和视觉艺术转向了精神和审美维度,又被纳入了比较文明的讨论之中。弗莱将中国古典艺术阐释为"有意味的形式"的典范艺术,而注重艺术形式与生命精神相结合的中国古典美学理念也反过来影响了弗莱的现代主义美学。

《以东方美学助推现代主义:论罗杰·弗莱对中国艺术的阐释与借鉴》重点分析英国现代艺术批评家罗杰·弗莱的美学思想与中国艺术的关联性,剖析英国现代主义文艺运动中的中国元素。弗莱推崇中国艺术的平面构图与散点透视,使得线条、色彩与平面成为现代主义形式美学的突出特征;他进而从中国艺术美学中借鉴了韵律、留白观念与技巧,使中国美学词汇成为现代主义的有机组成部分。不过弗莱对中国文化的阐释并未从中国语境出发,而是与英国现代主义的需求相连,因而其表面上非政治性的审美主义背后,隐含着政治性。

《论汉学家之于英美现代主义运动的意义——以阿瑟·韦利为例》探讨 20世纪英国汉学家阿瑟·韦利的汉学译介对英美现代主义运动的助推作用,阐明韦利的翻译理念和实践中鲜明的革新色彩和现代特征,既深受英美现代主义的影响,也为它的发展提供了来自异域的鲜活资源。他对中国道家哲学的重视,对中国诗文中人与自然和谐境界的赞美,促进了英美现代主义运动在价值层面的新追求;他对谢赫"气韵生动"等美学原则的阐发,声援了英美现代主义文艺的精神主义追求,使"韵律"成为现代主义的重要形式特征。

《利顿·斯特雷奇对中国古代文明的审视与反思》指出,英国布鲁姆斯伯里团体核心成员利顿·斯特雷奇对中国文化具有兴趣浓厚,他在中国古代诗歌中发现了一种审美意义上的灵动性,这与他作为自由人文主义者的审美伦理理念相一致。在剧作《天子:一部悲情的情节剧》(以下简称《天子》)中,斯特雷奇进一步思考了中国古代文明在新的世界秩序和西方现代文明冲击下的命运。斯特雷奇对古代中国的审视与反思体现了"中国"这面镜子映照下的英国自由人文主义者的困惑、危机与矛盾立场。

《利顿·斯特雷奇的剧本〈天子〉与中国想象》从跨文化视角论析了英国现代传记艺术家利顿·斯特雷奇的戏剧《天子》。《天子》以戊戌变法、以慈禧为代表的后党与以光绪为代表的帝党之间的权力斗争、义和团运动、八国联军侵华和清王室西逃等为背景，虚构了改革家"康"裹挟天子发动的一场失败的宫廷政变。剧本从一位西方作家的视角表现了中国紫禁城内的神秘生活，对中国近代史上的一系列重大事件做出了自己的阐释，体现出作家对中国现实的浓厚兴趣和对中国传统文化的复杂态度，是一部不可多得的跨文化想象戏剧文本。

《〈中国问题〉与现代性反思——从罗素访华谈起》论析了英国哲学家罗素访华后出版的著作《中国问题》中的中国观。罗素充分褒扬了中国人热爱和平、洒脱平淡、耐力十足的性格特点，提出用中国式人生观对抗西方机械的人生观，体现了反思现代性的强烈意识，表明中国元素参与了构建西方现代性的历程。罗素所褒扬和赞美的中国式人生观和文明与中国的"东方文化派"和"学衡派"契合，其中蕴含的文化保守主义倾向有力地矫正了文化激进主义全盘西化的主张，在搏击和张力中构成中国现代文化发展的契机，具有不可忽视的重要作用。

下篇包含 8 篇论文，重点论析罗杰·弗莱、G. L. 迪金森、克莱夫·贝尔、弗吉尼亚·伍尔夫对中国美学、哲学的接受和创新，并从中国诗学和哲学出发剖析他们的作品的深层意蕴。

《论中国古典气韵论影响下罗杰·弗莱的性灵美学思想》从跨文化视角出发，考察中国古典气韵论对英国现代主义美学家罗杰·弗莱的影响。20 世纪初中国古典气韵论通过汉学话语、文物鉴评的专业和科学话语、现代主义美学话语与弗莱的现代主义美学融合，形成与他扎根西方现代美学传统的形式主义美学相平行的性灵美学思想。弗莱的性灵美学以艺术家、艺术品、艺术审美为三维，统摄艺术家的精神生命、艺术品的自足生命和审美鉴赏中的审美情感，以艺术家内在精神生命的外化溢射和感知还原为双向生成结构。性灵美学为比较文明视角的世界文艺研究提供了新的思想资源。

《"知人论世"与"以意逆志"：罗杰·弗莱艺术批评与中国传统批评的相通性》从中英对比视野切入，探讨了英国艺术批评家罗杰·弗莱的艺术批评特色。弗莱将艺术批评视为基于生命体验的心灵对话，强调在深入了解艺术创作者的性情与时代背景的基础上，以批评家之情志领悟作家作品之情志，以揭示作品之意味。其艺术批评特性与中国传统批评的"知人论世"和"以意逆志"相通，这一点充分体现在他对中国艺术和欧洲艺术的批评中。他的艺术批评的价值在于，不仅将狄德罗的文学性艺术批评、罗斯金的道德性艺术评判和瓦特·佩特的印象式批评推进到审美批评层面，而且努力推进古今艺术与世界艺术的互鉴。剖析其批评特性与价值，有益于我们反思文艺批评的本质和方法。

《G. L. 迪金森的现代主义人本美学观及其儒学根源》从跨文化视角分析英国现代主义思想家 G. L. 迪金森在现代全球视域中以儒学为根源的现代主义人本美学。迪金森的现代主义人本美学观主要包括儒学根源、人本美学观及中西文明道体之问三个部分。立足儒学和古希腊人本精神，迪金森重建现代主义人本美学，反思批判现代西方文明。他对儒家文明精神的提炼及跨文化美学转化开启了中西文明精神循环交融的场域。

《现代主义美学的跨文化期待——论迪金森对席孟儒家文明论的继承和超越》从跨文化视角研究 G. L. 迪金森对席孟儒家文明论的继承和超越。从儒家文明模式、席孟的儒家文明论再到迪金森扬儒抑西的现代主义人本美学，这构成了一个完整的围绕儒家"仁"和西方现代人本思潮中的"人"的全球跨文化知识迁徙过程。从儒家以农和民为本的"仁"，再到以人为本的"仁"，最后到以人的德性为尊和灵性为魂的迪金森式唯美思想，儒学西化与西学儒化同步发生，儒学成功地实现了跨文化的现代转化。

《弗吉尼亚·伍尔夫的"中国眼睛"》着重论析英国作家弗吉尼亚·伍尔夫作品中的"中国眼睛"的渊源和内涵。在 20 世纪初期英国人热切关注东方文化的氛围中，伍尔夫不仅从有关东方和中国的文艺作品中体验、感知和想象东方人人与自然共感的审美思维和恬淡宽容的性情，而且借"中国眼睛"表现了她对文学创作的全新感悟，用中国式超然自如的创作心境、淡泊宁静的人物性情和天人合一的审美视野，创建了英国现代主义小说的新视界。

《克莱夫·贝尔的形式理论与中国北宋文人画理论》探讨英国艺术批评家克莱夫·贝尔的形式理论与中国北宋时期欧阳修、苏轼、黄庭坚、米芾等人的"文人画理论"在方法论、创作宗旨、构思模式、形式要旨、艺术境界、创作笔法和创作构图上的共通性和差异性。前者提出了"有意味的形式""物与心交""创造形式""物自体""简洁""有意味的整体"等创作观和技法，后者提出"画意不画形""身与竹化""随物赋形""常理""萧散简远""立意在先"等创作观和技法。两者在中西绘画史上均推动并实现了从"写实"到"写意"的重大转向，极大地丰富和提升了中西绘画的意蕴和境界。对比两种理论，可以更深入地阐明贝尔形式理论和中国北宋文人画理论的内涵价值，洞见中西绘画的特性和发展史的异同。

《弗吉尼亚·伍尔夫〈伦敦风景〉中的"情景交融"》从中国诗学出发，论析弗吉尼亚·伍尔夫的《伦敦风景》中的情景交融特征。以中国诗学的"情景交融"范畴为参照，可发现《伦敦风景》这本从地理、文化、生活、政治、宗教多方位表现伦敦的景观、意蕴和本质的散文集体现了伍尔夫创作思想中自觉的物我合一、形神合一、言外之意等"情景交融"观念，其思想源自她的全球化阅读感悟。《伦敦风景》中的六篇随笔均体现了主观情感与客观景象融会贯通的特性，其景、情、意层层递进且水乳相融，多层次地展现了伦敦的形貌、脉络、精神、情性和生死，揭示了伦敦作为大都市的生命情志。其多元境界相通于中国诗人王昌龄所提出的"物境、情境和意境"说，兼具由表及里的深度和超然物外的高度。

《弗吉尼亚·伍尔夫〈达洛维夫人〉的伦理选择与中国之道》以老子的"道"观照弗吉尼亚·伍尔夫小说中的伦理选择，阐明伍尔夫对生命精神的跨文化探索。伍尔夫的《达洛维夫人》以生与死、健全与疯狂并置的方式表现她为第一次世界大战后的西方社会所做的伦理选择，体现出用中国之"道"反观西方文明的特性。她汲取同时期英国哲学家伯特兰·罗素对中国之"道"的论述，在小说中并置不同类型人物的处世之道，用伊丽莎白·达洛维、理查德·达洛维、萨利·西顿等人物所体现的顺其自然、无欲无争的"无为"之道，反照彼得·沃尔什、多丽丝·基尔曼等人物所体现的强制、主宰的"独断"之道给人带来的痛苦；用克拉丽莎·达洛维所体现的"柔弱胜刚强""无为"和"慈爱"等"贵生"之道，反照出赛蒂莫斯所体现的"理想"和"绝情"的"无情"之道给生命带来的毁灭性打击。伍尔夫最终阐明"以生命为本""尊重生命"和"联结生命"的尊爱生命伦理观，表现了中西融合的伦理取舍。

本书体现了鲜明的中西融通研究特色，其主要特性如下：

第一，强调跨文化比较和对话。本书以跨文化比较和对话为主导方法，不仅关注作品和理论本身，而且关注其背后的文化、历史和社会背景，尤其重视不同文化碰撞之后的对话路径、互鉴方式和融通成果，旨在探索两种文化之间的共通性、差异性和互鉴性，阐明不同国家的文艺和理论之间的相互影响、汲取、对话与重构。

第二，重视研究的跨学科性。本书从跨学科视野选取与中国文化密切相关的英国布鲁姆斯伯里团体成员，将研究置于文艺、文化、哲学、美学、汉学、社会、历史等多元开阔的综合领域中进行，展现了全方位、整体性研究的广度和深度。

第三，关注古今中西文论的双重转化。置身于当前不对等的中西文化交流语境下，如何突围是中国文艺理论工作者需要深入思考和探索的重要问题。本书深入剖析了中国古典文艺、诗学、哲学和美学思想影响并转化为西方现代主义重要思想的路径、方式和价值的过程，可以为我们依托中华传统文化，建构中国自主文论体系提供思路。

第四，强调中西诗学对话。从文明交流史看，世界上并不存在绝对的优势文明，平等互鉴是确保文明多样性的关键；文明也不能孤立地发展，对话互鉴是拓展人类思想的要旨。本书探索了以中国古典诗学观照西方文艺的研究方式，从全新的视角阐释了英国作品，可以为建构中国自主批评体系提供启迪。

高 奋

2025 年春于杭州

目　录

上　篇

英国布鲁姆斯伯里团体与中国文艺

以形式之美跨越文化鸿沟：

论布鲁姆斯伯里团体对中国艺术的阐释

杨莉馨　白薇臻

关于中国文化在 17—18 世纪对欧洲启蒙运动的推进作用,国内外学界已有共识。但关于中国元素在 20 世纪初对欧美现代主义运动,尤其是以布鲁姆斯伯里团体（Bloomsbury Group）为代表的伦敦现代主义的启示,学界迄今语焉不详。在中英文化—文学关系研究领域,学者们注意到了中国文化在道德伦理与哲学层面对欧洲学者反思启蒙现代性和建构审美现代性的参照意义,但未能深入论述中国文化在艺术审美层面对西方现代主义所产生的重要影响。本文着力分析以罗杰·弗莱（Roger Fry）和克莱夫·贝尔（Clive Bell）为代表的布鲁姆斯伯里团体的美学思想与中国文化的关联性,论析英国现代主义运动中的远东元素,并通过个案分析,反思现代主义谱系的西方中心主义话语。

一、布鲁姆斯伯里团体拥抱中国文化的历史语境

19 世纪末到 20 世纪初,中国艺术成为布鲁姆斯伯里团体的人文知识分子在文学艺术领域除旧布新的重要参照。其中,为英国现代主义美学和中国艺术搭建桥梁的最重要人物是艺术批评家罗杰·弗莱。他和美学家克莱夫·贝尔等人的推崇与评介,为中国艺术进入西方主流艺术圈的审美视域起到了关

键作用。弗莱和贝尔对中国文化的重视，源自"布鲁姆斯伯里人"建立于精英意识基础上的独立精神与自由判断，以及他们与主流价值观保持疏离的边缘文化立场。

"布鲁姆斯伯里人"深受剑桥哲学家 G. E. 摩尔（George Edward Moore，惯称为 G. E. Moore）的思想影响。作为布鲁姆斯伯里团体早期的"圣经"[①]，摩尔的《伦理学原理》（*Principia Ethica*, 1903）不仅决定了"布鲁姆斯伯里人"的生活态度，而且对他们的言行产生了重要影响。摩尔对真理与理性的尊崇、对自由与审美的奉守，启发他们远离物质主义与市侩哲学，质疑主流话语与官方立场，表现出广阔的文化视野和对他者文化的尊重态度。比如：历史学家 G. L. 迪金森（Goldsworthy Lowes Dickinson，惯称为 G. L. Dickinson）和哲学家伯特兰·罗素（Bertrand Russell）分别在《约翰中国佬的来信》（*Letters from John Chinaman*, 1901）和《中国问题》（*The Problem of China*, 1922）中强烈谴责帝国主义的对华侵略行径，抨击西方穷兵黩武的殖民主义和片面追求物质进步的工业主义，对中国人淡泊宁静、爱好和平、尊重自然的民族气质进行田园牧歌式的浪漫描绘。迪金森和罗素的国际主义胸怀、和平理念与人道精神又深刻影响了弗莱、贝尔、伍尔夫夫妇（指 Virginia Woolf 和 Leonard Woolf）、E. M. 福斯特（Edward Morgan Forster，惯称为 E. M. Forster）等"布鲁姆斯伯里人"。弗莱和贝尔在一战期间作为反战者，公开持与政府不合作的态度。弗吉尼亚·伍尔夫（Virginia Woolf）通过小说《远航》（*The Voyage Out*, 1915）、《达洛维夫人》（*Mrs. Dalloway,* 1925）、《奥兰多》（*Orlando*, 1928）和《岁月》（*The Years*, 1937）等，表达了对父权制社会中两性关系和妇女地位问题的思考、对权势阶层操纵话语的不满、对殖民主义和帝国主义渗透的担忧，以及对战争暴力的强烈控诉。她的丈夫伦纳德·伍尔夫（Leonard Woolf）则是一位不折不扣的政治家与社会活动家，曾在锡兰的英殖民机构任职，著有《经济帝国主义》（*Economic Imperialism*, 1920）、《在非洲的帝国和商业》（*Empire and Commerce in Africa*, 1920）、《帝国主义与文明》（*Imperialism and Civilization*, 1928）等多种政治、经济、史学著作。E. M. 福斯特在《印度之行》（*A Passage to India*, 1924）等小说中深刻批判了英国殖民者对印度人民的残酷压榨。总之，在殖民主义时代背景下，"布鲁姆斯伯里人"选择背弃他们所属的上层阶级，

---

① Johnstone, John Keith. *The Bloomsbury Group: A Study of E. M. Forster, Lytton Strachey, Virginia Woolf, and Their Circle*. London: Secker and Warburg, 1954: 20.

而与被殖民和被边缘化的族群紧密联系在一起。正是这种对受压迫者的同情，奠定了"布鲁姆斯伯里人"拥抱中国文化的基础。

两次鸦片战争和八国联军侵华事件为 19 世纪末和 20 世纪初中国艺术品大量进入欧美提供了契机，为"布鲁姆斯伯里人"接触中国艺术提供了机遇。法国汉学家米丽耶·戴特丽（Muriel Détrie）写道："［八国联军］1860 年对圆明园的烧掠，以及 1900—1901 年的［对］紫禁城的占据与掠夺等等，给艺术品市场带来了无法估计的宝藏。"① 自《马可·波罗游记》（*The Travels of Marco Polo*, c.1300）问世以来，中国文化所代表的异国情调和殊异的美学趣味始终对欧洲人士有着强大的吸引力。经过 17—18 世纪中西方关系的蜜月期和 18 世纪末到 19 世纪上半叶的冷淡期后，中国艺术凭借迷人的美学风情，再度以时尚的风貌呈现在西方人面前。1862 年，刚从东方回到欧洲的德苏瓦夫人（Madame Desoye）和丈夫在巴黎开设商店"中国帆船"，专门经营东方艺术品和各种工艺品。早在 1826 年，巴黎就有一家商店"中国门"。这些地方成为马奈（Manet）、惠斯勒（Whistler）、波德莱尔（Baudelaire）、龚古尔（Goncourt）兄弟等艺术家、文学家，以及收藏家和时尚界人士流连忘返的场所。马奈从 1862 年起即经常光顾"中国门"；"惠斯勒于 1855—1859 年间在巴黎学习，是第一位为东方艺术魅力倾倒的画家。他不仅收藏版画，还热情收集中国和日本的青花瓷器，［并］把它们都带回伦敦。"② 除了巴黎，伦敦亦是当时东方古玩和艺术品的大型集散中心。布鲁姆斯伯里团体与中国文化的密切接触正是在此条件下发生的。

二、弗莱与贝尔的中国艺术之缘

作为 20 世纪初英国杰出的艺术鉴赏家与批评家，弗莱早年与中国艺术结下了不解之缘。他在担任伦敦著名艺术评论杂志《雅典娜》（*Athenaeum*）的专任批评家期间，就开始关注中国艺术品展览。1905—1910 年，弗莱在其担任纽约大都会博物馆艺术部主任期间，利用购买藏品的机缘，赴巴黎、伦敦、纽约、布鲁塞尔等世界艺术品集散地参观旅行，进一步接触远东文化。1908 年，在阅读了汉学家劳伦斯·宾扬（Lawrence Binyon）的著作《远东绘画：以

① 米丽耶·戴特丽. 18 世纪到 20 世纪"中国之欧洲"的演进. 唐睿，译. 跨文化对话：第 28 辑. 北京：生活·读书·新知三联书店，2011：275.
② 迈克尔·苏立文. 东西方艺术的交会. 赵潇，译. 上海：上海人民出版社，2014：229.

中国和日本的图像艺术为主的亚洲艺术史导论》（*Painting in the Far East: An Introduction to the History of Pictorial Art in Asia, Especially China and Japan*）[1]后，弗莱深感东方艺术的魅力。在应牛津大学哲学学会之邀所做的演讲中，他特别指出，早期的中国绘画拥有再现与表现的双重品质[2]。

　　1910年，在返回英国出任《伯灵顿杂志》（*Burlington Magazine*）编辑后，弗莱又发表了《东方艺术》（"Oriental Art", 1910）等文章，大力推介中国艺术。他后来又在《伯灵顿杂志》发表文章《中国艺术》（"Chinese Art", 1925），并与劳伦斯·宾扬等合作，将它拓展为《中国艺术导论：绘画、陶瓷、纺织品、青铜器、雕塑、玉器等》（*Chinese Art: An Introductory Review of Painting, Ceramics, Textiles, Bronzes, Sculpture, Jade, Etc*, 1925）一书，这是20世纪上半叶影响最大的有关中国艺术的论著之一。1933年，弗莱开始担任剑桥大学著名的斯雷德艺术讲座教授。伍尔夫回忆说，弗莱在准备讲座时，"醉心于中国艺术，几乎忘了时间"[3]。弗莱本人在1934年4月12日给朋友伽梅尔·布勒南（Gamel Brenan）的信中则写道："我正在为下学期的讲座辛苦准备：先是早期中国、印度，然后是希腊和罗马。规模很大，而我其实更愿意把整个学期都献给中国。"[4] 1935—1936年间，国际中国艺术展览在伦敦伯灵顿府皇家艺术学院举行，成为伦敦艺术界之盛事。1935年12月，《伯灵顿杂志》还为此出版了"中国艺术专号"。弗莱那时已经去世，但在他30余年的不懈努力下，中国艺术终于进入了西方精英文化的视野。弗莱的讲稿后经艺术史家肯尼思·克拉克爵士（Sir Kenneth Clark）的整理，以《最后的讲稿》（*Last Lectures*, 1939）为题由剑桥大学出版社出版。弗莱在书中从有机整体的美学理念出发，高度赞扬了中国的青铜与陶瓷艺术。

　　作为弗莱的助手与朋友，贝尔基于弗莱美学思想和自身对东西方艺术的理解，出版了《艺术》（*Art*, 1914）一书，提出了以"有意味的形式"为核心的现代形式美学观。通过梳理东西方艺术外部形式的相通性，贝尔从审美形式角度阐释世界各民族艺术，为打破欧洲中心主义壁垒并接受中国艺术奠定了

---

① Binyon, Laurence. *Painting in the Far East: An Introduction to the History of Pictorial Art in Asia, Especially China and Japan*. London: Edward Arnold, 1908.

② 罗杰·弗莱. 造型艺术中的表现与再现//弗莱艺术批评文选. 沈语冰，译. 南京：江苏美术出版社，2010: 81.

③ Woolf, Virginia. *Roger Fry: A Biography*. London: Hogarth Press, 1940: 287.

④ Sutton, Denys. *Letters of Roger Fry*. London: Chatto & Windus, 1972: 690.

基础。在第一章"审美假说"中，贝尔给"有意味的形式"下了定义："唤起我们审美情感的所有对象的共同属性是什么呢？……可能的答案只有一个——有意味的形式。在每件作品中，以某种独特的方式组合起来的线条和色彩、特定的形式和形式关系激发了我们的审美情感。"① 以独特方式组合的线条与色彩（即形式与形式之间的关系）能够激发读者与观众的审美情感，因而文化差异导致的理解障碍是可以被跨越的。在《艺术批评中的艺术》（"Art in Art Criticism"）中，贝尔写道："由于与历史相关的艺术作品存在永久性和普遍性，所以这些作品得以被保存了下来，换句话说就是，如果它们的创作者离开了，这些作品纯粹的美感和特质还是一样的动人、容易理解。"②

综上，弗莱和贝尔等现代主义者以开阔的世界主义眼光接纳了包括中国、拜占庭、南美和南非等在内的非西方艺术。由于它们很难以文艺复兴以来的西方标准加以阐释，修正自身的艺术标准，以形式之美跨越文化鸿沟便成为弗莱和贝尔进入他者文化、理解世界艺术的便捷入口。在《中国艺术面面观》（"Some Aspects of Chinese Art"）中，弗莱写道："中国艺术事实上是十分能被欧洲的情感所接受的……你无须成为一个汉学家就可以理解一座中国雕像的审美特征。"③ 贝尔的说法异曲同工，他在《艺术》中指出："完美的情人能够感受到深刻的形式意味，他超脱于时间和地点等偶然因素之外。对于他来说，考古学的、历史的、圣徒传闻的内容都是无关紧要的。如果一件作品的形式是有意味的，那么它的出处是毫无关系的。"④ 在为本段引文所做的脚注中，他进一步补充："具有敏感性的欧洲人能够立即对伟大的东方艺术中的'有意味的形式'做出反应，而面对中国业余爱好者所心仪的琐屑逸事和社会批判却无动于衷。"⑤ 在《艺术批评中的艺术》中，他再次强调，人们并不需要熟悉"佛教的形而上学，正如道教的神秘主义的最新发展"，才能理解宋代绘画。⑥

弗莱和贝尔以形式审美作为进入中国艺术的门径；同时从自身艺术变革

① 克莱夫·贝尔. 艺术. 薛华，译. 南京：江苏教育出版社，2005：3-4.

② 克莱夫·贝尔. 塞尚之后：20世纪初的艺术运动理论与实践. 张恒，译. 北京：新星出版社，2010：63.

③ Fry, Roger. *Transformations: Critical and Speculative Essays on Art*. London: Chatto & Windus, 1926: 68.

④ 克莱夫·贝尔. 艺术. 薛华，译. 南京：江苏教育出版社，2005：19.

⑤ 克莱夫·贝尔. 艺术. 薛华，译. 南京：江苏教育出版社，2005：19.

⑥ 克莱夫·贝尔. 塞尚之后：20世纪初的艺术运动理论与实践. 张恒，译. 北京：新星出版社，2010：62. 译文在原文基础上有所改动。

的需要出发，再度阐释、发挥了中国艺术，使之成为西方现代主义形式美学观念形成的重要资源。

三、提取中国形式之美以助推现代主义

弗莱和贝尔首先从重主观表现的美学思想出发，推崇中国艺术的平面构图与散点透视方法，让线条、色彩及其构成的二维平面成为现代主义形式美学的突出特征。

欧洲自古典主义时代以降，无论在语言文字还是在视觉艺术领域，学者们一直追求最大限度地再现自然。他们以自身的标准来衡量他者，批评中国艺术缺乏透视的声音不绝于耳。如 16 世纪意大利来华耶稣会传教士利玛窦（Matteo Ricci）就认为：“中国人广泛地使用图画，甚至在工艺品上；但是在制造这些东西时，特别是制造塑像和铸像时，他们一点也没有掌握欧洲人的技巧……他们对油画艺术以及在画上利用透视的原理一无所知，结果他们的作品更像是死的，而不像是活的。”①

其实，中国画并不力求视觉的精确性，而贵在表达哲理性、宗教性的人生体悟。北宋著名画家郭熙在其《林泉高致集》中，首先提出了“三远”理论，开中国画构图中散点透视原理的先河。所谓“三远”，即“高远”“深远”“平远”，是一种将各种视角（仰视、平视、俯视）所见之自然并列于同一幅作品中来表现的透视法。这种透视法不同于西方的固定焦点透视，因而被称为散点透视。“三远”使艺术突破了摹写自然的机械层次，上升到着重表现艺术家性灵、格调和神韵的抽象高度。

可见，中国画的散点透视背后，是有独特的生命观与宇宙观作为支撑的。“只要人们还保持只有对三维空间的物体以相应准确的立体空间的形式表现出来才算是好的艺术这一概念，只要人们还相信只有像洛林和普桑那样艺术表现的画面构成的完美是神圣不可侵犯的，中国山水画的意图和方法就不会被人们理解。”② 然而，在迈入 20 世纪的门槛之后，西方文艺家注重心灵的深度与情感表达的倾向开始抬头，现代主义艺术运动中的内在真实观开始逐渐形成。当再现不再成为绘画的主要目的时，绘画对于空间的表现只能通过描

---

① 利玛窦，金尼阁. 利玛窦中国札记. 何高济，等译. 北京：中华书局，1983: 22.
② 迈克尔·苏立文. 东西方艺术的交会. 赵潇，译. 上海：上海人民出版社，2014: 119.

绘占有空间的物体这一传统观念便为艺术家所摒弃。与根据几何学原理和固定焦点透视再现而成的精确三维空间不同,二维平面在唤起想象、激发情感、创造诗意的艺术空间方面的潜能受到艺术家们的关注。在这个背景下,艺术家们从文艺复兴时代的意大利绘画及远东的绘画中找到了可以参照的范本。

在英国现代主义文艺美学的发展过程中,弗莱无疑是一个举足轻重的人物。1909 年,弗莱在《新季刊》(*New Quarterly*)上发表了著名论文《论美感》("An Essay in Aesthetics"),提出了关于"现实生活"和"想象生活"的论述,明确指出"绘画艺术是想象生活的表现而不是模仿现实生活"①。由此,弗莱与西方传统的写实主义艺术理念划出了明确的分野,标志着他从文艺复兴时代的意大利绘画、世界各民族早期艺术,以及欧陆新兴的现代主义艺术中汲取滋养,而向保守的英国艺术界宣战的开端。1910 年 11 月,弗莱在"马奈与后印象画派"展览目录的"前言"中,已简洁勾勒了马奈、塞尚(Cézanne)、凡·高(van Gogh)、高更(Gauguin)与马蒂斯(Matisse)们不满于绘画艺术的机械再现,由印象派向后印象派转变的艺术轨迹。他赞美原始艺术"不是再现眼睛所见的东西,而是在一个为心灵所把握的对象上画下线条"②,认为后印象派画家们不仅继承了文艺复兴绘画的传统,而且与原始艺术本质相通。

由于东方艺术成为潜在的审美依据,在为后印象派进行的辩护中,弗莱常常援引东方艺术作为参照。其著名文集《视觉与设计》(*Vision and Design*,1920)中有多篇文章谈到中国或东亚的艺术,在分析其他民族的早期艺术时,中国也常常成为弗莱的论述参照。1910 年,在第 212 期的《评论季刊》(*Quarterly Review*)上,弗莱在评论宾扬《远东绘画:以中国和日本的图像艺术为主的亚洲艺术史导论》时,甚至从中国宋代绘画中发现了"现代性":"宾扬先生很好地描绘了对于第一次看到的任何欧洲人来说都是最惊诧的事实,甚至在复制品当中,一幅宋代绘画,这些画家的极端现代性。"③ 在弗莱看来,没有阴影和深度的纯粹的线条即代表了从现实主义绘画传统中的解放,后印象派大师的众多杰作即体现了这种追寻现代性的努力,并与东方艺术彼此呼应:"从另一个角度看,抛弃三维空间的实际错觉——失去明暗对照法与大气色彩的后果,也并不是没有补偿。我相信,任何一个不带先入之见的人

---

① 罗杰·弗莱. 视觉与设计. 易英,译. 南京:江苏教育出版社,2005:13.

② 罗杰·弗莱. 弗莱艺术批评文选. 沈语冰,译. 南京:江苏美术出版社,2010:102.

③ Fry, Roger. Oriental Art. *Quarterly Review*, 1910(212): 228.

看了挂在格拉夫顿画廊的这些画作的总的效果，都会承认，之前还没有一个现代艺术的展览拥有这样明确的纯粹装饰性的绘画品质。……事实上，这些作品与早期的原始绘画，以及东方艺术中的杰作相似，并没有在墙上挖出一个借以呈现别的景观的空洞来。它们构成了他们所装饰的整个墙面的一部分，暗示了一些能唤起观众想象力的景观，而不是强加在观众感官之上的东西。"①

1911 年，第一次后印象派画展结束后，弗莱在格拉夫顿画廊发表演讲，再度称赞了塞尚与马蒂斯笔下的平面线条与色块运用在情感表达方面的力量："艺术的许多优点来自对线条赋形与纯粹色彩之为主要表现机能的接受。线条本身，作为笔迹的质地直接诉诸人类心智的特性，大大得到了强化。我认为，我们根本不可能否定眼前这些艺术家的笔迹具有一种与众不同的力量与表现风格。"②

进而，弗莱和贝尔还从中国艺术美学中借鉴了韵律、留白的观念与形式技巧，从而使中国美学词汇逐渐成为现代主义的有机组成部分。

"韵律"本是中国绘画的基本原则之一。南朝齐梁画家谢赫即提出"纵横逸笔，力遒雅韵""一点一拂，动笔皆奇"之说。中国画的灵魂是线条，而线条讲究富有骨气韵味，通过遒劲有力的勾勒而唤起生命的律动感，同时将色彩的节奏融化于线条的节奏当中。而无论是色彩的韵律还是线条的韵律，与人的生命节拍和情感变化是彼此呼应的。

弗莱敏锐地捕捉到了这一中国艺术的精髓所在。他发现，在中国山水画中，单纯平展的一个个色块由清晰、轮廓分明而富有韵律感的线条所分割，图画空间也被坦然地仅看成一个平坦的表面，并不像西方绘画那样追求制造立体真实的视觉幻象。他由此联想到塞尚的作品，于 1910 年在翻译了法国画家兼批评家莫里斯·德尼（Maurice Denis）的论文《塞尚》（"Cézanne", 1907）并为之作序时，称塞尚"苦心孤诣地强调不同方向富有韵律的平衡，从而营造了一种更为简洁的整体"③。1911 年，第一次后印象派画展结束后，弗莱在格拉夫顿画廊发表的演讲中特别提出："韵律是绘画中根本性的、至为重要的品质，正如它在所有艺术中的重要性一样——再现则是第二位的，而且永远

① 罗杰·弗莱. 格拉夫顿画廊（之一）//弗莱艺术批评文选. 沈语冰，译. 南京：江苏美术出版社，2010: 106-107.

② 罗杰·弗莱. 后印象主义//弗莱艺术批评文选. 沈语冰，译. 南京：江苏美术出版社，2010: 128.

③ 罗杰·弗莱. 弗莱艺术批评文选. 沈语冰，译. 南京：江苏美术出版社，2010: 98.

不能侵犯更为重要、也更为根本的韵律的要求。"①

此后，在弗莱的论述中，"韵律"（rhythms）不仅成为高频度出现的词汇，其内涵亦以 linearity、uniqueness、unpredictability、chance、variety、vitality、sensibility 等变体形式而存在。他后来发表了《丢勒与他的同时代人》（"Dürer and His Contemporaries", 1913）一文，指出在"所有欧洲艺术家都真正追求完整掌握再现的表现力"时，意大利画家却并未单独追求过这个目标，而是不断被"设计的观念""修正和控制"着，这种观念即"依靠轮廓和体积的纯粹结构的表现力，以及线条韵律的完美和秩序所表现出来的设计思想"。② 弗莱认为，这种"设计思想"是欧洲艺术从中世纪的世界中真正获得的主要遗产。他还以意大利画家曼坦那作为对比，批评了同一时期德国画家丢勒由于"被对写实性的新的好奇心所吸引，很难领会那些从意大利传统继承下来的设计中主要的与基本的原则"③，因而其临本虽有"很多精彩的细节"，却"使某种韵律的统一性和平面的静谧关系荡然无存"④。

塞尚静物画与风景画中简洁的线条勾勒和强烈的色彩对比给弗莱留下了异常深刻的印象。他如此写道："他能以某种魔力使群山、房舍、林木拥有稳固的有机性，他能在一个让人清晰感觉到的空间中表达它们，同时又使整个画幅保持一种几乎难以言说的造型运动的韵律。"⑤ 他用"一种穿透整体结构的连续的造型韵律"（a continuous plastic rhythm penetrating through out a whole composition）⑥ 来指称同时存在于塞尚的画作和挚友伍尔夫的小说中的整一性。

在发表于 1918 年《伯灵顿杂志》的评论《线条之为现代艺术中的表现手段》（"Line as a Means of Expression in Modern Art"）中，弗莱区分了"结构性线条"与"书法式线条"（calligraphic linearity），指出前者诉诸三维空间，而后者停留于二维平面，依特定的韵律排列，"倾向于比任何其他赋形的品质

① 罗杰·弗莱. 后印象主义//弗莱艺术批评文选. 沈语冰，译. 南京：江苏美术出版社，2010: 125.

② 罗杰·弗莱. 视觉与设计. 易英，译. 南京：江苏教育出版社，2005: 125-126.

③ 罗杰·弗莱. 视觉与设计. 易英，译. 南京：江苏教育出版社，2005: 128.

④ 罗杰·弗莱. 视觉与设计. 易英，译. 南京：江苏教育出版社，2005: 127.

⑤ Edel, Leon. *Bloomsbury: A House of Lions*. London: The Hogarth Press, 1979: 161.

⑥ Fry, Roger. *Characteristics of French Art*. London: Chatto & Windus, 1932: 146.

更多地表现观念的不稳定性与主观性的一面"[1]。他细致分析了马蒂斯素描中的"书法式"线条，指出"纯粹线条中存在着表现的可能性，其韵律也许拥有各种不同的表现类型，以表现心境与情景的无限多样性"[2]，认为正是"书法式线条"使得马蒂斯的作品拥有了"崭新而又微妙的韵律"[3]。在同一篇文章中，他亦赞扬了邓肯·格兰特（Duncan Grant）的"素描那伟大的书法之美，及其节奏的自由、弹性与轻松"[4]。在《变形：关于艺术的批判性和思辨性文集》（*Transformations: Critical and Speculative Essays on Art*，以下简称《变形》）中，弗莱再度运用了"书法式线条"的概念，将一幅汉代古墓中的绘画在"线性"的层面上比作乔托（Giotto）、多纳泰罗（Donatello）、达·芬奇（da Vinci）、伦勃朗（Rembrandt）。[5] 他认为，"中国设计原则及其韵律的本质"并不陌生，和一些欧洲艺术家的特征相似。[6] 他甚至在意大利画家的线条和中国绘画的线条中找到了相通之处，认为波提切利（Botticelli）、安格尔（Ingres）在"linear rhythms"（线性韵律）的运用方面本质上都是中国画家。[7] 无怪乎贝尔晚年在回忆录《老朋友》中提到，弗莱"迷恋于创建关于韵律的理论"[8]。

　　"留白"同样源自中国书法和绘画的布局艺术，讲究画面不能过满，要适当留有空白，为读者和观众留下想象和品味的空间，以此深化画面的意境。"留白"所体现的疏密有致的辩证关系，使其成为中国绘画中形象构成、延续

---

① 罗杰·弗莱. 线条之为现代艺术中的表现手段//弗莱艺术批评文选. 沈语冰，译. 南京：江苏美术出版社，2010: 216.

② 罗杰·弗莱. 线条之为现代艺术中的表现手段//弗莱艺术批评文选. 沈语冰，译. 南京：江苏美术出版社，2010: 213.

③ 罗杰·弗莱. 线条之为现代艺术中的表现手段//弗莱艺术批评文选. 沈语冰，译. 南京：江苏美术出版社，2010: 213.

④ 罗杰·弗莱. 线条之为现代艺术中的表现手段//弗莱艺术批评文选. 沈语冰，译. 南京：江苏美术出版社，2010: 217.

⑤ Fry, Roger. *Transformations: Critical and Speculative Essays on Art*. London: Chatto & Windus, 1926: 131.

⑥ Fry, Roger. *Transformations: Critical and Speculative Essays on Art*. London: Chatto & Windus, 1926: 68.

⑦ Fry, Roger. *Transformations: Critical and Speculative Essays on Art*. London: Chatto & Windus, 1926: 73.

⑧ 罗森鲍姆. 岁月与海浪：布鲁姆斯伯里团体人物群像. 徐冰，译. 南京：江苏教育出版社，2006: 37.

与衍生的重要环节,体现的是艺术家建立于独特的审美意识基础上的结构方式和光影处理方式。如清代篆刻与书法家邓石如的书法要诀"字画疏处可使走马,密处不使透风,常计白以当黑,奇趣乃出",讲的就是"留白"的妙处。当代画家黄宾虹亦对此深有体会,他认为,古人作画,用心于无笔墨处,尤难学步,知白守黑,得其玄妙,未易言语形容。"留白"的观念同样被弗莱所吸收,并作为"有意味的形式"设计的构成元素之一,用于对先锋派绘画的形式分析。弗莱特别注意到法国新印象派画家修拉(Seurat)作品中对"空白"的使用,认为它有可能来自对中国画法的借鉴。修拉的特点是喜欢在画面上将一些黑色块集中起来,由此让一些空白的部位显出明显的形状,通过层次变化和黑白对比获得完美的平衡效果,代表作如《大碗岛的星期日下午》(*Sunday Afternoon on the Island of La Grande Jatte*)、《阿涅尔浴场》(*Bathers at Asnieres*)和《翁弗勒的灯塔》(*Entrance to the Port of Honfleur*)等。在《变形》中的《修拉》("Seurat")一文中,弗莱感叹:"在修拉之前,还有谁曾精确地掌握留白的可能性呢?之前还有谁掌握那巨大的平面空白区域,正如我们在他的《格拉沃利讷》中看到的未被破坏的表面可以成为绘画设计的组成部分的呢?"[1] 他认为,英美现代主义绘画开始关注空白与色彩、空白与物象之间关系的倾向,都得自中国艺术,以及中国道家美学"虚实相生"的辩证理念。

在《最后的讲稿》中,弗莱在分析王维的一幅画作时,再度论及中国艺术风格,以及修拉的艺术与中国艺术的相通性:"一个令人十分好奇的事实在于,在创造人体和描摹物象时会放弃光线与阴影的明显效果的中国人,本来是该对我们用以表达诸如此类的氛围效果的更为微妙的色调关系十分敏感的——就此点而言,本来该已参与西方艺术近千年了——或许,修拉给我们提供了欧洲人中与中国最为接近的一个范例,他同时也像这位风景画的作者、名叫王维的唐代艺术家一样,主要将其表达建立于各空白区域间的感情之上。"[2]

林秀玲认为:"在中国艺术与现代西方艺术之间发现平行之处和可能存在的影响,是弗莱在现代运动中为反传统的实验辩护的另一项创造。"[3] 通过

---

[1] Fry, Roger. *Transformations: Critical and Speculative Essays on Art*. London: Chatto & Windus, 1926: 50.

[2] Fry, Roger. *Last Lectures*. Cambridge: Cambridge University Press, 1939: 149.

[3] Lin, Hsiu-ling. Reconciling Bloomsbury's Aesthetics of Formalism with the Politics of Anti-Imperialism: Roger Fry's and Clive Bell's Interpretations of Chinese Art. *Concentric: Studies in English Literature and Linguistics*, 2001, 27(1): 171.

线条、色彩、韵律和留白等形式分析，弗莱和贝尔将中国艺术美学纳入了其形式美学话语体系，由此助推了伦敦现代主义艺术运动的发展。

四、形式审美的内在悖论

如前所述，弗莱和贝尔倡导的形式主义审美体系是针对西方中心主义，要求扩大世界艺术版图和拥抱文化的多样性的，但其形式主义美学理论的形成与完善本身又受惠于帝国主义军事与文化掠夺所带来的非西方艺术在西方的流行，其中是存在悖论的。

一方面，弗莱和贝尔等"布鲁姆斯伯里人"的世界主义胸襟与自由主义思想决定了他们对他者文化的尊重；另一方面，他们对中国文化的理解和阐释并未真正从中国语境出发，而是更多与自身需要、与英国现代主义的发展相连的。这就使得他们表面上反政治性的审美主义、形式主义背后，又有着政治性的特点。这种政治性除了表现出布鲁姆斯伯里团体的文学艺术家不从众、不媚俗、不迎合官方立场和主流价值观的高尚品格和独立姿态，同时也在下列两个方面体现出来：

其一是他们对中国文化与艺术的了解与接触是在西方殖民主义的特定语境下发生的，直接受惠于帝国主义侵华战争所带来的中国艺术品大量流入欧美这一事实，虽然他们对受压迫民族满怀同情，并明确地表明了自己的反战立场。

其二是他们以形式审美作为实现跨文化理解的便捷之途，无疑将东方艺术之美带到了西方人的面前，但如前所述，无论是中国艺术还是其他非西方艺术的形式背后，均是有独特的民族文化"意味"的，艺术形式是与特定时代背景、艺术家的思想个性以及文化传统水乳交融的。弗莱和贝尔声称艺术是无国界、超民族的，具有超越时空与文化语境的普遍性，无异于将中国艺术从其文化特殊性中剥离了出来，抽空了艺术的文化蕴涵，付出了牺牲艺术作品的哲学、宗教、社会等方面的意义的代价。

美国学者帕特里夏·劳伦斯（Patricia Laurence）在其研究布鲁姆斯伯里团体文学、艺术家与中国现代文学社团关系的著作《丽莉·布瑞斯珂的中国眼睛：布鲁姆斯伯里、现代主义和中国》（*Lily Briscoe's Chinese Eyes: Bloomsbury, Modernism, and China*, 2003）中，反复提到伍尔夫小说《到灯塔去》（*To the Lighthouse*, 1927）中女画家丽莉·布瑞斯珂的那双细长、富有中国特征的眼睛，并写道："英国的现代主义艺术家把目光投向了东方，与此同时，大量新的文化、哲学、审美体验与感受在 20 世纪初纷纷崭露头角。丽莉那双'中国眼睛'富含象征意义，是伍尔夫触及文化、政治、美学的成功写作手法，不仅暗示着英国画家融合了中国的审美观，而且暗示着欧洲现代主义甚至包括当代的对我们自己的文化和美学之'地方'（即普遍性）的质疑。"① 如形式审美本身即是一柄双刃剑一样，在此，我们不仅可以把丽莉的"中国眼睛"解读为以弗莱、贝尔为代表的伦敦现代主义艺术家发现中国艺术的审美慧眼，同时亦可将其解读为西方人由于文化差异对东方的理解中不可避免存在的误读甚至遮蔽。当然，反之亦然。

如英国汉学家雷蒙·道森（Raymond Dawson）所言，在西方人的观念史中，中国是一条变色龙②。这并非指中国自身善变，而是说西方人会从特定的历史语境出发，依据自身的需要和心态的变化而想象与再造中国。由此，中国形象史反射出的，其实是西方思想史的一个侧面，这一观点可用于阐释中西文化—文学交流史上的诸多现象，同样亦可用于对布鲁姆斯伯里团体美学家们的理解。为了理解他者文化的意义，欣赏通过帝国主义行径而被带入伦敦的中国艺术，弗莱们倡导一种超越文化与民族疆界的审美体系。他们对中国艺术的理解一方面阐发了其部分审美特征，另一方面也是在言说自身。丽莉的中国眼睛是好奇、热情的，同时也需要更加审慎而深入。实现跨文化的沟通与理解任重道远。

原文出处：杨莉馨，白薇臻. 以形式之美跨越文化鸿沟——论伦敦现代主义运动对中国艺术的借鉴. 南京师大学报（社会科学版），2018(4): 145-152.

---

① 帕特丽卡·劳伦斯. 丽莉·布瑞斯珂的中国眼睛. 万江波，韦晓保，陈荣枝，译. 上海：上海书店出版社，2008: 15.（本书正文使用"帕特丽卡"的标准译法"帕特里夏"。）
② 雷蒙·道森. 中国变色龙——对于欧洲中国文明观的分析. 常绍民，明毅，译. 北京：中华书局，2006.

罗杰·弗莱与英国现代主义运动中的中国风话语建构

谢雅卿

英国艺术批评家、画家、布鲁姆斯伯里团体核心成员罗杰·弗莱（Roger Fry）对中国文化兴趣浓厚，他的形式主义美学受到了中国古典艺术的深刻影响，他也积极推进了中国艺术在西方世界的话语转型，并将其引入了英国现代主义的话语范畴。本文认为，弗莱与数位英国汉学家、艺术史家、艺术评论家结成紧密关系网，与艺术经销商、收藏家和鉴赏家达成合作，以《伯灵顿杂志》（*Burlington Magazine*）等出版物和出版社为发声渠道，以博物馆、美术馆、展览馆和高等教育院校等文化机构为实践阵地，将中国早期艺术阐释为具有"有意味的形式"的典范艺术，提升了其经济和象征价值，并将其内在审美理念与精神内核引入了英国现代主义。他对中国艺术的跨文化阐释促进了中国风（Chinoiserie）在 20 世纪初的话语转型，也为西方世界理解中国早期艺术和古代文明提供了范式。

一、中国风与英国现代主义

中国风这一概念最初指的是盛行于 17—18 世纪的欧洲、在装饰艺术和视觉艺术中的一种"中国式"审美模式。17 世纪，进口至欧洲的中国商品不断增多，许多欧洲人也开始仿制具有鲜明的中国特色的商品和艺术品，于是，一个原本存在于想象中的"中国"开始在欧洲装饰艺术和家庭艺术中变得实体化和具像化。许多艺术史学家已对中国风的起源、发展和演变做了概述，他们大都认为，这种艺术风格的诞生和发展有几个重要节点：13 世纪的《马可·波罗游记》（*The Travels of Marco Polo*）唤起了西方世界对中国的迷恋；1600 年东印度公司的成立，让大量中国商品进入英国市场，从而影响了欧洲人的艺术品味；17 世纪盛行欧洲的巴洛克艺术提倡繁复的装饰、宏大的形式和富丽堂皇的气派，它成功吸纳了中国艺术品的风格；18 世纪，洛可可艺术也融合了中国风，因为两者都摆脱了古典主义的克制与对称风格；而在 19 世纪，由于科学、技术和理性精神的盛行，欧洲和中国之间关系的恶化，中国对西方商业利益的威胁及欧洲消费者对日本艺术的兴趣，中国风渐渐不再流行①。

17—18 世纪的中国风已受到了中西方学界的广泛关注，然而，在 19 世纪末 20 世纪初，伴随着西方世界对中国古代文物的殖民掠夺、中亚考古大发现、中国艺术品在西方博物馆、美术馆的展览等活动，中国风再次风靡于西方世界。然而，这场与现代主义运动并行的跨文化实践在西方批评话语中并未受到足够重视②，其原因之一在于西方中心主义的话语霸权——传统西方学界往往关注现代性如何从西方"中心"单向度地传播到东方"边缘"，却忽视了两者之间更为复杂、微妙、多方向的文化流动。其实，在许多英国现代主义文化精英的眼中，20 世纪初中国风在西方的再度风靡不亚于一场"文艺复兴"，例如，罗杰·弗莱在 1910 年写道：

> 令人好奇的是，西方曾有多少次转向东方艺术，以寻求创新、活力和灵感。在我们的艺术史中，东方文艺复兴几乎和古典主义一样

---

① 参见 Mayor, Hyatt A. Chinoiserie. *The Metropolitan Museum of Art Bulletin*, 1941, 36(5): 111-114; Honour, Hugh. *Chinoiserie: The Vision of Cathay*. London: J. Murray, 1961; Jacobson, Dawn. *Chinoiserie*. London: Phaidon Press, 1993; Beevers, David. *Chinese Whispers: Chinoiserie in Britain, 1650 —1930*. Brighton: Royal Pavilion & Museums, 2008.

② 相关研究包括：Witchard, Anne. *British Modernism and Chinoiserie*. Edinburgh: Edinburgh University Press, 2015; Laurence, Patricia. *Lily Briscoe's Chinese Eyes: Bloomsbury, Modernism and China*. Columbia: The University of South Carolina Press, 2003; Lin, Hsiu-Ling. Reconceptualizing British Modernism: The Modernist Encounter with Chinese Art (unpublished doctoral thesis). Chicago: The University of Chicago, 1999; 杨莉馨，白薇臻. "布鲁姆斯伯里团体"现代主义与中国文化关系研究. 北京：北京大学出版社，2022；陶家俊. 跨文化的文学场：20 世纪中英现代主义的对话与认同研究. 北京：中国社会科学出版社，2022.

普遍。有迹象表明，与以往任何阶段的东方主义相比，当前正在迅速增长的对东方艺术的关注将会日益强烈，并对我们自身的观念产生更为深刻的影响。这首先是因为我们对自己的传统已愈发失望，愈发厌倦。①

弗莱的好友克莱夫·贝尔（Clive Bell，布鲁姆斯伯里团体的另一位艺术批评家）同样认为，由于远东文明带来的影响，"一场精神上的文艺复兴或许就在眼前"②。美国学者弗兰克·哈里斯（Frank Harris）则在 1920 年指出："这场现代文艺复兴是由中国绘画和陶器的发现引起的。"③

20 世纪初中国风再度兴起的物质原因在于，大量的中国早期艺术品、绘画和书法作品在这段时间内被掠夺到了西方世界。与 18 世纪中国出口的商品或欧洲仿制的中国艺术品不同，这些珍贵的早期古董珍品，如商周时期的青铜器、汉代石器、魏唐宗教艺术、宋代瓷器、绘画、书法等，都在形式上更加简单、典雅，也更具创造精神和审美价值。这些古董珍品进入英国市场后，许多艺术经销商为收购它们展开了激烈竞争。他们以伦敦新邦德街为据点，与各个博物馆和美术馆合作举办展览，以增加藏品的文化价值和商业价值。相关领域的鉴赏家和批评家被邀请为这些展览提供评论、目录和介绍，以此来推介、宣传、售卖它们。此外，在这段时期，一批活跃在英国的汉学家，比如翟理斯（Herbert Allen Giles）、劳伦斯·宾扬（Laurence Binyon）、阿瑟·韦利（Arthur Waley）和沃尔特·珀西瓦尔·耶茨（Walter Perceval Yetts）等人也在积极译介中国典籍，将中国传统美学理论、艺术理论和哲学思想引入西方。所有这些相关文本和书写实践逐渐形成了一套关于中国古典艺术、文化和文明的特定话语，一种独特的阐释体系，以及一系列价值判断的标准，它们逐渐渗透入英国现代主义文化场域和文艺作品实践之中，折射出英国现代主体自身的品味和审美变革、文化立场和身份认同等问题。如果说 18 世纪的中国风主要是为感官愉悦或异国情调而服务的，那么在 19 世纪末 20 世纪初，西方人开始对现代性话语的核心——科学、技术、理性、进步等价值理念产生怀疑，对以"模仿论"为基础的现实主义与自然主义的西方文艺传统发起

---

① Fry, Roger. Oriental Art. *The Burlington Magazine for Connoisseurs*, 1910, 17(85): 3.

② Bell, Clive. *Pot-Boilers*. London: Chatto & Windus, 1918: 143.

③ Harris, Frank. *Contemporary Portraits*. New York: The Author, 1920: 149-150.

挑战。他们将目光投向了以简洁、生动、典雅的形式传达神韵的中国古典艺术，以天人合一、物我合一、气韵生动等理念为标志的中国美学思想和以人的精神、道德、伦理为本质关怀的中国古代文明。

弗莱对中国古典艺术的兴趣得益于中国风在 20 世纪初的再度兴起。他认为，尽管中国的装饰艺术已"遍布我们的客厅"，但中国最伟大的艺术，尤其是早期的宗教艺术，仍因其"异质性"而受到英国大众的排斥[①]。于是，他致力于探索中国早期艺术的巨大美学价值和深厚文化底蕴，连同多位汉学家、艺术批评家、鉴赏家及艺术经销商对中国艺术进行了多方位的鉴赏与推广。他对中国早期艺术的形式主义美学阐释将其从装饰艺术提升至美学、文化和文明的范畴，他对中国传统文艺批评和美学理念的关注使其得以发掘中国传统文化的"现代性"，他对东方文明的探索间接影响了诸多英国现代主义文化精英的精神化运动与跨文化实践。

二、弗莱对中国艺术形式的评鉴

弗莱对中国艺术的评鉴有很大一部分发表于《伯灵顿杂志》。该杂志创刊于 1903 年，目的是补充英国现代艺术界的权威性和批判性声音。在弗莱担任编辑期间（1909—1918 年），《伯灵顿杂志》成了英国现代艺术批评的新权威之一。该杂志不仅关注欧洲现代艺术，还放眼于东方各国的艺术创作和美学理念。在弗莱的组织下，该杂志还特别出版了一部专门介绍中国艺术的专著——《中国艺术导论：绘画、陶瓷、纺织品、青铜器、雕塑、玉器等》（*Chinese Art: An Introductory Review of Painting, Ceramics, Textiles, Bronzes, Sculpture, Jade, Etc.*）。为《伯灵顿杂志》撰写艺术评论的学者大都注重实证考察。在对中国艺术的鉴赏中，他们提供了较为专业、准确的考古信息，以及学术的、科学的分类。然而，弗莱却独辟蹊径，采取了一种不强调历史和文化背景的形式批评方法，这使他对中国艺术的阐释更具审美性和现代性。他之所以着重强调中国艺术的形式特征和审美理念，比如其色彩、线条、轮廓和结构等，部分原因在于忽略特定的文化和历史差异能使西方观众更易接近东方艺术，而忽略艺术品的实用功能才能将其纳入"高级艺术"的范畴。

---

① Fry, Roger. *Transformations: Critical and Speculative Essays on Art*. London: Chatto & Windus, 1926: 67-68.

弗莱在《伯灵顿杂志》上发表的《白玉蟾蜍》（"A Toad in White Jade"）一文可作为他独特的形式主义批评方法的典型例证。与这篇文章同版发表的是艺术史学家尤纳·蒲伯-亨内斯（Una Pope-Hennessy）对同一件中国玉雕蟾蜍的鉴赏评论。这两篇文章鲜明地呈现了他们不同的视角。弗莱在他的评论中指出，艺术家面临的最大问题是在创作中寻找"生命与形式的结合"（synthesis for life and form），而这件白玉蟾蜍完美展现了此种结合：它栩栩如生，"表面质地"与活物无异，带有"斑点""癞"和"松弛的皱纹"。然而，它的设计形式却是"象征性"的，而非"自然主义"或模仿性的，因为它只有三条腿。在弗莱眼中，这只白玉蟾蜍是一件杰作，因为它具有"不对称的身体造型"、独特的"形式设计"和"节奏感"（rhythm），以及"一种能够拥抱生命的自由和精致"，而这种生命力和表达形式的结合与平衡才是中国艺术最重要的特征①。弗莱对于这件白玉蟾蜍的文化象征意义和历史背景并不十分了解，他的视角是"纯艺术的"："（我）不知道它是如何或何时来到英国的。但幸运的是，我可以让更有能力的人去讨论它的产地和时代。但从纯艺术的视角来看，它非常有趣。"②

与弗莱的"纯艺术视角"形成对比的是尤纳·蒲伯-亨内斯的考古学方法。亨内斯在他的评论中指出，这件白玉蟾蜍是"用山西本土的玉石雕刻而成的"，制作于"周朝早期"。据他所言，这是一个燃烧香料的容器，是中国古代人民在春分和秋分祭拜月亮的仪式上使用的。他强调了这只物件的宗教和祭祀意义，在中国道家文化中，"白玉蟾蜍"是月亮的别称，它是"在每年特定时期"用于"调和阴阳两种原始元素"的灵物③。的确，很多中国早期的"艺术品"往往与各类仪式有关，它们都具有特定的历史、文化和宗教意义，因此很少作为纯粹的艺术形式存在。它们的形态特征多是为了某种功能或理念而服务的，而非弗莱眼中"纯粹的审美形式"。

其实，弗莱并非没有能力对中国艺术的历史背景、文化意义或实用功能进行讨论，他与许多汉学家和艺术史家私交甚好，当时也已有一些相关的英

① Fry, Roger & Pope-Hennessy, Una. A Toad in White Jade. *The Burlington Magazine for Connoisseurs*, 1922, 41(234): 103.

② Fry, Roger & Pope-Hennessy, Una. A Toad in White Jade. *The Burlington Magazine for Connoisseurs*, 1922, 41(234): 103.

③ Fry, Roger & Pope-Hennessy, Una. A Toad in White Jade. *The Burlington Magazine for Connoisseurs*, 1922, 41(234): 103.

文文献可作参考，但他还是有意识地、策略性地选择了形式主义的批评方法。弗莱曾在他早期最重要的美学理论宣言《论美感》（"An Essay in Aesthetics"）一文中为自己辩护："当我们生活中的一件物品只为了被看而存在，我们才会真正地去看它，就像去看一件中国饰品或一块宝石，对于这样的物品，哪怕是最普通的人，也在某种程度上采取了一种艺术态度——将必需品抽象化为纯粹的视觉画面。"① 弗莱认为，忽视一件物品的使用功能和历史背景或许有利于观者采取纯粹的抽象视角，去体验艺术激起的深层审美情感。为了唤起审美情感，艺术家必须赋予作品某种形式特征，比如节奏（rhythm）、对称（symmetry）、平衡（balance）、和谐（harmony）等，这便是弗莱的形式主义美学的核心理念——"有意味的形式"（significant form）。"有意味的形式"由克莱夫·贝尔在《艺术》（Art）中正式提出，但弗莱比贝尔更早论述了类似的概念。在 1911 年的评论文章《后印象主义》（"Post-Impressionism"）里，弗莱便指出，后印象主义者发现了"一个由有意味、有表现力的形式组成的新世界"②。在他们的阐释中，中国艺术（比如"中国地毯"和"魏唐名作"）常被当作"有意味的形式"的典型例证，它"没有再现，没有技术上的炫耀，只有令人印象深刻的形式"。③

弗莱对中国艺术形式的鉴赏与强调有利于向西方观众介绍中国艺术并减缓其"异质性"的冲击。在他看来，"整个中国的象征系统"和中国早期艺术的"内容"是西方世界无法理解的，但其"形式特征"并未对"欧洲人的鉴赏力带来特别的困难"，他认为"一个人不必是汉学家才能理解一件中国雕塑的审美情趣"。④ 因此，他在多篇论文中强调了中国艺术的形式特征，比如构成轮廓的"线条节奏"、设计中的"流动连续性"（flowing continuity）、"塑形感"（plasticity）、"部分与整体的协调统一"等。弗莱的形式主义美学方法补充了其他艺术鉴赏家和批评家的考古学或民族志方法，将中国古典艺术建构为统一了形式与情感的纯艺术典范。

① Fry, Roger. *Vision and Design*. London: Chatto & Windus, 1920: 16.

② Fry, Roger. Post-Impressionism. *Fortnightly Review*, 1911(5): 856-867.

③ Bell, Clive. *Art*. London: Chatto & Windus, 1947: 69.

④ Fry, Roger. *Transformations: Critical and Speculative Essays on Art*. London: Chatto & Windus, 1926: 67-77.

三、弗莱对中国古典艺术"现代性"的阐释

除了将中国古典艺术阐释为"有意味的形式"的典范艺术，弗莱对现代主义运动中的中国风的话语建构的第二大贡献便是将其纳入现代主义的话语范畴，赋予其"现代性"。在评论汉学家劳伦斯·宾扬的《远东绘画：以中国和日本的图像艺术为主的亚洲艺术史导论》（*Painting in the Far East: An Introduction to the History of Pictorial Art in Asia, Especially China and Japan*）时，弗莱认为宾扬"很好地描述了……中国艺术家们极致的现代性"[1]；而在为阿瑟·韦利的《中国画研究导论》（*An Introduction to the Study of Chinese Painting*）写的书评中，弗莱又高度称赞了古老的中国文化那"卓越的自我意识"，以及"精妙绝伦"的艺术和非凡的"现代性"。[2] 在弗莱眼中，具有"现代性"的艺术或文明必须具备两个因素——创造性的审美情感和精神灵性，以及高度发达的艺术自觉和批判意识，而中国古典艺术两个要素都具备，因此，弗莱指出了西方现代主义者与中国古代艺术家相互认同的可能性：

> 这些中国艺术家，哪怕是最早期的艺术家，或多或少都是我们同类。他们已经是完全拥有自我意识的艺术家；他们的语言对我们来说没有任何障碍。……我们感到我们分享了这些艺术家自身的喜悦，我们可以与他们的精神世界建立一种交流。他用我们自己的语言向我们诉说了那种与大自然保持联系的模糊意识，而这种意识早已被我们的祖先遗忘了。[3]

弗莱将中国古典艺术编码为现代艺术的话语策略之一是将其与他推崇的后印象主义绘画相提并论，他曾多次指出后印象主义与东方艺术（尤其是中国艺术）之间的相似之处——后印象派绘画"就像东方艺术的杰作"，因为它

① Fry, Roger. "Oriental Art": Review of *Painting in the Far East*, by Laurence Binyon. *Quarterly Review*, 1910(212): 228.

② Fry, Roger. Review of *An Introduction to the Study of Chinese Painting* by Arthur Waley. *The Burlington Magazine for Connoisseurs*, 1924, 44(250): 47.

③ Fry, Roger. *Transformations: Critical and Speculative Essays on Art*. London: Chatto & Windus, 1926: 79.

们不追求三维的逼真感，而是"隐秘地暗示一些视觉画面"。① 此外，他还经常提到马蒂斯（Matisse）、高更（Gauguin）、凡·高（van Gogh）的作品与东方艺术的相似性。例如，在《线条作为现代艺术的表现手段》（"Line as a Means of Expression in Modern Art"）一文中，弗莱将后印象派艺术家的线性绘画与中国书法进行了比较，认为它们都拥有"一种让人震颤的生命力和一种节奏上的和谐"（a tremulous intensity of life and a rhythmic harmony）②。他还指出，马蒂斯的色彩明显受到"东方影响"，他"通过节奏线条的连续性和流动性，通过空间关系的逻辑，最重要的是通过全新的色彩运用，让我们相信他的形式的真实性"，因此马蒂斯非常"接近中国艺术的理想"。③ 与弗莱的观点相似，克鲁顿-布罗克（Clutton-Brock）也曾将后印象主义与中国艺术进行比较，认为："后印象派画家的目的是用更深层、更持久的情感兴趣来代替好奇心的兴趣。像伟大的中国艺术家一样，他们在开始作画之前就试图彻底了解他们所画的东西，并在他们丰富的知识储备中只选择对他们的情感有吸引力的东西。"④

　　弗莱大力提倡后印象主义绘画的原因之一在于它们具有表现情感的形式和力量，而非对现实世界的模仿。启蒙理性以降，逼真性逐渐成为判断艺术价值的主要标准，艺术受制于客观现实、科学唯物主义和技术实践。为了打破以"模仿论"（mimesis）为基础的西方文艺传统，弗莱认为西方现代艺术有必要向东方艺术和原始艺术学习。他在评论 1910 年第一次后印象派画展时指出："为什么艺术家要将文艺复兴和随后几个世纪的……科学肆意抛弃？为什么他们要任性地回归到原始的，或被人嘲讽为野蛮的艺术？答案是，如果要把艺术从它自身的科学积累那无望的束缚中拯救出来，如果艺术要重新获得表达情感的力量，这种做法既不是任性的，也不是随意的，而是必需的。"⑤ 这段话反映了弗莱对艺术史和人类文明发展史的看法：艺术史并不遵循一种进步的或进化的模式，它是循环往复的，有时还会回到起点，以

① Fry, Roger. The Grafton Gallery-I. *Nation*, 1910(19): 331-335.

② Fry, Roger. Line as a Means of Expression in Modern Art. *The Burlington Magazine for Connoisseurs*, 1918, 33(189): 202.

③ Fry, Roger. *Vision and Design*. London: Chatto & Windus, 1920: 158.

④ Clutton-Brock, Arthur. The Post-Impressionists. *The Burlington Magazine for Connoisseurs*, 1911, 18(94): 216-217.

⑤ Fry, Roger. The Grafton Gallery-I. *Nation*, 1910(19): 331-332.

重新获得"必要的"和"情感的"力量。正如他所言，后印象主义并不完全是一种全新的、属于现代的创造，而在某种意义上是"原始"甚至"野蛮"艺术的回归。这也解释了为何第一次后印象派画展会引发西方公众的惊愕和不满，因为它激起了人们对于文明正在退化的恐惧。弗莱在其他评论中也常常提到这种"回归"的观点，他认为"现代派运动本质上是对形式设计理念的回归，在人们狂热追求自然主义再现的过程中，它们几乎被忽略了"[①]。克莱夫·贝尔也曾表达过类似的观点："事实上，后印象主义是一种回归，是对造型艺术伟大传统的回归。"[②]

然而，如果弗莱将现代艺术理解为对原始的造型艺术或情感表现力的"回归"，那么他所欣赏的其他原始艺术类型（例如意大利原始艺术、儿童绘画、古代美洲艺术和非洲雕塑等），为何没有像中国古典艺术那样，成为他心中的具有现代性的艺术典范呢？在《非洲雕塑》一文中，弗莱做出了解释。他认为，高级的艺术依托于高度的文明，而高度的文明必须具备两个因素——一是富有创造力的艺术家，二是"有意识的批判欣赏和比较的力量"。正是由于缺乏第二个因素，尽管非洲在原始时代拥有许多伟大的艺术家，却未能拥有"高度的文明"，而"中国人自远古时代就拥有批判鉴赏的能力……非洲人未能创造出世界上最伟大的文化之一，是由于他们缺乏有意识的批判思维和比较、分类的智性能力，而不是因为他们缺少创造性的审美情感或细腻的鉴赏力和良好的品味。"[③]

弗莱对许多非欧洲的、原始的艺术都很有兴趣，但他只对中国古典艺术表示强烈的认同，他在《中国艺术面面观》（"Some Aspects of Chinese Art"）中再次强调，中国艺术与非欧洲早期艺术的区别在于一种"高度发达的艺术自觉"，而相较于在工业化、现代化的进程中忽视了精神灵性的欧洲艺术，中国艺术依然保留了某种对世界的"原始理解"[④]。这种双重特点符合弗莱对后印象主义或现代主义的评价：所谓的"现代艺术"其实是高度文明的现代人对于原始艺术的自觉吸纳与批判鉴赏。通过这些类比，弗莱将中国艺术和

① Fry, Roger. *Vision and Design*. London: Chatto & Windus, 1920: 192.

② Bell, Clive. Post-Impressionism and Aesthetics. *The Burlington Magazine for Connoisseurs*, 1913, 22(118): 228.

③ Fry, Roger. *Vision and Design*. London: Chatto & Windus, 1920: 67.

④ Fry, Roger. *Transformations: Critical and Speculative Essays on Art*. London: Chatto & Windus, 1926: 79.

美学纳入现代主义的话语场中，将其视为既拥有"原始的"情感力量又拥有"现代性"的典范艺术。在弗莱眼里，中国古代文明的自觉性主要体现于其精妙、丰富、深刻的艺术批评，这是它区别于其他原始文化的最重要的因素，也是使中国古典美学具有"现代性"的重要原因。

四、弗莱的现代主义美学与中国艺术批评

罗杰·弗莱对中国艺术批评和文艺理论的认识主要依赖于日本学者和西方汉学家，比如冈仓天心（Kakuzo Okakura）、翟理斯、劳伦斯·宾扬和阿瑟·韦利等人的译介作品，其中，冈仓天心和宾扬对弗莱的影响尤为深远。冈仓天心曾在《东方的理想》（The Ideals of the East）一书中着重介绍了中国南朝画家谢赫的"绘画六法"（气韵生动，骨法用笔、应物象形、随类赋彩、经营位置，传移摹写），他将第一法"气韵生动"解释为：艺术就是"宇宙的精神，它穿梭于和谐有序的事物之法则——节奏（Rhythm）——之中"[①]。经由冈仓的介绍，中国古典美学的核心理念"气韵生动"（rhythmic vitality）开始引发了西方学界的关注。劳伦斯·宾扬、翟理斯、斯蒂芬·波西尔（Stephen Bushell）和阿瑟·韦利等人都曾讨论过"气韵生动"的内涵[②]。冈仓天心认为，"六法"的精髓在于，当"创造精神降为一种图像概念时，必须赋予自身有机结构。这种富于创造性的结构便形成了作品的骨架，而线条就是神经和动脉，整个作品又被色彩的皮肤所覆盖"[③]。冈仓天心将中国艺术阐释为一个有机整体，它融合了形式（"骨架""线条""色彩"）与"创造精神"，这与"有意味的形式"所强调的形式与审美情感的统一是一致的。宾扬同样强调"气韵"并非"对自然的模仿或忠实"，而是"万事万物内在的生命精神"，是"精神的节奏与生命运动的融合"。当真正的艺术家在创作时，他们会与这种"创

[①] Okakura, Kakuzo. *The Ideals of the East: With Special Reference to the Art of Japan*. California: Stone Bridge, 2007: 37.

[②] 参见 Binyon, Laurence. A Chinese Painting of the Fourth Century. *The Burlington Magazine for Connoisseurs*, 1904, 4(10): 39-49; Giles, Herbert Allen. *An Introduction to the History of Chinese Pictorial Art*. London: Keloy & Walsh, 1905; Bushell, Stephen W. *Chinese Art*. London: Wyman and Sons, 1905; Waley, Arthur. Chinese Philosophy of Art I: Note on the Six Methods. *The Burlington Magazine for Connoisseurs*, 1920, 37(213): 309-310.

[③] Okakura, Kakuzo. *The Ideals of the East: With Special Reference to the Art of Japan*. California: Stone Bridge, 2007: 38.

造性能量直接连接"，艺术家"作为媒介或工具，在他的笔触中注入真实的生命"①。宾扬对"气韵生动"的阐释将其置于西方传统文艺核心理念"模仿论"的对立面，为艺术作品赋予自给自足的独立性和生命力，这恰恰是旨在与西方传统决裂的现代主义能与中国古典艺术产生共鸣的根本原因。

如上文所述，弗莱阅读过宾扬的《远东绘画：以中国和日本的图像艺术为主的亚洲艺术史导论》并撰写了一篇书评，称赞宾扬对中国艺术的"现代性"的描述。根据弗莱的书信集主编丹尼斯·萨顿（Denys Sutton）的说法，这篇书评"对于（弗莱）的思想发展具有至关重要的意义，因为它显示出弗莱正处于发现'大量的新的审美经验'的震荡中，其中最主要的是对中国和日本艺术的欣赏"②。或许是受到宾扬的影响，弗莱在评论中国艺术时也常常使用"线条的节奏"（linear rhythm）或"生动的节奏"（vital rhythm）等词语。另外，与宾扬推崇的"绘画六法"相似的是，弗莱也在自己的美学宣言中提出了六种能够唤起审美情感的设计元素（"线条的节奏""团块""空间""光与影""色彩"和"平面视角"），他的第一个元素"线条的节奏""同样将"节奏"作为关键词，其意为"一种姿态的记录，这种姿态是被艺术家的情感修饰过的，因而能直接传递给我们"——这再次彰显了形式与情感的结合③。对弗莱而言，"节奏"既是艺术作品的形式设计，又是艺术家精神性灵和创作精神的体现，两者的结合构成了"有意味的形式"，也决定了中国艺术的"现代性"。

除了冈仓天心和劳伦斯·宾扬，弗莱对中国艺术理念的认识还得益于他与美国学者登曼·沃尔多·罗斯（Denman Waldo Ross）的交流④。罗斯是美国最重要的亚洲艺术收藏家之一，他与冈仓天心和菲诺罗萨等东方学者都是好友，在他的著作《纯粹设计理论》（A Theory of Pure Design）中，他多次称赞了中国和日本绘画在形式设计上的平衡，他的艺术理论深受中国道家美学

① Binyon, Laurence. *Painting in the Far East: An Introduction to the History of Pictorial Art in Asia, Especially China and Japan*. London: Edward Arnold, 1908: 8-9; Binyon, Laurence. *The Flight of the Dragon: An Essay on the Theory and Practice of Art in China and Japan, Based on Original Sources*. London: John Murry, 1911: 15-21.

② Sutton, Denys. Introduction. In Sutton, Denys (ed.). *Letters of Roger Fry*. London: Chatto & Windus, 1972: 37.

③ Fry, Roger. *Vision and Design*. London: Chatto & Windus, 1920: 25.

④ Sutton, Denys. Introduction. In Sutton, Denys (ed.). *Letters of Roger Fry*. London: Chatto & Windus, 1972:135.

的影响，他经常使用"道"（Tao）这一概念来阐释艺术形式和精神的融合，并将"道"字印在了他的自传笔记的封面上[①]。据学者玛丽·弗兰克（Marie Frank）所述，弗莱和罗斯的美学理论都试图"平衡形式主义的客观性和艺术家个人感受的主观性"[②]，这与前文所讨论的"气韵生动"或"有意味的形式"的深层内涵再次相吻合。的确，道家思想为中国古典美学奠定了基础，其核心理念主张审美主体与自然外物的合一状态，在这种状态下，主体能够超越理性、逻辑和语言的障碍，通过直觉参悟自然之美，而自然也可在人的感知中保持其生动性和独立性。道家思想渗透在中国传统艺术和美学中，尤其是在中国山水画中，人从主体地位退却，成为自然的一部分，不去妨碍大自然的自主运作。这种理念将艺术从模仿自然的桎梏中解脱出来，赋予其独立性与灵动性，将其与人的内在生命、精神境界，甚至自然宇宙的流动运转紧密结合起来。自19世纪下半叶起，詹姆斯·理雅各（James Legge）、翟理斯、阿瑟·韦利陆续将《老子》《庄子》等道家经典译介到英国；冈仓天心把谢赫和他的"绘画六法"放在了道家哲学的章节里，宾扬也强调，道家哲学代表了中国人"富有想象力的一面"，它使"中国绘画和文学最光彩夺目、最鲜活的东西"诞生。[③]

通过这些文艺理论和哲学思想的译介，弗莱认识到了中国古典美学的精神内核和艺术家高度的自觉意识，这使他对中国艺术的认识与讨论上升到了文明的维度。正是由于这些艺术批评，"中国"不再只是由西方建构的异国他者或镜像，它被赋予了历史、自知自觉的文明以及一种批判、比较和分类的能力。弗莱对中国文明、文化以及古代艺术的赞扬促进了其在20世纪上半叶英国文化场域的传播。从20世纪30年代开始，一些英国高等教育机构开始将中国艺术设置为一门正式课程。1930年，沃尔特·珀西瓦尔·耶茨被任命为伦敦大学东方研究学院讲授中国艺术和考古的第一位讲师，1934年，弗莱被聘任为剑桥大学斯莱德教授，开设中国艺术的相关课程，他的课程讲稿被汇编成了《最后的讲稿》（*Last Lectures*）一书，在讲稿中，弗莱进一步阐述

① Frank, Marie. *Denman Ross and American Design Theory*. Hanover: University Press of New England, 2011: 174.

② Frank, Marie. *Denman Ross and American Design Theory*. Hanover: University Press of New England, 2011: 127.

③ Binyon, Laurence. *Painting in the Far East: An Introduction to the History of Pictorial Art in Asia, Especially China and Japan*. London: Edward Arnold, 1908: 55.

了他对人类文明的看法：他把希腊文明和中国古代文明视为文明的两极，但他也"见证了将两个极点连成一个世界体系的过程——事实上，这可能是属于未来的伟大的希望"①。弗莱指出两个文明中心的相似之处：它们都拥有"理性主义的世界观"和"理解外部现实的科学态度"。② 但在中国古代文明中，他发现了更多的灵性、生命力、表现力、情感，以及人与自然之间更融洽的关系。弗莱认为，理想文明的希望在于"理性"和"情感"、西方和东方的融合。在《艺术》中，克莱夫·贝尔也表达了类似的观点，强调了东西方文明融合的可能性："世界各地最早期的整个艺术史……看起来就像一幅地图，几条溪流从同一山脉流向同一片大海。它们从不同高度出发，但最终都到达了同一水平线。"③ 在对中国文明、文化、艺术的跨文化表述中，弗莱和贝尔发现了东西方文化之间的亲和力，也表达了他们的世界主义理想。

在弗莱等现代主义文化精英的引领下，20世纪的英国现代主义运动中的中国风话语经历了多层次、多维度的建构，它从视觉艺术转向了考古领域，又成为形式美和"现代性"的典范，它从物质维度转向了精神、性灵、审美和生命关照，又携带了一种文明反思和救赎意识，在很多英国现代主义者的笔下，"中国"似乎变成了一种非历史性、非时间性的建构，它从一个空间意义上的文化对照变成了一个时间轴上的代表了古老秩序和诗意感性的文明他者，它代表了西方已逝的过去，也映照着西方现代文明的弊病。罗杰·弗莱受到中国古典美学的启发，呼吁将艺术从技术、科学、模仿等桎梏中解救出来，回归生命的内在节奏和"有意味的形式"，他把对美好未来的希望寄托在了东西方文明的融合上，他对中国艺术的种种话语实践促进了20世纪初"东方文艺复兴"和英国现代主义的合流。

原文出处：谢雅卿. 罗杰·弗莱与英国现代主义运动中的中国风话语建构. 东方论坛，2023(2): 147-156.

---

① Fry, Roger. *Last Lectures*. Cambridge: Cambridge University Press, 1939: 97.
② Fry, Roger. *Last Lectures*. Cambridge: Cambridge University Press, 1939: 97-98.
③ Bell, Clive. *Art*. London: Chatto & Windus, 1947: 121-122.

以东方美学助推现代主义：

论罗杰·弗莱对中国艺术的阐释与借鉴

杨莉馨

美国意象派诗歌的代表人物埃兹拉·庞德（Ezra Pound）在关于法国印象派画家兼雕塑家亨利·戈蒂耶-布尔泽斯卡（Henri Gaudier-Brzeska）的《戈蒂耶-布尔泽斯卡回忆录》（*Gaudier-Brzeska: A Memoir*, 1970）中曾经写道："中国的激励作用并不输于希腊。"① 这是将中国文化的影响力置于与西方文明之源古希腊相并举的崇高地位。这一点启发了我们对中西文化互动关系的再思考。学界历来高度评价 17—18 世纪以来随着西方"中国热"的兴起，中国在政治伦理、哲学思想、制度文化等方面对欧洲社会摆脱封建桎梏、步入启蒙时代的重要影响，但对 20 世纪初年以中国为代表的东方美学，尤其是艺术审美对西方现代主义运动的助推作用语焉不详。这不仅遗漏了中西文化交流史上的重要一环，对于准确把握现代主义生成过程中的多源文化图谱亦颇为不利。

事实上，自 19 世纪下半叶以来，特别是在进入 20 世纪后，中国文化在文学及书法、绘画、雕塑艺术等方面的影响，均为西方世纪之交的艺术变革提供了无可忽略的重要启示。在美国，庞德、艾米·洛威尔（Amy Lowell）等人从中国古典诗歌中汲取了丰厚滋养，成为"意象派"诗歌的出色代表；在

---

① Pound, Ezra. *Gaudier-Brzeska: A Memoir*. New York: New Directions Publishing Corporation, 1970: 140.

英国，以罗杰·弗莱（Roger Fry）等剑桥知识分子为中心的"布鲁姆斯伯里团体"艺术批评家与美学家，同样将目光投向了古老的东方，在中国艺术中找到了美学共鸣。尤其是弗莱的大力推介与评论，为中国艺术在 20 世纪初进入西方主流艺术界的审美视野，成为世界艺术的重要力量并参与现代主义形式美学观念的建构，起到了关键的作用，弗莱也由此成为在英国现代主义美学和中国艺术之间搭建桥梁的最重要的批评家。本文即着力通过梳理弗莱的美学思想与中国艺术的关联，揭示英国现代主义美学生成中的远东元素。

一、弗莱的美学探索及他与中国艺术的契合

作为布鲁姆斯伯里团体的核心人物，弗莱于 1910—1913 年两度组织了震惊英国艺术界的"后印象派画展"，并且因此成为 20 世纪初英国最活跃的艺术批评家和年青一代艺术家的精神领袖，"后印象主义"（Post-Impressionism）一词亦进入现代艺术史。

弗莱早在 20 世纪初便担任了伦敦著名的艺术评论杂志《雅典娜神殿》（Athenaeum）的常任批评家。任职期间，他开始关注中国艺术品展览。1908 年，在阅读了汉学家朋友劳伦斯·宾扬（Lawrence Binyon）的著作《远东绘画：以中国和日本的图像艺术为主的亚洲艺术史导论》（Painting in the Far East: An Introduction to the History of Pictorial Art in Asia, Especially China and Japan, 1908）[①] 后，弗莱深感东方艺术的魅力。他在应牛津大学哲学学会所邀发表的演讲中，重点指出早期中国绘画拥有再现与表现的双重品质[②]。1910 年，他成为《伯灵顿杂志》的编辑、副主编和主要撰稿人之后，发表了不少关于中国艺术的论文。弗莱最知名的艺术评论集《视觉与设计》（Vision and Design, 1920）、《变形》（Transformations, 1926）中有多篇文章涉及中国艺术和东亚艺术，中国艺术成为他分析其他民族早期艺术的参照。1925 年，他在《伯灵顿杂志》上发表了《中国艺术》（"Chinese Art"）一文，后与宾扬合作将之扩充成专著《中国艺术导论：绘画、陶瓷、纺织品、青铜器、雕塑、玉

---

① Binyon, Laurence. *Painting in the Far East: An Introduction to the History of Pictorial Art in Asia, Especially China and Japan*. London: Edward Arnold, 1908.

② 罗杰·弗莱. 造型艺术中的表现与再现//弗莱艺术批评文选. 沈语冰，译. 南京：江苏美术出版社，2010: 81.

器等》（*Chinese Art: An Introductory Review of Painting, Ceramics, Textiles, Bronzes, Sculpture, Jade, Etc*, 1925），该著作成为 20 世纪上半叶最具影响力的有关中国艺术的论著之一。1933 年，弗莱出任剑桥大学斯雷德艺术讲座教授。在准备讲座时，他"醉心于中国艺术，几乎忘却了时间"[①]。1935—1936 年，国际中国艺术展在伦敦伯灵顿府皇家艺术学院举行，成为伦敦艺术界的盛事。1935 年 12 月，《伯灵顿杂志》为此推出了"中国艺术专号"，尽管弗莱那时已经去世。正是由于弗莱 30 余年的不懈努力，中国艺术才进入了西方精英文化的视野。弗莱的讲稿后经艺术史家肯尼思·克拉克爵士（Sir Kenneth Clark）整理出版，书名为《最后的讲稿》（*Last Lectures*），于 1939 年由剑桥大学出版社出版。该书的内容覆盖了埃及艺术、美索不达米亚和爱琴艺术、美洲艺术、中国艺术、印度和希腊艺术。其中，弗莱从有机整体美学理念出发，高度赞扬了中国的青铜艺术与陶瓷艺术。

虽然很难确证弗莱究竟是通过汲取东方艺术美学形成他的美学观的，还是出于自身的美学需要而阐释东方艺术的，但是有一点是确定的，那就是他对东方艺术的情有独钟与他对现代西方艺术革新之路的探寻密切相关。弗莱的兴趣原本聚焦在中世纪和文艺复兴时代的意大利绘画，曾拜杰出的艺术史家伯纳德·贝伦森（Bernard Berenson）为师。但弗莱并非为复古而复古，而是要探索一条使艺术摆脱陈规、向现代转变的新路。弗莱在他的第一部著作《乔万尼·贝利尼》（*Giovanni Bellini*, 1899）中，已显示出对艺术家主体"设计的观念""结构"与"秩序"的浓厚兴趣。[②] 他后来又发表了《丢勒与他的同时代人》（"Dürer and His Contemporaries", 1913）一文，清晰地陈述了自己何以如此重视文艺复兴时期的意大利艺术。他指出，在"所有欧洲艺术家都追求完整掌握再现性的表现力"时，意大利画家却并未追求这个目标，而是不断被"设计的观念"修正和控制着，这种观念就是依靠"轮廓和体积的纯粹结构表现力，以及线条韵律的完美和秩序所表现出来的设计思想"。[③] 弗莱认为，这种"设计思想"是欧洲艺术从中世纪获得的主要遗产。《回顾》（"Retrospect", 1920）是弗莱为《视觉与设计》撰写的压轴之作，他再度回顾了自己的探索历程，指出在研究过印象派绘画之后，"越来越感到在他们的作

① Woolf, Virginia. *Roger Fry: A Biography.* London: Hogarth Press, 1940: 287.
② 沈语冰. 20 世纪艺术批评. 杭州：中国美术学院出版社，2003: 60-61.
③ 罗杰·弗莱. 视觉与设计. 易英，译. 南京：江苏教育出版社，2005: 125-126.

品中缺乏结构的设计。对于艺术的这一侧面的固有渴望促使我去研究古代大师，特别是意大利文艺复兴时期的大师，我希望从中发现在当代作品中已经痛失的建筑性观念的秘密"①。1906 年，与法国画家保罗·塞尚（Paul Cézanne）的精神邂逅使弗莱惊喜地发现，自己一直在摸索艺术表现形式的当代范本，他一生为现代主义形式美学而奋斗的事业由此开启。就在这一过程中，他接触到了以绘画、书法、雕塑与陶瓷艺术等为代表的中国古典艺术，并从中发现了足以支撑其美学追求的形式之美。因此，文艺复兴时代以来欧洲老大师们的古典杰作，以塞尚、凡·高、马蒂斯等为代表的后印象派绘画，以及包括中国、埃及、美洲各国等在内的其他民族早期的艺术形态可谓三位一体，成为弗莱建构其现代主义形式美学观念的主要源泉。在弗莱心目中，古典艺术、原始艺术与现代主义艺术革新彼此相通。1910 年，在"马奈与后印象画派"展览目录中，弗莱认为"塞尚展示了从事物现象的复杂性过渡到构图所要求的那种几何简洁性"②，进而指出作为塞尚的追随者，高更在那些以极其简洁的手法绘制的塔希提作品里，"竭力想要在现代绘画中追回原始艺术的那种姿势意义和运动特征"③，而马蒂斯"对线条、节奏的抽象而和谐的追求，达到了经常要剥夺大自然所有现象的形状的程度。他的画作的总效果是要回到原始，甚至野蛮的艺术中去"④。1918 年，在评论托马斯·阿索尔·乔伊斯（Thomas Athol Joyce）的《南美洲考古》（*South American Archaeology*, 1912）一书时，弗莱甚至提出了"东亚影响论"，指出"在早期中国与美洲艺术中自然主义形式的一般处理手法和因袭自然形式的特殊性格惊人地相似"⑤。他还通过其他南美艺术遗存与中国早期青铜器的相似性分析，推测"这种来自远东的文化入侵的客观可能性似乎被乔伊斯先生低估了"⑥。

综上，对于具有开阔的世界主义胸襟和强烈的艺术革新愿望的弗莱来说，由于非西方艺术很难以文艺复兴以来的西方美学标准加以阐释，调整、修正自身的艺术观念，以形式之美跨越文化鸿沟，便成为他进入他者文化、理解世界艺术的不二选择。在收入《变形》的《中国艺术面面观》（"Some Aspects

---

① 罗杰·弗莱. 视觉与设计. 易英，译. 南京：江苏教育出版社，2005: 188.
② 罗杰·弗莱. 弗莱艺术批评文选. 沈语冰，译. 南京：江苏美术出版社，2010: 101.
③ 罗杰·弗莱. 弗莱艺术批评文选. 沈语冰，译. 南京：江苏美术出版社，2010: 102.
④ 罗杰·弗莱. 弗莱艺术批评文选. 沈语冰，译. 南京：江苏美术出版社，2010: 102.
⑤ 罗杰·弗莱. 美洲考古//视觉与设计. 易英，译. 南京：江苏教育出版社，2005: 69.
⑥ 罗杰·弗莱. 视觉与设计. 易英，译. 南京：江苏教育出版社，2005: 70.

of Chinese Art"）一文中，弗莱写道："中国艺术事实上是十分能被欧洲的情感所接受的……你无须成为一个汉学家就可以理解一座中国雕像的审美特征。"[1] 跨越文化藩篱而在世界各民族艺术中寻求内在一致性的努力，使弗莱自然地走向了形式美学。

二、对平面构图与散点透视的推重

弗莱以形式审美作为进入中国艺术的门径；同时又从自身艺术变革的需要出发，进一步阐释、发挥了中国艺术，使之成为西方现代主义形式美学观念形成的重要资源。

从重主观表现的美学思想出发，弗莱对中国艺术的平面构图与散点透视方法十分推重，由此使线条、色彩及其构成的二维平面成为现代主义艺术形式的突出特征。

欧洲自文艺复兴时代之后，无论在语言文字艺术还是视觉艺术领域始终追求再现自然，通过固定焦点透视以达到对三维立体空间的逼真模拟成为现实主义绘画艺术的圭臬。欧洲人以自身的艺术标准来判断他者，所以对中国绘画缺乏透视始终持批评态度。但中国文人画注重的并非事物外在的极端精确性，而是画家人生体悟的独特传递。北宋画家郭熙在其《林泉高致集》中首先提出了"三远"理论，开中国画构图中散点透视原理的先河。所谓"三远"，即"高远、深远、平远"，是一种将各种视角（仰视、俯视、平视）所见之自然并列于同一幅画作中加以表现的透视方法，这种方法因不同于西方的固定焦点透视而被称为散点透视，能够使艺术突破刻板摹写自然的窠臼，上升到表现艺术家性灵、格调和神韵的高度，关联着创作者独特的生命观与宇宙观。

进入 20 世纪，欧美文学艺术家们打破现实主义、自然主义对自然的机械摹写，注重灵魂深度与瞬间情感呈现的主观倾向逐步抬头，二维平面在激发想象、再造诗意的艺术空间方面的潜能开始受到艺术家们的普遍关注，他们从文艺复兴时代的意大利绘画与远东绘画中发现了可以借鉴的范本。1890年，弗莱的朋友、法国画家莫里斯·德尼（Maurice Denis）认为："无论是裸体画还是别的什么……任何绘画从根本上说，都是画材表面以某种秩序组建

---

[1] Fry, Roger. *Transformations: Critical and Speculative Essays on Art*. London: Chatto & Windus, 1926: 68.

起来的色彩覆盖的平面。"① 美国的东方学家厄内斯特·费诺罗萨（Ernest Fenollosa）也指出："'中国伟大的唐代绘画'给我们上了一课，我们在艺术中寻找的并不是事物，而是事物之美。如果一种美很大程度上存在于线条、空间的界限、比例、形状、线条节奏的统一与系统，这就是一种伟大的艺术传统，可以凭借它创造出绝美的音乐……艺术演变真正的目标并不在于向彩色照片无限靠拢，而是在可能的情况下在空间、比例和线条节奏中填入更壮丽的、精致的美。"②

在西方现代主义文学艺术的内在真实观逐渐生成的过程中，弗莱是一个举足轻重的人物。1909 年，弗莱在《新季刊》（*New Quarterly*）上发表了著名论文《论美感》（"An Essay in Aesthetics"），提出了"绘画艺术是想象生活的表现而不是模仿现实生活"③的艺术创作观与审美观，由此与长期以来在西方绘画界流行的现实主义艺术理念划出了明确的分野，标志着他从文艺复兴时代的意大利绘画、包括中国在内的世界各民族早期艺术及欧陆新兴的现代主义艺术中汲取滋养，向保守的英国艺术界宣战的开端。

1910 年 11 月，在"马奈与后印象画派"展览目录的"前言"中，弗莱赞美原始艺术"不是再现眼睛所见的东西，而是在一个为心灵所把握的对象上画下线条"④，认为后印象派画家们不仅继承了文艺复兴绘画的传统，而且与原始艺术本质相通。从内在真实观出发，他认为没有阴影和深度的纯粹线条代表了从现实主义绘画传统中的解放，后印象派大师的众多杰作即体现了这种追寻现代性的努力，并与东方艺术彼此呼应："从另一个角度看，抛弃三维空间的实际错觉——失去明暗对照法与大气色彩的后果，也并不是没有补偿。我相信，任何一个不带先入之见的人看了挂在格拉夫顿画廊的这些画作的总的效果，都会承认，之前还没有一个现代艺术的展览拥有这样明确的纯粹装饰性的绘画品质。只要观众让他的感官而非流行的见解说话，不要带着一幅画应当是什么以及应该做什么的先入之见去看画，那么他就会承认，这些绘画中自有一种色彩的审慎与和谐，构图的力量与完整，从而构成一种总的平和康宁的感觉。事实上，这些作品与早期的原始绘画，以及东方艺术

① 转引自迈克尔·苏立文. 东西方艺术的交会. 赵潇,译. 上海:上海人民出版社,2014: 231.

② Fenollosa, Ernest. *Epochs of Chinese and Japanese Art: An Outline History of East Asiatic Design*: *Vol 1*. London: Heinemann, 1913: 130-131.

③ 罗杰·弗莱. 视觉与设计. 易英,译. 南京:江苏教育出版社,2005: 13.

④ 罗杰·弗莱. 弗莱艺术批评文选. 沈语冰,译. 南京:江苏美术出版社,2010: 102.

中的杰作相似，并没有在墙上挖出一个借以呈现别的景观的空洞来。它们构成了它们所装饰的整个墙面的一部分，暗示了一些能唤起观众想象力的景观，而不是强加在观众感官之上的东西。"① 《东方艺术》是弗莱专论宾扬《远东绘画：以中国和日本的图像艺术为主的亚洲艺术史导论》的书评，他甚至在中国宋代文人画中发现了"极端现代性"："宾扬先生很好地描绘了对于第一次看到的任何欧洲人来说都是最惊诧的事实，甚至在复制品当中，一幅宋代绘画，这些画家的极端现代性。"② 1919 年，在首次以《雅克马尔-安德烈的收藏》（"The Jacquemart-André Collection"）为题发表于《伯灵顿杂志》的评论中，弗莱高度赞扬了文艺复兴时代早期的意大利画家保罗·乌切洛（Paolo Uccello）：由于"简化与抽象通过建构他的透视性全景图的需求而强加在自然的观察方式上，他获得了真正的自由来创造一种纯粹的审美形式结构的表现力"③。由此，"在乌切洛手中，绘画几乎变成一门如同建筑那样的抽象和纯粹的艺术。他对形式之间的相互作用的感觉，对平面的节奏排列是最细微、最精致的，最远离任何日常琐事或在较通俗意义上的装饰形式"④。

综上，作为艺术史家的弗莱敏锐地意识到并顺应了欧洲艺术发展的演变规律与内在要求。当再现一旦被推进到不可能有进一步发展的地步时，艺术家就不可避免地会走向反面，对艺术以再现为目标这一假定的正确性表示怀疑。由此，对其他时代与民族艺术的态度就应该改变。他在 1917 年提交给费比安协会的论文《艺术与生活》（"Art and Life"）中写道，新的运动将导致新的批评法则，"我们不再脱离大量蛮族与原始艺术"⑤。线条、色彩与平面构图在诉诸人的主观情感，表达幽微复杂的精神体验方面有其独到的优势，弗莱正是在此意义上发掘出了中国古典艺术遗产的精要之处。

三、对韵律、留白的观念与形式技巧的借鉴

"韵律"与"留白"本是中国书法与绘画艺术的基本原则，弗莱同样加以

---

① 罗杰·弗莱. 格拉夫顿画廊（之一）//弗莱艺术批评文选. 沈语冰，译. 南京：江苏美术出版社，2010: 106-107.

② Fry, Roger. Oriental Art. *Quarterly Review*, 1910(212): 228.

③ 罗杰·弗莱. 视觉与设计. 易英，译. 南京：江苏教育出版社，2005: 119.

④ 罗杰·弗莱. 视觉与设计. 易英，译. 南京：江苏教育出版社，2005: 119-120.

⑤ 罗杰·弗莱. 视觉与设计. 易英，译. 南京：江苏教育出版社，2005: 7-8.

吸收与再造，使这一对中国美学词汇成为西方现代主义的有机组成部分。

如前所论，中国绘画，尤其是文人画的灵魂是线条，而线条讲求富有骨气韵味，通过遒劲有力的勾勒唤起生命的律动感，同时将色彩的节奏融化于线条的节奏当中。而无论是色彩的节奏还是线条的节奏，均与人的生命节拍和情感变化彼此呼应。早在南朝齐梁年间，画家谢赫即在《画品》中提出著名的绘画"六法"，首法即"气韵生动"，强调绘画要有内在的气度与韵致，追求鲜活的生命洋溢的状态，以传达人物的灵魂与物态的神韵。为此，他进一步提出了"纵横逸笔，力道雅韵"与"一点一拂，动笔皆奇"的美学境界。弗莱敏锐地体悟到了这一中国艺术的精髓所在。他发现中国山水画并无浓淡色彩堆积而成的气氛烘染，色彩无明显质感，也没有阴影，单纯平展的一个个色块由轮廓分明而富有韵律感的线条所分割，图画空间也被坦然地视作平坦的表面。他由此联想到塞尚的作品，于 1910 年在翻译莫里斯·德尼的论文《塞尚》并为之作序时，称塞尚"苦心孤诣地强调不同方向富有韵律的平衡，从而营造了一种更为简洁的整体"①。在同年发表于《国家》（*Nation*）杂志的《后印象派画家（之二）》中，弗莱使用了中国艺术词汇以捍卫马蒂斯的《绿眼女人》，指出："马蒂斯证明了他大师级的韵律设计感，以及一种书法的罕见之美，就其直接性与准确性而言，会让人更多地想起东方而非欧洲的制图术。"② 1911 年，第一次后印象派画展结束后，弗莱在格拉夫顿画廊发表的演讲中特别提出："韵律是绘画中根本性的、至为重要的品质，正如它在所有艺术中的重要性一样——再现则是第二位的，而且永远不能侵犯更为重要、也更为根本的韵律的要求。"③

从此，在弗莱的论述中，"韵律"（rhythms）成为高频度出现的词汇，其内涵亦以 linearity、uniqueness、unpredictability、chance、variety、vitality、sensibility 等不同表述出现于各类著述之中，体现出以中国美学观念阐释西方艺术家的创造个性，并为现代主义注重表现性的倾向辩护的自觉意识。在他看来，现代主义大师的画作在追求"气韵生动"这一点上与中国艺术相通相契。关于塞尚的风景画，他如此写道："他能以某种魔力使群山、房舍、林木

---

① 罗杰·弗莱. 弗莱艺术批评文选. 沈语冰，译. 南京：江苏美术出版社，2010: 98.

② Bullen, J. Barrie (ed.). *Post-Impressionism in England.* London: Routledge, 1988: 133.

③ 罗杰·弗莱. 后印象主义//弗莱艺术批评文选. 沈语冰，译. 南京：江苏美术出版社，2010: 125.

拥有稳固的有机性，他能在一个让人清晰感觉到的空间中表达它们，同时又使整个画幅保持一种几乎难以言说的造型运动的韵律。"① 关于同时存在于塞尚的画作和意识流大师伍尔夫的小说中的整一性，弗莱的表述是"一种穿透整体结构的造型韵律"（a continuous plastic rhythm penetrating throughout a whole composition）②。

在发表于 1918 年《伯灵顿杂志》的评论《线条之为现代艺术中的表现手段》中，弗莱对"结构性线条"与"书法式线条"（calligraphic linearity）进行了区分，指出"纯粹线条中存在着表现的可能性，其韵律也许拥有各种不同的表现类型，以表现心境与情景的无限多样性。我们称任何这样的线条为书法，只要它所企求的品质是以一种绝对的确信来获得的"③，认为正是"书法式线条"使得马蒂斯的素描作品拥有了"崭新而又微妙的韵律"④。在《中国艺术面面观》中，弗莱再度运用了"书法式线条"的观念，将一幅汉代古墓中的绘画在"线性韵律"（linear rhythms）的层面上比作乔托、多纳泰罗、达·芬奇、伦勃朗⑤。他甚至还找到了中国绘画的线条与文艺复兴以来其他欧洲画家笔下的线条的相通之处："中国绘画中的线性韵律表达是简洁的，我们能够很容易领会。我们在意大利艺术中能够感到与其相似的地方。比如意大利画家安布罗乔·洛伦采蒂，他的风格预示了绘画辉煌时代的到来。波提切利是另外一位具有中国特色的艺术家。他完全依照线性韵律去组织他的创作。他作品所体现的整体感和韵律感在中国绘画中很容易找到。甚至安格尔也宣称自己是一位'中国'画家，因为他在绘画时完全依赖线性韵律。"⑥ 关于中国绘画，他甚至诗意地写道："一幅作品常被视为韵律姿态的视觉记录，它是用手来完成的舞蹈。"⑦ 无怪其老友与学生、美学家克莱夫·贝尔晚年会在回忆录《老朋友》中指出："作为一门精致的艺术，写作乃是罗杰的弱项。

① 转引自 Edel, Leon. *Bloomsbury: A House of Lions.* London: The Hogarth Press, 1979: 161.

② Fry, Roger. *Characteristics of French Art.* London: Chatto & Windus, 1932: 146.

③ 罗杰·弗莱. 弗莱艺术批评文选. 沈语冰，译. 南京：江苏美术出版社，2010: 213.

④ 罗杰·弗莱. 弗莱艺术批评文选. 沈语冰，译. 南京：江苏美术出版社，2010: 213.

⑤ Fry, Roger. *Transformations: Critical and Speculative Essays on Art.* London: Chatto & Windus, 1926: 131.

⑥ Fry, Roger. *Transformations: Critical and Speculative Essays on Art.* London: Chatto & Windus, 1926: 73.

⑦ Fry, Roger. *Transformations: Critical and Speculative Essays on Art.* London: Chatto & Windus, 1926: 68.

说起散文、诗歌的韵律，他有一点朦朦胧胧的概念，但却迷恋于创建关于韵律的理论。"①

"留白"同样源于中国书法和绘画的布局美学，讲究画面不宜过满，要适当留有空白。作为形象的延续与衍生，"留白"构成尺幅的有机组成部分，它不仅与具体物象息息相关，同时能使创造主体最大程度地发挥出主动性；对于观者而言，则为其提供了腾挪想象、品味无穷之趣的空间，由此深化了画面的美感和意境。清人邓石如写到"留白"之妙："字画疏处可使走马，密处不使透风，常计白以当黑，奇趣乃出。"因此，中国历代艺术家无不在"空白"处下功夫，恰如宗白华所言的中国画上画家用心所在，正在无笔墨处。"留白"作为中国书法与绘画艺术中的重要技巧，体现的是艺术家建立于独特的审美意识基础上的结构方式和光影处理方式。这一观念同样被弗莱吸收，并作为其"有意味的形式"设计的构成元素之一用于对先锋派绘画的分析。弗莱特别注意到法国新印象派画家乔治·修拉（Georges Seurat）对"空白"的使用，认为它有可能来自对中国画法的借鉴。修拉的特点是喜欢在画面上将一些黑色块集中起来，由此让一些空白的部位显出明显的形状，通过达到完美平衡效果的层次变化和黑白对比，将令人意想不到的情景展现在观众面前，代表作如《大碗岛上的星期日下午》《安涅尔浴场》和《翁弗勒的灯塔》等。在《变形》中的《修拉》一文中，弗莱问道："在修拉之前，还有谁曾精确地掌握留白的可能性呢？之前还有谁掌握那巨大的平面空白区域，正如我们在他的《格拉沃利讷》中看到的未被破坏的表面可以成为绘画设计的组成部分的呢？"②在《修拉》中，他还认为无论是传统的英国风景画还是中国和日本的风景画，都是以唤起诗意的效果为基础的。现代主义的英美绘画开始关注空白与色彩、空白与画刷之间的关系，这些都得自中国艺术，以及中国道家美学中"虚实相生"的辩证理念。在《最后的讲稿》中，在分析唐代诗人与画家王维的一幅风景画作时，弗莱再度提及修拉与中国艺术的关系："或许，修拉给我们提供了欧洲人中与中国最为接近的一个范例。"③ 林秀玲认为："在中国艺术与现代西方艺术之间发现平行之处和可能存在的影响，是弗莱在现代运动中为

① 罗森鲍姆. 岁月与海浪：布鲁姆斯伯里团体人物群像. 徐冰，译. 南京：江苏教育出版社，2006: 37 页。

② Fry, Roger. *Transformations: Critical and Speculative Essays on Art*. London: Chatto & Windus, 1926: 50.

③ Fry, Roger. *Last Lectures*. Cambridge: Cambridge University Press, 1939: 149.

反传统的实验辩护的另一项创造。"① 弗莱通过形式分析，将中国艺术观念化入了英国现代主义形式美学之中，由此助推了伦敦现代主义艺术运动的发展。

综上，弗莱所倡导的形式主义审美体系集中体现了布鲁姆斯伯里团体的文学艺术家不从众、不媚俗、不迎合主流价值观的独立姿态。开阔的世界主义胸襟与理性的自由主义立场决定了弗莱对他者文化的尊重，以及在西方中心主义和文化帝国主义语境下要求扩大世界艺术版图和拥抱文化多样性的可贵努力。当然，与此同时，我们也必须看到，形式审美是一柄双刃剑。弗莱以形式作为实现跨文化理解的便捷之途，但无论是中国艺术还是其他非西方艺术的形式背后，均有独特的民族文化"意味"，艺术形式与特定地域背景、文化传统和艺术家的创作个性均不可分离。弗莱将形式之美上升到超越时空与文化语境的普遍性高度，客观上将中国艺术从其文化特殊性中剥离了出来，抽空了艺术的文化蕴涵，付出了牺牲艺术作品的哲学、宗教、社会等方面的意义的代价。因此，弗莱表面上非政治性的审美主义阐释背后，又隐含了暧昧的政治性，我们可以从中读出西方人由于文化差异对东方的理解中不可避免存在的误读与遮蔽。当然，反之亦然。可见，实现跨文化的沟通与理解任重道远。

原文出处：杨莉馨. 论罗杰·弗莱对中国艺术的阐释与借鉴. 国际汉学，2019(3): 101-107.

---

① Lin, Hsiu-ling. Reconciling Bloomsbury's Aesthetics of Formalism with the Politics of Anti-Imperialism: Roger Fry's and Clive Bell's Interpretations of Chinese Art. *Concentric: Studies in English Literature and Linguistics*, 2001, 27(1): 171.

论汉学家之于英美现代主义运动的意义

——以阿瑟·韦利为例

杨莉馨　白薇臻

关于中国文化元素对英美现代主义运动的影响，学界有所关注但未及深入。英国"布鲁姆斯伯里团体"美学家罗杰·弗莱（Roger Fry）曾将19世纪后期到20世纪初欧洲对中国艺术的重新"发现"誉为"东方文艺复兴"（Oriental Renaissance）[①]；美国"意象派"诗歌的领军人物埃兹拉·庞德（Ezra Pound）亦感叹"中国的激励作用并不输于希腊"[②]，将中国文化的影响力置于与西方文明之源古希腊相并举的崇高地位。如中国台湾省学者林秀玲所言，"英国现代作家和艺术家不仅'发现'了中国高雅艺术，还将中国艺术吸收进了英国复杂的美学探讨和现代艺术的创作实践之中"[③]；自19世纪末到20世纪上半叶，中国文学艺术成为"布鲁姆斯伯里团体""意象派""漩涡派"等英美现代主义群体除旧布新的重要参照。学界关于罗杰·弗莱等现代主义美学家，埃兹拉·庞德等现代主义诗人对中国文学艺术的汲取与转化已有所探讨，但对不谙中文的他们接受中国文艺的渠道却语焉不详，汉学家

---

① Fry, Roger. Editorial. *The Burlington Magazine for Connoisseurs*, 1910(17): 3. 引文为作者自译。文中其他译文未注明译者处，均为作者自译。

② Pound, Ezra. *Gaudier-Brzeska: A Memoir*. New York: New Directions Publishing Corporation, 1970: 140.

③ Lin, Hsiu-ling. Reconceptualizing British Modernism: The Modernist Encounter with Chinese Art (unpublished doctoral thesis). Chicago: The University of Chicago, 1999: 13.

在此过程中作为桥梁的意义由此浮出水面。如钱兆明所言："19 世纪末和 20 世纪初的英美学者也注意到这些中国诗人并开始翻译他们的作品。以厄内斯特·费诺罗萨、翟理斯、阿瑟·韦利的作品为媒介，庞德、威廉斯等现代主义诗人得以实现了与这些伟大的中国诗人的对话。"① 在汉学家与英美现代主义者之间的互动关联被低估的背景下，本文以 20 世纪英国汉学家阿瑟·韦利（Arthur Waley）为中心，探讨他的汉学成果作为媒介对英美现代主义运动的助推作用，由此呈现汉学家对于英美现代主义发展所做的贡献。

一、韦利的汉学研究与现代意识

作为 20 世纪英国最著名的东方学家与汉学家，韦利将一生都奉献给了中日文学—文化的译介和研究。其著作的数量之多、范围之广、质量之高、影响之巨，罕有匹敌之人。同意大利、葡萄牙、西班牙等国相比，英国汉学的兴起时间较晚，却在 19 世纪之后名家辈出，在知识界产生了巨大影响。"理雅各、翟理斯和德庇时这三位汉学家被后世并称为'19 世纪英国汉学的三大星座'，也是推动中国古代文化经典走向英国的重要功臣。"② 韦利则继承了英国汉学传统：一方面，他不断将中国古代典籍、诗歌与小说等译介至英语世界；另一方面，作为出身剑桥的学者型汉学家，他在翻译观念与文本选择上又体现出与传教士或外交官出身的汉学家不同的现代意识。如果说理雅各、翟理斯、德庇时等的汉学研究生成于帝国主义的时代氛围中，具有更加强烈的功利色彩与意识形态特征，韦利对中国文化的译介则更多与西方反思启蒙现代性弊病的美学现代主义运动相互依存，因而视中国文化为助力英美文学艺术突破传统、求新求变的异域资源。

随着 19 世纪中后期以来东方文化艺术馆藏品的激增，大英博物馆于 1913 年成立了"东方图片与绘画分部"。韦利在当年入职博物馆，并在东方学家劳伦斯·宾扬（Laurence Binyon）指导下开展对东方文化的研究。他很快以惊人的语言天赋和丰富的研究成果，使得大英博物馆不仅成为英国汉学研究的重镇，亦成为英美现代主义者拥抱中国文化的纽带。

① 钱兆明. "东方主义"与现代主义：庞德和威廉斯诗歌中的华夏遗产. 杭州：浙江大学出版社，2016: 1.
② 李真. 20 世纪中国古代文化经典在英国的传播编年. 郑州：大象出版社，2017: 14.

韦利对中国文化"涉猎广泛，诗歌、小说、戏剧绘画、佛教著述、敦煌变文、蒙古史、神话、习俗乃至现代文学都有翻译"[①]，其中影响最大的首推有关中国文学与艺术的翻译与研究。首先是对中国诗歌的出色译介，重要译著有《170 首中国诗歌》（*A Hundred and Seventy Chinese Poems*, 1918）、《中国诗文续集》（*More Translations from the Chinese*, 1919）、《诗经》（*The Book of Songs*, 1937）、《中国诗选》（*Chinese Poems*, 1946）等。他的译诗陆续被收入英美各种重要的诗歌选本，如安特梅尔编选的《现代英国诗选评》、叶芝编选的《牛津现代诗选 1892—1935》、罗伯特与格里格森编选的《1938 年度诗选》等，在 20 世纪上半叶的英美文学界产生了重要影响。

其次是对中国古典小说的翻译和中国诗人的传记研究，如《西游记》的节译本《猴子》（*Monkey*, 1942），《红楼梦》《金瓶梅》《老残游记》等小说部分章节的译介，以及对《太平广记》中多篇志怪小说的翻译。传记研究的代表论著有《白居易的生平及时代》（*The Life and Time of Po Chü-I 772－846 A.D.*, 1949）、《李白诗作及生平》（*The Poetry and Career of Li Po 701－762 A.D.*, 1950）、《18 世纪中国诗人袁枚》（*Yuan Mei: Eighteenth Century Chinese Poet*, 1956）等。

在艺术领域，韦利的重要论著有《禅宗及其与艺术之关联》（*Zen Buddhism and Its Relation to Art*, 1922）、《中国绘画研究概论》（*An Introduction to the Study of Chinese Painting*, 1923）等，论文则有《一幅中国画》（"A Chinese Picture", 1917）、《中国艺术哲学》（"Chinese Philosophy of Art", 1920—1921）等。此外，他还整理出版了大英博物馆中国艺术家人名索引和斯坦因的敦煌绘画书目等著作，翻译了儒家、道家、法家、墨家等的经典篇目，较为系统、全面地阐释了中国古代哲学思想的概况，如《道及其力量——〈道德经〉及其在中国思想史上的地位研究》（*The Way and Its Power: A Study of the* Tao Te Ching *and Its Place in Chinese Thought*, 1934）、《论语》（*The Analects of Confucius*, 1938）和《古代中国的三种思维方式》（*Three Ways of Thought in Ancient China*, 1939），可以说"将一整个文明带入了英国诗歌"[②]。

韦利汉学研究的美学现代性追求首先体现在其鲜明的翻译理念上。自

① 冀爱莲. 阿瑟·韦利汉学研究策略考辨. 北京：人民出版社，2018: 156.

② Perlmutter, Ruth. *Arthur Waley and His Place in the Modern Movement between the Two Wars*. [S.l.]: A XEROX Company, 1971: XXXVII.

1918年起，韦利和翟理斯（Herbert Allen Giles）就诗歌翻译问题展开了激烈论战，这标志着两代汉学家之间观念的碰撞。翟理斯等维多利亚时代汉学家长久受到英国文学传统的熏陶，在译介中国诗歌时格外注重格律的整饬、韵体的严格和用词的典雅；而韦利更倾向于自由化、散文化的翻译策略，注重巧妙灵活地把握与体现原诗的节奏，而并不拘泥于诗歌的韵脚；同时主张用无韵诗和弹簧式的跳跃节奏来翻译诗歌，并体现与原诗相近的节奏感。这场论争以《新中国评论》（*The New China Review*）等刊物为阵地，双方唇枪舌剑达5年之久。两人的分歧表面上主要围绕汉诗英译的准则和策略等问题，但从深层来看，也可被视作英国传统诗学与现代诗学观念的一次正面交锋。

因此，具体到翻译文本的选择上，比如在翻译中国古典诗歌时，韦利不喜欢堆砌繁复典故和句式佶屈聱牙的诗歌，相反喜欢通俗易懂、风格简约、题材日常化、意象具体化的作品。他认为，唐代诗人中白居易的诗歌最佳，清代诗人袁枚亦是他偏爱的对象，同时他还注重对唐朝以前的诗歌的译介。1918年，韦利出版译著《170首中国诗歌》，并在其中收录数篇介绍中国文学的文章作为序言，表达了对中国文学的整体看法。在"中国文学的局限"（"The Limitation of Chinese Literature"）一文中，韦利批评了西方人认为中国缺乏重要的史诗、戏剧，小说也从未成为文学主流的偏见，指出中国人数千年来保留了西方人缺少的理性和耐心，因而其文学精于反省而非推测，如白居易的诗歌即充满了中国式的静思和内省[1]，而这正是充斥着功利主义和市侩习气的西方社会所欠缺的品质。在论及诗歌题材时，韦利认为西方人擅长写爱情诗，中国人则以创作友情诗为主，这与两者不同的性格特征和文化背景有关。欧洲诗人将爱情置于最高地位，常用热烈奔放的语言讴歌它的美妙；中国诗人则将爱情视作日常生活中平凡的一部分，推崇友情甚过爱情，因而通常在诗歌中塑造对弈、练字的隐士形象，描写平静、祥和的田园生活。在论及诗歌的修辞手法时，韦利又对比了中西诗歌在用喻、用典上的不同，指出中国诗歌用喻较西方而言更为克制，避免使用荷马式的冗长明喻，因而语言更加通俗质朴。此外，对诗人寒山的译介亦是韦利的独到贡献。"英美最早译寒山诗的依然是韦利。所谓'早'，也到了50年代初，1954年他在著名的文

---

[1] Waley, Arthur. *A Hundred and Seventy Chinese Poems*. New York: Alfred A. Knopf, 1919: 17.

学刊物《文汇》上发表《寒山诗 27 首》，迅速在英美诗人中引起注意。"① 寒山诗歌中蕴含的佛教禅宗哲思带给二战后急需重建信仰的英美作家以深刻启迪，诗人甚至成为美国"垮掉派文学"的代言人。因此，"有人认为中国诗是现代'英美人的发现'，包括英国，是因为阿瑟·韦利影响巨大的汉诗翻译"②。"他将东方文学译介到西方，若干年后，这些已然成为经典的译作，甚至从西方返回东方，出口转内销，成为中国读者阅读和学习的文本。"③ 综上，作为标志着英国传统汉学向现代汉学转型的关键人物，韦利的翻译理念与实践均体现出鲜明的革新色彩和现代特征。他对中国文化的痴迷与研究，既受到英美现代主义者的深刻影响，又为英美现代主义的发展提供了源源不断的美学资源。

二、韦利与英美现代主义者的交游

韦利与英美现代主义作家、学者群体之间存在着彼此影响、促进的关联性。韦利之所以能顺利开展汉学译介，离不开几大群体的帮助：以 G. L. 迪金森（Goldsworthy Lowes Dickinson，惯称为 G. L. Dickinson）、罗杰·弗莱为代表的布鲁姆斯伯里团体的成员，以及以庞德为代表的"意象派"和"漩涡派"。

最早引导韦利与中国结缘的是剑桥导师 G. E. 摩尔（George Edward Moore，惯称为 G. E. Moore）和迪金森。韦利于 1907 年入读剑桥大学国王学院时，摩尔的《伦理学原理》（*Principia Ethica*, 1903）正在学生中广为流传，迪金森时任国王学院历史学讲师。摩尔对真理与理性的尊崇、对自由与审美的奉守，启示整个布鲁姆斯伯里团体远离物质主义与市侩哲学，质疑主流话语与官方立场，表现出开阔的文化视野和对他者文化的尊重态度。迪金森则在八国联军侵华和布尔战争的背景下创作了《约翰中国佬的来信》（*Letters from John Chinaman*, 1901），反转了西方传统中负面的"中国佬"形象，塑造了一位正直聪慧、知识渊博、能言善道的东方智者约翰中国佬，努力在道家的诗意境界中寻找审美化的生存。韦利的弟媳玛格丽特·魏理（韦利）回忆道，韦利"接受了由剑桥大学 G. E. 摩尔和高尔斯华绥·刘易斯·迪金森讲授的那些哲学思

① 赵毅衡. 诗神远游：中国如何改变了美国现代诗. 成都：四川文艺出版社，2013: 156.
② 赵毅衡. 诗神远游：中国如何改变了美国现代诗. 成都：四川文艺出版社，2013: 77.
③ 程章灿. 魏理与中国文学的西传. 清华大学学报（哲学社会科学版），2013(6): 49.

想，他们后来都成了阿瑟长期的朋友，并把阿瑟介绍给罗杰·弗莱"①。鲁思·帕尔马特认为，韦利一经入校，"便被一代耀眼而卓越的青年人所包围，他们注定会成为英国的知识精英。所有的人都臣服于那些深受喜爱的教授们，如迪金森和摩尔。在他们的指导下，韦利学会了受用终身的价值观念——对虚伪和社交伪善言辞的厌恶，及对精确言语与清晰思维的偏爱"②。因此，L. P. 威尔金森指出，正是迪金森在 1907 年引发了韦利对中国的注意③。另一位促使韦利与中国结缘的布鲁姆斯伯里团体的成员当属弗莱。在与罗伊·福勒的访谈中，韦利称弗莱为"最伟大的朋友之一"④。1916 年，韦利曾向弗莱征求自己的处女译作《中国诗歌》的出版意见，得到一直关注中国艺术的弗莱的热情支持。1917 年，弗莱在写给罗斯·威尔达莱克的一封信中说，他的一位叫韦利的朋友刚翻译完一些汉代的优雅诗歌，"这些诗质朴简单、不加雕饰，很符合今天的品味"⑤。尽管此书最终只作为私人印刷品馈赠给亲友，但多年后，韦利还清晰地回忆道："这本书完全没有出版的意识，因为我想要同朋友们分享自己阅读中国诗歌的乐趣。对译作感兴趣的人有弗莱、迪金森和 L. G. 史密斯。弗莱当时对印刷颇有兴趣。他认为诗歌应该被印在波动的线条上，以此来增强节奏感。"⑥

1910 年，年仅 21 岁的韦利加入"诗人俱乐部"，就此结识了庞德、艾略特、叶芝等人⑦。1913—1921 年，韦利与庞德、艾略特等人开始每周定期聚

---

① 玛格丽特·魏理. 家里人看魏理. 程章灿，译. 古典文献研究，2007(1): 427.

② Perlmutter, Ruth. *Arthur Waley and His Place in the Modern Movement between the Two Wars*. [S.l.]: A XEROX Company, 1971: 5.

③ Wilkinson, Lancelot Patrick. Obituary. *King's College Annual Report*, 1966(19): 52.

④ Fuller, Roy. Arthur Waley in Conversation. In Morris, Ivan (ed.). *Madly Singing in the Mountains: An Appreciation and Anthology of Arthur Waley*. London: George Allen & Unwin Ltd., 1970: 144.

⑤ 帕特丽卡·劳伦斯. 丽莉·布瑞斯珂的中国眼睛. 万江波，韦晓保，陈荣枝，译. 上海：上海书店出版社，2008: 476.

⑥ Waley, Arthur. Introduction to *A Hundred and Seventy Chinese Poems* (1962 edition). In Morris, Ivan (ed.). *Madly Singing in the Mountains: An Appreciation and Anthology of Arthur Waley*. London: George Allen & Unwin Ltd., 1970: 134.

⑦ 关于韦利与庞德结识的具体时间，学界尚无定论。程章灿在《魏理的汉诗英译及其与庞德的关系》（2003）一文中认为，两人初识的时间应该不早于 1913 年，不迟于 1916 年；冀爱莲在其编写的《阿瑟·韦利（1889—1966）汉学年谱》（2017）中认为，早在 1910 年两人或已结识。

会①。1915 年，庞德在出版《神州集》时与韦利就诗歌问题有诸多讨论，并在次年出版的《能剧：日本古典舞台剧研究》一书的序言中，表达了对韦利的感谢②。1917 年，伦敦大学东方研究院成立。《伦敦大学东方学院学刊》（*Bulletin of the School of Oriental Studies, London Institution*）创刊号上发表了《唐前诗选译》（"Pre. T'ang Poetry"）37 首和《白居易诗 38 首》（"Thirty-eight Poems by Po Chu-I"）。其中，《白居易诗 38 首》中的一部分又经庞德的推荐，于同年刊登在庞德主编、被誉为"庞德-艾略特运动"之喉舌的《小评论》（*Little Review*）10 月号和 12 月号上。相较韦利，庞德出版译诗的时间较早，这使得韦利在聚会和交谈中收获颇丰。正如玛格丽特·魏理所言："在这些朋友中，埃兹拉·庞德因其对中国诗歌的兴趣及其翻译而显得特别重要。虽然庞德一点不懂中文，他从法文转译过来的译本在 1915 年就出版了，这极大地鼓舞了阿瑟。阿瑟觉得，有必要将他在汉语和日语文学中发现的新鲜的美传达给别人。"③ 而在访谈中，韦利亦直率地谈论庞德说："他所说的诗歌和创作诗歌的事情，是我一生中听过的最美好的话语。"④ 由此可见，庞德对韦利的汉诗译介影响巨大，不少学者甚至认为韦利是庞德的追随者，是其汉诗英译的继承者。

"在 20 世纪头两个 10 年，英美特别是英国知识界对中国的兴趣正在与日俱增。在英美文坛上，以庞德为核心的意象派诗歌运动正当风头之上，自由体及素体诗也越来越深入人心。"⑤ 在此大环境中，深受鼓舞的韦利潜心于汉学译介，其成果反过来又通过复杂的交游网络对现代主义者们产生了巨大影响。

韦利与布鲁姆斯伯里团体的诸多成员保持了终身友谊，也频频出现在团

① Fuller, Roy. Arthur Waley in Conversation. In Morris, Ivan (ed.). *Madly Singing in the Mountains: An Appreciation and Anthology of Arthur Waley*. London: George Allen & Unwin Ltd., 1970: 140.

② 葛桂录，主编. 中国古典文学的英国之旅——英国三大汉学家年谱：翟理斯、韦利、霍克斯. 郑州：大象出版社，2017: 154-158.

③ 玛格丽特·魏理. 家里人看魏理. 程章灿，译. 古典文献研究，2007(1): 432.

④ Fuller, Roy. Arthur Waley in Conversation. In Morris, Ivan (ed.). *Madly Singing in the Mountains: An Appreciation and Anthology of Arthur Waley*. London: George Allen & Unwin Ltd., 1970: 140.

⑤ 程章灿. 东方古典与西方经典——魏理英译汉诗在欧美的传播及其经典化. 中国比较文学，2007(1): 32.

体的聚会和成员的书信及回忆录中，例如罗素、迪金森、弗莱等都在自传、书信、文章中提到他的译诗和研究。韦利本人曾满怀深情地回忆他与罗素、凯恩斯、吉拉德·舍夫和弗莱在剑桥时活跃、自由的学术探讨。美国汉学家史景迁亦生动描述了韦利、利顿·斯特雷奇和伦纳德·伍尔夫因剑桥大学和对东方的迷恋而结下的真挚友谊①。从剑桥毕业后，韦利又长期生活在伦敦布鲁姆斯伯里街区戈登广场，与斯特雷奇、贝尔夫妇、弗吉尼亚·伍尔夫、凯恩斯、邓肯·格兰特等布鲁姆斯伯里团体的核心成员比邻而居。彼时，中国文化在西方知识界成为时髦的话题，韦利的汉学成果亦在这一团体著名的"星期四之夜"聚会上受到了高度关注。1916 年，韦利的首部译作《中国诗歌》即是在弗莱主持的"欧米茄工作室"（Omega Workshops）的会议上由成员讨论是否应该出版的②。这部译作赠送的对象包括迪金森、庞德、西特尔克、特里维廉、弗莱、艾略特、罗素、伦纳德·伍尔夫、叶芝、贝尔等人③——大多是"布鲁姆斯伯里团体"的核心成员或与之关系密切的人，以及"意象派"与"漩涡派"成员。韦利还时常在朋友聚会时朗读自己的译诗，并被凯恩斯的妻子、俄罗斯芭蕾舞蹈家洛帕科娃戏称为"中国的布鲁姆斯伯里人"。因此，"尽管早有那些视觉艺术作品开路，但是战前，英国大部分的布鲁姆斯伯里圈中人还是通过大英博物馆东方书画部的管理人韦利，才开始对'诗性'和'朦胧'的中国有了一个文学意义上的概念"④。1917 年 10 月，罗素收到韦利的赠书之后，在给韦利的信中盛赞了他的译作，认为正是韦利的翻译让他触摸到"远比西方更令人耳目一新、更精致的中国文化的精髓"⑤。1918 年 7 月，斯特雷奇在写给韦利的信中，提及韦利对中国诗歌韵律的论述引起

---

① 史景迁. 中国纵横：一个汉学家的学术探索之旅. 夏俊霞，等译. 上海：上海远东出版社，2005：382.

② Waley, Arthur. Introduction to *A Hundred and Seventy Chinese Poems* (1962 edition). In Morris, Ivan (ed.). *Madly Singing in the Mountains: An Appreciation and Anthology of Arthur Waley*. London: George Allen & Unwin Ltd., 1970: 134.

③ Johns, Francis A. *A Bibliography of Arthur Waley*. London: The Athlone Press, 1988: 5.

④ 帕特丽卡·劳伦斯. 丽莉·布瑞斯珂的中国眼睛. 万江波，韦晓保，陈荣枝，译. 上海：上海书店出版社，2008：466.

⑤ Perlmutter, Ruth. *Arthur Waley and His Place in the Modern Movement between the Two Wars*. [S.l.]: A XEROX Company, 1971: 52.

了自己极大的兴趣，建议他出版一本关于中国文学的著作①。1928 年，弗吉尼亚·伍尔夫在小说《奥兰多》的致谢中感谢了韦利给予自己的帮助。E. M. 福斯特也曾在书信中提到韦利不仅是布鲁姆斯伯里团体的成员，而且是非常伟大的东方学者和翻译家，与伍尔夫、弗莱和凯恩斯等同为布鲁姆斯伯里团体的精英代表②。

与此同时，从 1917 年起，韦利的大多数译作还在美国的《小评论》和英国的《新政治家》（New Statesman）两种杂志上轮流发表，给热爱中国诗歌的美国诗人带来惊喜。赵毅衡认为："阿瑟·韦利杰出的工作是新诗运动接受中国影响的主要途径之一，但是，应当指出，他的读者、他对诗人的影响，主要在美国。"③ 关于韦利和庞德的交往，程章灿曾在《魏理的汉诗英译及其与庞德的关系》等文中有集中论述。知名诗人弗莱彻、门罗等也曾刊文对其译著予以赞扬④。而韦利对白居易诗歌的译介，亦成为美国现代主义诗人威廉·卡洛斯·威廉斯创作现代诗歌的典范，并直接影响了其代表作《春天及万物》的遣词造句、思想理念和风格特征。韦利对美国现代诗歌的影响如此巨大，以至于美国的一些诗人"受中国诗影响，但仍使用正常英语，可以把他们称作韦利派，而把进行句法实验的称作庞德派"⑤。T. S. 艾略特在 1949年出版的著作中亦回顾道："东方文学对诗人的影响通常是通过翻译实现的。东方诗歌在过去一个半世纪的影响不可否认；仅以英语诗歌为例，在我们这个时代，由庞德和韦利翻译的诗歌可能被每一位诗歌创作者阅读过。很明显，通过个别译者，特别是有欣赏遥远文化天赋的译者，每一种文学都可能影响到所有其他人；我强调的正是这一点。"⑥ 因此，通过韦利的译介，中国的文学—文化深刻影响了美国现代主义诗歌的发展。

① Morris, Ivan. The Genius of Arthur Waley. In Morris, Ivan (ed.). *Madly Singing in the Mountains: An Appreciation and Anthology of Arthur Waley*. London: George Allen & Unwin Ltd., 1970: 67-68.

② Lago, Mary. *Selected Letters of E. M. Foster*. Cambridge, Mass.: [s.n.], 1985: 106.

③ 赵毅衡. 诗神远游：中国如何改变了美国现代诗. 成都：四川文艺出版社，2013：77-78.

④ 钱兆明. "东方主义"与现代主义：庞德和威廉斯诗歌中的华夏遗产. 杭州：浙江大学出版社，2016：121.

⑤ 赵毅衡. 诗神远游：中国如何改变了美国现代诗. 成都：四川文艺出版社，2013：224.

⑥ Eliot, T. S. *Notes Towards the Definition of Culture*. New York: Harcourt, Brace and Company, 1949: 117.

三、韦利的汉学成果与英美现代主义

如史景迁所言，韦利"以东方的风格为受到严重威胁的生活祈祷祝福，这样的做法非但一点儿也不过时，相反，它们是强大的能量和渊博的学识的产物，它们也是某种信念的产物。这种信念相信有一种价值理念是长久存在的，有一种思想是永远都不会落伍的，因为这理念、这思想一直是（而且将永远是）真实的"[①]。那么，韦利的汉学成果对英美现代主义运动究竟产生了哪些方面的影响？我们大致可以从思想观念与艺术形式两个层面来看。

从思想观念上说，韦利对中国道家哲学的重视，对中国诗文所呈现的人与自然和谐并存境界的赞美，呼应并促进了英美现代主义运动在价值层面的新追求。

自19世纪中后期以来，欧美社会从对启蒙现代性的反思、质疑与否定中裂变而出的美学现代性，以反叛科技文明和工具理性的冲动、拒绝平庸的高蹈姿态、崇尚感性与心灵的热情等为标志，通过美学现代主义运动集中爆发了出来。而"东方有助于揭示一种深沉的文化危机感，一种信仰——曾被科学理性支撑的进步观念——的失落，以及对新范式的需要"[②]。在此条件下，非理性色彩浓厚的东方哲学，如道家思想、佛教禅宗等，成为矫正理性至上之偏颇的异域资源。与启蒙时代的作家与思想家对儒家学说的趋之若鹜形成对比，道家经典在历经数个世纪的冷遇与误解之后，终于在19世纪后期到20世纪初迎来了西方翻译与研究的辉煌。"随着理雅各和马伯乐的早期翻译，随着像荣格和艾伦·瓦兹等人的日益增长的兴趣，道家思想在近几十年开始从遮蔽中走出，在关于心灵和自然的激进的新概念中起着至关重要的作用。"[③]《周易》《道德经》与《庄子》等成为畅销书籍，道家所提倡的清静无为、与自然和谐相处的人生智慧，亦深受西方知识分子的推重。在他们看来，"无为"并不意味着道德上的漠不关心，而是指以一种无私和不加干涉的方式与自然

① 史景迁. 中国纵横：一个汉学家的学术探索之旅. 夏俊霞，等译. 上海：上海远东出版社，2005：390.

② J. J. 克拉克. 东方启蒙：东西方思想的遭遇. 于闽梅，曾祥波，译. 上海：上海人民出版社，2011：149.

③ J. J. 克拉克. 东方启蒙：东西方思想的遭遇. 于闽梅，曾祥波，译. 上海：上海人民出版社，2011：146.

和谐相处，因而是一种更高的道德要求，"对西方强调自我和个人成功的典型模式而言是一种重要的平衡性的理念"[①]。韦利在《中国艺术哲学》《中国绘画研究概论》《道及其力量——〈道德经〉及其在中国思想史上的地位研究》《古代中国的三种思维方式》等作品中不仅阐释了老庄哲学，还进一步将"天人合一"境界的追求概括为中国古典诗歌与视觉艺术最鲜明与共通的特征[②]。张隆溪先生在《选择性亲和力？——王尔德读庄子》一文中曾对世纪之交英美作家对庄子思想的不同阐发有所概括，他认为，如果说"19世纪90年代的王尔德在庄子身上找到的是对中产阶级价值观和现代政治体制的激烈批判，以及对个人自由的辩护"的话，庞德和威廉斯看到的就是"中国哲人拒绝对世间万物做任何区分的态度"[③]；而韦利则既看到了道家哲学对市侩的反抗、对政治的批判，同样也看到了人在自然面前的谦卑和自由心灵的可贵，因此，在论及唐代大诗人王维的诗歌和水墨山水画时，均特别强调其追求天人合一、"顺物自然"[④] 的精神指向。韦利还特别欣赏北宋著名画家与绘画理论家郭熙，连续发表过2篇有关其画论的文章，后收入《中国绘画研究概述》。其中，韦利用较多篇幅翻译了郭熙《林泉高致集》中的观点，再次肯定了郭熙提出的山水画应精心选取绘画对象，并与自然物象达到"天人合一"的境地的看法，指出其山水画论"完全契合现今大多数欧洲人的理念。一般人欣赏一幅山水画是因为这让他想起了自己曾愉快闲逛或栖居的一些地方。从某种意义上而言，忽略这一点的画家也'忽略了本质'"[⑤]。由此而言，韦利的观点有力回应了迪金森在《约翰中国佬的来信》、罗素在《一个英国人的中国》（*An Englishman's China*，1919）和《中国问题》（*The Problem of China*，1922）等著述中所表达的以道家文化崇尚自然、注重生命体悟的特征，来对抗"把人

① J. J. 克拉克. 东方启蒙：东西方思想的遭遇. 于闽梅，曾祥波，译. 上海：上海人民出版社，2011：291.

② Waley, Arthur. *An Introduction to the Study of Chinese Painting*. New York: Grove Press, Inc, 1958, pp. 13-16.

③ 张隆溪. 选择性亲和力？——王尔德读庄子. 高奋，主编. 现代主义与东方文化. 杭州：浙江大学出版社，2012：21.

④ Waley, Arthur. *An Introduction to the Study of Chinese Painting*. New York: Grove Press, Inc, 1958, p. 145.

⑤ Waley, Arthur. Chinese Philosophy of Art IV: Kuo Hsi (Part I). *The Burlington Magazine for Connoisseurs*, 1921(218): 247.

看作一堆原料，可以用科学方法加工处理，塑造成任何合我们心意的模式"①的"机械的人生观"②，从而将陷入危机的西方人从垂死的、惯例的、工具化的文明常规形式中拯救出来的思想，并影响了一大批现代主义者。

此外，美学现代主义除了从道家、佛教禅宗等观念中汲取滋养以强调感性的回归、天性的舒展，努力将主体从现代社会的异化状态中拯救出来的价值取向之外，还高度强调艺术审美的独立性。"从追求新颖形式到纯粹的审美经验，其中都隐含着一个潜在的观念，那就是对平庸、陈腐和一成不变的现实存在和日常经验的否定。"③亦即是说，现代主义者的形式美学追求，是美学现代性追求的自然延伸。这一方面同样在韦利的汉学译介中获得了滋养。

自 1910 年起，弗莱返回英国，出任著名的艺术评论刊物《伯灵顿杂志》的编辑，除了密集刊发有关原始艺术、非欧洲艺术的考古发现与研究成果，以及欧陆现代主义艺术运动的评论外，他自己也发表了《东方艺术》（1910）、《中国瓷器与手工雕像》（1911）等文，为中国艺术在英国主流的艺术杂志中谋得了一席之地。1920—1921 年，韦利在《伯灵顿杂志》上推出了《中国艺术哲学》系列文章，囊括了谢赫、王维、张彦远、郭熙、董其昌等艺术家、艺术理论家的观点和成就，细致梳理并介绍了重要的中国艺术理论。1920 年 10 月，韦利重点阐释了公元 6 世纪中国南朝齐梁之间的画家兼理论家谢赫《画品》中提出的绘画"六法"。"谢赫六法"之首法为"气韵生动"，要求作品和作品中刻画的形象具有生动的气度韵致，饱含生命的律动感，体现出主客体的交融。这一写意原则不仅成为宋代之后中国文人画的追求目标，亦成为中国古典美学的理论核心。通过对"气韵生动"美学原则的阐发，韦利推崇并强调了"精神"（spirit）在文学艺术中的核心地位，认为唯有精神方能使世界物象发生变化，如同竖琴演奏者撩拨琴弦一样，通过"精神的运作"（the operations of the spirit）以产生"生命的律动"（life's motion）④。他的观点和弗莱在第一次后印象派画展的"前言"中对原始艺术"不是再现眼睛所见的东西，而是在一个为心灵所把握的对象上画下线条"⑤的赞美，以及在第二

---

① 罗素. 中国问题. 秦悦，译. 上海：学林出版社，1996: 63.

② 罗素. 中国问题. 秦悦，译. 上海：学林出版社，1996: 62.

③ 周宪. 审美现代性批判. 北京：商务印书馆，2005: 240.

④ Waley, Arthur. Chinese Philosophy of Art I: Note on the Six Methods. *The Burlington Magazine for Connoisseurs*, 1920(213): 309.

⑤ 罗杰·弗莱. 弗莱艺术批评文选. 沈语冰，译. 南京：江苏美术出版社，2010: 102.

届后印象派画展的"前言"中，对艺术家"技巧完全服从于感情的直接表现"，"表达某种精神体验"① 的肯定彼此呼应。长期以来，弗莱一直在探索将文学艺术从亦步亦趋模拟现实的僵化传统中解放出来的新路，深感"我们对人类精神生活的韵律实在是知之太少"②。韦利对中国艺术美学的阐发，为弗莱的现代主义美学探索提供了重要的理论支持，对布鲁姆斯伯里团体的成员摒弃物质主义的精神主义追求，亦形成了强大的声援。1923 年 12 月 1 日，伍尔夫发表了被誉为"现代小说"的美学宣言的长文"贝内特先生与布朗夫人"，提出小说家要摒弃外部的物质表象，摹写人的灵魂的深度，以抓住生活的本质，表现真正的真实观点。昆汀·贝尔认为："《贝内特先生和布朗太太》其实是弗吉尼娅的私人宣言。她大致描述了自己在未来十年里的计划。在某种程度上，她概述了自己的毕生事业。"③ 而这一"私人宣言"的生成或"毕生事业"的发展，是建立在韦利与布鲁姆斯伯里人共同的美学革新意识基础上的。

值得一提的是，弗莱还从谢赫的"气韵生动"中捕捉到了中国艺术美学追求以遒劲有力的线条勾勒唤起生命的律动感的精髓，将之与西方诗歌与音乐艺术传统中的节奏感结合到一起，发展出对"韵律"（rhythm）的独到追求，要求无论是语言文字艺术还是视觉艺术中的韵律，都要与人的生命节奏、人的情感变化同构对应，以表达人的心灵的律动。弗莱认为：小说中能唤起审美情感的形式关系即是"大脑状态的韵律变化"（rhythmic changes of states of mind）④。在他后期的论述中，"韵律"更成为一个高频词，他用"一种穿透整体结构的造型韵律"（a continuous plastic rhythm penetrating throughout a whole composition）⑤ 赞美了他心爱的画家保罗·塞尚的画作和挚友伍尔夫的小说。在伍尔夫那里，"韵律"一词同样具有相当高的使用频度。在一封给密友薇塔·萨克维尔-韦斯特的信中，关于《到灯塔去》希望获得的韵律，伍尔夫写道："韵律这东西真是意味深远，难以用言辞表述。一种景象、一种情绪，早在言辞能够表达之前，就已经创造出头脑中的这一浪花；在写作中（这

---

① 罗杰·弗莱. 视觉与设计. 易英，译. 南京：江苏教育出版社，2005: 153.

② Woolf, Virginia. *Roger Fry: A Biography*. London: Hogarth Press, 1940: 293.

③ 昆汀·贝尔. 伍尔夫传. 萧易，译. 南京：江苏教育出版社，2005: 312.

④ Fry, Roger. *Transformations: Critical and Speculative Essays on Art*. London: Chatto & Windus, 1926: 57.

⑤ Fry, Roger. *Characteristics of French Art*. London: Chatto & Windus, 1932: 146.

是我的信念）你得重新捕捉这一过程，让它重新发挥作用（表面上看，这与言辞毫无关系），随后，当它在脑海中碎裂、翻滚之时，它会允许言辞将之表达出来。"[1] 这表明，伍尔夫着意捕捉的，正是由人物的情绪波动所实现的韵律感，反过来说是通过韵律与节奏呈现的人物的情绪变化。在日记中，伍尔夫也曾谈及小说《波因茨宅》（后更名为《幕间》）中的韵律，说她听见了这一韵律，并在每一个句子中都加以使用。因此，"头脑中的这一浪花"成为伍尔夫韵律使用的基本特征。由此，我们看到了韦利的汉学译介对现代主义者的美学探索所做的贡献。

概而言之，正如钱兆明所指出的："东方文化中那些吸引英美诗人的因素——历久弥新、丰富多彩的东方文化中的细致、准确、客观、清新，与自然和谐融洽——这些特点无一不是现代主义运动的核心要素。"[2] 关于西方诗人所受中国诗歌的影响，诗人雷克斯罗斯甚至认为远东诗歌的影响覆盖了欧美三代诗人："第一代是第一次世界大战前正值年轻的一些诗人，如庞德、里尔克、阿波里奈尔、玄姆、马拉美、巴斯特纳、马恰度等，这些诗人的诗风或多或少都受远东诗歌之影响。第二代，即一战后崛起的诗人，已然接纳远东诗歌，并将其视为'他们诗艺固有的一部分'。"[3] 而在这一过程中，韦利及上一代汉学家如翟理斯，同时代其他汉学家如劳伦斯·宾扬、厄内斯特·费诺洛萨等人的贡献功不可没。1950年，韦利荣获法兰西学院授予的年度汉学最高奖儒莲奖；1953年，又因对中国诗歌翻译的巨大贡献而获得"女王诗歌勋章"。当韦利在汉学家群体中作为跨文化阐释与理解的重要桥梁的贡献尚未得到充分评估的背景下，加强此方面的研究意义重大。

原文出处：杨莉馨，白薇臻. 论汉学家之于英美现代主义运动的意义：以阿瑟·韦利为例. 中国比较文学，2020(4): 102-115.

---

[1] Pippett, Aileen. *The Moth and the Star*. Boston: Little, Brown and Company, 1955: 225.

[2] 钱兆明. "东方主义"与现代主义：庞德和威廉斯诗歌中的华夏遗产. 杭州：浙江大学出版社，2016: 3.

[3] 钟玲. 美国诗与中国梦——美国现代诗里的中国文化模式. 桂林：广西师范大学出版社，2003: 17.

利顿·斯特雷奇对中国古代文明的审视与反思

谢雅卿

　　利顿·斯特雷奇（Lytton Strachey, 1880—1932）是英国布鲁姆斯伯里团体的核心成员，以传记写作闻名于 20 世纪初的英国文坛，然而，学界却少有人关注他对中国文学和艺术的广泛了解与独到阐释。事实上，与布鲁姆斯伯里团体的许多成员一样，斯特雷奇也对中国文化兴趣浓厚。他曾细读过英国汉学家翟理斯（Herbert Allen Giles, 1845—1935）编译的《古今诗选》（*Chinese Poetry in English Verse*, 1898），并于 1908 年发表了对该书的书评；他还阅读并评论过英国作家、记者布兰德（J. O. P. Bland, 1863—1945）撰写的《李鸿章传》（*Li Hung-chang*, 1917）。1912 年，受到布兰德《太后统治下的中国》（*China under the Empress Dowager*, 1911）一书的影响，斯特雷奇写下了他唯一的一部被搬上舞台的戏剧《天子：一部悲情的情节剧》（*A Son of Heaven: A Tragic Melodrama*，以下简称《天子》）。1925 年，为了给伦敦女性服务协会筹集善款，这部剧被制作成了两场公益演出，在伦敦斯卡拉剧院上演，许多布鲁姆斯伯里团体成员都参与了这部剧的设计、表演与统筹工作；1949 年，此剧又在伦敦新林赛剧院演出了三周；1950 年，《天子》被改编成了 BBC 广播剧①。然而，直到 2005 年，这部剧的剧本才被编辑成册，由塞西尔·伍尔夫（Cecil Woolf）出版社出版。

---

① Holroyd, Michael. *Lytton Strachey: The New Biography*. London: Vintage, 1995: 508-513; Rosenbaum, Stanford Patrick. *Georgian Bloomsbury: The Early Literary History of the Bloomsbury Group 1910—1914: Vol. 3*. Houndmills: Palgrave Macmillan, 2003: 112-115.

斯特雷奇对中国文化的兴趣根植于 20 世纪初期英国现代主义精英群体的思想运动与跨文化实践。为了治愈西方现代文明的疾患，以布鲁姆斯伯里团体为代表的英国现代主义知识分子将目光投向了古老的远东文明。而 19 世纪末 20 世纪初西方世界对中国古代文物的殖民掠夺，中亚考古大发现，中国艺术品在西方博物馆、美术馆的展览，西方艺术经销商对中国文物的推销、收藏、鉴赏等实践活动为这种思想运动提供了丰富的物质基础。与 18 世纪风靡欧洲、追求异国情调和华丽风格的"中国风"（Chinoiserie）不同，20 世纪初的现代主义文学、艺术更加关注中国早期艺术的形式美、古典美，以及其中蕴含的天人合一的美学理念和以人为本的伦理精神。此外，在 19 世纪末 20 世纪初，一批欧洲汉学家、翻译家译介了许多中国古代典籍和文学作品，为中国文化内在精神在西方世界的传播做出了杰出贡献，这使得 20 世纪初的"中国风"不再是一种具有异国情调的装饰艺术，而是被提升到了文明的高度，作为欧洲文明的"他者"，与英国现代主义文学艺术相交融。本文将以利顿·斯特雷奇为例，阐释他对古代中国的审视与反思，探索"中国"这面镜子如何映照了他作为一个英国自由人文主义者的困惑与危机。

一、中国古代诗歌与斯特雷奇的审美伦理理念

布鲁姆斯伯里团体成员作为自由人文主义的信奉者，有他们自己的伦理信条、审美理想与价值观念。剑桥哲学家 G. E. 摩尔（G. E. Moore, 1873—1958）的《伦理学原理》（*Principia Ethica*, 1903）曾被他们当作《圣经》一般顶礼膜拜。斯特雷奇于 1903 年读完《伦理学原理》后，对其赞不绝口，宣称此书标志着"理性时代的到来"[①]。伦纳德·伍尔夫（Leonard Woolf）也曾经说过："剑桥的学术氛围和摩尔的哲学为我们的心灵和思想赋予了色彩……摩尔向我们的思维和性格中深深灌输了他对真理、明确性和常识的热情，以及他对某些价值的强烈信念。"[②] 在《伦理学原理》中，最吸引布鲁

[①] Watt, Donald J. G. E. Moore and the Bloomsbury Group. *English Literature in Transition, 1880—1920*, 1969, 12(3): 123.

[②] Woolf, Leonard. *Beginning Again: An Autobiography of the Years 1911—1918*. London: Hogarth Press, 1964: 24-25.

姆斯伯里成员的莫过于摩尔对至高无上的"善"（goodness）的定义："最可贵的东西……是某种意识状态（states of consciousness），它可以被粗略地描述为人际交往中的乐趣与对美的事物的欣赏。或许，没有一个对自己提出过这个问题的人会怀疑，人与人之间的爱，以及对艺术和自然中的美的欣赏，本身就是'善'。"① 摩尔认为，沉浸于"审美享受"（aesthetic enjoyments）与"人际情感"（interpersonal affections）中的意识状态是不依附于任何外物的"价值"本身，这种意识状态是独立自主的，是为自身而存在的终极目的，而不是通向其他道德观念或思想理念的工具或手段。受到摩尔的影响，许多布鲁姆斯伯里团体成员也把"爱"与"美"奉为理想人性的化身和理想文明的根基。在这种核心价值体系的基础上，他们主张的艺术独立性、和平主义、自由主义以及性别理论才得以发展，正如斯坦福·帕特里克·罗森鲍姆（Stanford Patrick Rosenbaum）所言，摩尔的美学伦理学支撑着布鲁姆斯伯里"批判资本主义、帝国主义和战争，批判绘画和文学中的唯物现实主义，以及性别不平等、歧视和压迫"②。

当斯特雷奇阅读翟理斯编译的《古今诗选》时，发现中国古代诗歌的精神内核与他的审美伦理思想有共通之处，并在书评《一部诗集》（"An Anthology"）中加以阐释。首先，他认为中国古诗给他带来了一种独特的审美感受，这源自它们在美学意义上的灵动性与联想性；其次，他发现许多中国诗歌的主题都是对崇高友谊的赞颂。这两点阐释与摩尔将"善"定义为"美"与"爱"恰好相通③。

斯特雷奇在书评中指出，古希腊艺术代表了西方古典文明的精神内核，它崇尚对"完善的美"（the consummation of beauty）的欣赏，试图表现一种"完成的"或"终结的"事物，并且，"当它完成时，便心满意足了"④。而相比之下，中国传统诗歌具有一种审美上的暗示性或启发性，追求的是一种"言

---

① Moore, George Edward. *Principia Ethica*. Cambridge: Cambridge University Press, 1960: 188-189.

② Rosenbaum, Stanford Patrick. *Victorian Bloomsbury: The Early Literary History of the Bloomsbury Group: Vol. 1*. Houndmills: Palgrave Macmillan, 1987: 12.

③ Strachey, Lytton. An Anthology. In *Characters and Commentaries*. London: Chatto & Windus, 1933: 148-157.

④ Strachey, Lytton. An Anthology. In *Characters and Commentaries*. London: Chatto & Windus, 1933: 149-150.

有尽而意无穷"的效果。举例来说，斯特雷奇引用了翟理斯翻译的李白《怨情》一诗——"美人卷珠帘，深坐颦蛾眉。但见泪痕湿，不知心恨谁"，以展示中国诗歌如何表达"人们最微妙思想的不确定性"——在"珠帘卷起的片刻，我们瞥见了一个幻象，它让我们沿着越来越宽广的想象之河展开一段神秘的旅程"[1]。在他看来，中国诗歌总在描述简单纯粹的场景，比如"当一个女孩采花时，蜻蜓落在了她的发簪上"，或者"一位孤独的诗人在月光下弹着琵琶吟唱"。这些普通的经验只是"一系列幻象与情感的前奏"[2]，它们不具有终结感和完成感，但能轻易激发读者的想象、联想和审美反应。斯特雷奇对中国古诗的推崇与现代主义文学艺术的再现革命有关，简单来说，启蒙理性主义之后，逼真性（verisimilitude）成为判断艺术价值的主要标准之一，它强调艺术对自然现实的模仿，认为其依附于客观现实、科学唯物主义和技术实践。而现代主义对内在真实、表现力、情感和形式创新的强调挑战了现实主义和自然主义文学艺术作品的逼真性和模仿性，转而追求能够激发审美情感的新的艺术形式，使艺术不再依附于外在事实而独立存在，以其实验性的形式创新来表征或激发新的现代经验。正如斯特雷奇所说，"［中国诗歌］并不是对零散事实的照片式记录，它们像一幅幅精美的淡彩画，隐秘地捕捉了某些经验"[3]。在中国古典文学艺术中，内在情感、自然外物和艺术形式融为了一体，表达着一种气韵的流动和精神能量的转化，而非对客观事实的简单再现。例如，徐复观认为，中国文学艺术理论中最大的特色在于"传神"，而传神的"神"实际是"已经装载上了观念、感情、想象力的气"，是"作者内在的生命向外表出的径路"。[4]

除了审美意义上的灵动性与启发性，斯特雷奇欣赏中国诗歌的另一个原因在于它们对"崇高友谊"（sublimated friendship）这一主题的关注。他在书评中引用了很多描写君子之交及诗人表达对亲朋好友的思念的诗歌，比如李白的《月下独酌》（"醒时同交欢，醉后各分散。永结无情游，相期邈云汉"）、

① Strachey, Lytton. An Anthology. In *Characters and Commentaries*. London: Chatto & Windus, 1933: 150.

② Strachey, Lytton. An Anthology. In *Characters and Commentaries*. London: Chatto & Windus, 1933: 150.

③ Strachey, Lytton. An Anthology. In *Characters and Commentaries*. London: Chatto & Windus, 1933: 150.

④ 徐复观. 中国艺术精神. 沈阳：辽宁人民出版社，2009: 153-154.

赵师秀的《约客》（"有约不来过夜半，闲敲棋子落灯花"）、张九龄的《望月怀远》（"海上生明月，天涯共此时"）等等。在他看来：

> 这些中国诗不含有对欲望的强调与彰显……更多涉及的是对爱的记忆而非期待……因此，尽管我们无法确定这种爱是否为某种崇高友谊的别称，但我们足可以判断的是，这些眷侣们总是彼此的朋友。"友爱"无疑是描述这类情感的最佳用词；并且，正是对友爱之情的基调与深度的精湛把控，才使我们这部诗集在世界文学中拥有独特地位。[1]

布鲁姆斯伯里团体成员、英国汉学家和翻译家阿瑟·韦利曾在他翻译的《汉诗一百七十首》（*A Hundred and Seventy Chinese Poems*，1918）的前言中写道，对于中国古代诗人来说，男女之情只是一种"肉体的需要，而非情感的满足"，他们把情感需求、"同情心与精神陪伴"全部留给了同性间的友谊。[2]作为性少数群体的一员和剑桥使徒社成员（Cambridge Apostle），斯特雷奇崇尚的是一种纯粹的兄弟之爱，一种理想化的、柏拉图式的同性关系。这种关系往往强调的是精英和特权阶层男性之间的精神契合、知识平等和纯洁、超验的爱。根据传记作家迈克尔·霍尔罗伊德（Michael Holroyd）所言，当斯特雷奇在1908年夏天阅读这部中国诗集时，他正因与邓肯·格兰特（Duncan Grant，1885—1978）失败的恋爱关系而感到疲惫和沮丧。在这些优美朴素的中文诗句中，他获得了极大的慰藉：

> 这些诗句特有的魅力，以其千百种细微的变调，捕捉着人与人脆弱关系中的哀婉之处，并把它化作某种美妙、深邃、不朽的东西，治愈了他[斯特雷奇]受伤的心灵。这些诗句是残缺的、隐喻的、转瞬即逝的，它们带来了回忆与浪漫，救赎了往昔的一切恐惧，把过往的悲哀、虚荣、误解和感伤等诸多琐事变成了普遍和

---

① Strachey, Lytton. An Anthology. In *Characters and Commentaries*. London: Chatto & Windus, 1933: 155-156.

② Waley, Arthur. The Limitations of Chinese Literature. In *A Hundred and Seventy Chinese Poems*. London: Constable and Company Ltd., 1918: 18-19.

超凡脱俗的东西……旧日的疼痛似乎终于融入了一种哲学意义上的平静。①

在纯粹的艺术世界里，世俗情感的渺小和琐碎被净化、升华为一种"普遍的""超凡脱俗的"和"哲学意义上的"崇高之情，平息了斯特雷奇的苦痛，让他从超验的角度思考人与人之间的关系。对他而言，这些诗歌表达了一种跨越性别和文化边界的人性之爱，他说，是人性"让它们不朽"，它们发出的是"人类文明的声音"。② 因此，在阅读中国古诗的过程中，斯特雷奇体验了一种既包含"审美愉悦"又关乎"理想之爱"的意识状态。而以中国诗歌为载体的中国古代文明，也变成了斯特雷奇心目中以人为本的理想文明。

二、《天子》对中国古代文明的反思

尽管斯特雷奇对中国古诗和古代文明表现出了强烈的赞赏与认同，但他并没有简单停留于此。在其他描写中国的作品中，尤其是在戏剧《天子》中，斯特雷奇进一步思考了在新的世界秩序及西方现代文明的冲击下，这个古老文明的合理性、可持续性和生命力。而当他把布鲁姆斯伯里的自由人文主义理想投射于这个古老文明时，这种反思也暗含着他对英国自由派文化精英在20世纪初面临的机遇与挑战的思考。

《天子》聚焦于1900年8月八国联军入侵北京、慈禧西逃前夕的紫禁城。为了写这部剧，斯特雷奇广泛阅读了以慈禧为主题的英文书籍，比如布兰德与埃德蒙·巴恪思（Edmund Backhouse, 1873—1944）所著的《太后统治下的中国》、德龄公主的回忆录《清宫二年纪》（*Two Years in the Forbidden City*, 1911）和萨拉·康格（Sarah Conge）的《中国来信》（*Letters from China*, 1909）。在基本史实的基础上，斯特雷奇充分发挥想象力，描写了八国联军对义和团运动的压制、慈禧与光绪之间的权力斗争、光绪与珍妃之间的爱情故事等等。当然，由于斯特雷奇掌握的中国知识有限，这部剧并非一部严肃的历史剧，它充满了夸张、杜撰和讽刺，就像一个杂糅的文化接触空间，其中

---

① Holroyd, Michael. *Lytton Strachey: The New Biography*. London: Vintage, 1995: 346.

② Strachey, Lytton. An Anthology. In *Characters and Commentaries*. London: Chatto & Windus, 1933: 156.

不同的文化、语言、文类、文本相互碰撞、交融。不过，在杂乱的表象之下，这部剧的主题紧扣着对文明与权力的反思。在《天子》中，斯特雷奇曾大为赞赏的中国古代诗歌和古典精神变成了现代化的阻碍。例如，他把清朝大臣荣禄想象为一个浪漫感伤的文人：他沉溺于诗词歌赋和情爱之中，一心想逃离朝政，归园田居。大卫·波特（David Porter）指出，在斯特雷奇眼里，荣禄对审美的沉迷其实代表了一种"致命的文明缺陷"，它让中国无法适应现代社会和新的世界秩序，从而导致了清政府的衰亡①。斯特雷奇曾在对布兰德《李鸿章传》的评论中，分析了古代中国的权力运行机制，他认为，封建王朝的权力很大程度上来源于一种亘古不变的传统观念，因为官吏们必须通过的科举考试是"文学性的"，考验的是"有关古典文学的知识"②。从这个意义上说，中国的诗学传统不仅仅是斯特雷奇眼中人本主义精神的化身，还成为王公贵族权力的保障和来源。不过，尽管这种文化传统和权力运行机制已延续了上千年，也充分展示过它的生命力，但它在现代社会中的命运将会如何仍未可知。

自古以来，"君权受命于天"的观念就在中国代代相传，汉代董仲舒的"天人感应"学说更是为皇帝的至高权威提供了理论依据。这种观点认为，"天子"是独一无二、至高无上的，他代表着自然秩序和法则，秉承天命、替天行道。然而，在《天子》（A Son of Heaven）这部剧的标题中，斯特雷奇将"天子"的固定翻译"The Son of Heaven"中的定冠词"the"替换成了不定冠词"a"，其实就暗示了他对于皇权的合理性与权威性的质疑。的确，在这部剧中，孱弱多病、唯唯诺诺的年轻皇帝只不过是专横跋扈的慈禧太后的傀儡。他饱受心理折磨，感到自己是"皇宫里的囚犯，皇位上的木偶"，哪怕他整日呼喊着"我才是天子"，也无法改变权力被篡夺的事实。③

不过，在斯特雷奇的描写中，慈禧太后也并非权力的真正拥有者。他笔下这位残暴、狡猾的老妇人并没有什么真正的政治才能与远见。她必须依附于两位掌握军权的大臣（荣禄和李鸿章）与西方势力和维新派斗争。在一幕场景中，斯特雷奇暗示了她拥有的权力的脆弱与无常。斯特雷奇想象，在八

<hr />

① 转引自 Witchard, Anne. *British Modernism and Chinoiserie*. Edinburgh: Edinburgh University Press, 2015: 22.

② Strachey, Lytton. A Diplomatist: Li Hung-Chang. In *Characters and Commentaries*. London: Chatto & Windus, 1933: 233.

③ Strachey, Lytton. *A Son of Heaven: A Tragic Melodrama*. London: Cecil Woolf, 2005: 35.

国联军入侵京城期间，以康有为（在剧中化名为"康"）为代表的维新派领袖从西方返回，计划帮助皇帝夺回皇权。当宫女和太监们听闻这个消息时，迅速以装病为由离开了慈禧太后的宫殿，瞬间，整个宫殿都"被遗弃了"，慈禧只身一人站在彻底的"黑暗"与"虚空"中，看着无数的"帝王鬼魂围绕在龙椅周围"①。

如果没人是"真龙天子"，那么皇权究竟源自何处？当皇帝短暂地重归王位时，他并未感到喜悦，只觉得胆战心惊。斯特雷奇假借皇帝之口，表达了他对残酷的权力斗争的思考：

> 这是一个地牢，不是一座宫殿，而那边的龙椅，上面刻着盘旋的巨龙……它们纠缠着我，它们刻在我的脑海里，使我无法逃脱。我在梦里也能看见它们，当我醒来时，它们就像可怕的幽灵一样出现在我眼前……你知道它们代表什么吗？一个是无知，另一个是迷信；而那座龙椅……那座隐约浮现的极其丑陋的龙椅——正是它的形象托起了条条巨龙，托起支配着我们的权力，它在我们身边围绕，把我们压在地上。它有什么好的地方呢？啊！它很古老，非常古老。这即是它的荣耀，它的神圣。②

斯特雷奇在此指出，让"天子"的权力变得合法、稳定、至高无上的其实是种种古老、腐朽、愚昧的观念，龙椅或王位并没有任何实质意义，它只是一个象征、一个符号、一个"托起了条条巨龙"的"形象"，而皇权得以合理化和神圣化的唯一原因在于"它很古老"，因为"古老"即是"它的荣耀，它的神圣"。在西方世界的刻板印象中，中国文明往往是亘古不变的、同质化的、代代相传的，斯特雷奇在评论中国诗歌时也曾说过，"在中华文明的漫长世纪里，一个又一个诗人一直满足于紧跟前人的脚步，书写他们已经写过的主题"③。悠久的历史和灿烂的文化遗产似乎将各种经典教义和传统观念不断圣化，让它成为一切的标准。或许在斯特雷奇的观念中，统治清政府的不

① Strachey, Lytton. *A Son of Heaven: A Tragic Melodrama*. London: Cecil Woolf, 2005: 62.

② Strachey, Lytton. *A Son of Heaven: A Tragic Melodrama*. London: Cecil Woolf, 2005: 57-58.

③ Strachey, Lytton. An Anthology. In *Characters and Commentaries*. London: Chatto & Windus, 1933: 149.

是某个具体的人或某位"天子"，而是一套古老的思想、观念和意识形态。这种对传统的坚持才是皇权的真正来源。

　　然而，"古老"是否意味着正确性或合理性？《天子》第三幕中有一段略显突兀的话，出现在从欧洲回国的维新派领袖康与皇帝的对话中。在皇帝抒发完对权力的感慨后，康仿佛突然化身为一位现代哲学家，谈起了时间的相对性，谈起了"几天、几周、几年在一瞬间飞逝而过"，而"一秒钟可以变得无限长久"："我们都没有什么办法——我们就像蜘蛛网上的苍蝇，被缠在时间这张可怕的网中；不过——这才是荒谬、极度荒谬的地方——究竟这种无法阻挡的恐惧是什么呢？——它什么也不是，它哪儿都不在，它只是一个幻象、一种想象；它全在我们脑海中，亲爱的，全在我们脑海中"①。这些话可以看作斯特雷奇自己的声音。他试图解构权力的概念，认为它只是"一个幻象、一种想象"，一系列存在于脑海中上千年的、由社会文化建构的思想观念，它不是任何实体，而是虚空的，却又像一张网一样缠着所有人。悠久的历史无法成为"君权受命于天"这一基本信仰的保障，在面临新的世界秩序时，旧有的权力结构可能在顷刻间轰然崩塌。斯特雷奇似乎在此埋下了怀疑的种子，他的理想文明——以审美和友爱为根基、符合人本主义理念、表现在诗性传统中的中国古代文明——未来究竟在何处？这个问题在《天子》的另一个重要主题——中西方文明的冲突中，将有更多讨论。

三、自由人文主义的困境

　　《天子》这部剧的另一个主题有关英国殖民主义及西方现代文明与旧中国的冲突。斯特雷奇的父亲理查德·斯特雷奇爵士曾是一位英国将军和印度行政长官；斯特雷奇在剑桥读书时的毕业论文写的是沃伦·黑斯廷斯（Warren Hastings, 1732—1818）——第一任英属印度总督。因此，他一定思考过关于英国殖民主义和帝国主义的问题。尽管在《天子》中并没有西方人作为主要角色出现，但是改革家"康"这个人物被斯特雷奇设计成了西方的代表。他曾接受过西方教育，在维新变法失败后还逃去了欧洲，康自己也宣称，"是西

---

① Strachey, Lytton. *A Son of Heaven: A Tragic Melodrama*. London: Cecil Woolf, 2005: 57.

方通过我在说话"①。他代表了旨在"教化"和改变"古老的、远古的、不变的天朝上国"的西方现代文明;他建议皇帝求助于西方势力以夺回皇权,提倡学习西方政治体制,继续他数年前未能成功施行的"变法"。用康的话来说,"西方已经向我们所有人伸出了手;它已经降临到了我们身上,成为一种不可避免的命运。它像大海、像飞涨的浪潮,持续地、无情地向我们涌来";而气数已尽的清王朝就像一只"缓慢移动的巨型怪物……蹒跚着走进尘埃中"。②在康的影响下,年轻单纯的皇帝有了一个美丽的憧憬,认为改革后的中国将有"灿烂、光明的"未来,摆脱一切"腐朽、肮脏和黑暗"。③

然而,斯特雷奇讽刺地指出,康所代表的西方现代文明同样是黑暗腐朽的——康与荣禄暗中交易,说他会哄骗皇帝的宠妃、荣禄垂涎已久的 Ta-Hé(珍妃在剧中的化身)委身于荣禄,而作为交换,荣禄要把他掌握的部分军权交予康。而康哄骗天真纯洁的 Ta-Hé 的方式,是假扮为一位魔法师,宣称他从欧洲带回来的电灯是能够看穿一切的"恶魔之眼",以此威胁 Ta-Hé 去投奔荣禄。在这个讽刺场景中,一贯代表欧洲启蒙主义、现代化和科技革命的"电"与"光明",反而变成了"恶魔之眼","凝视"着一位无助的东方女孩,让她受辱,迫使她改变。后来,"康"的诡计败露了,皇帝大发雷霆,感觉遭到了信任之人的背叛,于是他怒不可遏地喊道:"这就是你的启蒙、你的文明、你的道德!这就是你从西方带来的新生活,是吗?这就是我们东方的野蛮主义将要被提升和净化的方式!通过谎言,通过背叛,通过卖淫!……你要造一座干净、崭新的房子给我们住,但你却把地基建在脏污狼藉之上!"④ 这段控诉表现了斯特雷奇对西方殖民主义和帝国主义的批判。在他的代表作《维多利亚名人传》(Eminent Victorians, 1918)中的"戈登将军"一章中,他同样讽刺了英国军队"以欧洲文明的名义"对北京颐和园的劫掠⑤。打着"教化"或"传道"的旗号,在所谓"文明"的伪饰下,八国联军的真实目的当然是侵略中国,占领中国的领土。作为一位自由主义者和和平主义者,斯特雷奇反对一切形式的暴力、战争和侵略。在第一次世界大战期间,他曾申请

---

① Strachey, Lytton. *A Son of Heaven: A Tragic Melodrama*. London: Cecil Woolf, 2005: 50.

② Strachey, Lytton. *A Son of Heaven: A Tragic Melodrama*. London: Cecil Woolf, 2005: 50.

③ Strachey, Lytton. *A Son of Heaven: A Tragic Melodrama*. London: Cecil Woolf, 2005: 57.

④ Strachey, Lytton. *A Son of Heaven: A Tragic Melodrama*. London: Cecil Woolf, 2005: 68-69.

⑤ Strachey, Lytton. *Eminent Victorians*. London: Garden City, 1918: 248.

获得免除兵役的资格，并在法庭上发表著名的演讲，表达他对"任何可以想象的战争"的"良心上的反对"；他深信，"寻求以武力解决国际争端的整个体系都是邪恶的"，因此他绝不会"参与其中"。①

然而，在《天子》中，当皇帝情绪爆发后，康的回应却让情况更加复杂微妙。康对皇帝的义正词严和一派天真十分不屑，他说："在这个世上，脏活儿总要有人做的——无论你在西方还是东方；在我看来，这个世界应该对那些毫无退缩地去做脏活累活的人表示感激。你想视而不见、听而不闻、高谈阔论那些纯真的美德……但归根结底，你才是那个受益之人。"② 康尖锐地指出了皇帝的伪善和不切实际的浪漫幻想，他认为自己所做的一切都是在为皇帝夺权而铺路。尽管皇帝反抗以慈禧为代表的清政府的腐朽愚昧，但他依然是这个政权的受益者，甚至是整个权力体系的中心。在某种程度上，《天子》中的皇帝这个人物其实是斯特雷奇一部分自我的化身，他们都一样苍白、瘦弱，受到一个强大母亲的压制。这位年轻皇帝对爱情和友谊都无比珍视，他热爱艺术和审美，相信人性中的善能指引他的国家走向一个光明的未来。然而，他的一厢情愿遭到了康无情的嘲讽："你猜我会在意你那些多愁善感的废话吗？你觉得我真的在乎你那尊贵的情感是不是受到了伤害？或者你自作多情地称作我们的友谊的东西？你不会真的想象，我从欧洲回来，就是为了在你烦躁的时候握住你的手，听你坦白那些矫揉造作的爱情故事？爱情故事！——简直就像角落里猫的叫声！"③

康对皇帝深信的友谊与爱情的嘲讽，其实也是斯特雷奇对他自己、对布鲁姆斯伯里团体、对剑桥使徒者们的自由人文主义的嘲讽。人们对自由主义的批判往往针对他们的矛盾立场——他们总是依附于、受益于自己所抨击的东西。正如乔治·西姆森所说，《天子》写于为数不多的自由主义占主导地位的时代，这部剧"就像所有自由主义的事物一样，它们拒绝放弃种种便利，同时又谴责它们所依赖的罪恶"④。雷蒙·威廉姆斯也曾批判过布鲁姆斯伯里

① Strachey, Lytton. *The Really Interesting Question and Other Papers*. London: Weidenfeld and Nicolson, 1972: xiii.

② Strachey, Lytton. *A Son of Heaven: A Tragic Melodrama*. London: Cecil Woolf, 2005: 69.

③ Strachey, Lytton. *A Son of Heaven: A Tragic Melodrama*. London: Cecil Woolf, 2005: 69.

④ Simson, George. Introduction: Eminent Chinese—Lytton Strachey at the Imperial Court of Peking. In Strachey, Lytton. *A Son of Heaven: A Tragic Melodrama*. London: Cecil Woolf, 2005: 16.

团体，他认为这群文化精英纵然反对英国上层阶级的"主导思想和价值观"，但同时也甘愿"参与其中"。[①] 他们在批判英国殖民主义的同时，也参与了很多殖民事务，在挑战传统权力结构和性别观念的同时，也无法完全摆脱它们。斯特雷奇意识到了自身的困境，在《天子》中反思了这种进退两难的境地。《天子》的结局——慈禧带着再次成为傀儡的皇帝西逃、八国联军占领了舞台——表明了清政府终将灭亡、封建王朝终将发生改变的事实。这部剧中的年轻皇帝仿佛就是斯特雷奇理想化的乌托邦文明——中国古代文明的化身，通过描写皇帝的困境，书写近代中国的命运，斯特雷奇也在书写自由人文主义的命运，反思自己的价值观和审美伦理理念。幻灭的皇帝仿佛预示了在一战和二战中幻灭的布鲁姆斯伯里团体。布鲁姆斯伯里的伦理和政治观念本质上基于他们对人性的乐观信任，他们把人类文明和社会进步的希望寄托在人的意志上，寄托在爱、美、艺术、理性、同情、劝导之上。然而，他们忽视了"权力的真正来源"，忽视了"人的天性中的恶"，忽视了客观物质力量、阶级冲突以及"大国和有权阶级的利益与控制"。[②] 因此，他们的政治浪漫主义不可避免地会受到战争、冲突、贫穷、革命、法西斯——20世纪初那个极度动荡不安的时代的动摇。

"中国"体现了斯特雷奇的理想文明，但在20世纪初，它也代表着冲突、挑战和变革，因此，当斯特雷奇的伦理、政治和价值观念无法适应严酷的现实时，"中国"便成了一个承载他的不安和矛盾心理的异质空间。他把对自由人文主义的怀疑投射到了这个文化他者之上，又借助他者来反思自我。斯特雷奇的反思或许为布鲁姆斯伯里的转型埋下了种子。20世纪30年代后期，法西斯主义在欧洲不断肆虐，弗吉尼亚·伍尔夫的外甥朱利安·贝尔（Julian Bell）终于与第一代布鲁姆斯伯里成员的自由主义与和平主义分道扬镳。他在武汉大学教书的两年中，被中国的革命气氛所感染，最终投身于并牺牲在西班牙反法西斯战场上。朱利安的死代表着布鲁姆斯伯里团体衰亡的开始，也"表征了英国现代主义精英内在的价值分裂——从自由主义向激进左翼政治

---

① Williams, Raymond. *Culture and Materialism*. London: Verso, 2005: 156.
② Bell, Quentin. *Julian Bell: Essays, Poems and Letters*. London: Hogarth Press, 1938: 339-341.

的否定式裂变"①。20 世纪初英国自由派文化的兴与衰、成与败，都在某种程度上映射到了布鲁姆斯伯里对"中国"这个他者的文化建构、审美阐释与伦理反思之中。

原文出处：谢雅卿. 利顿·斯特雷奇对中国古代文明的审视与反思. 外国文学研究，2021(2): 104-113.

---

① 陶家俊. 告别布卢姆斯伯里：朱利安·贝尔中国之行隐在的文化政治. 外国语文研究，2018, 4(1): 32.

利顿·斯特雷奇的剧本《天子》与中国想象

杨莉馨

　　作为英国现代主义群落"布鲁姆斯伯里团体"的核心成员和传记艺术大师，利顿·斯特雷奇（Lytton Strachey, 1880—1932）以《维多利亚时代四名人传》（*Eminent Victorians: Cardinal Manning, Florence Nightingale, Dr Arnold, General Gordon*, 1918）、《维多利亚女王传》（*Queen Victoria*, 1921）和《伊丽莎白女王与埃塞克斯伯爵》（*Elizabeth and Essex: A Tragic History*, 1928）等作品而盛名远播，是"从 19 世纪末开始的英国传记革新的集而大成者，又是新传记及整个 20 世纪传记革命的开创者"[①]。除了写过多篇关于威廉·莎士比亚、塞缪尔·约翰生、詹姆斯·鲍斯威尔、托马斯·卡莱尔、大卫·休谟、爱德华·吉本等英国历史上的著名作家、哲学家、历史学家，以及俄国作家陀思妥耶夫斯基，法国作家拉伯雷、拉辛和伏尔泰等的批评随笔外，斯特雷奇还对戏剧领域有所涉猎，有过一部题为《天子：一部悲情的情节剧》（*A Son of Heaven: A Tragic Melodrama*，以下简称《天子》）的剧本。由于该作是斯特雷奇一生中唯一的剧本，又以中国历史为题材，故而很值得我们的关注。

一、传记大师的中国情愫与中国剧

　　虽说未能像 G. L. 迪金森和伯特兰·罗素那样来中国游历，亦未能如朱利安·贝尔一般来华任教，但斯特雷奇和他的众多布鲁姆斯伯里团体中的朋

————————————

① 杨正润. 传记文学史纲. 南京：江苏教育出版社，1994: 443.

友一样，始终对中国悠久而灿烂的古代文明充满敬意，对中国的现实政治也颇为关心。据他的汉学家朋友阿瑟·韦利回忆，1908 年，在评论翟理斯（Herbert Allen Giles, 1845—1935）翻译的中国古诗集《古今诗选》（*Chinese Poetry in English Verse*, 1898）时，斯特雷奇曾毫无保留地表达了自己的欢欣之情，并建议韦利找来看看："该书值得一读，如果你能找得到的话，不仅能满足你的好奇心，而且它美丽迷人。它已经出版十年了，你会忍不住说其中的诗是我们这一代所知的最好的作品。"① 他还将中国古典诗歌与希腊抒情诗和法国象征主义诗歌进行了比较，指出中国古典诗歌具有含蓄的手法、轻淡的描写和感伤忧郁的气氛②。在剑桥大学的理性主义传统与导师 G. E. 摩尔伦理学思想的熏陶下，在罗杰·弗莱、伦纳德·伍尔夫等布鲁姆斯伯里友人反帝反殖民的国际主义胸襟的影响下，斯特雷奇对欧洲列强恃强凌弱的侵华行径充满了义愤，其在一战期间完成的《维多利亚时代四名人传》中对戈登将军的讽刺性描写，即毫不留情地影射了帝国主义的侵略暴行，谴责英法联军在第二次鸦片战争期间对圆明园的破坏是"埃尔金勋爵以西方文明的名义向东方野蛮复仇之举"③。斯特雷奇对晚清重臣李鸿章特别有兴趣，不仅在《维多利亚时代四名人传》中对其着墨甚多，在该著收尾期间还评论过《泰晤士报》记者 J. O. P. 布兰德（J. O. P. Bland）撰写的《李鸿章传》，表现出对晚清中国政治变局的关心。

　　就在清朝覆亡、中华民国成立的 1912 年，斯特雷奇开始了以中国晚清宫廷生活为题材的剧本《天子》的创作。剧作于 1918 年面世，既表达了他对中国的他者想象，又表现出了对中国人民的同情，在艺术上集多种风格与元素于一身，"是由悲喜剧、罗曼司、情节剧、讽刺、怜悯、洞察力，以及某些风格化的年代误植混合而成的生动的历史鸡尾酒"④。

　　1925 年，斯特雷奇和布鲁姆斯伯里团体的朋友们将《天子》搬上舞台，在伦敦妇女服务会进行了演出。布景和服饰由布鲁姆斯伯里团体中的画家邓

---

① Strachey, Lytton. An Anthology. In *Characters and Commentaries*. London: Chatto & Windus, 1933: 138.

② 丰华瞻. 斯托雷奇论中国古典诗. 社会科学战线，1987(3): 227-228.

③ 利顿·斯特拉奇. 维多利亚时代四名人传. 逢珍，译. 广州：花城出版社，2003: 186.

④ Simson, George. Introduction. In Strachey, Lytton. *A Son of Heaven: A Tragic Melodrama*. London: Cecil Woolf, 2005: 7.

肯·格兰特与文尼莎·贝尔设计[1]。1928 年，布鲁姆斯伯里团体的成员又在斯卡拉夜总会演出了该剧。其后到 1949 年间，该剧又在伦敦舞台上演出了好几场，1950 年、1951 年又分别在 BBC 电台广播过。该剧以 J. O. P. 布兰德与埃德蒙·巴恪思（Edmund Backhouse）合著的《太后统治下的中国》（*China under the Empress Dowager*, 1911）为蓝本，但做了很大的改动，以义和团兴起和八国联军侵入紫禁城前夕清王室准备西逃的种种冲突为题材，是一部四幕宫廷传奇剧。

二、《天子》：一部清宫传奇剧

《天子》在 1900 年义和团于京城兴起，八国联军进逼京城的历史背景下，虚构了一个紫禁城内未遂的宫廷政变的故事，出场人物包括皇太后、皇帝、王子、太监、将军、宫女和刽子手等。斯特雷奇将慈禧太后描写为一个可怕的篡位者，操纵着软弱的皇帝，即"天子"，并长期把他软禁在皇宫之内，造成了他性情的怯懦和心理的变态。

剧本的主要内容如下：

第一幕的地点在北京紫禁城的皇宫内。幕启时，外面枪声大作，乱作一团。大太监李莲英、大臣王福、激进而仇外的义和团领袖团（Tuan）王子、兰（Lan）公爵纷纷登场，发表对于时局、太后和天子的议论。李莲英受王福贿赂，左右逢源、喜欢告密。团则野心勃勃、试图夺位。荣禄（Jung Lu）登场，他似乎对外面义和拳民火烧洋人教堂、抓捕洋人、围攻使馆的紧张态势无动于衷。他手握重兵和洋枪，但一味绥靖，释放了被抓的洋人。同时，他俨然一个梦游中的多情诗人，回忆了自己刚做的一个掺杂了庄周梦蝶和梁祝化蝶典故的浪漫的白日梦。

随后，老佛爷和天子登场，彼此关系紧张。太后发表了长篇大论的演说：一方面，责备荣禄的不作为；另一方面，又对他多有偏袒——面对群情激愤的大臣，不肯治他的罪。太后重赏抓捕和杀死洋人的义和拳民，同时又吩咐送鲜花和鲜果去安抚使领馆官员的夫人们。在失去了对荣禄的希望后，她转而寄厚望于李鸿章（Li Hung Chang），要求手下发电报催他速速返京，以稳

① Holroyd, Michael. *Lytton Strachey: A Critical Biography: II*. London: Heinemann, 1967: 515.

定大局。

五年前，光绪皇帝改革失败，被荣禄和太后夺去大权，从此生不如死，如行尸走肉般成为可耻的傀儡。他向心爱的宫女"妲荷"（Ta-he）回忆五年前的改革，思念在他的庇护下流亡欧洲的改革家"康"。"康"意外在皇宫花园现身，并秘密托"妲荷"带一张字条给天子，约定下午在花园见面。

第二幕的背景转到了皇宫花园。老佛爷带着一众侍女来到花园凉亭。荣禄垂涎于"妲荷"的美色，趁机挑逗求欢。"康"与天子则在不远处密谈。流亡后在欧洲生活了五年的"康"，思想上已经西化，此时以西方的代言人身份出现，力劝天子接纳西方军队，认为它是无往而不胜的，不可阻挡。他计划借助洋人入侵的契机废掉太后的权力，帮天子恢复统治权，并在临行前要走了天子的"帝国之戒"（imperial ring）作为信物。此处挟洋自重、借助外敌谋夺权位的情节，令人想起古希腊埃斯库罗斯的悲剧《七将攻忒拜》。

在花园中，"康"拦住荣禄，力劝其放弃对老佛爷的支持，转而支持天子。而老奸巨猾的荣禄在义和拳民和强势的"康"之间则首鼠两端，采取观望与拖延战术。偷听到荣禄调情的"康"以当晚让他如愿以偿地获得"妲荷"为条件，逼他答应了合作。

义和拳民冲进皇宫，太后安抚他们，表示支持他们向洋人开火、围攻使馆的要求。荣禄则成功骗到了当晚的宫廷口令"天堂般的纯洁"（Heavenly Purity）。

第三幕回到了宫内，主要由五个场景构成。"康"密会"妲荷"，利用她对天子的忠诚以及对所谓魔盒的畏惧，胁迫她答应满足荣禄的色欲并保守秘密，以交换荣禄的军事支持；天子与"妲荷"见面，"妲荷"强忍悲伤，担心天子不再爱她。天子充满神经质地进行了哈姆莱特式的嗟叹，期盼着和"妲荷"可以自由自在地游览世界；女侍们则在背地里抱怨太后的乖戾、无情与变化无常。

太后如约前来看戏，发现情势骤变，自己已陷入众叛亲离的局面：侍女、太监们纷纷离去，只有李莲英勉强追随左右。此时荣禄上场，在黑暗中误将太后当成前来与他幽会的"妲荷"，发现后则虚与委蛇。而天子则在"康"的陪同下盛装登场，宣布复位并下令拘捕太后。经过一番僵持，士兵押太后下，天子宣布恢复权力。但远处传来了尖利的锣声。太后听闻后大喜，知道李鸿章回来了。

第四幕依然在皇宫之内。天子一夜苦寻"妲荷","妲荷"被迫道出了"康"要她做的自我牺牲。天子气愤不已,大骂"康"撒谎并背叛了自己。"康"通报情势有变、军心不稳、皇位不稳,因为李鸿章打败了洋人,回来支持太后了,并力促天子随其逃到洋人处寻求庇护。李鸿章秘密返回皇宫,见到了从关押处逃出的太后。原来他率领的南方军队在洋人面前望风而逃,他是孤家寡人回京来见太后的。两人密谋反戈一击。此时李鸿章担心荣禄部分倒向了天子,而又掌握着京城防务,太后难以逃出。

此时李莲英来报两个消息:一是"康"与天子已离开皇宫,二是荣禄被"妲荷"所杀。李鸿章趁机接管了京城防务。由于洋人即将攻陷北京,他建议太后化装成农妇逃走。太后大喜,连续任命李鸿章为伯爵、公爵、皇位继承人、军队统帅等职,并要求他务必抓回天子。

李鸿章的手下抓获了正从城门逃离的天子与"康","妲荷"也被抓了。受伤的"康"在愤激之下用匕首刺向"妲荷",痛骂她毁掉了自己精心布局的政变。"妲荷"则辩称是执行了天子之命,因为两人相会时,是天子出于嫉妒要她这么做的。"康"绝望倒地而死。"妲荷"亦被慈禧命人推入井中。

太后重新控制了大局。而洋人已经入城。她在李鸿章的催促下化装成村妇,带上细软仓皇逃离皇宫,半死不活的天子也被扔在大车中带走。

之后,一个俄国士兵和一个俄国军官率先进入了皇宫。军官捡到了"妲荷"的发梳,悄悄藏了起来。全剧终。

在中国近代史上义和团兴起,八国联军以洋人的教堂被烧、洋人被杀、使馆被围为借口,举兵侵华的重大历史事件的背景下,在清王室内部主战与主和派意见不一、天子成为傀儡、太后专权、洋人即将攻陷北京的严峻历史关口,剧本虚构了流亡欧洲的改革家"康"裹挟孱弱无能的天子,试图争取荣禄的支持,发动政变取太后权力而代之,但阴差阳错,政变最终在李鸿章与太后的联合反扑下失败,太后携天子仓皇西逃的故事。其中,天真无知、愚昧轻信的宫女"妲荷"出于对天子的忠诚与爱,杀死了手握重兵的荣禄,给了李鸿章以反扑的机会,成为政变失败的关键。这中间,有虚构的人物"妲荷",也有真实的历史人物如慈禧太后、光绪皇帝、大太监李莲英、宫廷大臣荣禄与李鸿章等,还有以真实的历史人物为原型,或作为影子存在的虚构人物,如流亡而西化的改革家"康",在一定程度上影射了康有为,"妲荷"身上则有着光绪皇帝的爱妃珍妃的痕迹等。

三、斯特雷奇的跨文化误读与矛盾立场

《天子》真实地呈现了义和团运动与八国联军侵华时期中国社会的紧张氛围，涉及戊戌变法、以慈禧为代表的后党与以光绪为代表的帝党之间的权力斗争、义和团运动、八国联军侵华、慈禧携光绪西逃等重大历史事件，但构成情节主体的清王室西逃前夕在"康"主导下的一场失败的宫廷政变则是虚构的，体现了一位西方作家的跨文化想象。李鸿章、荣禄在剧中的身份、行为与真实的历史记载多有不符，时任两广总督的李鸿章在剧中似乎是勤王救驾的中流砥柱，事实上帝都沦陷、慈禧西逃时李鸿章尚未到达北京；历史上的荣禄并未被宫女刺杀，他在剧中被刻画成一位有着浓郁的中国传统文人气质，喜欢吟风弄月、沉浸于玄想，怜香惜玉的多情书生，俨然老庄思想的后世传人；而"康"的过于西化的政治倾向更是斯特雷奇一厢情愿的产物，真实的康有为在变法失败后长期流亡日本与西方国家，义和团运动期间并未潜回紫禁城助光绪复位。同时，将天子与"妲荷"之间的浪漫爱情、荣禄对"妲荷"美色的垂涎甚至是荣禄与慈禧之间的暧昧关系置于推进与扭转情节发展的重要地位，也体现出西方戏剧在情节设置上的基本特点，即男女情爱往往在其中占有突出的地位，这一点和伏尔泰的《中国孤儿》对纪君祥的《赵氏孤儿》的改编颇为类似。剧本完成后，斯特雷奇曾致信布兰德询问意见，布兰德在回信中认为所塑造的中国人物有着浓重的欧洲腔。作家后来甚至还打算为剧本更换一个"妲荷"并没有死，而是跟着某位英俊的英国人走了的幸福结局。① 以上种种，均体现了斯特雷奇作为西方作家在进行跨文化想象时不可避免的种种误读。

与此同时，更为耐人寻味的，是我们还可从戏剧所展现的东方文化景观中，看到斯特雷奇作为西方作家面对他者文化的矛盾立场：

一方面，太监摔碎的青花瓷器、太后老佛爷亲手所绘的水彩风景画、荣禄将军想入非非的"蝴蝶梦"，还有作为人物活动背景的凉亭、人工湖、小桥流水与佛塔，以及体现出浓郁中国元素的丝绸、扇子、历书等，都表现出作家对中国传统文化符号的浪漫主义理解、想象与钦慕，并能唤起读者与观众

① Holroyd, Michael. *Lytton Strachey: A Critical Biography: II*. London: Heinemann, 1967: 513.

对 17—18 世纪欧洲启蒙时代的"中国热"的遥远记忆；另一方面，作家又通过上述器具、风物、人物与现代世界的格格不入，对停滞保守、行将就木的封建文化进行了微妙的嘲讽，同时体现出他对中国人物的模式化想象，如剧中男性化的太后、女性化的天子、天真幼稚的美姬、阴诡纵欲的大臣、盲目西化的改革者等等，又流露出作家在他者文化面前不自觉的西方优越感。如荣禄虽身为负责京畿防卫的重臣，却整日魂不守舍、吟风弄月、追逐宫中女子，是个笨拙过时的怪物，代表了当时部分欧洲人对中国抱残守缺的"满大人"的刻板印象。

斯特雷奇对东西方文化的矛盾立场尤其鲜明地体现在剧中"康"的塑造上。"康"在首次现身时，便自陈"我从西方来"。在简要回顾了在中国宫廷的失败改革之后，康宣称"现在是西方在通过我说话。过去五年我一直住在西方；我开始理解西方，虽然以前并非如此。现在我在这儿，告诉你西方意味着什么"，并悲观地预言："西方向我们所有人都伸出了利爪；它就像一种不可避免的命运一般笼罩着我们。……中国的丧钟敲响了；西方的判决降临到它的头上。古老的、不可改变的天朝大国的末日到了。"① 这里，作家的西方文明优越意识是不自觉的，作家对西方文明的反讽也是明显的。与此同时，踌躇满志的"康"在剧中绝非一个光明正大的形象。借助这一欧化的中国人物，斯特雷奇以反讽的手法表达了对西方以鸦片为借口强行打开中国大门，践踏他国文明的侵略行径的批判。特别是在"康"怂恿年轻的天子与外交使团进行谈判，希望借助外部势力谋求复位时，作家借天子之口对他进行了怒斥："这是你的启蒙、你的教化、你的道德！这是你从西方带来的新生活，不是吗？我们古老的东方蒙昧将受到颠覆与净化！通过谎言、诡计和淫乱！"② 由此揭露了欧洲帝国主义以启蒙、教化为幌子，以谎言、诡计和淫乱行不义之举，以坚船利炮谋求经济、政治与军事利益的虚伪本质。对斯特雷奇来说，中国作为遥远的东方文明的代表，是欧洲文明的他者，亦是可以为欧洲反思自身的扩张野心提供镜鉴的形象。布鲁姆斯伯里团体的前辈学者 G. L. 迪金森在《"中国佬"信札》阐发了卢梭"回归自然"的思想，在后浪漫主义的时代通过对现代功利主义的批判，倡导以诗性美德对抗工业文明，表现出对欧洲文明的忧虑。斯特雷奇剧中对感性与审美的推崇，对西化了的"康"的无

---

① Strachey, Lytton. *A Son of Heaven: A Tragic Melodrama*. London: Cecil Woolf, 2005: 46.

② Strachey, Lytton. *A Son of Heaven: A Tragic Melodrama*. London: Cecil Woolf, 2005: 46.

情、欺骗与诡诈的嘲讽，和迪金森一样表达了反西方的情绪，"代表布鲁姆斯伯里以文学的方式表达了对中国人民抵制外来侵略的同情，也表达了西方利益大难临头的末日感"①。

在艺术上，该剧本情节展开的时间始自当天早晨，延至深夜结束，地点基本在紫禁城内，围绕天子政变失败的核心线索展开，这些特点基本上遵从了斯特雷奇所热爱的法国戏剧家拉辛的戏剧为代表的"三一律"传统。斯特雷奇的兄弟詹姆斯·斯特雷奇认为，在人物的心理分析艺术上，《天子》亦借鉴了拉辛，对慈禧、天子、荣禄等人物的心理有着出色的呈现。和他的"新传记"一样，除了以近乎精神分析的手法来呈现人物心理之外，斯特雷奇还通过人物的对白、独白、表情、动作等，塑造了栩栩如生的戏剧形象，同他本人的传记人物，以及他热爱的欧洲戏剧人物形成了一定的互文关系。

如慈禧太后就颇像斯特雷奇在传记《伊丽莎白女王与埃塞克斯伯爵》中塑造的老年伊丽莎白女王，工于心计而又野心勃勃，长于在政治上操纵那些孱弱的男人。她冷酷残忍而又精明善变，有着强烈的权力欲，也长于调动女人的手段以达到自己的目的，剧中对荣禄和李鸿章的隐忍和收买，均鲜明地体现了这一特征。

和太后相比，天子光绪显得孱弱无能又神经质。他曾经是一个锐意进取、渴望革除积弊的青年皇帝，但是在变法活动因太后与荣禄的联手镇压而失败之后，便如行尸走肉、心怀不满，扮演起傀儡皇帝的角色。他多情、善感，缺乏政治家的杀伐决断，缠绵于宫女的爱情，没有魄力与雄心，只能空发哈姆莱特式的人生感喟，最终在政变失败后彻底成为被太后玩弄于股掌的阶下囚徒。

最能体现斯特雷奇对中国的矛盾立场的人物形象，是在西方流亡五年的改革家"康"。他冒险回宫密见天子，渴望帮助他夺回权力。他崇拜西方文化与武力，希望将天子扶植为西方支持下的傀儡皇帝，而置国家主权与民族尊严于不顾。他为达目的不择手段，冷漠无情，为获得荣禄的支持而不惜诱骗"妲荷"献身，是一个阴谋家、冒险家，颇似《七将攻忒拜》中俄狄浦斯的儿子波吕尼克斯，为了王位而不惜引来外族重兵以攻打母国。

在中国，自梁遇春先生于1929年首先在《新传记文学谈》一文中推介了

---

① 帕特丽卡·劳伦斯. 丽莉·布瑞斯珂的中国眼睛. 万江波，韦晓保，陈荣枝，译. 上海：上海书店出版社，2008: 265.

斯特雷奇，盛赞了其传记艺术凸显传主的个性特征以来，斯特雷奇的名字开始为中国读者所知[1]。然而，近百年来，中国读者对他与中国文化的关联，以及他创作的中国题材剧作并不熟悉。作为斯特雷奇一生中唯一的一部戏剧，《天子》尝试以一个独特的角度表现中国紫禁城内最神秘的王室内部的矛盾冲突，对中国近代史上的重大事件义和团起事和八国联军侵华事件做出自己的阐释，体现出作家对中国现实的浓厚兴趣和对中国文化的复杂态度。由于斯特雷奇的盛名，该剧在伦敦公演后受到关注，还引发了有关剧作是否实现了悲剧与情节剧的有机融合的争论[2]。德斯蒙德·麦卡锡甚至建议将之拍成一部电影[3]。由于该剧尚未有中译本，在中国学界亦鲜为人知，故本文抛砖引玉，简略介绍，以期引起学界对斯特雷奇此剧、他多方面的文学成就，以及他与中国文化的关联做更加深入的探究。

原文出处：杨莉馨. 利顿·斯特拉齐的剧本《天子》与中国想象. 中华读书报，2021-04-07(19).

---

① 梁遇春. 梁遇春散文. 杭州：浙江文艺出版社，2001: 242.

② Holroyd, Michael. *Lytton Strachey: A Critical Biography: II.* London: Heinemann, 1967: 508-512.

③ Rosenbaum, Stanford Patrick. *Georgian Bloomsbury: The Early Literary History of the Bloomsbury Group 1910—1914.* New York: Palgrave Macmillan, 2003: 115.

《中国问题》与现代性反思——从罗素访华谈起

白薇臻　杨莉馨

　　20 世纪初的中国正经历着东西方文化的剧烈碰撞。从 20 年代开始，先后有数位世界名哲前来中国传播西方思想与文化，从而形成了东西方文化的又一次历史性相遇。在这些名哲中，伯特兰·罗素（Bertrand Russell，1872—1970）可谓与中国缘分颇深，他于 1920 年 10 月 12 日至 1921 年 7 月 11 日应邀来中国讲学，在中国学界及社会上引起了轰动效应。归国后的第二年，罗素出版著作《中国问题》（*The Problem of China*）。这本书系统而全面地阐释了罗素对中国的见解，并"集中体现了罗素在中国问题上的知识关怀、社会关怀，以及代表现代知识分子社会良知的终极关怀，对在他之后的中国研究产生了重大影响"[①]。罗素在《中国问题》一书中体现出强烈的反思启蒙现代性的倾向，这使他成为一战后达到顶峰的反思现代性思潮中的重要一员；同时，这表明中国元素亦参与了西方现代性经验的构建，并对西方反思启蒙现代性思潮具有积极价值。本文将从罗素访华谈起，以其著作《中国问题》为例，通过分析其对道德中国的称颂来挖掘中国在西方反思现代性链条上的重要价值和意义。

---

① 秦悦. 中国问题（译后记）//罗素. 中国问题. 秦悦，译. 上海：学林出版社，1996：204.

一、罗素与中国的渊源

罗素与中国文化—文学渊源颇深。罗素出生在英国一个显赫的新贵族家庭，童年时便从父亲的藏书中培养了对中国文化的认知。他在自传中写道："父亲是一个自由思想者，写过一本大书，去世后才出版，书名是《宗教信仰的分析》。他有一间大图书室，藏有教父著述、佛教著作、儒家论述等等。"①父亲的这些中国传统文化典籍可能是罗素接触中国文化的最初资源，并在他的内心播种下对这个神秘、古老、富饶的东方国度的向往。较早对罗素的中国文化观系统地产生影响的著作，当属著名汉学家维尔内的《中国人的中国》（*China of the Chinese*）②。罗素于 1919 年撰文《一个英国人的中国》（"An Englishman's China"）对此书进行评价，并阐释自己对以儒、释、道为内核的中华文化的理解，其中也涉及对当时中国时局的思考。罗素在这篇书评中甚为推崇道家文化崇尚自然、清静无为、自由发展的特征，批判儒家文化注重礼仪、孝道、顺从的伦理体系对人的感情、自然本性的压迫，这一中国文化观贯穿其思想始终，并深刻地体现在他的著作《中国问题》中。

第一次世界大战在罗素心中投下浓重的阴影。在这一时期，与罗素要好的一些朋友如怀特海夫妇竟然"都持异常激烈的好战态度"③。但幸运的是，他仍不乏志同道合的朋友，其中帮助他与中国结缘的同路人莫过于英国伟大的汉学家、翻译家阿瑟·韦利（Arthur Waley，1889—1966）。罗素在剑桥大学时结识韦利，其后两者便成为一生的挚友。他们同是 20 世纪上半叶大放异彩的现代主义团体"布鲁姆斯伯里团体"的成员，这个团体中的大多数重要成员均与中国有着不解之缘，尤其与中国新月派文人有过深入交往，是中西文化交流中不可忽视的重要存在。1916 年，阿瑟·韦利印刷了大约 50 本自己翻译的小册子《中国诗歌》（*Chinese Poems*），分赠给他的朋友。罗格斯大学（Rutgers University）至今还保留着韦利开具的他想要分赠书籍的朋友的名单。名单上除了罗素之外，还有 G. L. 迪金森、埃兹拉·庞德、罗杰·弗莱、

① 罗素. 罗素自传：第 1 卷. 胡作玄，赵慧琪，译. 北京：商务印书馆，2002：5.
② 丁子江. 罗素与中华文化——东西方思想的一场直接对话. 北京：北京大学出版社，2015：203.
③ 罗素. 罗素自传：第 2 卷. 陈启伟，译. 北京：商务印书馆，2003：3.

威廉·巴特勒·叶芝、克莱夫·贝尔等人[①]。他之后出版的《中国诗歌 170 首》等书，罗素也曾先睹为快。1918 年 5 月，罗素因散发反战宣传单被捕入狱。在狱中，韦利曾寄给罗素一首他尚未发表的译诗——白居易的七言绝句《红鹦鹉·商山路逢》[②]，这也许是"罗素后来与中国不解之缘的一个'暗结'"[③]。在其著作《伯特兰·罗素基本著作》（*The Basic Writings of Bertrand Russell*, 1903—1959）中，罗素认为中国人爱好和平的天性在阿瑟·韦利所译的《新丰折臂翁》中展露无遗。这首白居易的诗歌以一位折断手臂逃兵役的老人之口谴责不义战争给国家与民族带来的深重灾难，并呼唤和平的重要性。在《中国问题》中，罗素还提到了另一首中国诗歌《商人》，并认为韦利翻译的这首诗"所描述的生活侧面中，中国人都比我们高明"[④]。由此可见，阿瑟·韦利翻译的中国诗歌为罗素了解中国文化开了一扇明窗。

当罗素终于踏上中国的土地，眼前的一切都让他既惊奇又兴奋。"杭州西湖那梦境般的湖光山色，北京古城那具有传奇色彩的楼宇亭台"都让他陶醉其中，但最让他印象深刻的是"那些彬彬有礼、温文尔雅、谦虚好学的中国主人"[⑤]。罗素与中国文人的交往极广，他与文人精英、政治精英、哲学精英[⑥] 都有过深入接触。其中，他和新月派代表作家徐志摩的交往值得注意。徐志摩将罗素奉为自己的人生导师，尤其赞同罗素对工业主义的批判，认为残酷的生存竞争使人性堕落，扼杀了人的"神性"和"诗性"。

在罗素访华之际，中国正处在一个特殊的历史时间点。当时，中国置身于军阀割据、社会动荡、思想变动的复杂历史文化语境中，但同时这也是中国思想文化极为活跃的一个特殊时期。五四运动的爆发激发了中国知识分子以政治、文化活动改变中国落后面貌的热情，他们"再一次认为是时候恢复自

① Johns, Francis A. *A Bibliography of Arthur Waley*. London: The Athlone Press, 1988: 5.

② 罗素. 罗素自传：第 2 卷. 陈启伟，译. 北京：商务印书馆，2003: 28-29.

③ 丁子江. 罗素与中华文化——东西方思想的一场直接对话. 北京：北京大学出版社，2015: 56.

④ 罗素. 中国问题. 秦悦，译. 上海：学林出版社，1996: 65.

⑤ 冯崇义. 罗素与中国——西方思想在中国的一次经历. 北京：生活·读书·新知三联书店，1994: 25.

⑥ 丁子江. 罗素与中华文化——东西方思想的一场直接对话. 北京：北京大学出版社，2015: 74-186.

己塑造中国未来的核心角色"①了。整个社会上空笼罩着亟待变革的激荡风云。这一时期"中国和别国文化、知识的交流发展惊人,中国学生如潮水般出国学习先进的文化知识,中国也通过重构教育系统以更好地为现代化目标服务"②。同时,大量的外国思想与作品被译介到中国,它们像甘霖一样滋润着中国这片缺乏现代化的久旱之地。因此,邀请罗素访中正符合中国知识界当时的期待,且绝大多数知识分子对此寄予厚望,希望这位享誉世界的智者、哲人能为中国在社会改革的实践上指条明路。

然而,英国知识界却是另一番景象。自维多利亚女王去世后,20世纪对于这个曾经辉煌强盛的日不落帝国而言是盛极而衰、日下江河的痛苦岁月。工业化的列车载着英国极速前进的同时也显露出它不可被忽视的弊端,1914年爆发的第一次世界大战彻底击碎了欧洲民众对国家的信心,造成了民众信仰的崩塌。英国社会百废待兴,陷入了深刻的文化危机。一战之后,面对千疮百孔的社会境况和日益理性化、科层化和僵硬化的社会现状,西方文化思想界在20世纪初形成一股反思启蒙现代性的共同潮流,即深刻反省"科学万能"的迷梦、资本主义文明、工业化大发展的弊端及它们给欧洲带来的巨大创伤。罗素身处其中自然能接触到其丑陋的内核,因此他早已对工业化的西方资本主义社会感到绝望,于是将目光投向了遥远的、未被工业化玷污的东方净土——中国,想在中国寻找到可以解救全世界的文明。因此,他认为"中国也教会了我一件事(东方倾向于把这一点教给那些怀有强烈同情感研究东方的欧洲人),即不要在眼前的逆境中产生绝望的念头,而要用长远的眼光来观察问题"③。罗素正是在这种复杂的历史文化背景之下访华的,其意义早已超出了单纯对中国问题的阐释,它是当时中西方社会、政治、经济、文化的一个缩影,标志着"人们对于资本主义文明的反省,不仅深刻地影响了整个西方世界,而且也影响到东方"④。中国无形中也参与了西方反思启蒙现代性的潮流,对其亦有贡献。正如钱林森所言,"失望于西方文明的一代求索者,面对着东西日趋频繁的交流和接触,不满足于前辈间接认知中国精神的

① Ogden, Suzanne P. The Sage in the Inkpot: Bertrand Russell and China's Social Reconstruction in the 1920s. *Modern Asian Studies*, 1982, 16(4): 530.

② Ogden, Suzanne P. The Sage in the Inkpot: Bertrand Russell and China's Social Reconstruction in the 1920s. *Modern Asian Studies*, 1982, 16(4): 531.

③ 罗素. 我的思想发展. 丁纪栋, 译. 世界哲学, 1982(4): 61.

④ 郑师渠. 五四前后外国名哲来华讲学与中国思想界的变动. 近代史研究, 2012(2): 7.

方式，便纷纷踏上了东来'朝圣'的征途，开辟出直面对话的新途径。不管他们因着什么机缘，凭借什么身份，离乡东游，但当他们迈上'圣地'中国的时候，都倾向于把它视作自己的精神家园，都梦想用中国哲学精神来根治西方社会弊病，期盼着从那里寻回疗救自身的灵药和修补自家文化的方略"①。因此，探究罗素、中国与反思现代性的关系有其深刻的历史意义，同时也具有重新审视中国元素在西方反思现代性浪潮之重要角色的价值。

总而言之，"罗素访华时的语境可[被]看作当年进行的东西方文化对话中所涉及的文化背景、历史传承、时空幻境、经济条件、政治生态、心理诉求以及情绪景象等"②。从此意义而言，罗素的访华是各方面合力共同作用的结果，具有其历史必然性。

二、罗素眼中的"道德中国"

西方的现代性已然走过漫长的岁月。吉登斯界定现代性为"社会生活或组织模式，大约 17 世纪出现在欧洲，并且在后来的岁月里，程度不同地在世界范围内产生着影响"③。发端于启蒙运动时期的现代性，将人们从宗教的束缚中解放出来，使其摆脱封建与蒙昧，获得理性人格和独立价值。在思想文化中，人们宣扬"自由""民主""平等""博爱"等重要思想，强调自身的主体地位，反对封建神权，质疑神性，帮助人们摆脱被奴役、被束缚的状态，真正获得独立与自由；在社会发展中，对"科学""理性"的强调，的确推动着社会飞速前进，同时也给西方社会带来了福祉，为人类创造了丰富的物质财富；在历史观念上，复兴过去早已让位于期待未来。人们沉醉在科学技术的迅速发展给社会带来的巨大便利中，对进步和未来充满乐观主义情绪。随着工业主义与资本主义两个维度的相应确立，西方现代性已深入整个西方社会的核心，这一切都显示出启蒙现代性的强大威力。

然而，伴随着启蒙现代性控制了整个西方社会，它的弊端也显而易见。首先便是社会的科层化、个人主体的物化趋势。正如齐美尔指出的那样："社

---

① 钱林森. 前言//葛桂录. 雾外的远音：英国作家与中国文化. 银川：宁夏人民出版社，2002：13.

② 丁子江. 罗素与中华文化——东西方思想的一场直接对话. 北京：北京大学出版社，2015：10.

③ 吉登斯. 现代性的后果. 田禾，译. 南京：译林出版社，2000：1.

会分化加剧，社会关系越来越趋向于功能化，主体文化与客体文化的鸿沟越来越深，个人文化萎缩，但物质文化异常发达，人的文化最终沦为物的文化"①。其次，在放逐宗教之后，理性成为禁锢人性的枷锁。机械的人生观让人失去了精神家园，金钱、物欲成为众人追逐的对象。一味抬高科学、理性抹杀了人之为人的感性本质，并使人们滋生了孤独感、失落感、空虚感、焦虑感等负面情绪。再次，科学的迅猛发展却未必只给人们带来福祉。越来越多的科学技术被用于军事目的，成为夺走千万人生命的杀人武器，尤其是核武器的研发。于是，人们对未来的乐观情绪渐渐消沉下来，反思启蒙现代性成为西方思想家的普遍自觉，并在 20 世纪上半叶达到高潮。

既然西方文明的前途因启蒙现代性而日益晦暗，倘若要寻得一些出路和良方则必须前往他处，这是西方有志之士在面对民族文化危机时的重要选择。因此，在《中国问题》的首章，罗素便哀叹"西方文明的希望日显苍白"，而他正是带着这样一种心境开始自己的中国之行，"去寻找新的希望"。② 事实上，在到达中国之前，罗素曾寄希望于苏联。他于 1920 年 5 月至 11 月到苏联考察，后者经过 1917 年的十月革命正以崭新的面貌立于世界之林。然而，他却极其失望地发现那里不过是西方资本主义文明的一种折射或反映，"并没有发现什么事物是值得称道和喜爱的"③。罗素在自传中毫不掩饰对苏联的厌恶，他说在那里"度过的这段时间是一场愈来愈甚的噩梦……残酷、贫困、猜疑、迫害，构成了我们生活于其间的气氛"④。罗素对苏联和西方的失望程度越深，他对中国的期望就越强烈。正是怀着这样的目的，罗素在中华大地上找到了苏联和西方都缺乏的美好。总体而言，罗素强调中国文明在两方面优于西方文明，一是中国人"爱好和平"，具备富有忍耐力和包容力的性格特征，以此来对照陷入战乱和屠杀的西方世界；二是提出人与自然和谐共处，注重内省、洒脱、冲淡的"中国的人生观"，表达自己对"社会进化论"的质疑，主张用中国的精神文明对抗西方的物质文明。罗素在《中国问题》中对中国文化及中国人几乎都是溢美之词，有时甚至无视中国国内的现实境况一味对其进行"美化"。这或许是罗素"基于对世界资本主义和帝国主义的探究，

---

① 周宪. 审美现代性批判. 北京：商务印书馆，2005: 67.

② 罗素. 中国问题. 秦悦，译. 上海：学林出版社，1996: 10.

③ 罗素. 我的思想发展. 丁纪栋，译. 世界哲学，1982(4): 61.

④ 罗素. 罗素自传：第 2 卷. 陈启伟，译. 北京：商务印书馆，2003: 150.

对中国文化、政治和经济困境的一种同情的阐释"①。

首先，"爱好和平"是罗素最欣赏的中国人的品性。罗素认为"中国历史上虽然争战连绵，但老百姓天性是喜好和平的"②。同时，"中华民族是全世界最富忍耐力的，当其他的民族只顾及数十年的近忧之时，中国则已想到几个世纪之后的远虑。它坚不可摧，经得起等待。现在那些自称'文明'的国度，滥用封锁、毒气、炸药、潜水艇和黑人军队，很可能在未来几百年里互相残杀，从世界舞台上消失，只剩下那些爱好和平的国家，尽管它们贫穷而又弱小。中国如能幸免于战争，那么它的压迫者最终也许会被拖垮，中国人能自由地追求符合人道的目标，而不是追求白种民族都迷恋的战争、掠夺和毁灭"③。罗素这样说实则与他对战争的厌恶和对和平的向往有关。终其一生，罗素都在为和平呐喊奔走，他自传的第二、第三卷字字都是对和平的向往和对战争的控诉。二战爆发之前，他坚定的反战倾向使他备受排挤和非议，甚至遭受牢狱之灾。罗素在自传中写道："战争的前景使我满怀恐惧，但是使我尤感恐惧的却是这个事实，即：近百分之九十的人在预料到战争造成的屠杀时竟是极大的快乐。我不得不修正我对人性的看法了。"④ 的确，20 世纪上半叶西方爆发的两次世界大战给全世界造成了深重的灾难。在罗素访华之前，1914 年第一次世界大战爆发。直到 1918 年，战争的硝烟仍弥漫整个欧洲。这是欧洲历史上破坏性最强的战争之一，不但夺走了千万条生命并造成了严重的经济损失，而且引发了西方严重的信仰危机。罗素自称一战让他产生了一些新的兴趣，因此他"十分关心战争以及如何阻止未来战争的问题"⑤。在罗素的哲学体系中，他将人的冲动分为两类：占有的和创造的。其中"国家、战争和贫穷作为占有的冲动的具体例子"，同时"教育、婚姻和宗教作为创造的冲动的具体例子"，他认为"建立在创造性冲动之上的生活才是最好的生活"⑥。因此，罗素不失讥讽地认为欧洲这乌烟瘴气、满目疮痍的现状正是西方人凭靠"占有的冲动"制造的恶果，喜好战争的西方人正在以永不穷

① Lin, Hsiu-ling. Reconceptualizing British Modernism: The Modernist Encounter with Chinese Art (unpublished doctoral thesis). Chicago: The University of Chicago, 1999: 175.

② 罗素. 中国问题. 秦悦，译. 上海：学林出版社，1996: 154.

③ 罗素. 中国问题. 秦悦，译. 上海：学林出版社，1996: 6.

④ 罗素. 罗素自传：第 2 卷. 陈启伟，译. 北京：商务印书馆，2003: 4.

⑤ 罗素. 我的思想发展. 丁纪栋，译. 世界哲学，1982(4): 61.

⑥ 罗素. 罗素自传：第 2 卷. 陈启伟，译. 北京：商务印书馆，2003: 8.

尽的精力毁灭世界，曾经创造福祉的科学技术已然成为自掘坟墓的工具。所谓的西方文明已经丧失了生命力，最终将走向泯灭人性的可怕地步。而相比之下，中国人"虽然也承认兵力上敌不过外国列强，但并不因此而认为先进的杀人方式是个人或国家所应重视的"①，所以他们总是保持"冷静安详的尊严"，既不蓄意挑起战争，对帝国的热衷已然极其淡薄；又用持久的忍耐力对抗外界的入侵，具有极强的同化和包容能力。因此，中国文明已延续数千年，且仍具有生命力。而"世界列强如果仍然好勇斗狠，那么随着时间的推移和科学的进步，破坏的程度也越来越大，终将自取灭亡"②。由此可见，罗素对西方文明何其失望，甚至为其唱起挽歌。

接着，罗素在《中国问题》中对科学技术和工业文明进行了不遗余力的批判。他在书中告诫道："中国的知识分子所面临的问题是学习西方人的知识而不要染上西方人机械的人生观。"③ 他所谓的"机械的人生观"正是启蒙现代性的产物，它"把人看作一堆原料，可以用科学方法加工处理，塑造成任何合我们心意的模式"④。罗素对机器文明及其带来的物欲膨胀和金钱崇拜亦表现出极大的忧虑，他批判西方对"进步"狂热的追逐和盲目的乐观情绪，认为："我们在西方崇拜'进步'，'进步'成了一种伦理伪装，去伪装成为变心原因的欲望。"⑤ 这种对"社会进化论"的质疑正是反思启蒙现代性的重要前提。罗素进而感叹："至于人生的乐趣，是我们生活在工业文明的时代，受生活环境重压而失去的最重要、最普通的东西。但在中国，生活的乐趣无处不在，这也是我要赞美中国文化的一大原因。"⑥

因此，罗素对中国文明的赞美几乎全都集中在提出用中国式人生观来对抗西方机械的人生观。罗素在书中对中国人崇尚宽容、忍耐、含蓄、冲淡、平和、友爱、礼让、安详、相信道德感召、与自然和谐共处的人生哲学予以充分褒奖，这与他偏爱老庄的道家学说甚于孔子的儒家学说相契合。在《中国问题》的扉页，罗素便引用了《庄子》的创世寓言"浑沌凿窍"，这构成了他的中国观体系。此外，他还全文引用了《庄子外篇·马蹄第九》，并对此有

---

① 罗素. 中国问题. 秦悦，译. 上海：学林出版社，1996: 159.
② 罗素. 中国问题. 秦悦，译. 上海：学林出版社，1996: 198.
③ 罗素. 中国问题. 秦悦，译. 上海：学林出版社，1996: 63.
④ 罗素. 中国问题. 秦悦，译. 上海：学林出版社，1996: 63.
⑤ 罗素. 中国问题. 秦悦，译. 上海：学林出版社，1996: 160.
⑥ 罗素. 中国问题. 秦悦，译. 上海：学林出版社，1996: 3.

独到见解。道家讲究师法自然、清静无为，同时"老庄的道家思想潜移默化，深深根植入中国文化土壤中，故让中国人的人生比西方的人生更淡定、文雅、包容、洒脱以及内省"①。这种保持冷静的态度正是西方社会所缺少的品质，西方社会的混乱与衰落就是过分的"占据的冲动"带来的负面作用，因此道家的学说"能够用来平衡西方文化中激进与野蛮的作风"②。罗素对儒家思想的评说则集中在他对其繁文缛节的厌倦，以及对"孝道"和"族权"的批判。但他依旧褒扬中国"正确的道德品质"，即便这种思想源于儒家的传统，而"在现代工业社会到来之前，这或多或少是有点道理的"③。

罗素对中国乌托邦式的描写在 20 世纪初的西方社会有其独特性。长久以来，西方观念史中的中国形象，恰如一条"变色龙"般伴随西方现代化的进程展现全然不同的形态。西方对中国文明观、中国形象的不同构建"既向欧洲人提供了一个不断变化的比较基点，又造成了特定时期中国观念有助于满足其自身不断变更的需求和愿望"④。正如周宁所言，"1750 年前后西方的中国形象转型，前后共出现乌托邦化的与意识形态化的两种中国形象，这两种中国形象作为抽象的、符号化的、纯形式的结构或框架，又交替出现在 20 世纪西方的中国形象史上，成为一种理解与解释西方的中国形象话语的'语法'"⑤。在西方现代性的奠基阶段，即 16 至 18 世纪中叶，中国以乌托邦形象出现，充当着"启蒙者"的镜像角色，暗示了西方对高度世俗化、物质丰富、社会安定的国家的向往。西方需要中国充当一个可以学习的榜样与能够超越的对象。经过文艺复兴、地理大发现、宗教改革，西方文化从中世纪向现代成功转型。直到 18 世纪，西方现代性确立，它"包括工业主义和资本主义两个维度"⑥。当以进步史观为逻辑、以理性科学为旗帜、以西方现代为中心的现代性一旦确立下来，西方社会便完成了身份认同，并获得足够的自信。因此，这时它需要的并非一个学习的榜样，而是可以通过贬低而加固自

① 丁子江. 罗素与中华文化——东西方思想的一场直接对话. 北京：北京大学出版社，2015: 236.
② 丁子江. 罗素与中华文化——东西方思想的一场直接对话. 北京：北京大学出版社，2015: 235.
③ 罗素. 中国问题. 秦悦，译. 上海：学林出版社，1996: 61.
④ 雷蒙·道森. 中国变色龙——对于欧洲中国文明观的分析. 常绍民，明毅，译. 北京：时事出版社，1999: 5.
⑤ 周宁. 天朝遥远：西方的中国形象研究. 北京：北京大学出版社，2006: 346-347.
⑥ 吉登斯. 现代性的后果. 田禾，译. 南京：译林出版社，2000: 222.

信的对象。"中国"自此完成由"乌托邦"向"意识形态"的转变。自 18 世纪末始,随着西方社会眼中的中国形象由"乌托邦"沦为"意识形态",中国人不好战争、爱好和平的性格特点旋即被视作停滞、落后、懦弱、野蛮的代名词加以挞伐。如今,这种形象在 20 世纪初又出现反转的迹象。一方面,中国人贫困、混乱、凶残、邪恶的形象仍十分流行,以萨克斯·罗默塑造的恶魔式人物傅满楚为代表;另一方面,对中国文化与文明的赞扬,对"乌托邦中国"的向往又一次悄然复兴。西方的思想家、哲学家,如罗素、迪金森正是西方复兴"乌托邦中国"的代表。

罗素对中国文明的推崇、对伦理道德的强调,对道家思想的喜爱不但源于他对西方启蒙现代性的反思,也反映了其为世界文明寻求良方的可贵品质,具有道德关怀、普适价值和预言意义。正如徐志摩所言:"他所厌恶的,却并非欧化的全体——那便成了意气作用——而是工业文明资本制度所产生的恶现象;他的崇拜中国,也并非因为中国刚巧是欧化的反面,而的确是由贯刺的理智和真挚的情感交互而产生的一种真纯信仰,对于种种文明文化背后的生命自身更真确的觉悟与认识。"[①]

三、当"道德中国"遭遇"现实中国"

反思是现代性概念的核心之所在。因此,正如提出现代性来反思禁锢、腐朽、落后的旧思想、旧社会,现代性的内部也形成一股反思的力量来克服与改善启蒙现代性所带来的消极的负面影响。正如卡林内斯库在其著作《现代性的五副面孔》中所说的那样,"在 19 世纪前半期的某个时刻,在作为西方文明史一个阶段的现代性同作为美学概念的现代性[②]之间发生了无法弥合的分裂"[③]。而所谓文明史阶段的现代性即启蒙现代性,是指"科学技术进步、工业革命和资本主义带来的全面经济社会变化的产物"[④]。西方审美现代性

---

① 徐志摩. 罗素与中国——读罗素著《中国问题》//罗素. 中国问题. 秦悦,译. 北京:经济科学出版社,2013: 8.

② 即审美现代性。

③ 马泰·卡林内斯库. 现代性的五副面孔. 顾爱彬,李瑞华,译. 南京:译林出版社,2015: 42.

④ 马泰·卡林内斯库. 现代性的五副面孔. 顾爱彬,李瑞华,译. 南京:译林出版社,2015: 42.

对启蒙现代性的反思几乎贯穿了启蒙现代性的整个发展过程①。自"文艺复兴和宗教改革之后,资本主义迅速发展,人的异化日趋严重,物质的丰富与世道人心之间的落差成为人类共同面临的世界性问题,反思现代性因此成为人文主义者和社会思想家的普遍自觉"②。源于对理性主义的反思,"反省现代性的非理性主义思潮的兴起,肇端于尼采;20世纪初,以柏格森、倭铿等人为代表的生命哲学,强调直觉、'生命创化'与'精神生活',其风靡一时,是此一思潮趋向高涨的重要表征。"③ 在此背景之下,古老东方蕴含着神秘主义、直觉主义、精神科学、灵性意蕴的哲学思想,填补了西方在宗教式微后留下的思想真空。一时间,东方的佛教、道家、印度教等思想,冥想、灵修、密教瑜伽(Tantric yoga)等形式在西方颇为盛行,东方又一次成为西方汲取精神养分的资源和宝藏。

其实,中国成为西方反思启蒙现代性的文化他者并不令人意外。中国之于西方而言成为一方净土的原因有二:一方面,因其未被工业化、现代化所浸淫,符合20世纪初西方社会普遍存在的怀旧倾向,它包含对人与自然和谐共处的农业文明和恬淡的田园生活的追忆与向往;另一方面,更由于中国传统的人生哲学注重对生命哲学的体悟,这与反思现代性的非理性潮流不谋而合。具体而言,中国人注重人性修养、道德伦理,主张顺其自然、平和素朴,其核心为"精神文明",主要包括儒家、道家、墨家和法家等类型;与之相反,西方的"知识性思考,恰由于其静态的、机械性的性质,永远无法了解这样的现实——这个观念当然和道家的老庄思想有其共鸣之处。在反现代化的文化哲学的理脉中,这种直觉能力成了思想者自身所属文化的主要特征;而科学与知识性的思考则被归诸他们经验中的'西方'"④。因此,罗素作为反思启蒙现代性潮流中的一员,其著作《中国问题》也在西方审美现代性批判链条中具有重要价值和意义。他站在为世界文明寻找出路的高度,通过对比西

---

① 周宪在《审美现代性批判》中将现代性的问题史分为三个阶段,即现代问题史的发轫期、转折期或盛现代性阶段、反思潮或后现代时期。而其所谓的现代性的问题史有两层含义,第一是现代性作为社会实践发展演变的历史,第二是对这一发展不断认识和反思的历史,也就是审美现代性对启蒙现代性的反思史。

② 曹莉. 反思现代性:吴宓新人文主义文化观的价值与局限. 杭州师范大学学报(社会科学版),2016(6):37.

③ 郑师渠. 五四前后外国名哲来华讲学与中国思想界的变动. 近代史研究,2012(2):7.

④ 艾恺. 世界范围内的反现代化思潮——论文化守成主义. 贵阳:贵州人民出版社,1991:27.

方资本主义国家与中国在思想境界、人生哲学、历史文化之间的不同，以和平—好战、平淡—激进、忍耐力—破坏力、人道—掠夺、自然和谐—竞争开发等一系列尖锐对立的两分法，批判了西方启蒙现代性的缺陷与弊端。1913年，同属布鲁姆斯伯里团体的 G. L. 迪金森（G. L. Dickinson）也到访中国，他游览了诸多城市并会晤了孙中山。归国之后，他据此创作了多篇游记，并将发表在英国《周末评论》杂志上的八封书信结集出版，这部《"中国佬"信札》便是其中国观的系统呈现。和罗素对"中国的田园主义、清静无为、爱好和平的天性和文化进行浪漫化处理"[①] 一样，迪金森在《"中国佬"信札》中对中国文明也有相似的颂扬，两者的出发点也多有重合，即通过褒扬中国文明和中国人的性格来猛烈抨击启蒙现代性和机械文明的弊端。由此可看出，以中国来反思现代性在 20 世纪初并非偶然。

然而，如果单从此方面来理解罗素的中国观显然还不够全面。20 世纪初的中国正处于新旧思想、中西文化激烈交锋的特殊时期。以胡适和陈独秀为代表，以"德先生"与"赛先生"为宗旨，以彻底抛弃旧思想，学习新思想、新理论为目标的新文化运动正在如火如荼地展开；同时也颇受白璧德"新人文主义"的影响，以吴宓、梅光迪为代表的学衡派，以及服膺柏格森"生命哲学"并以梁启超、梁漱溟为代表的"东方文化派"，他们以相对保守的态度倡导"推陈出新"和"存旧立新"的文化理念，但两者在如何对待西方文化的问题上具有较大分歧。显然，诸多文化团体及其不同的思想观念体现了彼此殊异的文化立场。虽然它们同罗素的中国文化观，因认知和立场的不同具有本质的差异，但在部分观点上的契合仍值得学者注意。同时，罗素的演讲和言论在全国范围内引发对中国文化、社会改造、国粹、教育、工业等问题的激烈论争，从侧面说明他对中国的理解亦参与到了中国知识文化界在 20 世纪初的"中西文化之争"和有关社会改造的良久讨论中。

罗素对待科学技术和工业发展似乎是一种"中庸"和"改良"的态度。在《中国问题》中，他明确指出中国文化的一个重要弱点：缺乏科学。因此，他号召中国学习西方的科学技术，强调中国人要有科学精神和态度。在他看来，西方文明的显著长处正在于科学方法；而中国文明的长处在于对人生归宿的

---

① Lin, Hsiu-ling. Reconceptualizing British Modernism: The Modernist Encounter with Chinese Art (unpublished doctoral thesis). Chicago: The University of Chicago, 1999: 175.

合理解释，因此"人们一定希望看到两者逐渐结合在一起"①。只要中国人能够保持自己文明的优良传统，对西方的机械文明有批判性地接受，终将"受到所有热爱人类的人们的极高崇敬"②。反之，西方也要学习中国朴素自然的人生观，由此来对抗趋向末路的启蒙现代性，这正是罗素在中国寻找到的答案。诚然，他所持的世界文明观有其局限之处，例如，忽视了多元文明发展的独特性与历史性，主张采用类似"优生学"的手段，人为地培育出完美的文明模式，这导致他期待建构的新的世界文明模式带有理想化和浪漫化的乌托邦色彩。然而，罗素对世界文明的思索从未止步于此，其后他参与中英庚子赔款委员会，在日军侵华时期为中国奔走呼吁，致力于废核运动和世界和平，正是其世界文明观和国际人文主义思想的具体实践。在世界局势波诡云谲的现今，罗素对中国文明乃至世界文明的深刻思考仍然具有积极意义。

　　罗素对待机械文明的态度与中国的"东方文化派"和"学衡派"的思想有诸多契合之处，事实上罗素的中国之行离不开梁启超等人的极力促成。这两个学派"都站立在了西方反省现代性的新的思想支点上，同时却又分别服膺其中不同的两派思潮：以柏格森为代表的非理性主义即浪漫主义的生命哲学和以白璧德为代表的美国新人文主义"③。但他们皆反对科学万能的论调，抨击物欲的膨胀和理性的僵化，提倡"重新审视中西文化，独立发展民族新文化"④，这一理念的确和罗素的主张不谋而合。"东方文化派"和"学衡派"虽在理念上有较大分歧和争辩，但他们将反思启蒙现代性的观念引入中国，并从不同的视角拓展对中国文化的不同理解，使20世纪初的中国思想界和文化界呈现百家争鸣、异彩纷呈的态势。同时，这亦表明中国思想文化界内部也萌发了反思启蒙现代性的思想，其文化保守主义倾向有力地矫正了文化激进主义全盘西化的主张，在搏击和张力中构成中国现代文化发展的契机，具有不可忽视的重要作用。

　　然而，正如"东方文化派"和"学衡派"在当时处在边缘地位，绝非思想文化的主流，罗素的中国之行同样引出不少风波，甚至"在华讲学期未满，

①　罗素. 中国问题. 秦悦，译. 上海：学林出版社，1996: 153.
②　罗素. 中国问题. 秦悦，译. 上海：学林出版社，1996: 198.
③　郑师渠. 反省现代性的两种视角：东方文化派和学衡派. 北京师范大学学报（社会科学版），2013(5): 31.
④　郑师渠. 反省现代性的两种视角：东方文化派和学衡派. 北京师范大学学报（社会科学版），2013(5): 36.

主客双方都觉得尴尬起来，以至于罗素后来是带着遗憾，带着不满，离开了中国"①。罗素在中国的这种境遇有其原因。首先，中国在 20 世纪初正处于复杂的历史文化语境。自近代开始，西方用坚船利炮迫使中国开启半殖民地半封建社会的屈辱历史，国家陷入战火纷争和动荡不安的苦难之中。因此，中国人民寄希望于科学技术和进步理念，他们相信正是启蒙现代性给西方社会带来了繁荣与发展。可见罗素坚守中国文化的主张明显与此追求不符。其次，20 世纪初的中国还处于现代化的十字路口，正面临抉择前行方向的关键时刻。中国人亟待改革的心态让他们希冀从罗素那里得到关于社会改造的实际建议，期待他的意见可以救助中国于危难之中。显然罗素对中国文化"中庸"式的建议并不能达成此项目的，他对哲学问题的深刻理解也因中国民众缺乏必要的哲学素养而回应者寥寥。因此，社会主流思想仍认为中国人需要启蒙，中国社会需要现代化发展，科学进步和工业技术仍然是摆脱困顿的有力手段。而罗素所说的启蒙现代化的种种弊端尚不存在，他的呼吁和抨击并不能让中国人感同身受。再次，罗素基于反思西方启蒙现代性对中国的溢美之词让他忽视了中国社会的诸多问题和弊端。比如，他在《中国问题》中以中国轿夫为例来称赞中国人总有一种"冷静安详的尊严"②，却引发鲁迅的嘲讽，认为"轿夫如果能对坐轿的人不含笑，中国也早不是现在似的中国了"③。一位周姓作家也在 1920 年 10 月 19 日登于《晨报副刊》的一篇匿名文章中讲道："罗素初到中国，所以不大明白中国的内情，我希望他不久就会知道，中国的坏处多于好处，中国人有自大的性质，是称赞不得的……我们欢迎罗素的社会改造的意见，这是我们对他的唯一的要求。"④ 他们的意见从某种程度而言正是主流思想界对罗素的一种看法。与之相似，1924 年泰戈尔访华同样引发了轩然大波，中国左派精英对其的嘲笑和责难远甚于罗素。而泰戈尔所受的冷遇绝大程度上亦源于其维护东方传统文化的主张与中国当时的主流思想极不协调。

历史地看，尽管中国 20 世纪初的新文化运动及其批判传统文化的选择有其必要性和重要作用，例如，它推动了现代科学在中国的发展并开启了民众

① 朱学勤. 让人为难的罗素//沈益洪，编. 罗素谈中国. 杭州：浙江文艺出版社，2001：419.
② 罗素. 中国问题. 秦悦，译. 上海：学林出版社，1996：159.
③ 鲁迅. 灯下漫笔//鲁迅全集 1. 北京：人民文学出版社，2005：228.
④ 沈益洪，编. 罗素谈中国. 杭州：浙江文艺出版社，2001：368.

的民主觉悟。然而，我们不应忽视另一种有价值的反调，它由来华访问的罗素、迪金森、泰戈尔等名哲带来，并可喜地在中国找到了同路人。他们对启蒙现代性的弊端有着深刻体悟，因此倡导东方文化的精神文明，批判西方的物质文明，反对盲目全盘西化的主张，从而与新文化运动的激进主义保持一种动态平衡和相互制约，具有重要的历史意义，其独特的历史意义和学术价值不容忽视。

罗素在中国的访问只持续了不到一年，但其意义却极为深远。对中国而言，由他引发的争论为中国社会注入了活水，增加了理解工业文明和启蒙现代性的另一个不可或缺的维度，拓宽了中国思想界的思维空间；对英国而言，罗素在中国找到了对抗启蒙现代性的人生哲学，表达了自己对世界文明的深刻思考。罗素访华固然是出于"借他人酒杯，浇自己块垒"的目的，但"在这个总是与他者相遇，借鉴、交流成为文化发展基本模式的时代，如何在多元意识的基础上，形成一种有利于交往、合作的公共规则，并通过积极的对话交流一个多元共生的文化世界，文化自觉是其关键"①。重审罗素访华及其中国文明观，即是挖掘我们民族文化中值得珍视的部分，突破以往的20世纪中外文学关系研究偏重考察西方文学影响中国文学的局限，以一个英国学者的创作论证了中外文学和文化交流本是一个双向互动的过程。深入了解中国在西方构建现代性历程中的重要角色，将有助于我们了解自身文明的勃勃生机，增强我们的民族文化自信，从而在世界舞台上展现中国文化的魅力。

原文出处：白薇臻，杨莉馨. 《中国问题》与现代性反思——从罗素访华谈起. 西北师大学报（社会科学版），2018(6): 137-144.

---

① 路宪民. 全球化时代的民族文化自觉. 西北师大学报（社会科学版），2016(5): 20.

下 篇

英国布鲁姆斯伯里团体与中国美学、哲学和诗学

论中国古典气韵论影响下罗杰·弗莱的性灵美学思想

陶家俊

　　罗杰·弗莱（Roger Fry, 1866—1934）是英国继约翰·罗斯金（John Ruskin, 1819—1900）、瓦尔特·佩特（Walter Pater, 1839—1894）、奥斯卡·王尔德（Oscar Wilde, 1854—1900）等推动的唯美思潮之后现代主义美学思想的集大成者。弗莱从伊曼努尔·康德（Immanuel Kant, 1724—1804）美学、英国唯美派美学、剑桥大学哲学家 G. E. 摩尔（G. E. Moore, 1873—1958）的伦理哲学、贝内德托·克罗齐（Benedetto Croce, 1866—1952）的直觉主义美学、乔治·桑塔亚纳（George Santayana, 1863—1952）的自然主义美学、现代心理学等汲取思想营养。西方学者主要从西方形式主义美学传承来定位弗莱的美学思想。杰奎琳·福尔肯海姆（Jacqueline Falkenheim）在《罗杰·弗莱与形式主义艺术批评的开端》中将弗莱视为 20 世纪初西方形式主义美学的创新者，认为他特别青睐意大利文艺复兴艺术、法国印象派、后印象派[①]。迪恩·柯廷（Deane Curtin）在文章《美学形式主义种类》中认为，罗杰·弗莱和 20 世纪下半叶的美国艺术批评家克莱门特·格林伯格（Clement Greenberg）是康德之后形式主义美学的继承者。"康德形式主义的终极指向是综合的。艺术认可生活，导致道德效用——积极地提升世界的道德状况。弗莱和格林伯格的形式主义是分解式的。他们在开始和最后都拒绝与艺术相关的生活和道德。

---

① Falkenheim, Jacqueline. *Roger Fry and the Beginnings of Formalist Art Criticism*. Anne Arbor: UMI Research Press, 1980.

艺术仅仅是挣脱日常生活混乱的原初避难所。"① 另外，有部分西方学者重点研究以《伯灵顿鉴赏家杂志》（*The Burlington Magazine for Connoisseurs*）为喉舌的英国现代艺术鉴评话语中的弗莱（弗莱于 1903 年推动创办了英国艺术鉴赏顶级刊物《伯灵顿鉴赏家杂志》）。从 1934 年弗莱去世至 21 世纪的近 90年中，批评界持续关注且不断挖掘弗莱在该刊物创刊及发展中的独特作用和影响力、刊物宽广的历史和地理内涵及其面向现代主义先锋艺术的编辑理念。

　　上述两大类研究完全忽视了 20 世纪初以来中国古典艺术及谢赫的气韵论对弗莱美学的影响和改造。因此，这些研究遮蔽了弗莱美学思想中历时生发、与形式主义美学平行的性灵美学。弗莱的性灵美学表征了 20 世纪初新一轮的中英跨文化交流对话中中国古典文明对英国现代主义的深刻影响。以弗莱为代表的布鲁姆斯伯里团体和《伯灵顿杂志》圈子，劳伦斯·宾扬（Laurence Binyon, 1869—1943）、阿瑟·韦利（Arthur Waley, 1889—1966）、埃兹拉·庞德（Ezra Pound, 1885—1972）和马尔克·奥莱尔·斯坦因（Marc Aurel Stein, 1862—1943）为主要参与者的大英博物馆小组，以埃兹拉·庞德、亨利·戈蒂耶-布尔泽斯卡（Henri Gaudier-Brzeska, 1891—1915）、温德姆·刘易斯（Wyndham Lewis, 1884—1957）为喉舌的漩涡派对中国古典艺术和诗歌、中国古典美学和诗学展开了全面的吸收和现代主义重构。拉尔夫·帕菲克特（Ralph Parfect）在收入《英国现代主义与中国风》（*British Modernism and Chinoiserie*）中的文章《罗杰·弗莱、中国艺术和〈伯灵顿杂志〉》（"Roger Fry, Chinese Art and *The Burlington Magazine*"）中深刻指出，伴随着对中国历史、文化和思想日趋深刻、广泛的知识积累，18 世纪开始在英国和欧洲其他国家流行的中国风以中国母题和风格的装饰为主。在 20 世纪初现代主义的发展过程中，以《伯灵顿鉴赏家杂志》的中国古典艺术鉴评和研究为表征，以弗莱为代表，英国现代主义中出现两种源于中国风的平行话语——以人类学、考古学、人种学、文物鉴藏为学科基础，以中国文物的文化物质层面为对象的专业学术和科学话语；以现代主义自我反思和批判之人本精神为动力的美学话语②。在《伯灵顿鉴赏家杂志》上，弗莱发表的系列中国文物鉴评文章中

---

① Curtin, Deane W. Varieties of Aesthetic Formalism. *The Journal of Aesthetics and Art Criticism*, 1982, 40(3): 325.

② Witchard, Anne. *British Modernism and Chinoiserie*. Edinburgh: Edinburgh University Press, 2015: 55.

都交织着这两种话语。

与对现代西方美学思想传统的创新变革平行，弗莱在 20 多年的美学探索中勾连东西，在对中国古代文物和艺术、中国古典艺术哲学进行现代主义美学阐释的同时，以中国古典气韵论为思想资源，反思批判西方艺术和美学传统，重估世界诸古典文明之艺术成就，形成其美学思想中与以有意义的形式和审美情感为基石的形式主义美学相辅相成的性灵美学思想。这样，谢赫的气韵论表征的汉学话语、中国古代文物鉴评表征的专业学术和科学话语与现代主义美学话语就形成异位共生关系，滋生了弗莱在《伯灵顿杂志》上的系列文章和晚年美学思考《最后的讲稿》（"Last Lectures"）中不断完善的性灵美学思想。因此，并非如拉尔夫·帕菲克特所论的文物鉴评话语与美学话语矛盾并存，而是汉学话语和文物鉴品话语对弗莱的性灵美学探索形成双重影响。借用新物质主义理论家黛安娜·库尔（Diana Coole）和萨曼莎·弗罗斯特（Samantha Frost）的观点，弗莱从中国古代文物的文化物质形态中发掘出与中国古典气韵论契合无间的生命样态和生命能量。"因为物质性总是某种超越'纯粹'物质的东西：剩余、力量、活力、关联性，或使物质主动、自我创造、生产、无法预测的差异。总之，新物质主义者正在重新发现物质化的物质性。这表明自我转化的内在模式促使我们用更复杂的方式来认知因果关系……"① 本文主要研究：一、气韵生动：中国古典气韵论的跨文化阐释；二、中国风中的美学顿悟：弗莱中国文物鉴评深层的性灵美学观念；三、诸文明的黄昏：弗莱晚年的性灵美学思考。

一、气韵生动：中国古典气韵论的跨文化阐释

弗莱以中国古代文物为对象的跨文化美学审视直接受 19 世纪末以来新一轮中国古典艺术和思想观念从东向西的知识大迁徙影响。继 17 世纪的传教士汉学、18 和 19 世纪英国消费文化中流行的中国风之后，19 世纪末以来的中英跨文化交流呈现出更为繁荣厚重的气象，东学西传达到历史上从未有过的高峰。其主要方式包括汉学翻译和研究、中亚考古大发现、中国古代文物跨洋贸易和民间私人鉴藏、中国古代文物博物馆藏、中国古代文物展览、以《伯

---

① Coole, Diana & Frost, Samantha. *New Materialisms: Ontology, Agency, and Politics*. Durham: Duke University Press, 2010: 9.

灵顿杂志》为代表的文物鉴评，以及以弗莱、宾扬、庞德等为代表的现代主义美学话语。弗莱以文物鉴评为依托，以美学话语融合创新为目标，异中证同，阐发欧洲艺术与中国古典艺术的相通相契，逐步将中国古典气韵论与西方形式主义美学融合打通，形成性灵美学思想。

公元 5 世纪，中国齐梁艺术评论家谢赫承魏晋玄学观念，用时风流行之九品人伦鉴识概念"气""韵""神"和"骨"，借鉴刘勰的《文心雕龙》、钟嵘的《诗品》等文艺品鉴法度，在《古画品录》中提出绘画六法要、品画六品第。所谓六法即是：气韵，生动是也；骨法，用笔是也；应物，象形是也；随类，赋彩是也；经营，置位是也；传移，摹写是也。按照陈传席在《六朝画论研究》中的解释，"气韵"指画中人物的精神、仪姿的生动和美①。"气韵"对应弗莱理论中的"韵律""生命"和"生命力"；"骨法"对应弗莱理论中的"塑性"（plasticity）；"经营"对应弗莱理论中的"构思"（design）。换言之，第一法"气韵生动"与弗莱对中国古文物的美学思考既是跨文化的影响生成关系，又是跨文化的异类相通关系。

20 世纪初的谢赫气韵论最早是由汉学家译介到西方的。1905 年，英国汉学家翟理斯（Herbert A. Giles, 1845—1935）的《中国绘画史导论》（*An Introduction to the History of Chinese Pictorial Art*）问世。他对"气韵生动"的翻译是 rhythmic vitality②。同年，美国哥伦比亚大学首任汉学教授、德国汉学家夏德（Friedrich Hirth, 1845—1927）在英文书《收藏家笔记拾零》（*Scraps from a Collector's Note-book*）中对其的翻译是 spiritual element, life's motion③。法国汉学家埃玛纽埃尔-爱德华·沙畹（Emmanuel-èdouard Chavannes, 1865—1918）的学生、远东艺术专家拉斐尔·彼得鲁奇④（Raphael Petrucci, 1872—1917）在 1912 年《远东法语学院公报》（*Bulletin de l'École française d'Extrême-Orient*）上发表的文章《远东艺术中的自然哲学》（"La Philosphie de la Nature dans l'Art de l'Extréme-Orient"）中则将之翻译成 La consonance de l'esprit engender le movement de la vie⑤。夏德的翻译比翟理斯的更精确，而

---

① 陈传席. 六朝画论研究. 天津：天津人民美术出版社，2006: 185.

② Binyon, Laurence. *The Flight of Dragon*. London: John Murray, 1911: 12.

③ Binyon, Laurence. *The Flight of Dragon*. London: John Murray, 1911: 12.

④ 曾译佩初兹。

⑤ Binyon, Laurence. *The Flight of Dragon*. London: John Murray, 1911: 12.

彼得鲁奇的翻译比夏德更精准。彼得鲁奇在 1920 年出版的中国艺术研究的典范之作《中国画家：批评研究》（*Chinese Painters: A Critical Study*）中进一步指出，谢赫的画论奠定了整个远东美学理论的基石，兼容哲学观念和技术知识，昭示了中国本土艺术源远流长的传统，"达到了对极度文雅、深邃、动人心魄之魅力的表现，令人流连忘返的梦幻之境使人难以自拔"[①]。无疑彼得鲁奇从气韵论分辨出了中国本土思想观念的深刻影响。在日本，1889 年创刊的月刊《国华》（*Kokka*）推出的英文专刊《东方绘画艺术》（*Oriental Pictorial Art*，《国华》第 244 期）对"气韵生动"的翻译是 spiritual tone and life-movement。按照宾扬的整理，20 世纪初日本美术家冈苍天心将"气韵生动"翻译成 the life-movement of the spirit through the rhythm of things[②]。这个翻译无疑更贴近道家思想的神髓。而与宾扬、斯坦因、弗莱交好的韦利第一次采取了直译的方法将之翻译成 spirit- harmony, life's motion。表面的直译却投射出韦利乃至这个群体的艺术精神取向：精神与和谐构成气韵；气韵即是生命；生命流动不止。

谢赫的气韵论得到宾扬、弗莱等人的热烈接受和再度阐释，与弗莱集大成的形式主义美学成功对接。从阐释意义上看，宾扬围绕"气韵生动"观念所做的深度探究无疑最具代表性，且深刻影响了弗莱。宾扬在 1908 年问世的《远东绘画：以中国和日本的图像艺术为主的亚洲艺术史导论》中指出，"气韵"是中国古代艺术的根本。他通过冈仓天心翻译的"气韵生动"来揭示具化在绘画观念中的创造精神，以及这一绘画观念所承载的生命有机结构内涵。整个远东艺术决然不同于古希腊亚里士多德模仿论上散枝开叶的欧洲艺术，而是通达另一条更加光明的大道。

宾扬在 1911 年问世的《龙的腾飞》中对"气韵生动"进行了最周备的阐发。宾扬将"气韵生动"观与欧洲古希腊以降的模仿论比较，试图从根本上颠覆模仿论，肯定艺术的人性和目的性。艺术家必须超越世界的物相表层，捕捉并感受大化流行背后精神的气韵。他认为，气韵分三种。一指技术意义上的声音；二指身体有规律的运动，即律动；三指创造冲力的本质，"它是渗透并作用于物体的精神韵律"[③]。创造性的精神韵律源于舞蹈，渗透于音乐、

① Petrucci, Raphael. *Chinese Painter: A Critical Study*. [Sl.]: Brentano's Publishers, 1920: 51.

② Binyon, Laurence. *The Flight of Dragon*. London: John Murray, 1911: 13.

③ Binyon, Laurence. *The Flight of Dragon*. London: John Murray, 1911: 15.

戏剧、诗歌、雕塑、绘画和建筑。在韵律的作用下，艺术品中的声音、线条、形态和色彩获得新生命，具有内在的生命气韵。欧洲传统模仿论认为，美栖居于特定的对象物和特定的色彩，而中国古典气韵论偏重不同事物之间的关系——人与人、人或物与栖居的空间、心灵与心灵、形体与形体以及所有这些与天地世界乃至浩渺宇宙的关系。宇宙生命的能量在生命个体中流动，在不同生命个体间流转。因此，个体生命向其他生命体展开的过程也是在隐秘、超验的内在心灵中体悟无以言表的生命精神和情感的历程。世外乐土、自然的鬼斧神工抚慰着人内在的幸福和快乐。"风流肆意，浮云托思，峰峦抒怀，激流纵情。"① 借助艺术的生命律动，人的生命与动物、鸟类、花草、树木的生命相互哺化，圆转无碍。精神生命长流周转的宇宙成了独立于物相世界的自由精神家园。

1925 年，在中国文物鉴赏文集《中国艺术》（*Chinese Art*）中，弗莱与宾扬在鉴评中国绘画艺术时均探讨了"气韵生动"。弗莱总结提炼出中国古典艺术的线形韵律、线形韵律的连绵流动和空间塑性三大特征。他将"气韵生动"分解成线形韵律及其连绵流动两个不同特征，这类似于他后来使用"性灵"与"生命力"两个看似不同的观念来指向美学意义上的生命本体。而针对韦利、翟理斯、伯希和（Paul Pelliot, 1878—1945）翻译的不同且不到位的理解，宾扬这样阐述"气韵生动"的美学内涵：

> 确实评论家们轻率地将韵律等同于"重复"。但是其真正意思与对称或平衡无关，指的是相关的运动（只有在舞蹈中才得到完整表现）。在绘画中只有通过类比，哪怕静止的形式中韵律也能令人信服地暗示运动。生命自然的运动充满了韵律。似乎很显然，艺术家的理想目的就是让滋养生命世界的宇宙能量在他的作品中流淌。无疑当我们使用"灵感""有魔力的""创造性的"等术语时，我们在艺术中表达的是类似的目的。②

艺术品成了宇宙生命能量的载体，不同种类的生命个体仅仅是宇宙生命

---

① Binyon, Laurence. *The Flight of Dragon*. London: John Murray, 1911: 24.

② 转引自 Fry, Roger et al. *Chinese Art: An Introductory Handbook to Painting, Sculpture, Ceramics, Textiles, Bronzes & Minor Arts*. London: B. T. Batsford Ltd., 1946: 8.

的显化。可见宾扬捕捉到了中国古典艺术背后的观念及其与艺术的水乳交融。

弗莱和宾扬对"气韵生动"观念的深度阐释从根本上触及了谢赫所处时代特定的时代精神乃至中国漫长历史中沉淀下来的精神观念。特定的时代精神就是魏晋玄学，中国特有的历史精神观念就是禅宗精神。魏晋玄学尊老子和庄子，以自然为宗，探索宇宙万物根源和本体，追求生命的自由、自然、长久和不变的本源，宇宙精神生命和出世隐逸构成其核心。心居玄冥之处而览知万物，这就是老子所言的"涤除玄监，能无疵乎"[①]。洗濯心灵，抱一守静，体察万物之内、之间的宇宙精神的生命律动，这才是"气韵生动"的魏晋玄学本意。谢赫时代所谓的人伦鉴识中的"气""韵""神"和"骨"观念指向的是人个体生命存在之精神和美感表征，仅仅是宇宙精神生命的痕迹和显露。换言之，弗莱和宾扬对"气韵生动"的阐发超越了谢赫所圈定的品画范畴，深入玄学宇宙生命观层面，阐发出中国艺术背后独特的道家思想观念并将之引入西方现代主义美学思想。

二、中国风中的美学顿悟：弗莱中国文物鉴赏深层的美学观念

罗杰·弗莱的中国古典艺术鉴评包括：1911 年至 1924 年他在《伯灵顿鉴赏家杂志》上发表的《理查德·本尼特的中国瓷器收藏》（"Richard Bennett Collection of Chinese Porcelain", 1911）、《白玉蟾蜍》（"A Toad in White Jade", 1922）、《中国古文物》（"Some Chinese Antiquities", 1923）三篇文章[②]；与劳伦斯·宾扬等合撰的文集《中国艺术》（1924）；收入他的美学文集《变形》中的《中国艺术面面观》（"Some Aspects of Chinese Art", 1927）。在弗莱的这些研究中，艺术鉴赏评论与深层的美学思考相互交织，形成历时维度中国古典气韵论影响下弗莱性灵美学观念内在的衍变轨迹。

弗莱在《理查德·本尼特中国瓷器收藏》中同时从文物鉴赏和美学视角品鉴英国收藏家理查德·本尼特收藏的中国宋代至清代乾隆年间的瓷器珍

---

① 老子. 道德经. 周生春，注评. 南京：凤凰出版社，2007: 13.

② Fry, Roger. Richard Bennett Collection of Chinese Porcelain. *The Burlington Magazine for Connoisseurs*, 1911, 19(99): 120, 132-135, 137; Fry, Roger. A Toad in White Jade. *The Burlington Magazine for Connoisseurs*, 1922, 41(234): 103-104; Fry, Roger. Some Chinese Antiquities. *The Burlington Magazine for Connoisseurs*, 1923, 43(249): 276-277, 280-281, 283.

品。这些珍贵藏品包括黑色瓷器系列、多色瓷器高瓶系列和人物类瓷器三个类别。他在文物鉴赏的基础上展开了对这些瓷器珍品的美学审视。黑色双龙盘与古希腊花瓶类似，其设计造型的韵律具有令人无可挑剔的品味。黑色方形花瓶传承了商周青铜器特有的形塑感，带有李花图案的花瓶凸显出精妙的空间布局和韵律。相比之下，部分瓷器（如明代万历年间的一件瓷器）因过分讲究的技术精加工而显得缺乏生机。属于晚近时期的人物瓷器则显露出中国风特有的幽默快乐情趣。弗莱在该篇文章中用"韵律"（rhythm）、"形塑感"（plastic feeling）、"精加工"（finish）、"生机"（vitality）、"色调"（color tone）、"戏玩"（playful）等六个美学观念来描述中国瓷器蕴含的美学特质。

弗莱在《白玉蟾蜍》中以尤纳·蒲伯-亨尼斯上校（Colonel Una Pope-Henness）对在伦敦西区古玩店淘到的中国古文物白玉蟾蜍之鉴赏考据为基础，探究形式与生命的美学关系。审美的一极是牺牲生命，追求纯粹的形式。脱离生命的形式只是机械、僵硬的琐细表现。另一极是对动物形式的风格化，拘泥于僵硬、过分讲求装饰的程式而灭绝生命力。中国汉、隋、唐乃至更早时期的雕塑家们创造的艺术品则在形式与生命两极之间达到审美平衡。三足白玉蟾蜍表面的疹斑、肉赘和皱褶栩栩如生，表现出高超的自然主义风格。蟾蜍身体不平衡的运动、其内在生命生动的外在表现使之成为一件形塑精品。对蟾蜍内在生命极富韵律的表现使白玉蟾蜍呈现出鲜活的形塑感——生命与形式的综合。弗莱在该文章中提炼的美学观念包括"内在生命"（inner life）、"形塑设计"（plastic design）和"韵律"（rhythm）。内在生命与前一篇文章（《理查德·本尼特中国瓷器收藏》，第98—99页）中的生命力观念类似。这样，前一篇文章中的六个美学观念减少到三个，表明艺术鉴赏中中国古典艺术表现的生命律动与西方形式主义美学强调的形式同等重要。

弗莱在《中国古文物》中研究了山中夫人公司这家日本收藏公司在中国古代文物展览上的周代青铜鱼、汉代两面铜镜、魏代观音菩萨头像和唐代陶俑等展品。青铜鱼外部轮廓厚重紧凑，具有周代艺术典型的厚重角状轮廓风格特征，从中已可窥见早期中国风的特质。基于周代失蜡法制作的汉代铜镜更显严格的机械生产技艺，形成被机械主义取而代之的性灵与中国人特有的对物质的敏感之间的矛盾。通过对中国风特有的韵律和幽默特征的彰显，弗莱在重复使用"韵律"这个观念的同时，首次提出了与机械化生产造成的审美缺失对立的"性灵"（sensibility）观念。

弗莱在文集《中国艺术》中的文章《中国艺术的意义》首次从具体的文物鉴赏跳脱出来，进而从总体上把握中国艺术的美学特征。围绕此前提出的基于中国古典气韵论的"韵律"和基于西方形式主义美学的"形塑感"这两个观念，他总结出中国艺术的三个基本特征。首先，线条韵律是中国装饰甚至雕刻的主要特征。特别是在雕刻艺术中，线条韵律表现为轮廓明显的连续和流动感、帷幔上褶皱的连绵不断。其次，线条韵律持续不断、流动不止。这无疑与文艺复兴时期意大利艺术的表现类似。例如，波提切利（Sandro Botticelli, 1445—1510）就是一位典型的"中国式"画家，他也完全依靠线条韵律来构思，他的画作中韵律流动婉转，优美舒缓。再次，中国艺术的形塑感吻合了圆球、卵形和圆柱形所表征的中国人的心灵图式，明显不同于欧洲人借助立方体或多面体表达的心灵图式。这从根本上决定了中国艺术与欧洲艺术的区别：创造方法和想象习惯不同，由此产生的情感和文化心理也不同；在对人体的态度上，欧洲人源自古希腊的对人体的自豪感升华为对人体结构及形态的强烈好奇和研究，中国艺术中，人被置于与动物生命和植物生命亲密共栖、交流无阻的存在状态；不同于欧洲艺术，中国艺术缺乏悲剧精神，充满了快乐的纯真、戏玩的幽默和宗教式的沉思。

但是，弗莱在《中国艺术面面观》中指出，中国艺术与欧洲人的审美情感是吻合的，因为中国艺术借以表达审美情感的构思原则和韵律本质上在欧洲人眼里并不陌生。特别是周代青铜器表面的粗粝和笨拙之下是刻意的讲究和雕饰。这种对物品性的感知、对风格与众不同的感觉所形成的唯美文化滋养着中国艺术的创新精神。周代青铜器对各部分之间比例和平衡的绝妙感觉和把握传达出浑然一体的形塑观念，浑圆流畅的轮廓恰当地吻合了韵律和流动的原理。完美无瑕的中国周代青铜器比古希腊黑红瓶器更接近欧洲人的生活和感觉方式。周代青铜器体现出的最快乐的平衡精神完美地诠释了他源于康德和克罗齐美学的空间塑形理念。他称周代青铜器引起的审美愉悦感为"古代的战栗"[①]。

弗莱在《中国艺术的意义》和《中国艺术面面观》中深化了对"韵律""性灵""形塑感"和"生命力"四个美学观念的思考。韵律既指欧洲艺术中与中国艺术相似相通的线条韵律，又指中国艺术中线条韵律独有的连绵和流

---

① Fry, Roger. *Transformations: Critical and Speculative Essays on Art*. London: Chatto & Windus, 1927: 69.

动。"性灵"观念延伸到整个艺术创造和审美接受过程。它是艺术创造者对物的独特品性的感知、对风格与众不同的感觉，也是艺术鉴赏者从艺术品中感受到的或艺术品在艺术鉴赏者心灵中激发的审美情感。单指艺术品空间设计意义上的"形塑感"观念具化为与中国人和欧洲人不同的心灵图式对应的空间形态——圆形与多边立方形。"生命力"观念具化为他对中国艺术和欧洲艺术表达的不同生命观的沉思。欧洲艺术聚焦的是人的形体形态。中国艺术对宇宙自然序列中动物和植物生命的表现使这些动植物形态焕发出非凡的生命力和滋养人精神生命的活力。

弗莱在论述中国古典艺术与古希腊艺术之异、中国古典艺术与西方现代人审美认知之通时使用的"无私"（disinterested）、"沉思"（contemplation）、"数理逻辑"（mathematical logic）、"感官逻辑"（sensual logic）、"感官沉思"（sensual pension）、"智识"（intellect）等表述似乎造成了其美学理论表述的含混。其实，他最根本的意图是要区分非审美的人类心智活动与审美心智活动，强调中国古典艺术特别是周代青铜器与现代西方人的审美接受和期待的高度契合共鸣。中国古典艺术的最完美状态就是他展望的现代主义美学的性灵终极境界，也是与所有其他文明相比性灵美学的最高实现和最完美载体。我们借助梁漱溟在《中国文化要义》中有关现代西方文明所长之"理智"和中国古代文明所强调之"理性"的分辨来凸显弗莱对中国古典性灵审美精神的认同。梁漱溟认为："所谓理性者，要亦不外吾人平静通达的心理而已。"① 他又说："盖理智必造乎'无所为'的冷静地步，而后得尽其用；就从这里不期而开出了无所私的感情（impersonal）——这便是理性。"② 无私的感情、无为的冷静、平静通达的心理即是弗莱所谓的无私的沉思、审美情感。换言之，弗莱所追求的古典性灵审美精神就是一种情理相容，人与人、人与生命世界和谐又"相与之情厚"③，无私超然的理性精神。梁漱溟这样阐述人的生命与外物的关系："人类从本能生活中之解放，始于自身生命与外物之间不为特定之行为关系，而疏离淡远以至于超脱自由。"④ 弗莱在收入《视觉与设计》（*Vision and Design*, 1920）的文章《艺术与生活》（"Art and Life"）和《最后

① 梁漱溟. 中国文化要义. 上海：上海人民出版社，2018：145.
② 梁漱溟. 中国文化要义. 上海：上海人民出版社，2018：147.
③ 梁漱溟. 中国文化要义. 上海：上海人民出版社，2018：155.
④ 梁漱溟. 中国文化要义. 上海：上海人民出版社，2018：146.

的讲稿》（"Last Lectures"）中对生命的人性精神意义之阐发几乎就是这种说法的翻版。人的生命超脱外物囚禁之后，其感官感受跳脱向上，悠然长往，分而为偏重知识的理智和偏重无私情感的理性。结合梁漱溟的分析，弗莱从古希腊艺术中辨别出的实为知识型的理智或智性，从中国古典艺术中辨认出的实为无私情感主宰的理性。他所谓的"感官的沉思"应更正为"无私情感的沉思"。理解了梁漱溟的上述理智/理性二分论，也就理解了弗莱所谓的无私、冷静的沉思和古典精神何指，即：他所谓的"无私的沉思"如何对应日本学者冈仓天心在《茶之书》中对中国道家思想和禅宗思想的提炼炮制。这种在审美一端所发生的中国古典思想对弗莱的影响又对应弗莱在艺术一端对周代青铜器的膜拜、对中国古典美学韵律论的接受。

三、诸文明的黄昏：弗莱晚年的性灵美学思考

弗莱1933年至1934年在牛津大学的讲座稿《最后的讲稿》是他美学思想的扛鼎之作，浓缩了他数十年美学探索的精华，超越了自康德以来西方现代形式主义美学的藩篱，进一步将中国古典气韵论滋养下的性灵美学浓缩到"性灵"和"生命力"这两个核心观念中。以这两个观念为基石，他系统阐释了世界六大古文明的艺术精神和特质及其与性灵美学理念的契合或背离。《最后的讲稿》中，"性灵"美学理念囊括以下六个层面。

第一，从现代心理学角度看，性灵指艺术品中所承载的艺术家心理和心灵特质。"它是由人的手来完成、受大脑支配的姿势图形。理论上，图形可能首先向我们透露有关艺术家神经控制的信息，其次是他习惯性的神经状况，最后是他在做出姿势时的精神状态。"[1] 第二，综合气韵论和他自己提出的审美情感论，弗莱认为性灵指艺术品本身构架中不同部分之间的关系、不同色彩之间的色调关系、对颜料的运用把握、构架独特的肌理或质地等表征的艺术家的敏感性。"因此我们可以说，当艺术家的线条表现形式的细腻变化、具有丰富的变动能量时，线条是敏感的。"[2] 第三，将气韵论与他提出的有意义的形式观综合。他认为，性灵指艺术品的空间形塑表达的有规律、持续的韵律，韵律使艺术形塑的变化不再显得突兀、随意，韵律与变化构成了艺术

---

[1] Fry, Roger. *Last Lectures*. Cambridge: Cambridge University Press, 1939: 22.

[2] Fry, Roger. *Last Lectures*. Cambridge: Cambridge University Press, 1939: 24.

品的形式张力。第四，性灵指向艺术创作中与现代心理学的意识和无意识之分对应的两种不同意识——构思设计意识与创作意识。整体设计表达的性灵与意识密不可分。自由多变的韵律（无论是韵律的流动还是肌理的韵律）表现的性灵却受无意识控制。第五，在克罗齐1902年《美学：作为表达和一般语言学的科学》（*The Aesthetic as the Science of Expression and of the Linguistic in General*）中论述的直觉知识和逻辑知识分类基础上，弗莱发现了审美快乐的艺术之源。[①] 意识趋向于机械、整齐、有序，受数理逻辑支配，表达的是因果关系，是人类知性快乐的来源。艺术在无意识作用下表现的是变化、多样、不可预测的生命力量，受感官逻辑支配，表达的是和谐、平衡和适度原则。它是人类审美快乐的源泉。第六，因为艺术能将艺术家的精神状态传达给我们，所以艺术品的韵律所形成的肌理通达艺术家的心灵。正是在严格的数理逻辑主导的秩序与感官逻辑作用下的混乱之间，艺术家无意识的感性能量产生复杂却充满生命力的韵律。"我们总是从严格、明确的关系过渡到复杂且变化无穷的韵律。也许我们可以将韵律称为生命韵律。借助生命韵律，艺术家的无意识感受通过我们所谓的性灵自发地显露给我们。"[②]

　　弗莱认为，理想的艺术品是纯粹自由、无目的的精神活动产物。艺术昭示人超越纯生物存在之上的情感、想象活动。作为精神产物，艺术品是一种稀有、珍贵的物质。艺术品制作人在完成艺术品之后花费精力抹除所有手工痕迹，对艺术品打磨润饰，使之呈现出奢侈品效果。奢侈品的生产需要绝对机械的精确和一致，丝毫不容许出现艺术家的性灵之感。矛盾的是，在诗意制造冲动驱使下，艺术品制作人却可能意识到性灵表达的意义。因此艺术品的外表肌理中同时存在对秩序的精神需求、奢侈品效应和工匠的技艺自豪感三种因素。

　　正是上述三种因素决定了艺术品的"生命力"——艺术意象中蕴含的生命品质。有些艺术意象拥有自己的生命。有些艺术意象尽管与原物极其相像，却缺乏自己鲜活的生命力。弗莱通过对波斯、希腊、美洲等艺术样品的分析指出，艺术意象的生命力指的是其自我内在生命的自主品质，"根本不是依赖与活物的相似。我们甚至可以断定，与活物的完全相像会剥夺我们对生命力

① Croce, Benedetto. *The Aesthetic as the Science of Expression and of the Linguistic in General*. Cambridge: Cambridge University Press, 1992: 1.

② Fry, Roger. *Last Lectures*. Cambridge: Cambridge University Press, 1939: 33.

的感受"①。欧洲艺术史上，13 世纪的意大利艺术、15 世纪希腊美理想的复兴、20 世纪初表现主义和后印象主义对生命力的表现和宣泄，都是艺术生命力勃发的表征。

艺术品超越了纯粹物和纯粹生物存在的世界，成为人性意义上自由精神活动的产物。他将这个凌驾于人所有活动之上、达至没有目的的目的性境界的精神生命外化创造过程称为"诗艺制造"②。人精神生命的外化最后投射到艺术创作的意象之中和之上，使艺术品获得了本体意义上的生命力。因此诗艺制造意义上的艺术意象生命力既不同于艺术家的心灵特质和精神世界，具有自足性和独立性，又源于艺术家精神世界动态的活动和生命力勃发，是艺术家内在的精神生命被激发后外化的创造产物。外化的诗艺制造生命力增补、彰显了艺术家内在的精神生命力。

弗莱从全新的性灵美学视角出发，比较分析了世界六大古文明的艺术精神和特质。性灵始终存在于中国各个时期的艺术中。早期中国艺术中，几何或数理原则与性灵原则绝妙平衡。最早的周代青铜器最完美地表达了中国原生的美学理念和审美感，表现出七个独特的性灵元素：形塑和谐、纯真的性灵、感官上的沉思和禀赋、情感的宣泄、色彩的和谐、对宗教和宇宙观念的表达、性灵与智性的平衡。这些艺术品彰显出鲜活的生命力。秦代艺术风格变得愈益复杂、精致，更充满了自我意识，艺术中性灵和生命力品质高度发达却又仍处于总体的智性制约之下。汉代艺术进一步从宗教庄严之物变成世俗奢侈品，充满了传奇和神话愉悦感，满足的是显贵富豪等上流社会的奢华品味和嗜好。汉代艺术风格对性灵的压制、对几何原理的张扬形成与古希腊艺术相似的美学效果。北魏、隋、唐的佛教艺术真正将人的形象引入中国艺术，执着于人的理想化形态，表达对永恒宗教精神的感受。

埃及艺术的典型特征是观念化意象、叙事式插图艺术、奢华效果、缺乏性灵和生命力表征。它一以贯之、累世不变地将观念渗透入艺术。在观念化的视觉中所有意象再现的是最宽广侧面的对象而非外表，整体画面被扁平化，成为机械的精美艺术品。非洲黑人艺术基本上集中于人体雕塑，特别是人的头部和脸部雕塑。通过雕饰人的头部和脸部来表现人的本质，即：通过某些形式和韵律而显现出来的人的内在生命能量。因此非洲黑人艺术可以说是最

---

① Fry, Roger. *Last Lectures.* Cambridge: Cambridge University Press, 1939: 42.

② Fry, Roger. *Last Lectures.* Cambridge: Cambridge University Press, 1939: 39.

纯粹的精神艺术。美洲印第安人的玛雅艺术突出水平线条和矩形对称，表现出对自然形态的冷漠，根本缺乏性灵和生命力。美洲墨西哥人的艺术充满了狂野、丰富的想象，思想的无拘束和不确定，使得他们无力控制复杂的整体结构。秘鲁印第安艺术表现的是本土人更温和、柔顺的气质特征，以幽默为基调，而不是悲剧氛围占据主导。这种古典品味与古希腊艺术品味如出一辙。印度艺术总的特征是繁杂、累赘，过度夸张的想象完全不受协调原则控制，无力松弛、充满滑稽弯曲的韵律令人生厌，性灵充斥了过度的色情欲望。因此印度艺术缺乏整体组合控制，也没有感性逻辑。希腊艺术局限于表现健美的人体。其艺术观念以人为宇宙的中心，一切都以人的价值来评判，将人与自然中的一切孤立开来。希腊艺术表达了希腊人强烈的智识活动、不竭的思辨能量和归纳能力，追求几何平衡对称却缺乏韵律和内在生命力。科学方法和态度促使希腊人讲求人体的比例和谐，结果人体不同部分之间完全是与性灵相悖的单纯的数学关系。

四、结　语

克劳福德·古德温（Craufurd Goodwin）在《艺术与市场：罗杰·弗莱论艺术中的商业因素》（*Art and the Market: Roger Fry on Commerce in Art*）中指出，弗莱代表的布鲁姆斯伯里团体艺术观悖逆大众商业化潮流，重塑文明的审美内核。"罗杰·弗莱和他的布鲁姆斯伯里圈子里的朋友一道，致力于理解并改进人在社会中生活的方式。他们的目标是一种盛行真、美和友情的文明。对弗莱而言，借助艺术手段，那些具有审美天赋的人创造美并将美传播给其他人。美的创造和传播过程的成功对文明来说至关重要。"[①] 罗杰·弗莱汲取中国古典气韵论，最终形成融化东西方文明之性灵美学。他将破与立并举，在破解和颠覆欧洲古典模仿论的基础上吸收融化中国古典气韵论，借以反制现代西方文化土壤中泛滥成灾的艺术商业化、大众化、标准化机械生产和庸俗、浅薄的奢侈品味。面对世界诸古典文明的黄昏薄暮，他以性灵美学为依据，以中国古典艺术为参照，试图论证不同文明艺术精神的相通相契。不同文明表面的分歧和差异背后是中国古典艺术性灵之美表征的同和通，即熊十

---

① Goodwin, Craufurd. *Art and the Market: Roger Fry on Commerce in Art*. Ann Arbor: University of Michigan Press, 1998: 64-65.

力在《新唯识论》中论证的宇宙真宰生命化境。"自他无间，征物我之同源。"①

中国古典艺术土壤中孕育而出的美学观念经过创造性转化之后弥久而新，成为弗莱整体美学理论的观念基石。因此他在生命的最后时光中泣血而歌，祈魂而祷，舍西方文明古希腊、文艺复兴二宗，从东西方文明两极中异中证同、古中见今。正如埃兹拉·庞德 1915 年在《诗刊》（Poetry）上发表的文章《文艺复兴 III》（"The Renaissance: III"）中呼唤的那样：

> 民主国家衰落了，他们一直在衰落，因为人们追逐与众不同的个性。但是任何民主都不能充分保障这种个性。如果你寄希望于雕塑家和作家，那么你将开创美国远胜 15 世纪的觉醒时代，因为我们的机遇比列奥纳多要大得多。我们拥有更充足的滋养，我们不只是要复活一种古典传统，我们有中国和埃及，还有世界屋脊上的未知之地……②

也正是因为这种东西方文明之间大跨度的创造性转化，中国古典气韵论一分为二，开出"性灵"和"生命力"两个美学观念。如前所论的性灵观念的六层多义构架基本上统摄了中国古典气韵论涉及的韵律、精神生命、空间形塑和不同构成元素之间的聚合关系等要义。这种观念的创造性转化也打上了西方现代各派美学、心理学尤其是弗莱形式主义美学观念（有意义的形式、审美情感）的深刻烙印。弗莱的性灵美学以艺术家、艺术品、艺术审美为三维，统摄艺术家的精神生命、艺术品的自足生命和审美鉴赏中的审美情感，以艺术家内在精神生命的外化溢射和感知还原为双向生成结构。这基本上就是弗莱历数十年之功而开创的与形式主义美学平行、融形式主义美学与中国古典气韵论于一体的性灵美学思想之宏阔构架。

原文出处：陶家俊. 论中国古典气韵论影响下罗杰·弗莱的性灵美学思想. 外国文学研究，2023(2): 10-21.

---

① 熊十力. 新唯识论. 上海：上海人民出版社，2011: 9.
② Pound, Ezra. The Renaissance: III. *Poetry*, 1915, 6(2): 88-89.

"知人论世"与"以意逆志"：

罗杰·弗莱艺术批评与中国传统批评的相通性

高 奋

英国艺术批评家罗杰·弗莱具有全球视野——他不仅深入论析了乔托、达·芬奇、伦勃朗、塞尚、凡·高、毕加索等数十位自中世纪至现代的欧洲艺术家及其作品，而且论述了希腊、英国、法国、中国、印度、埃及、美国等欧、亚、非、美四大洲主要国家的绘画史，其视野之开阔，评论之深入，令人叹为观止。弗莱之所以能够在全球视野内开展艺术批评，是因为他将批评视为基于生命体验的心灵对话，倡导以批评家之心领悟作家作品之情志，在生命体验的共鸣中揭示艺术作品之意味。他这样描述他鉴赏画作的过程："整个下午我都泡在罗浮宫，试图忘却所有的观点和理论，就像平生第一回见到它们那样，欣赏每一件作品……只有这样才能有所发现……每一件作品都必须成为一次全新的、无以名状的体验。"[①] 弗莱将批评基于批评家"训练有素的敏感性和渊博知识之上"[②]，而非某种现成的理论或观点之上，其观点、方法和批评实践与中国传统的"知人论世"和"以意逆志"有相通之处，曾有效推进欧洲艺术批评的发展。

---

① 罗森鲍姆. 岁月与海浪：布鲁姆斯伯里团体人物群像. 徐冰，译. 南京：江苏教育出版社，2006：7.
② 罗森鲍姆. 岁月与海浪：布鲁姆斯伯里团体人物群像. 徐冰，译. 南京：江苏教育出版社，2006：28.

欧洲学界对弗莱的艺术批评的重要价值早已给予肯定。除了英国著名艺术史家肯尼斯·克拉克在 1939 年赞誉弗莱是改变英国艺术趣味的第一人之外[①]，评论家所罗门·菲什曼也做出了赞誉性评价："罗杰·弗莱是英国第一位享有国际声誉的艺术批评家，他的评论为消除英国早期批评家艺术论的狭隘性发挥很大的作用。他的批评展现了高度的知性才能和专业性、学术性风范，这种才能和风范不仅在他的前辈批评家如罗斯金、佩特、西蒙斯、乔治·摩尔的身上不曾显现，而且他同时代的年轻批评家克莱夫·贝尔也不曾拥有。"[②]

由于种种原因，学界对弗莱艺术批评的研究尚不充分。菲什曼着重论析弗莱的美学思想，很少分析他的艺术批评，且存有较大的误解，认为弗莱"在学术生涯的大部分时间里都与当时盛行的关注内容和文学联想的绘画态度做斗争，因而他走向了它的反面，倡导一种审美观，将艺术从人类的经验中孤立出来"[③]。雷纳·韦勒克在《近代文学批评史》的第五卷中简略地点评弗莱的艺术批评，简单罗列了弗莱的部分观点后，便匆匆下结论道，"弗莱的成就大致在于引导大家认识本世纪的新艺术"[④]，"著述过于脱离具体的文学批评，故而产生不了多大的作用"[⑤]。国内沈语冰对弗莱的研究最多，在专著《20 世纪艺术批评》中单辟一章讨论弗莱的形式主义批评，重点论析弗莱形式主义批评的美学渊源和美学观点[⑥]。我们尚可推进对弗莱的艺术批评特性的梳理和评析。

本文重点探讨他的艺术批评，为方便讨论，我们从他众多的艺术批评中选取了他最青睐的乔托、伦勃朗、塞尚批评，从他众多的国别文艺史研究中挑选他最喜爱的法国艺术史、中国艺术史研究，以揭示他的艺术批评的特性并阐明其价值。

---

① Fry, Roger. *Last Lectures*. Cambridge: Cambridge University Press, 1939: ix.
② Fishman, Solomon. *The Interpretation of Art*. Berkeley: University of California Press, 1963: 105-106.
③ Fishman, Solomon. *The Interpretation of Art*. Berkeley: University of California Press, 1963: 141-142.
④ 雷纳·韦勒克. 近代文学批评史：第五卷. 杨自伍，译. 上海：上海译文出版社，2009: 97.
⑤ 雷纳·韦勒克. 近代文学批评史：第五卷. 杨自伍，译. 上海：上海译文出版社，2009: 100.
⑥ 沈语冰. 20 世纪艺术批评. 杭州：中国美术学院出版社，2003: 55-82.

一、艺术批评的基础："知人论世"

弗莱在开启艺术作品批评之前，总是以概述和分析艺术家的性情、喜好、趣味和他所处时代特性为开端，为下一步艺术作品批评和艺术史研究奠定基础。这一方式与中国传统批评的"知人论世"相通。

何为"知人论世"？诚如孟子所言："颂其诗，读其书，不知其人，可乎？是以论其世也。是尚友也"（《孟子·万章下》），也就是说，深刻理解和领悟艺术作品的前提是：一方面要全面了解作家生活时代的社会、政治、文化和环境，以便了解其文艺创作中的思想情感的背景（论世）；另一方面要了解作家本人的性格、情感、思想、修养、气质与爱好，以便领悟艺术作品的内在意蕴（知人）。孟子提出"知人论世"是基于深厚的中国传统文化思想的。首先，它的诗学基础是"诗言志"这一中国传统诗学核心理念。中国古代理论家和艺术家坚信文艺作品感于物，动于情，源于心，其宗旨在于表达情感和怀抱，无论是《尚书》中的"诗言志，歌咏言，声依永，律和声"（《尚书·虞书·舜典》），还是《礼记》中的"乐者，音之所由生也，其本在于人心之感于物也"，"诗，言其志也；歌，咏其声也；舞，动其容也，三者本于心，然后乐器从之"（《礼记·乐记》）等，均阐明了文艺乃"心"感于"物"之后的真性情表现这一观点。正因为孟子坚信"诗言志"理念，他才会将"人"（作者）与"物"（世界）视为文学批评的根本元素。其次，它的理论基础是孔子的观点。春秋战国时期，针对礼崩乐坏的局面，孔子等有识之士开始整理典籍以寻求恢复礼乐的良方，他所整理的《诗经》不仅是一部文学典籍，也是一部体现政治、道德、伦理思想的文集。孔子提出"兴于诗，立于礼，成于乐"（《论语·泰伯》）的路径，指出"诗可以兴，可以观，可以群，可以怨"（《论语·阳货》）的作用。其中"观"指称"考见得失"，即：了解以往的历史和风俗，通晓政治得失，它隐含着审美接受和情感欣赏的意蕴。孟子提出"颂其诗"需"知人论世"，将"颂诗"与对"人"和"世"的观照密切关联，是对孔子的"观"的思想的总结和推进。①

"言志"与"观"也是弗莱所推崇和实践的。弗莱基于自己多年的绘画创作体验，从托尔斯泰的《艺术论》（1898）中汲取了"艺术是人类交流的一种

---

① 胡经之，李健. 中国古典文艺学. 北京：光明日报出版社，2006: 342-345.

手段……它用相同的情感将人类紧紧相连"[1] 的理念，扬弃托尔斯泰以道德为目的的宗旨，就艺术的本质提出了"情感说"，其核心观点是："艺术是交流情感的方式，以情感本身为目的。"[2] 弗莱的"情感说"体现"以情为本"的宗旨，与中国诗学"诗言志"理念相通。弗莱相信，文艺批评是一种直觉感悟和理性概括的过程，其目的在于观照并揭示艺术作品所表现的有意味的情感和思想。首先，批评家的唯一手段是他的主观"感觉"："批评家只能以他所具有的唯一手段来工作，即他自身完全由个人因素构成的感觉……他有义务尽可能诚实地接受他自己的感觉判断。"[3] 其次，批评家需要有一种整体概括能力：有价值的批评方式是以"艺术家的方式去趋近主题而不是用哲学家的方式"，唯有如此，他才能客观公正地看待作品，"将它从整体上提升为艺术的一般原理"。[4]

　　弗莱对中国艺术兴趣浓厚，主要通过鉴赏和研究获得对中国艺术的了解。他 1906 至 1910 年在美国纽约大都会博物馆担任油画厅主任和欧洲事务顾问时期，主要任务是去世界各地鉴定与采购画作，曾涉猎中国艺术作品；他曾在文章中提到，自己在纽约大都会博物馆中看到的大多是中国明清时期的画作，宋画很少[5]。1925 年，他与大英博物馆的劳伦斯·宾扬、维多利亚和阿尔伯特博物馆的伯纳德·瑞克汉等熟悉中国艺术的朋友们一起出版了专著《中国艺术——论中国绘画、雕塑、陶瓷、纺织、青铜等艺术》（1925），以图文并茂方式论述和点评中国艺术。弗莱为这部专著撰写了提纲挈领的第一章《论中国艺术的重要性》，阐明中国艺术的主要特性是"线条韵律""线条韵律的流动性和持续性"，以及"灵动感"[6]。他指出，要理解中国艺术，关键在于

① 列夫·托尔斯泰. 艺术论（节选）//Wartenberg, Thomas E.编著. 什么是艺术. 李奉栖，等译. 重庆：重庆出版社，2011: 109.

② Fry, Roger. Expression and Representation in the Graphic Arts. In Reed, Christopher (ed.). *A Roger Fry Reader*. Chicago: The University of Chicago Press, 1996: 64.

③ Fry, Roger. Retrospect. In Bullen, J. Barrie (ed.). *Vision and Design*. New York: Dover Publications, Inc., 2011: 200.

④ Fry, Roger. Introduction to the *Discourses* of Sir Joshua Reynolds. In Reed, Christopher (ed.). *A Roger Fry Reader*. Chicago: The University of Chicago Press, 1996: 41.

⑤ Fry, Roger et al. *Chinese Art: An Introductory Handbook to Painting, Sculpture, Ceramics, Textiles, Bronzes & Minor Arts*. London: B. T. Batsford Ltd., 1935: 2.

⑥ Fry, Roger et al. *Chinese Art: An Introductory Handbook to Painting, Sculpture, Ceramics, Textiles, Bronzes & Minor Arts*. London: B. T. Batsford Ltd., 1935: 2.

理解中国人的情感和中国人的处世态度。他认为，中国艺术中的情感就像"欧洲中世纪艺术中的情感"那样不易靠近，但是可以感知；中国人从未丧失"人与自然相关联"的态度，因而中国艺术体现出人与自然共通的形态。"他们（指中国人，笔者注）用心灵和直觉感受理解动物这一生命体，而不是用外在的、好奇的观察去理解它们。正是这一点赋予他们的动物之形以独特的生命活力，那是艺术家将内在生命神圣化和表现化的那一部分。"① 这篇文章昭示了弗莱以"知人论世"建构艺术批评基础的立场，即从感悟中国人的情感和态度出发去鉴赏中国艺术，概括其特性。这一立场在他论析中国艺术史的时候有详尽的表现。

在《最后的讲稿》中，弗莱着重论析了中国殷、周、秦汉、魏晋时期的绘画。在评论中国艺术之前，弗莱赋予了独特的"知人论世"式概述。首先，他整体观照和论析了中西艺术的共性。他分别简述西方的希腊-地中海文明与东方的中国文明自成一体的发展史，阐明两种文明在逻辑思维、直觉感知等知性体系上享有一定程度的共性：比如，虽然中国特有的亭台楼阁让欧洲人着迷，但是中国田野的村舍与欧洲乡野的农舍并无很大的差异；比如，欧洲人很容易就能读懂中国文学的译本和中国绘画作品。简而言之，弗莱用东西方文明的知性共通性为解读中国艺术奠定基石。然后，他从绘画所面临的共通问题切入，揭示中西艺术形式的差异源自审美趣味的不同。他认为，艺术创作所面临的共通问题是："艺术作品究竟是充分表现艺术家的鉴赏力，还是让艺术家的鉴赏力从属于其他思考，比如与数学或几何体系保持一致？"② 不同的文明对艺术究竟是建构一个有力的秩序，还是自由地表现艺术家的鉴赏力的回应是不同的。比如，埃及艺术表现了艺术家的鉴赏力，却让鉴赏力从属于传统的形式机制；美索不达米亚艺术除早期外一直受制于政治和权威；爱琴海艺术能自由地表现艺术家的鉴赏力，但缺乏深刻而独特的情感；希腊艺术将鉴赏力严格控制在传统的形式机制之下。他认为，中国艺术具有鉴赏力与形式结构相平衡的独特性：

在早期中国艺术中，我们发现几何规则与鉴赏力之间达到了平

---

① Fry, Roger et al. *Chinese Art: An Introductory Handbook to Painting, Sculpture, Ceramics, Textiles, Bronzes & Minor Arts.* London: B. T. Batsford Ltd., 1935: 4-5.

② Fry, Roger. *Last Lectures.* Cambridge: Cambridge University Press, 1939: 9.

衡，这一点非常独特。我觉得我们可以说，中国艺术的鉴赏力不曾在哪一个朝代被完全压制过。形式结构以及它的完整性理念从未隐含着对鉴赏力的压制，这一点在其他地区时常发生……不仅艺术家极为少见地被允许自由地表现他的鉴赏力，而且公众也异乎寻常地接纳和欣赏它们的内涵。这种亲密地和下意识地表现艺术家情感的愉悦性，在中国的艺术态度中清晰可见。风格本身或多或少带有早期形式的规则几何形，依据情感发展出一种法式，能满足中国艺术对清晰的形式关系的渴望和对自由韵律的情感表现的需求。①

在这段话中，弗莱延续了他在《中国艺术》中阐发的对中国人的情感和处世态度的理解，重点阐明中国艺术注重艺术家的情感表现与艺术形式的规则之间的平衡关系，由此导出中国艺术在审美趣味上推崇形（形式结构）神（鉴赏力）合一的艺术特性，揭示中国艺术"带有高度的意味"而欧洲艺术更推崇"机械式的规则"②的差异。可以看出，弗莱所做的"知人论世"式概述聚焦于对中西生命体验的共通性和审美趣味的差异性的整体观照和考察，从深层次建构了异中有同的中西艺术研究平台，为下一步的作品批评提供了基础。弗莱未曾到过中国，他的中国知识得益于他的广博阅历、他与一起撰写《中国艺术》的艺术界朋友的交流，以及他所在的布鲁姆斯伯里团体的学者们的中国研究。布鲁姆斯伯里团体学者的中国研究著作包括：曾到北京大学担任客座教授的哲学家罗素在回国后出版的专著《中国问题》（*The Problem of China*, 1922）——该作品论述了他对中国文明的领悟和建议；汉学家阿瑟·韦利翻译的《170 首中国诗歌》（*A Hundred and Seventy Chinese Poems*, 1918）和他撰写的《中国绘画研究导论》（*Introduction to the Study of Chinese Painting*, 1923）等著作③。另外，他还结交了一些中国朋友，徐志摩就是其中之一。

不过，弗莱对中国艺术的认识是感知的，不是理论的，他并不知晓中国诗学的"知人论世"说，他的"知人论世"式概述的深层根基是 17—18 世纪

① Fry, Roger. *Last Lectures*. Cambridge: Cambridge University Press, 1939: 100-101.

② Fry, Roger. *Last Lectures*. Cambridge: Cambridge University Press, 1939: 101.

③ 韦利的其他重要著作包括《道及其力量——〈道德经〉及其在中国思想史上的地位研究》（*The Way and Its Power: A Study of the* Tao Te Ching *and Its Place in Chinese Thought*, 1934）、《孔子论语》（*The Analects of Confucius*, 1938）、《中国古代三种思维》（*Three Ways of Thought in Ancient China*, 1939）等。

的英国经验主义美学、19 世纪的浪漫主义美学。他继承了洛克、休谟的经验主义归纳法的核心观点，比如：人的认识始于经验，"我们的一切知识都是建立在经验上的，而且最后是导源于经验的"①；审美是主观的，美"不是事物本身的一种性质，它只存在于观赏者的心里"②；审美感受与对象之间具有同情性，美丑"这种情感必然依存于人心的特殊结构……造成心与它的对象之间的一种同情或协调"③。他赞同英国浪漫主义诗人柯尔律治对文艺鉴赏的情感性的强调④，华兹华斯对诗歌情感性的论述⑤和雪莱关于诗即"想象的表现"⑥的阐发。弗莱反复强调，他的美学是"一种纯粹的实践美学"⑦，他贯通艺术家、作品和批评家的情感，透过艺术家的性情、社会背景或国别艺术史的民族情志、审美趣味去感悟并揭示艺术作品的意味，是对英国经验主义方法论、浪漫主义思想的综合和推进。

弗莱将"知人论世"式概述同样运用于自己的其他艺术作品和艺术史批评中。比如，《乔托》一文是弗莱早期最具影响力的艺术批评论文，深入评论了乔托在阿西西方济各教堂中的壁画的风格和意蕴。论文在深入评析乔托壁画作品之前，先给予了"知人论世"式的铺垫：首先，他概述了天主教方济各会创始人圣方济各（San Francesco di Assisi, 1182—1226）的观念和喜好。他阐明方济各的基本理念是："上帝面前人人平等、个人灵魂直接连通上帝、每个人都是自己的牧师"⑧；方济各皈依基督教之前是一名诗人，因而他与他的追随者都特别看重《圣经》故事里的诗歌和戏剧成分，其精神美与感觉美

① 洛克. 人类理解论：上册. 北京：商务印书馆，1983：68.

② 转引自北京大学哲学系美学教研室. 西方美学家论美和美感. 北京：商务印书馆，1980：108.

③ 转引自北京大学哲学系美学教研室. 西方美学家论美和美感. 北京：商务印书馆，1980：108.

④ Coleridge, Samuel Taylor. *Lectures and Notes on Shakespeare and Other English Poets*. London: George Bell and Sons, 1884: 227.

⑤ 华兹华斯. 《抒情歌谣集》序言及附录//中国社会科学院文学研究所. 古典文艺理论译丛：卷一. 北京：知识产权出版社，2010：6.

⑥ 雪莱. 为诗辩护//中国社会科学院文学研究所. 古典文艺理论译丛：卷一. 北京：知识产权出版社，2010：81.

⑦ Fry, Roger. Retrospect. In Bullen, J. Barrie (ed.). *Vision and Design*. New York: Dover Publications, Inc., 2011: 191.

⑧ Fry, Roger. Giotto. In Bullen, J. Barrie (ed.). *Vision and Design*. New York: Dover Publications, Inc., 2011: 92.

融合为一体。然后，他概述了阿西西壁画作为意大利圣方济各艺术的代表性壁画的总体特性。他指出，这些 14 世纪以前的壁画展现出"自我表现"[①]的特性，与缺乏人情味的拜占庭艺术相比，壁画中饱含"艺术家的显著个性"，它们以生动的姿态与丰富的表情呈现"场景的戏剧性和真实性"[②]，颇有艺术创造性。不同壁画展现出不同的技法，或突显古典主义绘画的高贵和宁静，或突显现实性和戏剧性。再者，弗莱依据史料证实契马布埃与乔托共同绘制了阿西西地面教堂中的壁画[③]，其中乔托绘制的是圣方济各传说，体现了"戏剧性和强烈情感"特性，不同于契马布埃的"感伤的现实主义者"特性[④]。这便是弗莱在全面展开乔托作品的艺术批评之前所做的铺垫。"知人论世"的侧重点，一方面落在对乔托壁画的绘制对象，圣方济各的宗教思想和性情爱好的介绍上；另一方面落在对以乔托为代言人的该时期意大利艺术总体特性的介绍上。由于历史原因，后世对乔托的生平所知甚少，弗莱也因此略过。有了这些背景基础，对乔托的作品批评便可呼之欲出。

塞尚是弗莱最推崇的画家，他不仅多次评论塞尚，而且撰写专著《塞尚及其画风的发展》（1927）。我们将分析集中在该专著上。专著共 18 章，前 4 章集中介绍塞尚的个性、家庭、成长环境、绘画学习经历等。弗莱"知人论世"式的介绍着重阐明：塞尚的个性既害羞敏感又大胆坚定；19 世纪下半叶 20 世纪初期，法国画坛的主要特性是：库尔贝的写实主义、柯罗的田园牧歌和马奈的视觉性绘画实验并驾齐驱；塞尚学画期间深受马奈和德拉克洛瓦等画家的影响，形成了融想象、视觉印象和和谐色彩为一体的表现性特性。总之，弗莱揭示了塞尚"沿着富有诗意的创意画这条雄心勃勃的道路前行"，去实现"从内心出发寻找构图的野心"[⑤]的创作方向及促成因素。这些介绍为弗莱此后评论塞尚早期、成熟期、晚年期的肖像画、风景画、诗意画奠定了基础。

---

① Fry, Roger. Giotto. In Bullen, J. Barrie (ed.). *Vision and Design*. New York: Dover Publications, Inc., 2011: 94.

② Fry, Roger. Giotto. In Bullen, J. Barrie (ed.). *Vision and Design*. New York: Dover Publications, Inc., 2011: 95.

③ 阿西西教堂分为地下教堂和地面教堂两个部分。

④ Fry, Roger. Giotto. In Bullen, J. Barrie (ed.). *Vision and Design*. New York: Dover Publications, Inc., 2011: 99.

⑤ 罗杰·弗莱. 塞尚及其画风的发展. 沈语冰，译. 桂林：广西师范大学出版社，2009：24, 27.

伦勃朗是弗莱最喜爱的画家，弗莱称赞他是"绘画界的莎士比亚"①，为他撰写过多篇评析文章，其中题为《伦勃朗：一种阐释》（1933）的演讲稿最为全面深刻。他对伦勃朗"知人论世"式的介绍包括伦勃朗的宗教信仰、教育背景、学画经历、性情喜好，以及 17 世纪欧洲艺术界的现状等。他寥寥几笔就勾勒出伦勃朗作为一名信奉新教、喜爱古典主义绘画并扎根于本土文化的画家的肖像，概括了伦勃朗作为画家的基本特质："第一，对生活各方面拥有感同身受般的热爱，具备以恰当形式表现生命本身的出色能力；第二，对闪亮的光线情有独钟；第三，对空间关系有直觉敏感性。"② 这些入木三分的画家及时代介绍，为充分而深入地点评伦勃朗的作品奠定了基础。

弗莱最熟悉法国艺术史，他不仅评析印象主义的优势和局限，为后印象主义辩护，而且论析了从原始画到印象派的整个法国绘画史。他对法国绘画史"知人论世"式的介绍主要包括法国的地理环境、法国人的性情喜好和不同时期的历史文化。他认为法国人"颇具智慧，拥有洞见和表现事物之间的关系的能力"，善于把握事物的整体性和奇特性，"对生活的本来面目具有极大的兴趣"。③ 这些介绍和领悟，为弗莱系统评论法国的原始画、古典主义、洛可可风格、新古典主义、浪漫主义、现实主义和印象主义等主要绘画思潮奠定了基础。

可以看出，弗莱"知人论世"式的概述极为重要。无论是概述艺术家的生平经历、生命性情、审美趣味、时代背景和艺术思潮，还是概述一个国家的民族特性、文化理念、审美趣味，弗莱都以自己的深刻领悟搭建基础平台，以便在直面艺术作品之前，将我们引导到艺术意蕴的入口处。

二、艺术批评的方法："以意逆志"

"知人论世"提供批评基础，"以意逆志"则提供批评方法。这是中国传统诗学的批评要旨，也是弗莱的批评要旨。

"以意逆志"是孟子与弟子咸丘蒙在讨论诗的时候提出的。针对弟子从字

① Fry, Roger. Rembrandt: An Interpretation. In Reed, Christopher (ed.). *A Roger Fry Reader*. Chicago: The University of Chicago Press, 1996: 366.

② Fry, Roger. Rembrandt: An Interpretation. In Reed, Christopher (ed.). *A Roger Fry Reader*. Chicago: The University of Chicago Press, 1996: 368.

③ Fry, Roger. *French, Flemish and British Art*. London: Chatto & Windus, 1951: 5.

面义解读诗句内涵的错误做法，孟子指出："故说诗者，不以文害辞，不以辞害志。以意逆志，是为得之。"（《孟子·万章下》）也就是说：文学批评，不能因字而妨碍对句意的理解，不能局限于语句的表面意思而影响对作者的情感思想的理解，要以批评家之心意去求取诗人之心志，或者以古人之心意去求取古人之心志。孟子提出"以意逆志"是有深厚的哲学、伦理学和诗学基础的。哲学基础是孟子的性善论，孟子认为人心是相通的，人性皆善，他提出："恻隐之心，人皆有之；羞恶之心，人皆有之；恭敬之心，人皆有之；是非之心，人皆有之。"（《孟子·告之上》）既然人心相通，人心向善，那么批评实质上就是心灵之间的对话，是仁爱之心的交流。伦理学基础是孟子的"亲亲"和"仁爱"说，他认为，亲人之间应保持"亲亲"关系，人与他人之间应保持"仁爱"关系："君子之于物，爱之而弗仁；于民也，仁之而弗亲。亲亲而仁民，仁民而爱物。"（《孟子·尽心上》）亲亲和仁爱都表明，人与人之间均可以达到心心相通，相互理解的境界，文艺批评正是实现心灵相通的途径和方法。诗学基础是"诗言志"理念，春秋战国时期，人们普遍以赋诗来交流情感和思想，因而时常会出现像弟子咸丘蒙那样以字面义曲解诗意或断章取义等现象，由此孟子提出"以意逆志"之说，以更正错误方法，回归"诗言志"本意[①]。

弗莱对艺术批评方法的理解，具有"以意逆志"的相近内涵。他相信，艺术批评的方法是：以自己的情感和想象去参悟艺术作品的形式，充分把握和揭示艺术作品的意蕴。他指出：

> 我相信艺术作品的形式是它最基本的品质，但我相信这种形式是艺术家理解现实生活中的某种感情后的直接结果，而且这种理解无疑是特殊而独特的，与生活保持着距离。我也相信对形式作冥思苦想的旁观者必然沿着与艺术家相同的思路向前行进，只是方向是相反的，他要感受的是情感的本源。我相信形式与它所表现的情感是不可分割地融为一体的，是一个美学整体。[②]

---

① 胡经之，李健. 中国古典文艺学. 北京：光明日报出版社，2006: 347-348.

② Fry, Roger. Retrospect. In Bullen, J. Barrie (ed.). *Vision and Design*. New York: Dover Publications, Inc., 2011: 206.

弗莱这一段话表达了三层内涵：第一，艺术作品以形式为本质，形式即情感的表现。形式源于生活情感，但高于情感。第二，批评方法就是通过静观和冥思形式，回溯并洞见形式所表现的情感意蕴。第三，形式与它所表现的情感是不可分割的美学整体。

　　弗莱对批评方法的理解与孟子的"以意逆志"的相通处在于，两者均强调了以"心"观"心"的批评方法。弗莱进一步对批评过程做了具体描述，指出了批评家透过形式回溯情感的本源的路径。这一观点与南朝梁刘勰的"知音说"异曲同工。刘勰在《文心雕龙》中提出，批评与创作同源同质，皆由心而发，因而要以心观之："夫缀文者情动而辞发，观文者披文以入情，沿波讨源，虽幽必显。世远莫见其面，觇文辄见其心。"① 也就是说，创作是观物——情动——辞发的过程，而批评则是观文——情动——妙悟的过程，两者逆向而行，但殊途同归，所表现和领悟的都是情感和思想。此外，弗莱着重强调，形式与情感合一的观点所体现的是他的"情感说"的核心思想。

　　弗莱的思想基础是英国维多利亚时期美学和他本人的"情感说"，与孟子的性善论、仁爱论和诗言志的哲学、伦理学、诗学基础不同，但有相通之处。弗莱出生于 19 世纪中期，在他思想成熟的过程中，弗莱受到英国维多利亚时期著名文艺评论家和思想家约翰·罗斯金和马修·阿诺德的影响。罗斯金在《现代画家》中用英国经验分析法赏析了大量自然美景（天空、大地、水、植物、叶子等）和绘画作品（透纳、丢勒、普桑、鲁本斯等），不仅阐明他的"伟大艺术"（艺术的崇高性、统一性、真理性和创造性）②，而且提出了艺术的典型美（无限性、统一性、静穆性、对称性、纯洁性、适度性）③ 和生命美（生命活力和道德正义）④，既体现用心体悟自然、艺术和生命美的特性，也突显了他对艺术的道德性的强调。阿诺德强调了文艺表现人生的观点，提出"诗歌伟大的主要本质在于它将高尚而深刻的思想运用于人生"⑤，"我们必

① 周振甫. 文心雕龙今译. 北京：中华书局，1986：439.

② 约翰·罗斯金. 现代画家：第 3 卷. 张鹏，译. 桂林：广西师范大学出版社，2005：27-37.

③ 约翰·罗斯金. 现代画家：第 2 卷. 赵何娟，译. 桂林：广西师范大学出版社，2005：172-215.

④ 约翰·罗斯金. 现代画家：第 2 卷. 赵何娟，译. 桂林：广西师范大学出版社，2005：215-227.

⑤ Arnold, Matthew. Wordsworth. In Abrams, M. H. (ed.). *The Norton Anthology of English Literature: Vol. 2.* 5th ed. London: W. W. Norton & Company, Inc., 1986: 1434.

须求助于诗歌来为我们解释人生"①等观点。他们的观点不仅突显了艺术的真善美本质，也隐含着人心相通、人心向善、文艺表现生命情志的意蕴。弗莱本人的情感说即"艺术是交流情感的方式，以情感本身为目的"②，同样阐发了文艺表现情感的思想。它们合力为弗莱的"以意逆志"式批评方法奠定了基础。

"以意逆志"作为批评方法，贯穿在弗莱毕生的艺术批评中。我们将细察他对中国艺术的批评，解析他的方法和目的。

弗莱在"知人论世"概述中已经阐明中国艺术的审美趣味是：鉴赏力与形式结构保持平衡。他用自己的情感参悟两件中国周朝时期的动物青铜器（图1、图2），分析并揭示它们的情感和意味。他这样点评道：

> 这件猫头鹰青铜罐（图1）是典型的周朝器皿，展现了将所有形式缩减为高度习俗风格的力量，瞧那翅膀的螺旋形模式。但是，它依然保留着动物最基本的生命特性。他如何开心地展现猫头鹰垂头丧气的眼眶。他如何给予鸟儿生机勃勃、精力充沛的姿态，且增添了不无淘气的幽默。③

> 周朝艺术家独特的诠释最清晰地展现在这件蚱蜢器皿（图2）上。我知道没有人能够将形式提升到如此普遍而抽象的高度却依然保留动物的鲜活生命特性……但是这些昆虫却栩栩如生。秘密无疑在于对什么特性必须保留、什么特性可以省略的直觉感受上。秘密也在于即便是欧几里得几何学式的抽象也要拒绝机械式的精确性。看看这些触须，看起来几乎在摇摆，虽然它们被设计为矩形抽象线，但是实际的线条和整个表面无处不是极其感性的。在统一构图的有控制力的知性和源自无意识姿势的自由生命韵律之间有着一种独特的张力，正是这种张力赋予周朝艺术神秘的感染力。④

---

① Arnold, Matthew. The Study of Poetry. In Abrams, M. H. (ed.). *The Norton Anthology of English Literature: Vol. 2*. 5th ed. London: W. W. Norton & Company, Inc., 1986: 1442.

② Fry, Roger. Expression and Representation in the Graphic Arts. In Reed, Christopher (ed.). *A Roger Fry Reader*. Chicago: The University of Chicago Press, 1996: 64.

③ Fry, Roger. *Last Lectures*. Cambridge: Cambridge University Press, 1939: 115.

④ Fry, Roger. *Last Lectures*. Cambridge: Cambridge University Press, 1939: 116.

图1　猫头鹰青铜器（中国　周朝）　　　图2　蚱蜢青铜器（中国　周朝）

　　弗莱对青铜器的点评体现了"以意逆志"的特性，实践了他自己提出的"通过静观和冥思形式，回溯并洞见形式所表现的情感意蕴"的批评过程，其中包含三层内涵。

　　第一，以批评家的情感去感受艺术作品中具体物象的情感。弗莱敏锐捕捉到猫头鹰"垂头丧气的眼眶"和"生机勃勃、精力充沛的姿态"，感受到蚱蜢"看起来几乎在摇摆"的"触须"中的生命特性。

　　第二，以批评家的学识去领悟作品的构图奥秘。弗莱感悟到猫头鹰青铜器中"高度习俗风格的"形式（"翅膀的螺旋形模式"）与"动物最基本的生命特性"（垂头丧气、生机勃勃、精力充沛）之间的平衡；他感悟到蚱蜢青铜器中"普遍而抽象"（矩形抽象线）的形式与"动物的鲜活生命特性"（"看起来几乎在摇摆"的"触须"）之间的平衡。

　　第三，以批评家的思想去整体观照并妙悟作品的深层意味。弗莱从猫头鹰面部神情与身体姿态的张力中，从习俗化形式与鲜活生命特征的张力中，感悟到了周朝艺术家"他"的"开心"和"不无淘气的幽默"的情感和心境；他从蚱蜢高度抽象的形式（"有控制力的知性"的构图）和鲜活的生命特征（"源自无意识姿势"）的张力中，领悟到周朝艺术家所表现的"自由生命韵律"的意味。由此，他得出结论，周朝艺术的感染力源自形（习俗化、抽象化的构图）与神（生命特征）的有机统一。

弗莱对中国艺术品的分析是生动而有创意的，他从"知人论世"中已经领悟到中国艺术鉴赏力与形式结构合一的审美趣味，因而准确地领悟两件青铜器中美的形式与鲜活的生命神情的融合。如果一位批评家不是用自己的情感、学识、思想（意）去了解、感受和领悟艺术家的性情趣味、艺术物象的情感、艺术构图的奥秘、作品的深层意味（志），他就很难做出如此入木三分的点评。正如弗莱所言，他在批评中启用的唯一利器是他的"感觉"，而批评的过程则是通过回溯创作者之意来完成的，即"观作品——情动——妙悟"的过程。

弗莱对欧美作品和艺术史的批评同样体现"以意逆志"的特性。

在《乔托》一文中，弗莱在完成对方济各的宗教思想、性情爱好和该时期意大利艺术特性的"知人论世"式概述后，便开展了对乔托壁画的"以意逆志"式评论。弗莱点评了多幅乔托壁画作品，通过对线条、色彩、构图等形式分析来阐明乔托作品的情感表现之深刻和有力，其中最出彩的是他对乔托的《哀悼基督》（见图 3）这幅壁画的评论：

> 在《哀悼基督》（The Pieta）中，一种更为划时代的观念被表现出来，传达出一种普世的、宇宙的灾难性印象：画面上充溢着天使们悲痛欲绝的哀号声，她们的躯体因哀伤和狂怒而扭曲变形。如帕都亚壁画所显示，这种效果部分归因于对构图的简洁性和逻辑的直接性的控制力的增强。这些大圆石一般的大块面，以及寥寥数笔便勾勒出的衣服的皱褶，足以准确地表现人物的总体形态。与他更注重多变细节与个性特征的早期绘画相比，这一切都显示出乔托绘画的新趋势。他通过有意识地追求和娴熟地运用简洁性笔触，在这里保持了抚慰人心的优雅风格，然而情感的表达仍酣畅淋漓。如果将它与佛兰德斯艺术家的作品作对比，后者以同样的穿透性和同情心表现人类情感的深度，我们就会认识到所有重要的意大利艺术家从希腊-罗马文明中所继承的伟大的优雅风格的重要性。乔托在这里所表现的情感是无与伦比的，古典艺术很少触及。①

---

① Fry, Roger. Giotto. In Bullen, J. Barrie (ed.). *Vision and Design*. New York: Dover Publications, Inc., 2011: 116.

图 3　乔托的《哀悼基督》

在这段点评中，弗莱就像一位有经验的导游，引导我们从总体印象进入画面深处，将乔托在画面中表现的情感和使用的技法和盘托出。首先，他通过对天使形象的生动描绘，阐明画面何以给人留下哀伤印象。然后，他揭示营造出哀痛情感的主要形式元素：构图的简洁性和直接性、大块面的运用、线条的简洁、风格的雅致等。最后，他对比乔托与佛兰德斯艺术，阐明它们的共性在于深切地表现人类的情感，继承了希腊-罗马艺术的真谛。点评之所以深入，除了弗莱对绘画技法的熟练把握之外，最重要的是弗莱对乔托表现人类最深层情感的创作心理有深刻领悟。唯有如此，他才能将形式与意蕴融会贯通。弗莱的艺术批评就像他所点评的绘画作品一样具有感染力，因为它是对艺术创作的"以意逆志"。

弗莱对塞尚的性情和成长历程的概述使他锁定了塞尚"从内心出发寻找构图"[1] 的绘画特性，它是弗莱点评塞尚画作的基石。我们不妨看看他是如何点评塞尚晚年的作品《玩纸牌者》（*The Cardplayers*）（见图4）的。

---

[1] 罗杰·弗莱. 塞尚及其画风的发展. 沈语冰，译. 桂林：广西师范大学出版社，2009：24, 27.

图 4　塞尚的《玩纸牌者》

　　自从伟大的意大利原始画家以来，很难让人想起任何构图——也许可以提到一两件伦勃朗的晚期作品——像塞尚的这件作品那样给我们一种如此强烈的纪念碑式的庄重感和抗拒力，也很少有一件作品像它那样令我们想起某种已找到中心而再无移动可能的东西。然而，它却并没有想要刻意强调这样一个理念，它只是相当自然地、不可避免地从一个非常普通的情境的绝对真诚的诠释中呈现。

　　……

　　在这里，他似乎最大限度地抛弃了一切不必要的东西，只留下其精粹。构图的简洁达到了这样的程度，甚至连乔托都可能犹豫是否会这么做。因为，不仅每一件可见之物都严格平行于画面，人物看上去几乎像埃及浮雕般严格的侧面像，而且还对称分布在中轴线上。这一点再一次似乎故意地得到桌子上的瓶子的强调。是的，一旦接受了这一点，塞尚就采取一切手段来使它显得不那么具有毁灭性。中轴线被稍稍移置，其平衡则得到略微倾斜的椅背的矫正，两个男人的姿势也有轻微却富有意味的变化。但首先是主要体积[块面]内诸平面运动的不断变化，轮廓线的不断调整，色彩的复杂性——在其中塞尚独有的那种带点蓝、紫和绿色的灰色调衬托出橙色与古铜红——最后是其畅快自由的笔迹，避免了一切僵硬和单调的暗示。生动的感觉要比亘古的静寂更为强大有力。例如，玩纸牌者的双手就带有某种物质的重量感，因为它们在彻底的安详中显得很放松，却有着不容置疑的生命潜力。①

　　事实上，这些人物拥有某些古代纪念碑式的分量、矜持与庄严。对我们来说，这间小小的咖啡屋经过塞尚生花妙笔的转换，成了一个划时代的场所，人物的姿势和事件在那里达到了荷马式的静穆和崇高。弗莱对一幅构图简单的人物画做出如此生动而深刻的点评，是因为他已经读懂画面所表现的内在意蕴：具有"纪念碑式的庄重感和抗拒力"的人物，置身于普通的场景之中；偶然中的庄重，普通中的亘古，看似矛盾的构思却为深刻意义的传达提供了可能。弗莱用一大段精湛的形式分析来阐明简洁的构图、浮雕般凝重的人物、稍稍移置的中轴线、变化的轮廓线、复杂的色彩、自由的笔迹是如何融会贯通，表现出深刻的生存意蕴的。弗莱显然是在读懂了塞尚一生的情感思想的奥秘的基础上来解读这一幅画的。

　　伦勃朗留给弗莱最深刻的印象是他的移情能力以及他对光线和空间关系的敏感，它们是弗莱的伦勃朗批评的聚焦点。比如，弗莱这样点评伦勃朗的插图画《大象》（*An Elephant*, 1637）（见图 5）：

　　　　作为一名插画画家，伦勃朗展现了高超的想象力，他能够即刻以直接而简洁的方式抓住本质并揭示它们，无须任何附加或装饰……伦勃朗与莎士比亚都拥有一种近乎神奇的力量，能创造并展现在我们面前丰满的、完整的、可信的活生生的生命，而且能用无比简练的语句或笔法完成其创作，正如这幅《大象》所展现的那样。莎士比亚三言两语就能为我们刻画出栩栩如生的人物形象，而伦勃朗用寥寥几笔就能暗示脑袋的转向或手臂的伸展。他们两人都是用心灵进行创作的，也就是说，他们用本能移情的方式而不是用外部观察的方式进行创作。②

---

① 罗杰·弗莱. 塞尚及其画风的发展. 沈语冰，译. 桂林：广西师范大学出版社，2009：164-166.

② Fry, Roger. Rembrandt: An Interpretation. In Reed, Christopher (ed.). *A Roger Fry Reader*. Chicago: The University of Chicago Press, 1996: 369.

图 5 伦勃朗的《大象》

弗莱对伦勃朗的《大象》的点评非常简略，却一针见血地阐明大象的肖像如此有生命活力，是因为伦勃朗具备将自己的情感和思想投射到大象身上，感受并表现大象的情感张力的移情能力。"他通过感情误置，将自己的情感投射到对象中，甚至可以将无机物变成有生机的个体。他能感受到它们身上流露的紧张和张力，其强烈程度由心而发，酷肖人类之性情。他用形式诠释了生命历史，而他对形式的强调始终落脚在内在生命的表现上。"① 弗莱对伦勃朗及其作品的理解显然是深入骨髓的。

弗莱对法国艺术史的研究同样体现出"以意逆志"的特性。他在概述部分重点阐述法国人关注生活的本来面目的"智慧"和"整体观"后，这样点评这幅法国 13 世纪雕塑《音乐家》（见图 6）。

> 现在让我们看看这种敏捷的思维和对实际生活的自觉感受是如何隐含在视觉艺术中的。我们可以假设，它喻示一种独特的力量，能去捕获人类生活的本原特性，去表现它们的形貌和运行意义，它们就隐藏在转头和举手这样的动作中。
> 我们在早期的作品中就发现这样的特性。13 世纪一个儿童音乐家的雕塑，一个来自法国东北部城市兰斯的门庭雕塑，就是例证，我们可以从它那里立即感受到法国艺术的独特品质。大多数 13 世纪

---

① Fry, Roger. Rembrandt: An Interpretation. In Reed, Christopher (ed.). *A Roger Fry Reader*. Chicago: The University of Chicago Press, 1996: 369.

的雕塑是用于装饰教堂的，具有明确的宗教目的。但是我们可以假定，兰斯地区的一些富人喜爱教堂中的雕塑，于是请一位雕塑家定制音乐家雕塑来装饰他们自家门厅，这个雕塑便是其中的一个。显然，那位雕塑家颇具智慧，他觉得可以用日常生活素材去制作一个独特而美丽的雕塑品，就像制作圣母玛利亚和耶稣基督雕塑一样，虽然同样的动机已经见诸教堂本身的普通装饰中。但奇特的是，在这个雕塑中，艺术家已经明确地抓住了人物的主要个性。头部的转动和脸部的表情不仅让我们生动地意识到这名儿童的个性，还感觉到他的心境。他一心一意地沉浸在音乐演奏中，完全超然世外——他的脸上带着一种视而不见的神情，这一点从他远离外部世界，专注内心思想中可以看出。①

雕塑保持着平衡的姿态，肌肉的张力极少，只是手部用力，与他的情态相符。整个设计呈现一种特别自如的韵律之势和整体性因为它是由一位伟大的雕塑家制作而成的。不过这会儿，我想请你关注这一事实，那就是：韵律是基于对当时流行成语的想象性领悟的。这位音乐家的雕塑者特别幸运，13 世纪这一瞬间的造型是灵动的，符合实际生活的多样性，而构图序列又异常宽广而简单。

弗莱对法国艺术作品的分析是以他对法国国民性的把握为出发点的。他从 13 世纪雕塑中揭示的是法国艺术家旨在表现生活的本来面目的艺术本质和技法。他对雕塑来源的猜测性论述极为巧妙地揭示了 13 世纪法国艺术从宗教作品转向民间作品的发展趋势。

图 6 音乐家（法国 13 世纪雕塑）

————————————

① Fry, Roger. *French, Flemish and British Art*. London: Chatto & Windus, 1951: 6-7.

他重点揭示了雕塑家表现生活本来面目的特性：儿童音乐家超然物外的心境神态与流畅的韵律和 13 世纪的生活形态浑然一体。

三、艺术批评的价值

评论家所罗门·菲什曼曾高度赞扬弗莱是"英国第一位享有国际声誉的艺术批评家"，具有良好的"专业性、学术性风范"。[①] 的确，弗莱的最大价值在于推进欧洲艺术批评的审美性和国际性。我们将他的艺术批评的价值归结为两点。

第一点是将欧洲艺术批评从文学性、道德性和印象式批评推进到审美性批评。

艺术批评的诞生是以"美的艺术"的诞生为基本前提的。诚如海德格尔所言，"直到 18 世纪中叶，现代意义上的'美的艺术'才真正诞生；艺术不再是天、地、人、神际会游戏的场所，不再是人们膜拜的对象，也不复神性与人性的平衡，而是单纯的人类审美活动"[②]，也就是说，直到 1750 年德国美学家亚历山大·戈特利布·鲍姆嘉通（Alexander Gottlieb Baumgarten）第一次使用"审美"（Aesthetic）这一术语，将其定义为研究"感性认识的科学"[③]；康德在《判断力批判》（1790）中阐明美的艺术"不带任何利害""普遍性愉悦""无目的的合目的性"和"共通感"的四大契机[④]，审美批评在西方才真正起步。不过艺术的审美批评要比文学的审美批评晚得多。

西方艺术批评的开端是文学性批评。虽然西方画论始于古希腊赫拉克利特和德谟克利特等关于"艺术模仿自然"[⑤] 的片言只语，自柏拉图和亚里士多德至 18 世纪的卡拉瓦乔、普桑、雷诺兹，美学家和画家不断重申艺术模仿论[⑥]，英国的荷加斯曾出版专著《美的分析》，论析美的六项原则和基本绘画

① Fishman, Solomon. *The Interpretation of Art.* Berkeley: University of California Press, 1963: 105-106.

② 海德格尔. 海德格尔选集. 孙周兴，编译. 上海：上海三联书店，1996: 885-886.

③ 鲍姆嘉通. 美学. 简明，王旭晓，译. 北京：文化艺术出版社，1987: 导论.

④ 康德. 判断力批判. 邓晓芒，译. 北京：人民出版社，2002: 37-76.

⑤ 张弘昕，杨身源. 西方画论辑要. 南京：江苏美术出版社，2008: 18-20.

⑥ 张弘昕，杨身源. 西方画论辑要. 南京：江苏美术出版社，2008.

构图①，但是真正的艺术批评要从法国狄德罗算起。他用"沙龙随笔"记录对参展作品的评论，开创了艺术批评之先河。他采用的是文学性艺术评论，重点描述画面的人物场景。比如，他这样评论一幅题为《定亲的姑娘》的画作："主题动人，看着它心里不禁涌起激动的暖流。我觉得这幅作品很美，表现真实，仿佛确有其事。十二个人物各有位置，各有所司。彼此衔接，非常协调，像起伏的波浪，又如自下面垒起的金字塔。"② 他以这样的直观描述开篇，在余下的篇幅里，逐一描写十二个人物的动作、姿态、手中物件，以及心理活动、人物对话、故事情节，类似看图作文，其文学性虚构描写天马行空，但不曾提及绘画的构图、线条、色彩、色调、明暗等技法，也不揭示作品意味。这类文学性艺术评论在 18 世纪比较流行。③

19 世纪中期的英国艺术批评是道德性的，罗斯金是代表人物。我们不妨看看他在《现代画家》第五卷中是如何评论克劳德的作品《金牛朝拜》的。在评论该风景画之前，罗斯金先将风景画定义为表现"完美教育以及文明熏陶的人类的生活，同时与完美的自然景物与修饰的精神力量相联系"④ 的绘画。然后他这样点评《金牛朝拜》：

> 为了更好地表达荒凉的西奈山，画面上的河流更长，树木和植物更为柔和。两个对朝拜典礼不感兴趣的人正饶有兴致地在河面上泛舟。画中的牛大约十六英尺长，亚伦将此牛放在美丽的柱子上，在其下方有五人正在跳舞，还有二十八个人以及一些孩子正在朝拜。在左侧树下的四个大瓶子中有提供给跳舞者的点心，一个有威望的人用皮带牵着一条狗，他主持着分发点心的事宜……⑤

除了详述画面细节，罗斯金没有对画面作文学性虚构，这是他的评论与狄德罗的文学性评论的不同之处。他没有分析画作的技法和意蕴，而是重点

① 威廉·荷加斯. 美的分析. 杨成寅，译. 桂林：广西师范大学出版社，2005.
② 狄德罗. 狄德罗美学论文选. 张冠尧，桂裕芳，译. 北京：人民文学出版社，2008: 397.
③ Fry, Roger. The Double Nature of Painting. In Reed, Christopher (ed.). *A Roger Fry Reader*. Chicago: The University of Chicago Press, 1996: 383.
④ 约翰·罗斯金. 现代画家：第 5 卷. 陆平，译. 桂林：广西师范大学出版社，2005: 286.
⑤ 约翰·罗斯金. 现代画家：第 5 卷. 陆平，译. 桂林：广西师范大学出版社，2005: 289-290.

给出了一段道德性评价："考虑到太阳光线效果以及它们优美的细节问题，他的作品确实值得人们赞赏；而考虑到他的作品对深层自然力量非常不敬，其主题概念非常模糊，那么他的作品就显得非常低级。"[①] 也就是说，画作缺乏自然的完美性和明确的道德主题，因而是低级的。对罗斯金来说，艺术的目标就是表现完美的道德。

19 世纪末期的英国艺术批评是印象式的，唯美主义者瓦特·佩特是代言人。他在《文艺复兴：艺术与诗的研究》中倡导这样的艺术批评：批评的原则是"了解自己印象的本来面目，对之加以辨析，并明确把握它"；批评的目标是"通过其优美而使人产生美感或快感……区分、分析这些优点，将这些优点同其附属物分离开来，指出美感和快感源自何处"[②]。为实践他的理论，他将艺术作品置于社会历史大背景中，充分阐发他对作品的优美和快感的印象和溯源。他对达·芬奇《蒙娜丽莎》的点评就是例证：

> 这朵玫瑰很奇怪地被画在了水边，她表达了千百年来人们希望表达的东西……她的眼皮有些倦怠。它的美来自肉体、奇异的思想、虚妄的梦幻和极度的热情，一个细胞一个细胞地在这里堆积起来，把她在那些白色的希腊女神或美丽的古代妇女们旁边放一会儿，她们将会对这种心灵及其所有疾患均包蕴其中的美多么困惑啊！所有有关于这世界的思想与体验铭刻在那儿、扭结在一起：它们有力量对外在的形式、希腊的兽欲、罗马的纵欲、中世纪的精神至上和空洞的爱、对异教世界的复归和波尔查的罪恶进行提炼并赋予其意义。她比她置身其中的岩石更苍老，就像吸血鬼一样，已经死过多次，熟知坟墓的秘密，她像吸血鬼一样嵌入深海，总是为吸血鬼堕落的日子所笼罩；她向东方商人购买了奇异的织物；她像特洛伊的海伦的母亲勒达，像玛利亚的母亲圣安娜；所有这一切对她来说只是像七弦琴和长笛的声音、只能在一种柔和的光线中，才能与富有变化的表情和色调较淡的眼睑和双手相匹配……[③]

① 约翰·罗斯金. 现代画家：第 5 卷. 陆平，译. 桂林：广西师范大学出版社，2005：290.
② 佩特. 文艺复兴：艺术与诗的研究. 桂林：广西师范大学出版社，2002：序言.
③ 佩特. 文艺复兴：艺术与诗的研究. 桂林：广西师范大学出版社，2002：161-162.

在这段评论中，批评家的想象无比丰富，漫无边际且极为夸张地阐发了他对作品的印象：蒙娜丽莎的美与女性的肉体，与希腊、罗马、中世纪关于欲望、爱和罪恶的奇思异想，与人类对吸血鬼、死亡、东方的虚妄想象，与人类的极度热情等多重印象错综关联；这些印象就是蒙娜丽莎的"微笑"的美感和快感的来源。佩特迷醉于厚重的文化和历史之中，竭尽想象之能事，但是距离艺术作品本身的形式和技法（构图、色彩、线条、明暗、透视）很远，距离人物的生命情感也很远。对佩特而言，艺术批评只需关注"时代的动荡、天才和情感体现在什么人身上？使之得以提炼、升华和鉴赏的场合何在？"①，画作本身的情感意味和形式特性并不重要。

　　简要总结一下上述三种艺术批评的特性：狄德罗的文学性艺术批评，通过描写画面之"象"，让批评成为画作中"真实生活"的详尽阐释，所恪守的是"艺术模仿生活"的模仿论理念；罗斯金的道德性艺术批评，通过描写画面之"象"，让批评发挥评判画作的道德高低的功能，所遵循的是"文学表现道德"的维多利亚时期文艺观；佩特的唯美主义印象式艺术批评，任由想象自由驰骋，尽情阐发批评家对作品的印象，所实践的是"为艺术而艺术"的宗旨。

　　弗莱的艺术批评与上述三种都不同。他实践的是审美批评，即以批评家的心灵去领悟艺术作品的情感思想的批评，所遵从的是他自己提出的"艺术是交流情感的方式，以情感本身为目的"②的"情感说"。审美批评在文学评论中见于蒙田的《随笔集》、柯尔律治的《莎士比亚及其他英国诗人的演讲与笔记》等，柯尔律治曾阐明其内涵：一个真正的批评家需要"把他自己放在中心，从这个中心出发俯视全体"，因为我们只有在鉴赏过程中考察人类不朽的灵魂与时代、地点和生活习俗等外在因素的关系，我们才能真正把握批评的实质。③也就是说，批评的实质就是批评家和作家之间的心灵对话，以揭示隐藏在文艺作品中的人类的本性/灵魂/精神。弗莱所实践的正是透彻领悟并揭示绘画作品中人类情感思想的批评，为此他启用"批评家——作家——作品——意味"这样的批评途径，所体现的正是我们在前两部分论述

---

① 佩特. 文艺复兴：艺术与诗的研究. 桂林：广西师范大学出版社，2002：序言.

② Fry, Roger. Expression and Representation in the Graphic Arts. In Reed, Christopher (ed.). *A Roger Fry Reader*. Chicago: The University of Chicago Press, 1996: 64.

③ Coleridge, Samuel Taylor. *Lectures and Notes on Shakespeare and Other English Poets*. London: George Bell and Sons, 1884: 227.

的两大特性：（1）知人论世：批评家首先需要全面了解创作者的经历、性情、趣味、思想及时代、社会、文化，或国别艺术的地理、社会、文化、国民性、趣味，为深入理解绘画作品奠定基础。比如他对乔托、塞尚、伦勃朗、法国和中国的概述。（2）以意逆志：批评家从自己对"人"和"世"的综合感悟出发，用自己的心灵去感悟作品的形式，揭示作品的内在意蕴。比如乔托《哀悼基督》中的极度哀伤、塞尚《玩纸牌者》中的生存意蕴、伦勃朗《大象》中的情感投射，法国《音乐家》所展现的心境，中国周朝青铜器的形神合一。弗莱的审美批评体现了批评家、艺术家、艺术作品三者合一的特性。

第二点是以全球视野努力推进古今艺术与世界艺术的互鉴。

弗莱的艺术批评从总体上可以划分为两大阶段，即古今互鉴与全球互鉴。古今互鉴是他推进欧洲艺术的驱动力。他的批评始于法国印象派艺术研究，他以严谨的分析揭示印象主义绘画的哲学原理和形式特征的同时，也批判了它为追求视觉印象的逼真性却"将艺术和美丢到一边"[1] 的缺陷。他因此重返古典，在讲授欧洲艺术和担任美国大都会博物馆主任的 15 年间，大量鉴赏意大利、法国、英国等欧洲古典绘画，评论南非部落艺术、伊斯兰艺术、黑人雕刻、美洲古代艺术等世界其他地区作品，阐明经典绘画的精妙之处在于其传情达意的感染力，并提出他的"情感说"。弗莱举办"后印象主义画展"并发表"后印象主义"辩护文，实质上是他在古今互鉴中对欧洲根深蒂固的"模仿论"的反拨和颠覆，旨在阐明后印象主义绘画的价值在于继承并推进"艺术表现情感"这一拉斐尔之前的中世纪艺术和原始艺术的精髓。在这一阶段，他全程启用"知人论世"和"以意逆志"的批评方法，从画家的性情、思想、趣味出发，深刻而精辟地解析了乔托、克劳德、伦勃朗、塞尚、凡·高、高更、马蒂斯等数十位古典和现代画家的作品，既深入浅出，又极具说服力，超越了政治、文化、地理的隔阂，并创造性地提出了"有意味的和有表现力的形式"[2]这一全新的艺术本质界定。

全球互鉴是他的艺术批评所达到的巅峰。在他中晚期的批评中，他研究了欧洲、亚洲、非洲、美洲的世界艺术，有力的武器就是知人论世和以意逆

① Fry, Roger. The Philosophy of Impressionism. In Reed, Christopher (ed.). *A Roger Fry Reader*. Chicago: The University of Chicago Press, 1996: 20.

② Fry, Roger. Post Impressionism. In Reed, Christopher (ed.). *A Roger Fry Reader*. Chicago: The University of Chicago Press, 1996: 109.

志。一方面，他探讨艺术与生活、艺术与科学、艺术与自然的关系等基本问题，反复评论重要欧洲画家画作，不断纠正自己前期理论中重"表现"轻"再现"的倾向，强调绘画应保持表现和再现的双重性；另一方面，他广泛研究法国、英国、中国、印度、埃及、美洲等世界重要国家的艺术类型，揭示世界艺术的共性与差异性。他总是在深刻领悟一个画家/国家的性情/国民性和审美趣味之后，再对每一幅画进行深入的情感和形式的双重点评，既生动又深刻。

四、结 语

弗莱是艺术批评不同于狄德罗的文学性描绘，罗斯金的道德性评判和瓦特·佩特的印象式，他的艺术批评具有生命取向，保持知人论世和以意逆志两大特性，倡导用批评家之心领悟作品（作家）的心意，其目标在于获得生命体验的共鸣和洞见，以揭示蕴藏于艺术形式之中的生命真谛。这一质朴的以心观心的批评方法，赋予了他推进欧洲艺术观，对话全球艺术的巨大力量，值得我们深思。

原文出处：高奋."知人论世"与"以意逆志"：罗杰·弗莱艺术批评与中国传统批评的相通性. 华中师范大学学报（人文社会科学版），2021(3)：98-106.

G. L. 迪金森的现代主义人本美学观及其儒学根源

陶家俊

20 世纪英国现代主义作家 E. M. 福斯特（Edward Morgan Forster，惯称为 E. M. Forster）曾这样评价英国现代主义思想家 G. L. 迪金森（Goldsworthy Lowes Dickinson，惯称为 G. L. Dickinson）的中国情怀："他像一位在远方爱慕多年的恋人来到［中国］。他一生颇多失望，却始终对中国不改初心。她是唯一坚强挺立的高尚文明。他为之哀悼，但不是因为她令他失望，而是因为他亲眼看到了欧洲的暴力和粗野给她造成的破坏。"[1] 20 世纪 30 年代，英国布鲁姆斯伯里团体的青年诗人朱利安·贝尔（Julian Bell）从他在中国任教的国立武汉大学给姨母弗吉尼亚·伍尔夫（Virginia Woolf）的信中表达出对迪金森中国浪漫情愫的困惑。"我真不理解为什么戈尔迪对中国人那么狂热——其实除了他们的和蔼和魅力之外。也许不像我们年轻一代，他不在意多情与善感。"[2] 与上述评价不同，帕特里夏·劳伦斯（Patricia Laurence）在《丽莉·布瑞斯珂的中国眼睛：布鲁姆斯伯里、现代主义和中国》（*Lily Briscoe's Chinese Eyes: Bloomsbury, Modernism, and China*）中从美学高度阐发了迪金森唯美的中国古典文明观在 20 世纪中西文明交流对话中的独特意义。"迪金森在他 1913 年的北京来信中描绘的中国是精神的宝塔，遥远、古老、理想化、神秘。"[3] 以

① Forster, Edward Morgan. *Goldsworthy Lowes Dickinson and Other Writings*. Orlando: Harcourt, 1973: 117.

② Bell, Quentin. *Julian Bell: Essays, Poems and Letters*. London: Hogarth Press, 1938: 123.

③ Laurence, Patricia. *Lily Briscoe's Chinese Eyes: Bloomsbury, Modernism, and China*. Columbia: University of South Carolina Press, 2003: 167.

寺庙、宝塔、佛、湖和山为主的修辞意象频繁出现在 G. L. 迪金森、伯特兰·罗素（Bertrand Russell）、I. A. 瑞恰慈（Ivor Armstrong Richards，惯称为 I. A. Richards）、哈罗德·阿克顿（Harold Acton）等为代表的英国现代主义作家、思想家、批评家笔下。神秘、古老、传统、仪式化的中国，温和有礼、快乐有趣、理智务实的中国人，构成了与帝国主义话语完全不同的英国现代主义美学话语——一种在文化和文学文本中沉淀下来、聚焦中英乃至中西审美交叉、含混和复杂之处的叙事①。梅尔巴·卡迪-基恩（Melba Cuddy-Keane）在文章《现代主义、地缘政治、全球化》（"Modernism, Geopolitics, Globalization"）中指出，迪金森"从批评全球化视角运用其他区域或国家的知识来瓦解习惯性感知和实践，自我反思式地重新定位全球空间中的自我"②，以典型的批判美学审视方式在中西文明之间建立起跨文化互认互动关联。杰森·哈丁（Jason Harding）的文章《G. L. 迪金森和国王学院的中国人》（"Goldsworthy Lowes Dickinson and the King's College Mandarins"）进一步从宏大的中英跨文化互动影响视角将 G. L. 迪金森、埃兹拉·庞德（Ezra Pound）、I. A. 瑞恰慈、威廉·燕卜荪（William Empson）、伯特兰·罗素、罗杰·弗莱（Roger Fry）、阿瑟·韦利（Arthur Waley）、克莱夫·贝尔（Clive Bell）等视为一个寄生于剑桥大学与布鲁姆斯伯里团体的现代主义思想群体。他指出，这个思想群体建构的关于中国的英国现代主义美学话语以迪金森为奠基人，后者在中国古典文明与现代西方文明之间发挥了审美中介的作用，有力地推动了英国人对中国的跨文化认知和审美品位从 19 世纪的文化帝国主义向现代主义的平等、开放、多元对话时期的转变，最终形成英国现代主义与中国古典文明之间的美学阐释循环③。安·韦查德（Ann Wichard）在《英国现代主义与中国风》（*British Modernism and Chinoiserie*）中更进一步指出迪金森以中国为根源的批判美学日益成为与中国物质文化知识话语相分离的自我反思美学话语。"相反，现代主义中国窥视癖在诸如《伯灵顿鉴赏家杂志》

① Laurence, Patricia. *Lily Briscoe's Chinese Eyes: Bloomsbury, Modernism, and China*. Columbia: University of South Carolina Press, 2003: 15.

② Cuddy-Keane, Melba. Modernism, Geopolitics, Globalization. *Modernism/Modernity*, 2003, 10(3): 546.

③ Harding, Jason. Goldsworthy Lowes Dickinson and the King's College Mandarins. *Cambridge Quarterly*, 2012, 41(1): 26-42.

这样的地方与日趋专业化的考古学和人种学学术科学话语联系在一起。……它是一个以中国物质文化为聚焦对象、意义重大且不断增加的学术领域。然而，这也是一个比之前的中国风更充满自我反思精神的美学话语的聚焦对象。"①

西方学者对英国现代主义美学与中国关系的研究客观上颠覆了爱德华·萨义德（Edward Said）的后殖民理论表征的东方学或汉学知识认知模式。中国古典文明超越了被动、静止的他者定位和中西二元对立认知模式，能动地传播、影响并渗透英国现代主义美学话语。这也从根本上否定了法国世界文学学者帕斯卡尔·卡萨诺瓦（Pascale Casanova）在《文学的世界共和国》中提出的国际文学空间中西方文学中心观和以巴黎为格林尼治子午线的单一的西方审美现代性理论②。但是，这些研究仍停留在现代主义群体、现代主义审美感知、现代主义知识话语或中英跨文化人际关系和影响层面，未能超越物质技术实践、文化形式和实践及历史变异，深入探究文明的精神内核，从这些跨文化关联现象背后美学和思想观念的迁徙过程中剖析迪金森的中西文明打通宏论。与西方学界对迪金森思想与中国古典思想之间跨文化影响关系的忽视不同，近年来中国学界对中国古典文明影响下的英国现代主义进行了各种积极的探索。如陶家俊在《唯美中国的诱惑：20 世纪 30 年代牛津才子的中国之旅》中分析 20 世纪 30 年代哈罗德·阿克顿（Harold Acton）、罗伯特·拜伦（Robert Byron）、威斯坦·休·奥登（Wystan Hugh Auden）等英国现代主义作家诗人的唯美中国体验，以及他们与中国文明的永恒精神和中国生活的唯美内涵之认同③，在《英国现代主义者对中国古典文明的美学阐释》中分析论证了英国现代主义思潮中有关中国古典文明的三类美学母题——G. L. 迪金森的跨文化唯美主义、劳伦斯·宾扬（Laurence Binyon）的人本美学、罗杰·弗莱的古典形式主义美学④。郑佳在《套用的哲学观——I. A. 瑞恰慈文论中的"中庸"之再考证》中指出，与中国古代儒家的中庸观对瑞恰慈的影

① Wichard, Anne. *British Modernism and Chinoiserie*. Edinburgh: Edinburgh University Press, 2015: 55.

② Casanova, Pascale. *The World Republic of Letters*. Trans. Malcolm DeBevoise. Cambridge: Harvard University Press, 2005.

③ 陶家俊. 唯美中国的诱惑：20 世纪 30 年代牛津才子的中国之旅. 外国文学，2018(2): 129-136.

④ 陶家俊. 英国现代主义者对中国古典文明的美学阐释. 国外文学，2018(3): 35-42, 157.

响对应，古希腊哲学、英国浪漫主义诗学以及西方现代心理学中都存在与儒家中庸观相似的理论思考[①]。谢雅卿在《利顿·斯特雷奇对中国古代文明的审视与反思》中论证了中国古诗中的审美灵动性和崇高友谊主题与英国现代主义者在 G. L. 迪金森和 G. E. 摩尔（G. E. Moore）影响下秉持的自由人文主义审美伦理之间的契合[②]。G. L. 迪金森在《希腊人的生活观》（*The Greek View of Life*, 1896）、《中国来信》[③]（*Letters from a Chinese Official*, 1901）、《现代会饮篇》（*A Modern Symposium*, 1905）、《论印度、中国和日本的文明》（*An Essay on the Civilizations of India, Japan and China*, 1913）和《影迹：东西方旅行札记》（*Appearances: Notes of Travel, East and West*, 1913）等系列论著和旅行札记中将审美感知的触角、现代文明反思的目光延伸到中西方文明精神道体，形成现代全球视域中哲学批判、美学冥想和文明整体观照相互融合的中国儒家文明仁道体论和西方希腊文明人道体论。他企望以二源道体的融通、承继和滋养，拯救劫难中的现代西方文明。本文拟从跨文化研究视角，基于跨文化思想观念迁徙过程，聚焦迪金森的现代全球视域中现代主义人本美学观的三个方面：一、迪金森美学观的儒学根源；二、迪金森的人本美学观；三、迪金森的中西文明道体之问。

一、迪金森美学观的儒学根源

1900 年，在中国义和团运动震荡西方列强之际，G. L. 迪金森开始通过英国和法国汉学了解中华文明。对他写作《中国来信》影响最深的莫过于法国外交官席孟（Eugène Simon）的《中国城市》（*La Cité Chinoise*）。《中国来信》在构思上效法 18 世纪英国作家奥利弗·哥尔斯密（Oliver Goldsmith）的《世界公民》、法国思想家孟德斯鸠（Montesquieu）的《波斯人信札》使用的书信体札记，旨在"对我们西方社会进行根本的批评"[④]。迪金森以跨

① 郑佳. 套用的哲学观——I. A. 瑞恰慈文论中的"中庸"之再考证. 中国比较文学, 2019(2): 86-99.
② 谢雅卿. 利顿·斯特雷奇对中国古代文明的审视与反思. 外国文学研究, 2021(2): 104-113.
③ 又译为《一个中国官员的来信》。
④ Dickinson, Goldsworthy Lowes. *The Autobiography of G. Lowes Dickinson and Other Unpublished Writings*. London: Duckworth, 1973: 165.

文化异位认同的方式"寄身于他者的身体中,置身于不同的信仰体系之间"①。

《中国来信》以旅居英伦的中国儒士的口吻和眼光比较分析中西文明。真实的思想者迪金森与文本中虚拟的思想主体中国儒士之间发生了微妙复杂的他异化——同步发生的中西文化异位、异装、异声。现实中的迪金森在文本的虚拟世界中成了中国人。但是中国儒士在虚拟世界中脱离了虚拟的和现实的中国,成了侨居英国的流散知识分子。他直观、直接、真实地获取有关现代西方文明的原生态知识。这种双重他异化的第一个效果是建构起异位(而非异质)批评的全球视角。现代西方文明、中国传统儒家文明、西方现代性暴力强烈冲击下的中国现代化进程三者之间形成相互参照效果。第二个效果是颠覆了本体意义上的现代西方文明审视或儒家文明分析,克服了文明中心论导致的文化帝国主义立场。无论是现代西方文明还是儒家文明都不是绝对终极的文明存在。这否定了西方中心论基础上泛滥开来的西方启蒙解放进步历史宏大叙事演绎的单一的西方现代性。中国现代化分娩的痛苦和磨难也同样使中国儒家文明不再是永恒、终极的存在。现代西方文明的出路、现代中国的出路、儒家文明的合理性及其现代创造性转化这三个论题被同等程度地摆在聚光灯下。对全球人类文明之命运的叩问取代了狭隘的文化民族主义和张狂的文化帝国主义。第三,整个异位化策略聚焦现代西方文明,因此迪金森的主要任务是从中国儒家文明中寻求济世良药,为病入膏肓的现代西方文明刮骨疗伤。

迪金森提炼出中国儒家文明的三个特征。首先,中国儒家文明极具道德自律和理性约束。面向社会现实、积极入世的儒家思想对人际伦理道德关系和生活质量高度重视,与社会完美契合。中国人的祖先祭拜和家族传承意识体现了儒家的家国一体观念。对天地的崇拜、对劳动的推崇、对一年四季农耕活动的仪式性庆祝和祭祀表达了天人合一观。"从教导中他们认识到人是精神的且永恒存在,在时间中通过世代传承彰显自身。人的这种存在调和天与地、终极理想与现存事实。靠着不懈、虔诚的劳作,将土地举到天上,根本上实现善这个信念——对善的践行使我们能促成并维系与所有其他人的团

---

① Cuddy-Keane, Melba. Modernism, Geopolitics, Globalization. *Modernism/Modernity*, 2003, 10(3): 546.

结，所有人与天道的统一。"①

其次，儒家文明以乡土家族共同体为基石，具有比现代西方文明更优越的社会治理优势。中国儒士这样说道："我们相信我们的宗教无疑比你们的更理性，我们的道德层次更高，我们的体制更完善。但是我们也认识到适合我们的也许并不适用于其他人。"（11）在第三封信里，中国儒士以回忆的口吻描绘了东方大河边的故乡如诗如画、男耕女织、生生不息的美好生活图景。山野间争奇斗艳的百花、蔚蓝的天空和白云、劳动的号子、寺庙里悠扬的钟声，所有这些都移植了席孟《中国城市》中福建省福州市附近王墓溪这个田园牧歌式的东方乡土社会。但迪金森又添加了鲜活灵动的唯美想象意境。他的思想中流淌出丝丝缕缕的唯美情愫。"如此宁静！如此美妙的天籁之音！如此芬芳！如此鲜艳！感官追寻着各自的对象。这种感官调和的精妙程度是在北方的气候中生活的人无法理解的。美从四面八方扑压而来，不知不觉间将精神和意识协调得与自然和谐无间。"（22）在迪金森笔下，席孟的家族共同体被生命本体的情感、想象、品味、心灵快乐和健康取代。"世上最美好的自然调理出的美感，不蕴藏于精美的艺术品，却在优雅、尊贵的仪态举止中表现得淋漓尽致。这些是哺育了我的人民的品格。"（24）

再次，儒家厚重的人文传统与现代西方工业文明疯狂追求的科技进步和财富积累形成强烈反差。西方现代工业文明一步步剥夺了人的人性，将人变成了物的奴隶。自由、健康、快乐、高贵的人丧失了精神和灵魂。作为儒家人文精神的载体，儒士阶层既匡扶人文传统，又勤于国家治理。全社会形成了对思想和精神的普遍尊重，对文字和文学无以复加地尊崇。中国传统文学是为了培育、发掘人对大化流行中生命的纯净沉思和细腻反应。"月光下花园中的玫瑰，草皮上的树影，满枝的杏花，松树的香味，酒杯和琴筝。生死情愫，长久的拥抱，绝望中伸出的双手。在音乐和光彩的浮华中，无情流逝的时光徘徊消失在过去的阴影和寂静中。我们拥有一切，一切又逃避我们。展翅飞翔的鸟儿，微风中飘散的芳香……"（38-39）

与文学对情感和精神的渲染匹配，世世代代的中国人从财富、权力和喧嚣的名利场中抽身而出，在教养和精美品味引导下，选择在人与人、人与一

---

① Dickinson, Goldsworthy Lowes. *Letters from a Chinese Official: Being an Eastern View of Western Civilization*. New York: McClure, 1903: 52. 此后，此书中的引文只在文章中标出页码，不再一一加注。

切间建立起单纯、自然的关系。人生的目的和意义莫过于去尽情感受、表达自然的美、人的深邃和人的敏感。因此，迪金森的美学观中儒家人文精神升华为审美精神，拓展出一片人的性灵甘露滋润的唯美世界。

迪金森由儒家道德和理性哺化的人文精神中衍生的以性灵为根本的审美精神观脱胎于席孟在《中国城市》中依据《周礼》《知本提纲》等儒家典籍提炼的儒家核心观念。席孟将实证与观念、微观与宏观相结合，通过家、天人合一、勤、仁、礼等观念，聚焦儒家文明家族层面和国家层面、日常生活的礼乐实践和社会治理。迪金森则转向剖析儒家文明整体样态的核心和特质，立足儒家文明立场，检讨批判西方工业文明的弊端。他不再拘泥于家族、礼仪祭祀、社会治理乃至儒家的思想观念。其重心转到了理性和道德维度中的人及超越层面人的生命价值和审美精神。理性和德行赋予了生活超越物质追求的意义。生活变成了人性和人格的不断淬炼和升华。如果说席孟还有什么在迪金森这里保留下来，那必定是席孟农本、民本、人本三位一体思想中的人本主义执念。在理性和道德的文明基石上迪金森迈入品味、情趣、泛宇宙生命甘露滋养的儒家审美精神世界。

二、迪金森的人本美学观

1912 年至 1913 年，秋迪金森先后游历埃及、印度、中国和日本。这些旅行的考察报告是《论印度、中国和日本的文明》。他在英国《曼彻斯特卫报》（*The Manchester Guardian*）上发表了东方旅行札记，之后将札记和 1909 年旅美期间的信件结集成《影迹：东西方旅行札记》。他在书中这样分析儒家文明："正是儒家思想表达了中国人的人生态度。可以说，儒家思想最完美、最精纯地表达了迄今为止所提出的实用理性。家庭责任、社会责任和政治责任，这些都是它所强调的事项。当中国人的精神试图逃避这些基本责任时，它就会在艺术——与事实的世界更接近，比其他种族的艺术更充满了想象力——中找到自由。"[①] 儒家文明的精神内核是实践理性。儒家精神从现世生活延伸到艺术和文学，因此儒家文明从社会实践、生活实践到文艺实践都专注生

---

① Dickinson, Goldsworthy Lowes. *Appearances: Notes of Travel, East and West*. New York: Page, 1926: 216-217.

活本身。

与他在《中国来信》中的儒家理性认知比较，下面五点特别值得我们反思。第一，他在《中国来信》中强调的儒家理性进一步具体到实践理性，他所强调的道德有序则变成生活态度和行为。第二，他将从生活的唯美品味、人性的审美感知、泛宇宙生命超验体悟三维来思考儒家审美精神的取向转变为对儒家实践理性主导下的生活实践和现实的关注。第三，他进一步丰富了儒家文明认知架构——实践理性、道德生活、人生的现世定位和文学艺术表征的生活美学四个支点构成的儒家文明认知架构。第四，这四个支点共同指向儒家始终守护的人这个核心及儒家仁思想。第五，儒家仁思想褒扬的积极进取、刚健入世的人本观不仅与迪金森坚守的现代西方文明的人性观相通，而且能够为之提供无与伦比的古典文明实践支撑。这样，作为参照的隐在的儒家仁与现代西方文明的人这两极之间出现一个迪金森式的跨文化思想转换场域。

1913 年初春，迪金森从广东到上海，然后从上海乘船逆长江而上至重庆，然后北上到了北京，又登临泰山，拜祭曲阜孔庙。从南到北，从东到西，迪金森对中国有了直观的整体印象。这化成《影迹：东西方旅行札记》中的七篇中国旅行札记。他在广东看到狭窄的街道、高低错落的房屋、房屋上插的旗帜和挂的木匾以及上面五颜六色的硕大汉字、牌匾和旗帜下熙熙攘攘的人流。这就是他对中国的第一印象。"欢快人生平缓的流淌，旺盛，顽强，令人第一眼就相信所听到的这个优秀民族的有序、独立和活力这类说法的真实性。"[①] 这就是他念念不忘的快乐、充满活力的人性。他这样形容中国给予他的震撼和惊奇。从印度到中国，就像从睡梦中睁开惺忪的眼睛，第一次好奇地打量新奇、真实、白昼里的生活世界。这个日常生活世界中尽是好脾气、勤劳、聪慧的普通人。人们在平凡人生中享受平凡而又自然的生老病死、婚丧、养儿育女。现世生活深入人心，紧紧抓住每个人的生命，即便人死后仍享受活人的生活，享用着茶饭、金钱、仆侍这些现世生活的日常需求，接受后人的祭拜，长久地活在子嗣的记忆中。死亡被打上俗世和现世的烙印，死者的葬礼和祭奠都按照活人的意愿、遵循生活的礼仪来精心安排。这完全是一幅流淌着世俗人性和人情音符的生活画卷。

---

① Dickinson, Goldsworthy Lowes. *Appearances: Notes of Travel, East and West*. New York: Page, 1926: 51.

迪金森的长江之行无异于一场视觉盛宴、一次通往空灵悠远心灵境界的旅行。江山如画，山花烂漫，麦翻绿浪，船帆点点，野鸭成群，江村斜阳，危岩古寺。"阴阳交汇，夕阳似火，星光熹微。大河之旅是最美的旅行——流畅、平缓、安静、舒缓得诱人沉思。"①　1913 年夏，迪金森在北京西山的一座寺庙中给罗杰·弗莱写信，他在信中感叹道："我感到回家了。我认为我前世一定是中国人。我现在住在北京西山里的一座寺庙中……我不曾在任何其他地方体验过的极其庄严的沉思式生活的感受……他们是一个多么高度文明的民族啊！"②　光临寺庙的男男女女营造出明亮、欢快、世俗的人性氛围和情调。妇女们大胆的浓妆"提升了自然，而不是模仿自然。她们的脸蛋像桃子或苹果，她们的穿着是相应地令人愉悦的色调"③。这些人是这个世界上最独立、快乐、友善、文雅、自尊的农民。从一处寺庙到另一处寺庙，在炎热的正午和寂静的子夜，在黄昏和黎明，风送铃声，佛像森严。这是回返心灵沉思状态的心灵之旅。泰山之行促成了他唯美体验的升华——从个体心灵的慰藉、沉思和顿悟升华到为中华文明精神赋予自然的神圣性之感悟。神圣的泰山彰显着这个民族对生活本源价值的细腻感触、对超越物质繁荣之上的文化丰碑的塑造。

　　相比于上述审美体验，迪金森在《论印度、中国和日本的文明》中深刻分析了儒家的现世人本精神。中国人有着童真似的快乐、友好、仁慈。他们世俗、实用、实际，总是沉醉于俗世生活。"无论是过去还是现在，儒家思想均以其理性主义、怀疑主义及对行为的强调来表述中国人的精神。"④　人是中国人宇宙的中心，祖先崇拜和祖传记忆是社会体系的核心。生活是不变的眷恋，理智和道德调剂左右着行为。因此他认为中国人的生活态度特别接近现代西方人尤其是英国人。中国的现代化仅仅需要西方的新科技，而不是其他。中国艺术和文学最恰当地表达了儒家的现世生活态度，完全以人为中心。这种独特的艺术审美禀赋表现为通情达理的务实态度，对人生的悲苦和快乐、

①　Dickinson, Goldsworthy Lowes. *Appearances: Notes of Travel, East and West*. New York: Page, 1926: 59.

②　Dickinson, Goldsworthy Lowes. *The Papers of Goldsworthy Lowes Dickinson*. Cambridge: King's College MS Archive Centre, 10 May 1913.

③　Dickinson, Goldsworthy Lowes. *Appearances: Notes of Travel, East and West*. New York: Page, 1926: 68.

④　Dickinson, Goldsworthy Lowes. *An Essay on the Civilisations of India, China and Japan*. London: Dent, 1913: 43.

对自然美和崇高的敏感。中国山水画直接刻画作为观赏者的人——理智、敏感地沉思自然并与自然交流的人。中国文学同样以人为本。"它是我所知道的诗歌中最人性、最少象征和浪漫的。它沉思生活，正如它在自我呈现一样，没有任何理念、任何修辞或感情的遮蔽。它仅仅是清除横亘在我们与事物美之间因习惯而产生的障碍。"[①]

劳伦斯认为迪金森笔下浮现的是用美砌成的宝塔。他"心目中的中国是一座精神宝塔，遥远、古老、理想而又神秘"[②]。哈丁认为迪金森刻画了一幅永恒、宽容、牧歌式的中国图画[③]。但是他们没有理解迪金森的唯美世界中的儒家现世精神和人本观念。人置身天地之间，既超越时空，又真切体验生命。这种此时此在的精神境界是绝对人性的唯美关怀。唯美的精神意向与儒家现世的道德关怀相通相契。儒家的道德伦理蕴含于生命体悟和实践，而不是空洞的说教或虚妄的来世关怀。日常生活体验和实践使人与社会群体融合无间。审美精神向伦理精神和理性精神敞开大门，伦理的实践和礼仪丰富、延伸审美的道德文化内涵。审美精神、理性精神与道德精神相互调剂，衍生出充满无穷魅力的人本境界。

三、迪金森的中西文明道体之问

迪金森在《论印度、中国和日本的文明》中对现代西方文明进行了明确界定。他认为西方文明时间上始于 18 世纪，地理空间上指西欧各国和美洲。作为近两个世纪发展起来的崭新文明，西方在思想、经济、精神和文明构架上是一个超越民族和国家边界的整体。西方拥有世界性的金融、工业和贸易，拥有同一种科学方法及共同的科技成就，拥有同一个资本主义工业体系及类似的问题和解决方案，拥有同一种民选政府政治取向，拥有共同的文学艺术成就。"总之，存在一个西方式运动、西方式问题、西方式思维。个别国家发生的个别事件都是其组成部分。这还不是全部。在西方存在一个共同的宗

① Dickinson, Goldsworthy Lowes. *An Essay on the Civilisations of India, China and Japan*. London: Dent, 1913: 46.

② 帕特丽卡·劳伦斯. 丽莉·布瑞斯珂的中国眼睛. 万江波，韦晓保，陈荣枝，译. 上海：上海书店出版社，2008: 253.

③ Harding, Jason. Goldsworthy Lowes Dickinson and the King's College Mandarins. *Cambridge Quarterly*, 2012, 41(1): 38.

教。"① 迪金森对现代西方文明模式的批判及对现代文明路径的探索浓缩在《希腊人的生活观》和《现代会饮篇》中。

迪金森在《希腊人的生活观》中透彻阐发了希腊人贯穿宗教精神、个体生活实践和群体社会实践的和谐观，借以反观现代西方文明分崩离析的现状。希腊人的和谐观在思辨层面上具象化为以人为本的宗教精神。以人为尺度来建构的宗教将人与外在自然世界或内在心灵世界之间的矛盾和分歧协调成和谐的关系。在个体实践层面希腊人以彰显人的身心两极间的至善至美为理想目标。"他们对令人向往的生活的理解不仅包括心灵的美德，也不仅仅是身体的健康和美，而且包括高贵的出生、充足的财富和人们传颂的美名。"② 在《现代会饮篇》中，他借用古希腊哲学家柏拉图《会饮篇》中的对话风格，从现代西方思想的辩证思辨模式中跳脱出来，围绕现代西方文明现状和出路这个主题，将不同立场和观点平行并列，使之处于开放的争鸣状态，进而前承《中国来信》中立足中国儒家文明立场对现代西方文明的批判论题。他借虚构人物诗人维维安（Vivian）之口为病入膏肓的现代西方文明招魂祈命："奥林匹斯山就在我们眼前，白雪皑皑的山峰。让我们一起攀爬，如果你愿意，不是一部分人踩着另一部分人的尸体爬上去。……阿芙洛狄特、阿波罗、雅典娜就在我们前面，而不是在我们身后。磅礴的身姿，他们在雪中熠熠发光。前进吧，神人中孕育而成的人！"③ 他眼中的古希腊文明是充满了现实主义激情的文明，将诗与智完美融合，是照耀现代西方文明幽暗长路的不灭明星。

就这样，迪金森建立起相对于现代西方文明的中国儒家文明与希腊文明相通相契的道体架构。古希腊文明道体构架以人为核心，外化为思辨、个体实践和群体实践三重和谐，内摄于爱、美和智三位一体之德性。儒家文明以仁为核心，外定于实践理性、道德自律、人生的现世定位和生活美学四极，内化为审美精神、理性精神和道德精神一体。比较而言，儒家文明以仁为核心的道体构架比西方源于古希腊的人本构架更为深邃、恢宏、超越和周备。因为儒家之仁道始终面向一个具有固定社会道德且被普遍接受、个体人格发展具有明确参照系和目标的社会体系。人被置于预定的文明道体构架之中，人

① Dickinson, Goldsworthy Lowes. *An Essay on the Civilisations of India, China and Japan*. London: Dent, 1913: 206-207.

② Dickinson, Goldsworthy Lowes. *The Greek View of Life*. London: Methuen, 1896: 154.

③ Dickinson, Goldsworthy Lowes. *A Modern Symposium*. London: George Allen, 1905: 178-179.

性超越了不确定性、偶然性和差异性。固有的实践理性和人本属性使人摆脱了历史变量和自然暴力。公认的道体构架成了个体必然的选择和行为规范。

20 世纪，新儒学大师马一浮对儒家文明以仁为统摄的德性构架进行了非常通透恢宏的阐发。他重新阐释儒家以仁为要的性德思想——仁从性德导出理、事、物的衍生发散构架。"就其普遍言之，谓之天；就其禀赋言之，谓之命；就其体用言之，谓之心；就其纯乎理者言之，谓之性；就其自然而有分理言之，谓之理；就其发用言之，谓之事；就其变化流行言之，谓之物。"① 性德就是仁，就是至善，就是天道和人道合和的文明道体。以仁为根基的性德，分化衍生出义、理、智、中、和、恭、敬、惠、忠、信、敏等万千德相。同样在性德的根本上开散、流化出涵盖一切文化和知识实践活动的诗、书、礼、乐、易、春秋等六艺。这样以至善之仁为本的性德、变易衍生的万德到生机勃勃的六艺，形成了涵盖本体、价值和生活三维的全息文明道体和发用构架。常与变、静与动、主宰与流行、根与枝、体与用、真如与生灭彼此回互，周流衍生。②

从马一浮提炼的儒家文明性德构架来反观迪金森追本溯源的古希腊文明爱、美、智三位一体的文明道体构架，我们发现儒家文明德性道体不仅涵摄了爱、美、智，而且具有无限丰富的因时顺势、转换生成特征，涵盖了本体之外的德相和世相，从而形成架构严密、精微、圆融、汇通、回互、开放、衍生的万世道体。尽管迪金森分辨出儒家文明的仁道根本并试图将之嫁接引入西方现代主义美学思想，但是他仅仅认识、体悟到儒家文明道体构架的局部内涵和审美精神指向。他有关现代西方文明的批判以及对古希腊文明道体构架的探源，有关中国儒家文明道体构架的总结提炼，实质上在至情、至性、至理的美学观念层面开启了中西文明精神循环交融生发的场域。这是一个儒家仁思想不断选择、迁徙、变化、滋养西方现代主义美学思想并最终观照现代西方文明本源道体的动态过程。儒家思想观念和文明模式及其舒畅的审美精神焕发出生生不息之力，在全新的英国现代主义土壤中生发开来。

原文出处：陶家俊. G. L. 迪金森的现代主义人本美学观及其儒学根源. 外国文学，2022(4): 129-137.

---

① 马一浮. 马一浮全集：第一册. 杭州：浙江古籍出版社，2013: 92.
② 郭齐勇. 现当代新儒学思潮研究. 北京：人民出版社，2017: 104-114.

现代主义美学的跨文化期待

——论迪金森对席孟儒家文明论的继承和超越

陶家俊

约翰·萨瑟兰（John Sutherland）以第一次世界大战爆发的 1914 年为分界线，将英国现代主义文化精英 G. L. 迪金森（G. L. Dickinson）的思想分为两个不同阶段："1914 年之前他的最大成就是运用著作、文章、诗歌、讽刺文和讲座形式来阐述哲学和美学主题"[①]，1914 年之后他转向现实政治，致力于重建世界和平秩序。从 1896 年至 1914 年，迪金森的哲学和美学探索长达近 20 年，其间有影响的思想成果包括《希腊人的生命观》（1896）、《中国来信》（1901）、《现代会饮篇》（1905）、《论印度、中国和日本的文明》（1913）和《影迹：东西方旅行札记》（1913）。《希腊人的生命观》和《现代会饮篇》从本体意义上探源古希腊文明和现代西方文明。其余三部作品以信札、考察报告和旅行札记方式，从哲学和美学双层面探源东方古文明，尤其是中国儒家文明。梅尔巴·卡迪-基恩（Melba Cuddy-Keane）认为，迪金森"从批评全球化视角运用其他区域或国家的知识来瓦解习惯性感知和实践，自我反思式地重新定位全球空间中的自我"[②]，这表征了 20 世纪初全球跨文化网络中

---

① Sutherland, John. Letters form G. Lowes Dickinson to Vernon Lee. *Colby Library Quarterly*, 1953(12): 189-194.

② Cuddy-Keane, Melba. Modernism, Geopolitics, Globalization. *Modernism/Modernity*, 2003, 10(3): 546.

迪金森式思想探索对文学现代主义全球流动的介入和干预。帕特里夏·劳伦斯（Patricia Laurence）认为，迪金森笔下的中国文明经过了唯美的浪漫化处理，经过中国特有的风景、唐诗或"在英国人日常生活中流行的蓝色杨柳饰的碟子"等隐含的唯美化处理，凸显出理想、古雅的中国形象①。这颠覆了爱德华·萨义德（Edward Said）在《东方学》和《文化与帝国主义》中对东方的认知及文本化理论。贾森·哈丁（Jason Harding）明确指出，迪金森对中国的认知源于英国汉学家翟理斯（Herbert Allen Giles）的中国古代文学翻译和法国人席孟（Eugène Simon）的《中国城市》（*La Cité Chinoise*），后者描绘了"一幅以古老、平和的儒家传统为基石的中国农耕社会图景"②。他认为，迪金森的中国儒家文明阐释进而为中国知识分子与剑桥大学英文教师之间的交流奠定了基础。

　　上述研究澄清了迪金森思想的哲学和美学特质、中国儒家文明源头以及他的批评全球化视角。但是这些研究却没有更深入地探讨迪金森的现代主义人本美学观与对他产生深刻影响的席孟的儒家文明论的异同，没有细致分析儒家思想观念在这一跨文化旅行迁徙过程中的流动和变化，以及与迪金森置身其中的英国现代主义人本观念的对接。萨义德在文章《理论旅行》中提出理论跨越地理、学科边界旅行迁徙并在不同环境中变异的旅行理论观。雷瓦西·克里希纳斯瓦米（Revathi Krishnaswamy）在文章《通往世界文学知识：全球化时代的理论》（"Toward World Literary Knowledges: Theory in the Age of Globalization"）中呼吁超越西方经典文学和经典理论，重构更加开放、动态的世界文学知识："从全世界视角对文学知识进行开放的跨文化研究，这或许在某种程度上能揭示人类共同的文学或美学特征。"③本文借鉴萨义德的理论旅行观和克里希纳斯瓦米的世界文学知识论，从跨文化的全球知识迁徙视角分析席孟的儒家文明论以及迪金森对席孟儒家文明论的继承和超越。

① Laurence, Patricia. The China Letters: Julian Bell, Vanessa Bell, and Ling Shuhua. *The South Carolina Review,* 1997(29): 125.

② Harding, Jason. Goldsworthy Lowes Dickinson and the King's College Mandarins. *Cambridge English and China: A Conversation (Special Issue). Cambridge Quarterly,* 2012(1): 29.

③ Krishnaswamy, Revathi. Toward World Literary Knowledges: Theory in the Age of Globalization. *Comparative Literature,* 2010(4): 408.

一、席孟的儒家文明论

1869 年 3 月至 1877 年 7 月，席孟任法国驻中国福州领事馆首任领事，其间参加法国社会学家弗雷德里克·勒·佩雷（Frédéric Le Play）主持的全球田野调查项目——抽样调查法国、美国、俄罗斯、中国等国的村社来研究全球经济和社会问题。负责中国个案研究的席孟选择六个村社进行田野调查，其成果是 1885 年由巴黎新杂志出版社出版的《中国城市》（英文版书名汉译为《中国：它的社会、政治和宗教生活》）。《中国城市》主要借鉴佩雷的家庭社会学调查方法。这一新方法以家庭为单位，将其视为工业化时代社会稳定和道德有序的基本保障。社会的循环变化与家庭伦理道德的兴衰相关。因此，研究者在个案研究中与研究家庭共同生活，收集家庭成员的态度、相互关系、收入、开支、财产等数据。佩雷社会调查方法不仅是 19 世纪的社会学领域的创新之举，而且对新兴的面向异文明社会的人类学来说也是全新的方法论变革。迟至 20 世纪，英国社会人类学家勃洛尼斯拉夫·马林诺夫斯基（Bronislaw Malinowski）才成熟地建构起参与式观察这一人类学田野调查方法。

席孟在佩雷的基础上建构起现代全球视域中跨文明多维研究框架——以中西文明为比较参照，以中国长焦距的文明史为历时参照，以宏观的国家/民族状况和微观的基于家族（而非西方现代意义上的家庭）的村社生存状况为双重焦点。与以语文学和翻译为主的汉学研究不同，《中国城市》是一份具有全球史、社会学、人类学价值的社会调查报告，是透视中国传统的儒家文明模式的跨学科成果。其表层结构是中国村社和国家组织，深层结构则是儒家文明形态。从知识建构角度看，针对儒家文明形态的知识表达形式主要分为田野考察、观念建构和典籍阐释三种形式。田野考察涉及作者对六个中国村社个案独特的文本处理策略。他在文本表层集中凸显福州附近阳平山下王墓溪的王姓家族，以匿名化和泛化的策略将其他五个个案分散到整个文本的不同部分。典型个案与分散的匿名体察相结合，强化了调查报告的直观体验性和真实可信性；点和面有机结合，形成独特的隐喻、提喻式知识叙事再现效果。王墓溪王姓家族与其他五个乃至成千上万个分布在不同地域的中国百姓家族形成象征隐喻关系，微观的山水田园王墓溪及王姓家族与宏大中国结成提喻关系。

《中国城市》的整个知识表达指向儒家文明的家族治理形态和家、天人合一、勤、仁和礼等核心观念。儒家文明中家的内涵包括村社共同体及其家族认同根源、家族生活方式、家族信仰、家族治理、家族劳动组织、家族婚配和婚姻礼仪等方面。在汉口、西藏、[内]蒙古、直隶等地方，生活在乡间的人朴实真诚、热情好客、善良正直，举止谦虚谨慎，谈吐端庄大方而又充满礼仪和教养。"在中国，任何地方的农民都是迈着轻快、愉悦、自由自在的步伐在田间耕作。"① 农民留在了乡土世界，土地财产神圣不可侵犯。扎根土地、以家族为单位的村社是自足的共同体。"每个小村庄都是一个完整的体系，居民创建了自己的学校、市政府和家庭法院，然后根据需要购置苦力、牛、磨坊、水车以及那些家庭小农场缺少的东西。"② 人与环境和谐共存，自然绽放出无处不在的魅力。

任何地方都不如这里的大自然动人心魄、沁人心脾。在平缓的山坡上，到处都是竹林，枝叶轻盈优美。在田野上，房屋周围的农作物给乡村增添了几分卢瓦尔河风光的迷人色彩。在崎岖不平的山区，有大片的果园。在寺庙附近和一些山顶上，我们仍然可以看到残余的森林。最重要的是，到处都是花，种类繁多。紫色的杜鹃花、芬芳的栀子花和紫藤花铺满了斜坡。③

世代生息繁衍的家族形成了牢不可破的家族认同观。家族祠堂中供奉着灵魂不灭的祖先。祭祀祖先是家族神圣的职责，它将过去、现代和未来确定在当下，赋予生命现时性和永恒轮回本质，护佑家族正义和繁荣昌盛。"它是对人类自我救赎、成功战胜死亡和遗忘的有力肯定。它具有明确目标和手段，肯定人类永久的重生，实现精神层面的平静和解脱。这样家族制度成为一种真正的信仰。"④ 家族这个神圣的生命家园和信仰神坛使为家族尽责甚至牺牲成为使命和荣耀，产生跨越遥远时空距离的祖宗血缘认同意识。家族的社会和政治功能使之分担了国家的治理权力且发挥着政府不可替代的作用。它是"有着职能、宗教、司法和民事意义的完整存在"⑤，家族内部对父母子女的权利和义务有明确的规范。家族集会包括祭祖仪式、族谱及家族要事书写和阅读、先祖传记传习、家族要事商议和家族惩罚审理。家族惩罚审理包括纳

① Simon, Eugène. *La Cité Chinoise*. Québec: àChicoutimi, 2005: 8.

② Simon, Eugène. *La Cité Chinoise*. Québec: àChicoutimi, 2005: 23.

③ Simon, Eugène. *La Cité Chinoise*. Québec: àChicoutimi, 2005: 23-24.

④ Simon, Eugène. *La Cité Chinoise*. Québec: àChicoutimi, 2005: 25.

⑤ Simon, Eugène. *La Cité Chinoise*. Québec: àChicoutimi, 2005: 68.

税、家族内纠纷、家族外纠纷、家族成员犯罪等四大类。家族成员的婚姻实行订婚制。婚姻既是一个漫长的从幼儿婚约、订婚、嫁娶到婚后生活的过程，又充满了谨慎和成熟的理性考虑。家族的劳动组织方式遵循互助同耕、各取所获的集体劳动、私有所得的原则。

从《周易》《尚书·洪范》到孔子的《春秋》、董仲舒的《春秋繁露》乃至北宋的程颢和程颐的天理说，儒家天人合一论的发展脉络逐渐构成。但是席孟主要通过实际考察和听别人诵读讲解以《知本提纲》为主的儒家典籍这两个途径来汲取儒家天人合一观。他认为《知本提纲》这部由清代儒家学者和农学家杨屾完成的18世纪中国儒家农学百科全书是对孔子及其传人思想的总结。

席孟将儒家天人合一论概括为五个方面。第一是宇宙全息整体论。可见和不可见、表面和隐藏、精神与物质共同构成宇宙整体。第二，宇宙的法则力量就是宇宙的智慧，是天、地、人呈等次彰显宏大宇宙的智慧。无限的宇宙法则力量和规律、不可见的潜能构成第一等次的天或太极。依靠地，宇宙法则潜能显现为被动的地潜能。作为对地的被动潜能的补充和发展，人构成了与天之力量同质的积极能量。因此不要奢谈个体的人，只有从人类整体意义出发，才能体悟人所拥有的合天辅地的力量。"一个人的身上包含两性和所有人的特征，如同整个人类文明的精神主体，他就是人和太一、人和人类，中国人称之为'父母'，他是隐藏不可见的人，神格的人，完美的人，不具有任何可见的形态所固有的缺陷，又或者说是圣人。"[1] 第三，天地之间积极的沟通者、实践者和创造者是圣人。完美人格和巨大的道德力量使圣人成了所有普通人的楷模。向圣人学习，使每个普通人都踏上天人合一的大道。第四，通达天地大道的整个过程是劳动，劳动被赋予了生命的天然本质和终极存在价值。"除脚下的大地外再无别的世界，除在这片大地上可能得到的幸福之外再无幸福的理想，除劳动外再无别的实现途径。"[2] 第五，现实生活中天人合一显现为人与人之间的整体合一。无论是时间中人世代的繁衍还是空间中人与人之间的礼待敬让，都使人以整体的形式存在并不断轮回重生。

儒家的勤是对劳动和生命的尊重，是对作为劳动者的人之自由的尊重，是将人与土地统一并赋予土地精神。"人与地相统一的学说对每个家庭和个人来

① Simon, Eugène. *La Cité Chinoise*. Québec: àChicoutimi, 2005: 51-52.

② Simon, Eugène. *La Cité Chinoise*. Québec: àChicoutimi, 2005: 55.

说都已成为事实。土地所有权神圣而不可侵犯，它是人类自由的保证，也是他的储蓄仓库。人类创造出土地，依附于土地，并且从未离开它……"①勤最坚实的文明实践基础是农业，因此席孟专门探讨儒家文明中传承下来的农业制度和务农要典。他具体分析了中国农业制度的三个特性——小土地、水利应用和肥料；评述《周礼》对四季农事的安排、务农技术、农业水利、农具等的记载和指导。他指出，中国儒家农耕文明以务农和农民为载体的勤不是科学却胜于科学，是人与天地亲近、沟通而凝结的智慧，是人向毗邻的土地祈祷而生成的神圣信仰。

席孟将仁与中国政府的社会治理功能结合起来探讨。因此他理解的仁是仁治，而非与其相通相连的善、爱、义、礼、诚等观念。从社会治理角度来阐释仁，它指向天、地、人统一基础上人与人、人与社会、人与政府和谐共处的现实状态。它是社会福祉的源头，"富饶、富有、和平、自由、幸福自然而然从中产生"②。仁不限于人们的意识，它渗透了道德规范、典章制度，涵盖了从物质秩序到精神秩序、从家族到国家、从生活礼仪到邦国大政的各个领域，制约社会、政治、经济、宗教实践。其精髓浓缩在《周礼》这部典章律法经典之中。

其实席孟对《周礼》的关注、对中国农民品格的亲身感受和赞美、对农耕文明集体仪式的总结都是在阐发儒家的礼观念。礼涵盖了农民个体在待人接物上的礼貌和修养，家族内部围绕日常饮食起居、祭祖、婚礼、节庆、家族会议等尊崇的礼仪，以及整个文明社会中从庙堂到市井阡陌都尊崇的祭祀和庆典。依据《周礼》及他自己的观察，中国农耕文明一年中最重要的国家祭祀典礼主要包括立春时的春耕仪式、清明时的悼念亡者仪式、夏至时的祭拜土地神仪式、冬至时的拜天祭祖仪式。这些祭祀典礼是天地间阴阳离合生灭的重要节点，是农业活动的重要时刻，更是农耕文明的集体仪式性祭拜。它们既展示了人与天、地的统一，又昭示了国家和皇权对文明所拥有的精神权力和这种精神权力乃至整个文明的礼乐本质。

除了《易经》和一些没有说明出处的孔子言说外，席孟儒家思想的经典来源是《知本提纲》和《周礼》。这两部儒家百科全书从两个维度阐释了农耕型的儒家文明。第一个维度是农桑耕织主导的小农经济支撑的修、齐、治、

① Simon, Eugène. *La Cité Chinoise*. Québec: àChicoutimi, 2005: 58.

② Simon, Eugène. *La Cité Chinoise*. Québec: àChicoutimi, 2005: 91.

平系统。这是《知本提纲》的要旨。第二个维度是礼乐典章制度支撑的礼法和文化风俗系统。这是《周礼》的效用。这契合席孟对儒家文明农耕维度的深度挖掘，也凸显了他的农本和民本思想。这些最后都落在天人关系、家族内部关系、个体与家族外及国家的关系、个体间关系等所围绕的人这个中心上。农本和民本思想即人本思想。天人合一，家族和社会仁德有序，人民充满创造精神并充分享有自由、平等和快乐，生命永恒地留在天地之间。因此席孟对上述儒家观念的阐述也是对儒家核心观念的选择和再创新，他从儒家文明中阐发出的全新的人本主义。这种思想创新在中国传统儒家文明与西方现代文明之间实现了创造性转化，使之与西方现代文明中浩荡的人本主义思潮和工业文明批判相契合。

二、迪金森对席孟儒家文明论的继承和超越

据迪金森回忆，1900 年，在义和团运动震荡西方列强之际，他开始通过汉学翻译了解中华文明。而对他创作《中国来信》影响最直接最深刻的莫过于席孟的《中国城市》。《中国来信》在构思上效法书信体札记，旨在"对我们西方社会进行根本的批评"[1]。迪金森共写了八封信，前四封信于 1900 年秋刊登在《星期六评论》上。1901 年他的出版商朋友 R. 布里姆利（R. Brimley）出版了合印本的《中国来信》。另一位朋友乔治·特里威廉（George Trevelyan）在《十九世纪》杂志上发表专门的评论。一时该书声名鹊起，甚至有人费心推敲打听作者是否真是中国人。此后，他在剑桥大学国王学院庭院中吉布斯楼的寓所成了众多中国学子心仪的乐园。卡迪-基恩认为迪金森以跨文化的方式"寄身于他者的身体中，置身于不同的信仰体系之中"[2]；他批判现代西方文明的凝视目光以中华文明为出发点，"中国社会表现出通往理性、人性、道德和民主的替代性价值优势"[3]。

① Dickinson, Goldsworthy Lowes. *Letters from a Chinese Official: Being an Eastern View of Western Civilization*. New York: McClure, Philips and Co., 1903: 165. 此书信在后文中只标注页码，不再一一加注。

② Cuddy-Keane, Melba. Modernism, Geopolitics, Globalization. *Modernism/Modernity*, 2003, 10(3): 546.

③ Cuddy-Keane, Melba. Modernism, Geopolitics, Globalization. *Modernism/Modernity*, 2003, 10(3): 547.

《中国来信》涉及异位、异装、异声的中西跨文化交流。现实中的迪金森在思想的王国中变成了以儒士自居的中国人。他笔下的中国儒士又脱离了虚构或现实的中国，侨居伦敦，零距离观察现代西方文明。这种双重他异化形成全球视域中动态的跨文化批判（而非静态的文明比较）。现代西方文明、中国传统儒家文明、西方冲击下的中国现代化进程、现代西方文明的未来这四者形成动态的相互参照和批判张力。本体意义上的现代西方文明或中国儒家文明被相对化，不再是排他的绝对终极文明存在。全新的全球人类文明共同体的命运取代了狭隘的文化民族主义和文化帝国主义，但是迪金森的聚焦点仍是现代西方文明。"眺望大洋彼岸的欧洲或远东，我焦虑的其实不是模仿形式，而是从那创造了风俗、律法、宗教、艺术的古老世界获得灵感。其历史不仅是身体而且也是人类灵魂的记录，其精神已远离了那些它创造的试图一鳞半爪地表现自身的形式……"（xiv）

　　从未到过中国的迪金森在《中国来信》中以席孟的《中国城市》为蓝本，重构了一个现代西方文明的理想他者形象——中国传统儒家文明。他建构的理想儒家文明具有三大本质特征。

　　第一个本质特征：以儒家思想为核心和载体，极具道德自律和理性约束，古老、稳固且道德有序。儒家思想倡导积极入世和现实关怀，高度重视人际伦理关系、生活质量和社会和谐。迪金森从席孟那里继承了三个方面的儒家思想观念。首先，祖先祭拜和家族传承意识体现了儒家的家国一体观。其次，对天地的崇拜、对劳动的推崇、对一年四季农耕活动的仪式性庆祝和祭祀旨在强调天人合一。"从教导中他们认识到人是永恒的精神存在，在时间中通过世代传承彰显自身。人的这种存在调和天与地、终极理想与现存事实。靠着不懈、虔诚的劳作，将土地举到天上，根本上实现仍仅仅处于观念形态的善——对善的践行使我们能促成并维系与所有其他人的团结、所有人与天道的统一。"（52）这无疑是对席孟的农本和人本观念的升华，善端中孕育的人的精神存在超越了转瞬即逝的现世生命和物欲横流的现实生活。最后，他强调圣人言行具有的楷模和示范引领作用和勤劳、仁爱这两个核心观念对全社会的道德育化力量。"所有社会应该建立其上的两个基本理念是兄弟情谊和劳动的尊严。我们现世体制的结构使其能以直接、明白无误的形式贯彻。"（53）

　　第二个本质特征：以村社家族为农耕文明的社会单元和基石，兼具自足和封闭特征。儒家乡土农耕文明比现代西方文明更优越。"我们相信，我们的宗教无疑比你们的更理性，我们的道德层次更高，我们的体制更完善。"（11）迪金森用特有的鲜活灵动的想象笔触描绘了一幅东方大河边如诗如画、男耕女织、生生不息的美好社会图景。"如此宁静！如此的天籁之音！如此芬芳！如此鲜艳！感官追寻着各自的对象。这种感官调和的精妙程度是在北方的气候中生活的人无法理解的。美从四面八方扑压而来，不知不觉间将精神和意识协调得与自然和谐无间。"（22）但是不同于席孟，迪金森视野中生命本体情感、想象、精神存在意义上的快乐和健康取代了乡土中国社会意义上家族的力量和影响。"健康的劳作、充足的闲暇、率真的热情好客，源于习惯、不受虚妄抱负干扰的充实。世界上最美好的自然调理出的美感，不是蕴藏于精美的艺术品，而是在优雅、尊贵的仪态举止中表现得淋漓尽致。这些就是哺育了我的人民的品格特质。"（24）

第三个本质特征：漫长历史中沉淀下厚重的人文传统和强大的精神化力量。现代西方工业文明疯狂追求器物层面的科技进步和财富积累，使人沦为物的奴隶。自由、健康、快乐、高贵的人失去了精神和灵魂。"他们缺乏快乐和满足感，懒惰，法纪松懈。他们的职业更不利于身心健康。他们拥挤进城市和工厂，与自然分裂开来，不再是灵魂的主人。"（36）儒士阶层维系中国传统的教育体制和文学艺术，传承人文精神，致力于国家治理。充满竞争的科举制度保障了这个阶层的优胜劣汰。这形成了全社会对思想和精神的普遍尊重，对文字和文学的推崇，使得世世代代的中国人自觉从财富、权力和喧哗的名利场中抽身而出，在教养和精美的品味引导下，选择人与人、人与一切间建立起单纯、自然的关系。

从迪金森着力渲染的上述三大特征看，《中国来信》表达的儒家文明观与席孟存在以下区别：首先，不同方法论决定了他们关注儒家文明的不同层面。席孟受社会学田野调查方法影响，重在从实证与观念、微观与宏观两个层面来分析，聚焦儒家文明家族和国家层面、日常生活的礼乐实践与儒家以家为核心的思想观念。迪金森受西方现代人文理性的批判精神启迪，重在剖析儒家文明整体样态的核心和特质。他同时受批评全球化视野影响，指出现代西方文明与中国儒家文明的根本区别，立足儒家文明检讨批判西方工业文明的弊端。其次，迪金森不拘泥于儒家文明的家族、礼仪祭祀、社会治理乃至思想观念。他的重心转到了理性和道德纬度中人的生命价值和精神存在。理性和德行赋予了生命超越物质追求的意义。生命变成了人性和人格的不断淬炼和升华。迪金森的思想中保留下来的是席孟农本、民本、人本三位一体的思想观念。最后，最重要的是迪金森在席孟的基础上将儒家文明认知引入英国现代主义的美学认知视域。这样他就超越了以理性和道德为磁场极点的文明精神向度，迈入以品味、情趣、性灵、生命力为美学聚焦点的更高、更人性、更空灵的唯美世界。一旦进入东方唯美世界，他就从单纯的儒家思想转向对东方唯美精神的审视。

我们不能孤立看待迪金森思想中的唯美情愫及其美学表达。它表征了更广范围内 20 世纪上半叶马克·奥利尔·斯坦因（Marc Aurel Stein）、罗杰·弗莱（Roger Fry）、劳伦斯·宾扬（Laurence Binyon）、阿瑟·韦利（Arthur Waley）、I. A. 瑞恰慈（I. A. Richards）等英国现代主义文化、艺术和思想精英对中国古典文明的美学阐释。因此从宏观的全球知识迁徙角度看，从席孟到迪金森，从社会实际考察到人文理性反思批判，从儒学到美学，儒家思想在不同的语境中持续发生变化。具体到迪金森，最根本的改变无疑是将文明反思批判的思想资源从理性和道德的领地扩大到心灵、情感、冥想呵护的人性生命领域。他在《自传》（Autobiography）中总结道："随着年龄的增长，我更加相信，对我们而言重要最真实的莫过于铸造更崇高、更广阔、更深邃的生命这种激情。这种激情正是需要被普遍接受并付诸行动的终极事实。"（182）

1913 年，在结束东方旅行考察之后，迪金森完成了旅行札记《东行影迹》（Appearances: Notes of Travel, East and West）和考察报告《论印度、中国和日本文明》（An Essay on the Civilisations of India, China and Japan）。这两部著作浓缩了他对席孟儒家文明论的现代主义美学的改造。广东城市街道上扑面而来的沸腾生活和快乐的人群给他留下终生难忘的印象，为他打开了一扇通向俗世欢快人性的大门。"欢快人生平缓地流淌，旺盛，顽强，令人第一眼就相信所听到的这个优秀民族的有序、独立和活力这类说法的真实性。"[1] 长江之行令他进入空灵悠远的心灵境界，长江三峡边的纤夫令他领悟到平凡生命的坚韧顽强，北京西山寺庙里的清净无争使他回归心灵的本真。迪金森在一封信中告诉罗杰·弗莱，他感到自己回家了，他认为自己前世一定是一个中国人，他现在住在北京西山里的一座寺庙中……他不曾在任何其他地方体验过这种极其庄严的沉思式生活的感受……他们是一个多么高度文明的民

---

[1] Dickinson, Goldsworthy Lowes. *Appearances: Notes of Travel, East and West*. New York: Page & Company, 1926: 51.

族啊！"①

迪金森在《论印度、中国和日本的文明》中指出中国文学和艺术审美以人为中心的本质："它是我所知道的诗歌中最人性、最少象征和浪漫的。它沉思生活，正如它在自我呈现一样，没有任何理念、修辞或感情的遮蔽。它仅仅是清除横亘在我们与事物之美之间、因习惯而产生的障碍。"② 人置身于天地之间，既超越时空，又真切体验生命。这种此时此在的精神境界是绝对人性的唯美关怀，唯美精神与儒家的现世关怀相通相契。审美精神向伦理精神敞开，伦理的实践和礼仪丰富、延伸了审美的道德文化内涵。审美精神与伦理精神相互调剂，衍生出充满无穷魅力的唯美生命世界。

三、结　语

迪金森在1893—1894年创作的十四行诗系列的第22首中这样深情祈祷：

> 让我们别悲伤，我的爱。东方的玫瑰
> 或许思念她西方的爱人，
> 她在不知不觉中默默凋谢
> 带着希望的慰藉；
> ······
> 但你和我，尽管有大海阻隔，
> 曾经的收获、拥有和寻觅，
> 虽然一方不在乎燃烧，另一方不在乎冰冻，
> 一方以力胜，另一方以思进；
> 因为这样使我们所有的潮流突然交汇
> 彼此都从对方的损失中受益。（261）

从儒家思想、儒家文明模式、席孟的儒家文明论再到迪金森扬儒抑西的

---

① Dickinson, Goldsworthy Lowes. *Dickinson Papers*. Cambridge: Cambridge University, 1913.

② Dickinson, Goldsworthy Lowes. *An Essay on the Civilizations of India, China and Japan*. London: J. M. Dent & Sons Ltd, 1913: 46.

儒家文明论及现代主义人本审美取向，我们发现在这一跨文化迁徙中发生的一系列继承、变异、超越现象的深层结构断面上，儒家核心的"仁"观念与西方现代人本思潮及其哺育的现代主义美学思想中的"人"观念横向对接、契合并通化。秉持农本和民本思想的席孟从社会治理的角度来阐发仁，推崇中国传统儒家文明的礼乐仪式及其隐喻的天、地、人和谐统一，以及在此基础上以人的福祉为中心的社会活动和社会秩序的和谐、富裕、幸福。迪金森继而从农本和民本思想走向现代西方文明以人为本的人本主义。他沿着这条道路的探索最终在中国儒家文明的仁思想中找到精神源泉。他有关西方现代文明的批判、有关中国传统文明精神的提炼，实质上在两种文明之间促成了新的文明精神循环交融。而其最坚实的基础就是中国儒家文明对人性的肯定。人性的至善之德和人性的至美之灵构成了儒家文明普遍人伦教化中的德性和灵性。

　　从儒家的家、天人合一、勤、仁、礼到以农和民为本的仁，再到以人为本的仁，最后到以德性为尊和灵性为魂的迪金森式唯美思想，这是一个儒家思想观念不断选择、迁徙、变化并最终滋养西方现代主义美学思想的动态过程。东方古老传统的思想观念在西方现代主义思想架构中获得了合理性和合法性，在全新的文明土壤中生发开来，完成了儒家文明精神的西方文明转化、传统思想的现代嬗变。同步发生的儒学西化与西学儒学化，毋庸置疑地破解了现代西方文明理性和科学基础上的启蒙进步的宏大知识叙事、中国传统的华夏/夷狄二元观支配的农本、礼乐、王朝本体认知知识型。因此，席孟和迪金森昭示了全球化体系中勾连东西方文明的崭新认知模式及文化践履。

　　原文出处：陶家俊. 现代主义美学的跨文化期待——论迪金森对席孟儒家文明论的继承和超越. 外国语文，2022(3): 42-49.

弗吉尼亚·伍尔夫的"中国眼睛"

高 奋

英国小说家弗吉尼亚·伍尔夫（Virginia Woolf, 1882—1941）对中国文化的表现与大多数欧美作家一样，主要有两种形式。首先，"中国的瓷器、丝绸、茶叶、扇子等富有东方情调的物品或简笔勾勒的中国人散落在作品之中，有意无意地抒发想象中的中国意象和中国形象"①；其次，基于创作者对中国哲学、文化、艺术的了解，"作品的整体构思自觉体现对中国思想的领悟，通过形式技巧、叙述视角、人物风格、主题意境等多个创作层面，隐在或显在地表现出基于中西方美学交融之上的全新创意"②。出现在伍尔夫作品中的直观中国意象包括中国宝塔、千层盒、茶具、瓦罐、旗袍、灯笼等，它们散落在她的小说和随笔之中，喻示着中国文化物品已成为英国日常生活的一部分。伍尔夫的深层次理解基于她对有关东方文化的文学作品和视觉艺术的领悟和洞见，在创作中表现为全新的创作心境、人物性情和审美视野，其显著标志是她作品中三个人物的"中国眼睛"。这三个人物分别是：随笔《轻率》（"Indiscretions", 1924）中的英国玄学派诗人约翰·多恩（John Donne）、小说《达洛维夫人》（*Mrs. Dalloway,* 1925）中的伊丽莎白·达洛维和小说《到灯塔去》（*To the Lighthouse,* 1927）中的丽莉·布里斯科（又译"丽莉·布瑞斯珂"）。这三位典型欧洲人的脸上突兀地长出"中国眼睛"，这与其说是随意之笔，不如说是独具匠心。

---

① 高奋. "现代主义与东方文化"的研究进展、特征和趋势. 浙江大学学报》, 2012(3): 31.
② 高奋. "现代主义与东方文化"的研究进展、特征和趋势. 浙江大学学报》, 2012(3): 31.

英美学者已经关注到伍尔夫的"中国眼睛",并尝试阐释其内涵。帕特里夏·劳伦斯(Patricia Laurence)曾撰写《伍尔夫与东方》("Virginia Woolf and the East", 1995)一文,指出伍尔夫赋予其人物以"中国眼睛",旨在以"东方"元素突显人物的"新"意①。此后,劳伦斯在专著《丽莉·布里斯科的中国眼睛》(Lily Briscoe's Chinese Eyes, 2003)中,通过布里斯科的"中国眼睛"透视 20 世纪二三十年代英国"布鲁姆斯伯里团体"与中国"新月派"诗社之间的对话和交往,回顾和总结英国人认识、接受和融合中国文化的历史、途径及表现形式。她指出丽莉的"中国眼睛""不仅喻示了英国艺术家对中国审美观的包容,而且暗示了欧洲现代主义者乃至当代学者对自己的文化和审美范畴或其普适性的质疑"②,代表着英国现代主义的"新感知模式"③。不过她的研究聚焦布鲁姆斯伯里团体,重在提炼英国现代主义的普遍理念,并未深入探讨伍尔夫的"中国眼睛"的渊源和意蕴。另外,厄米拉·塞沙吉瑞(Urmila Seshagiri)比较笼统地指出,伍尔夫的《到灯塔去》"批判了 20 世纪初期英帝国独断式的叙述方式,用丽莉·布里斯科的眼睛所象征的东方视角担当战后贫瘠世界的意义仲裁者"④。

那么,伍尔夫的"中国眼睛"缘何而来?其深层意蕴是什么?这是本文探讨的主要问题。

一、东方文化与"中国眼睛"

伍尔夫笔下的三双"中国眼睛"集中出现在她发表于 20 世纪 20 年代中期的作品中,即随笔《轻率》(1924)、《达洛维夫人》(1925)、《到灯塔去》(1927)中,这与她对中国文艺的感悟过程及中国风在英国的流行程度相关。像大多数欧美人一样,她对中国文化的了解最初是从东方文化中提炼的,不过当她最终在作品中启用"中国眼睛"一词时,它背后的中国诗学意蕴是明

① Laurence, Patricia. *Virginia Woolf and the East*. London: Cecil Woolf Publishers, 1995: 10.

② Laurence, Patricia. *Lily Briscoe's Chinese Eyes: Bloomsbury, Modernism and China*. Columbia: University of South Carolina Press, 2003: 10.

③ Laurence, Patricia. *Lily Briscoe's Chinese Eyes: Bloomsbury, Modernism and China*. Columbia: University of South Carolina Press, 2003: 326.

④ Seshagiri, Urmila. Orienting Virginia Woolf: Race, Aesthetics, and Politics in *To the Lighthouse*. *Modern Fiction Studies*, 2004, 50(1): 60.

晰的。

她感知和了解中国和东方其他国家的主要途径之一是她的亲朋好友的旅游、译介，以及她本人与中国朋友的通信交流。1905 年，她的闺密瓦厄莱特·迪金森（Violet Dickinson）去日本旅游，其间曾给她写信描述日本的异国风情，伍尔夫随后撰写随笔《友谊长廊》（"Friendships Gallery", 1907），以幽默奇幻的笔触虚构迪金森在日本的游览经历①。1910 年和 1913 年，伍尔夫的朋友，剑桥大学讲师 G. L. 迪金森（G. L. Dickinson）两次访问中国，他在出访中国之前已出版了《中国人约翰的来信》（Letters from John Chinaman, 1903），讽刺英国人在中国的暴行。1912 年，弗吉尼亚与伦纳德·伍尔夫（Leonard Woolf）结婚，后者此前曾在锡兰工作 6 年，回国后撰写并出版了《东方的故事》（Stories of the East, 1921）。1918 年至 1939 年，她的朋友，汉学家阿瑟·韦利（Arthur Waley），继牛津大学汉学教授理雅各（James Legge）的七卷本《中国经典》（The Chinese Classics）和剑桥大学汉学教授翟理斯（Herbert Allen Giles）的《中国文学史》（A History of Chinese Literature）之后，翻译和撰写了 10 余部有关中国和日本的文史哲著作，包括《170 首中国诗歌》（A Hundred and Seventy Chinese Poems, 1918）、《更多中国诗歌》（More Translations from the Chinese, 1919）、《中国绘画研究导论》（Introduction to the Study of Chinese Painting, 1923）等②，伍尔夫曾在小说《奥兰多》（Orlando）的前言中感谢韦利的"中国知识"对她的重要性③。1920 年，伍尔夫的朋友，哲学家罗素到中国北京大学担任客座教授，回国后出版《中国问题》（The Problem of China, 1922）一书，论述他对中国文明的领悟和建议。1925 年，她的密友，艺术批评家罗杰·弗莱（Roger Fry）选编出版了《中国艺术：绘画、瓷器、纺织品、青铜器、雕塑、玉器导论》（Chinese Art, An Introductory Handbook to Painting, Sculpture, Ceramics, Textiles, Bronzes & Minor Arts, 1925），并撰写序言《论中国艺术的重要性》（"The Significance of Chinese

---

① Woolf, Virginia. Friendships Gallery. In Clarke, Struart N. (ed.). *The Essays of Virginia Woolf: Vol. 6*. London: The Hogarth Press, 2011: 515-548.

② 韦利的其他重要著作有《源氏物语》（*The Tale of Genji*, 1925—1933）、《道及其力量——〈道德经〉及其在中国思想史上的地位研究》（*The Way and Its Power: A Study of the Tao Te Ching and Its Place in Chinese Thought*, 1934）、《孔子论语》（*The Analects of Confucius*, 1938）、《中国古代三种思维》（*Three Ways of Thought in Ancient China*, 1939）等。

③ Woolf, Virginia. *Orlando*. Oxford: Oxford University Press, 1992: 5.

Art"），详述他对中国视觉艺术的理解①。1928 年，她的另一位密友，传记作家利顿·斯特雷奇（Lytton Strachey），出版了一部关于中国皇帝和皇太后慈禧的讽刺传奇剧《天子》（*Son of Heaven*, 1928）。1935 年至 1937 年，伍尔夫的外甥朱利安·贝尔（Julian Bell）到国立武汉大学教书，不断写信给她，介绍中国文化和他喜爱的中国画家凌叔华。1938 年，朱利安在西班牙战死后，伍尔夫与凌叔华直接通信，探讨文学、文化与生活，并在信中鼓励、指导和修改凌叔华的小说《古韵》。上述人员都是伍尔夫所在的布鲁姆斯伯里团体的核心成员，该文化圈曾坚持 30 余年的定期活动，他们对中、日等国文化的深入了解和主动接纳对伍尔夫的影响深远。他们有关中国文化的作品基本出版于 20 世纪 20 年代，这与伍尔夫 20 年代作品中出现三双中国眼睛相应合。

　　伍尔夫对中国和东方文化的深层领悟源于她对相关文艺作品的阅读。20 世纪初期，英国汉学研究有了很大发展：一方面，理雅各、翟理斯、韦利、劳伦斯·宾扬（Laurence Binyon）等传教士和汉学家所翻译的中国典籍和文艺作品在 20 世纪二三十年代大量出版；另一方面，伦敦大学东方研究院于 1916 年成立②，阅读英译中国作品或学习汉语变得便利。中国艺术在 20 世纪初期的英国社会受到热捧，一位出版商曾在前言中概括这一态势："对中国艺术的兴趣和领悟正在日益增强，近二三十年中，有关这一专题的著作大量出版便是明证。"③ 他在该书中列出了 20 世纪头 30 年有关中国艺术的出版书目，其中以"中国艺术"为题目的专题论著多达 40 余本。④ 伍尔夫的藏书中有阿瑟·韦利的《170 首中国诗歌》、翟理斯的《佛国记》（*The Record of Buddhist Kingdoms*, 1923）和《动荡的中国》（*Chaos in China*, 1924）、奇蒂的《中国见闻》（*Things Seen in China*, 1922）等书籍⑤，同时，伍尔夫夫妇共同经营的霍加斯出版社曾经出版过 2 部有关中国的著作，即《今日中国》（*The China of Today*, 1927）和《中国壁橱及其他诗歌》（*The China Cupboard and Other Poems*,

① Fry, Roger et al. *Chinese Art: An Introductory Handbook to Painting, Sculpture, Ceramics, Textiles, Bronzes & Minor Arts*. London: B. T. Batsford Ltd., 1935: 1-5.
② 何培忠. 当代国外中国学研究. 北京：商务印书馆，2009: 184-190.
③ Fry, Roger et al. *Chinese Art: An Introductory Handbook to Painting, Sculpture, Ceramics, Textiles, Bronzes & Minor Arts*. London: B. T. Batsford Ltd., 1935: v.
④ Fry, Roger et al. *Chinese Art: An Introductory Handbook to Painting, Sculpture, Ceramics, Textiles, Bronzes & Minor Arts*. London: B. T. Batsford Ltd., 1935: 5.
⑤ Laurence, Patricia. *Lily Briscoe's Chinese Eyes: Bloomsbury, Modernism and China*. Columbia: University of South Carolina Press, 2003: 164.

1929）①。伍尔夫究竟阅读过多少有关中国的书籍已很难考证，从她撰写的随笔看，她曾阅读一些英美作家撰写的东方小说，也阅读过中、日原著的英译本。她不仅积极领悟人与自然共感共通的东方思维模式，而且青睐东方人温和宁静的性情。

她对东方审美的领悟大致聚焦在人与自然共感共通的思维模式中。

她体验了以"心"感"物"的直觉感知。在随笔《东方的呼唤》（"The Call of the East", 1907）中，她评论英国作家夏洛特·罗利梅（Charlotte Lorrimer）的小说，赞同小说家的观点。"我们已经遗忘了东方人当前依然拥有的珍贵感知，虽然我们能够回忆并默默地渴望它。我们失去了'享受简单的事物——享受中午时分树下的荫凉和夏日夜晚昆虫的鸣叫'的能力。"② 她认为，"这是欧洲文化走近神秘的中国和日本时常有的精神状态；它赋予语词某种感伤；他们能欣赏，却不能理解。"③ 虽然该小说仅描述了一位西方妇女目睹日本母亲平静地接受丧子之痛的困惑和费解，但伍尔夫对它的评价却很高，认为："这些在别处看来极其细微的差异正是打开东方神秘的钥匙。"④

她深深迷恋于人与自然共通的审美思维。她曾经撰写随笔《心灵之光》（"The Inward Light", 1908）和《一种永恒》（"One Immortality", 1909），并且评论英国作家哈罗德·菲尔丁·豪（Harold Fielding Hall）的两部同名小说。她在随笔中大段摘录小说中的东方生命意象：

> 世界万物鲜活美丽，周围的草木花鸟都与它一样是有灵魂的，正是这些相通的灵魂构成了和谐而完整的世界。
>
> 生命是河流，是清风；生命是阳光，由色彩不同的独立光束组合而成，它们是不可分割的，不可指令某一色彩的光束在灯盏中闪烁而另一色彩的光束在炉火中燃烧。生命是潮汐，它以不同方式流

① King-Hall, Stephen. *The China of Today*. London: Hogarth Press, 1927; Graves, Ida. *The China Cupboard and Other Poems*. London: Hogarth Press, 1929.

② Woolf, Virginia. The Call of the East. In Clarke, Struart N. (ed.). *The Essays of Virginia Woolf: Vol. 6*. London: The Hogarth Press, 2011: 323.

③ Woolf, Virginia. The Call of the East. In Clarke, Struart N. (ed.). *The Essays of Virginia Woolf: Vol. 6*. London: The Hogarth Press, 2011: 324.

④ Woolf, Virginia. The Call of the East. In Clarke, Struart N. (ed.). *The Essays of Virginia Woolf: Vol. 6*. London: The Hogarth Press, 2011: 324.

动，其本质却相同，它穿越每一种生命体，穿越植物、动物和人类，它们自身并不完整，只有当无数个体融合起来时才构成整体。①

她认为这些东方思想，完全不同于西方那些"枯燥而正式"的信仰，充分表现了生命体与大自然的共感与应和。她这样评价这部小说：

> 的确，本书给人的印象是一种特别的宁静，同时也有一种特别的单调，部分可能出自无意识。那些不断用来表达其哲学思想的隐喻，取自风、光、一连串水影和其他持久之力，它们将所有个体之力和所有非常规之力，均解释为平和的溪流。它是智慧的、和谐的，美得简单而率真，但是如果宗教诚如豪先生所定义的那样，是"看世界的一种方式"，那么它是最丰富的方式吗？是否需要更高的信念，以便让人确信，最大程度地发展这种力量是正确的。②

虽然伍尔夫的点评表现出一种雾里看花的困惑感，不过她对物我共通的东方思想的领悟是深刻的。她感悟到，作品的"智慧""和谐"与"美"是通过隐喻（均取自自然持久之力）来表现的，而隐藏在"物象—心灵"隐喻模式之下的，是东方哲学的基本思想，即自然持久之力与生命个体之力是共通的，均可以解释为"平和的溪流"。她的点评，从某种程度上应和中国传统的共通思想，比如王夫之的"形于吾身之外者，化也；生于吾身之内者，心也。相值而相取，一俯一仰之间，几与为通，而浡然兴矣"。身外的天化与身内的心灵之间存在着一个共通的结构模式（"相值而相取"），当个体生命在天地之间悠然而行之际，心灵与物象的通道忽然开通，审美意象油然而生。③ 难能可贵的是，伍尔夫在赞叹"所有人的灵魂都是永生的世界灵魂的组成部分"④的东方思想之时，已经自觉地领悟到东方艺术之美在于物我共通的哲学理念

---

① Woolf, Virginia. The Inward Light. In McNeillie, Andrew. (ed.). *The Essays of Virginia Woolf: Vol. 1*. London: The Hogarth Press, 1986: 171-172.

② Woolf, Virginia. The Inward Light. In McNeillie, Andrew. (ed.). *The Essays of Virginia Woolf: Vol. 1*. London: The Hogarth Press, 1986: 173.

③ 转引自朱良志. 中国艺术的生命精神. 合肥：安徽教育出版社，2006: 259-260.

④ Woolf, Virginia. One Immortality. In McNeillie, Andrew. (ed.). *The Essays of Virginia Woolf: Vol. 1*. London: The Hogarth Press, 1986: 256.

及其表现方式。

在阅读中国原著英译本时，她感受到中国文学真中有幻、虚实相生的创作风格。她曾撰写随笔《中国故事》（"Chinese Stories", 1913），专题评论蒲松龄的《聊斋志异》。她觉得，《聊斋志异》的故事就如"梦境"一般，不断"从一个世界跳跃到另一个世界，从生转入死"，毫无理路且总是出人意料，令她疑惑它们究竟是奇幻的"童话"还是散漫的"儿童故事"；虽然一头雾水，她还是从中捕捉到了艺术之美感，即"它们同样颇具幻想和灵性……有时会带来真正的美感，而且这种美感因陌生的环境和精致的衣裙的渲染而被大大增强"。①

正是基于这一启示，她在随后的创作中不断思考生活之真与艺术之幻的关系问题，不断提问："何谓真，何谓幻……柳树、河流和沿岸错落有致的一座座花园，因为雾的笼罩而变得迷蒙，但是在阳光下它们又显出金色和红色，哪个是真，哪个是幻？"② 她的答案是，文学之真从本质上说是生命之真与艺术之幻的平衡，"最完美的小说家必定是能够平衡两种力量并使它们相得益彰的人"③。她的真幻平衡说与中国明清时期小说家们的"真幻说"相通，比如幔亭过客称赞《西游记》"文不幻不文，幻不极不幻。是知天下极幻之事，乃极真之事；极幻之理，乃极真之理"④；脂砚斋评《红楼梦》"其事并不真实，其情理则真"⑤；闲斋老人称颂《儒林外史》"其人之性情心术，一一活现纸上"⑥；这些均揭示了对文学艺术虚实相生本质的自觉意识。

她从日本古典名作《源氏物语》的英译本（*The Tale of Genji*, 1925）中感

---

① Woolf, Virginia. Chinese Stories. In McNeillie, Andrew. (ed.). *The Essays of Virginia Woolf: Vol. 2*. London: The Hogarth Press, 1987: 7-8. 其英文原文是："The true artist' strives to give real beauty to the things which men actually use and to give to them the shapes which tradition has ordained."

② Woolf, Virginia. *A Room of One's Own*. San Diego: Harcourt Brace Jovanovich, Inc., 1957: 15-16.

③ Woolf, Virginia. *Granite and Rainbow: Essays*. London: Harcourt Brace Jovanovich, Inc., 1958: 144.

④ 幔亭过客. 西游记题记//黄霖，蒋凡，主编. 中国历代文论选新编·明清卷. 上海：上海教育出版社，2007: 218.

⑤ 脂砚斋. 红楼梦评语//黄霖，蒋凡，主编. 中国历代文论选新编·明清卷. 上海：上海教育出版社，2007: 352.

⑥ 闲斋老人. 儒林外史序//黄霖，蒋凡，主编. 中国历代文论选新编·明清卷. 上海：上海教育出版社，2007: 362.

悟到了东方艺术形式美的奥秘。她从这部错综复杂的宫廷小说中看到的不是日本女子凄婉的命运，而是东方艺术之美。她指出，作品的美表现在"雅致而奇妙的、装饰着仙鹤和菊花"的物品描写中，其根基是创作者紫式部的审美信念，即"真正的艺术家'努力将真正的美赋予实际使用的物件，并依照传统赋形'"，由此艺术之美才可能无处不在，渗透在人物的呼吸、身边的鲜花等每一个瞬间中。① 伍尔夫对紫式部艺术思想的推崇与领悟，在一定程度上贴近中国审美"平淡自然"的境界，比如司空图的"俯拾即是，不取诸邻。俱道适往，着手成春。如逢花开，如瞻岁新"②；或苏轼的"随物赋形，尽水之变"③。这里，司空图与苏轼将随物赋形视为创作的最高境界，强调艺术之真在于外在之形与生命之真的自然契合，不刻意雕琢，无人工之痕。伍尔夫从紫式部的作品中感悟到的也正是随物赋形的创作理念。

　　除了物我共感共通的审美思维之外，她另一个关于中国文化的深刻印象是中国人宁静、恬淡、宽容的性情。她曾评论美国小说家赫尔吉海姆的两部小说《爪哇岬》（*Java Head*, 1919）和《琳达·康顿》（*Linda Condon*, 1920）。她在随笔《爪哇岬》中生动描述了出生高贵、个性恬淡的中国女子桃云，她嫁到美国后，对邻里无事生非的飞短流长淡然处之，对道德败坏人士的挑逗诱惑不为所动，但最终因环境所迫吞下鸦片药丸，在睡梦中安静死去④。在随笔《美的追踪》中，她列出了两尊远古的美的雕像，"一尊是灰绿色的中国菩萨，另一尊是洁白的古希腊胜利女神"⑤，指出小说主人公琳达·康顿早年的生活是由灰绿色的中国菩萨主宰的，"她的表情意味深长且宁静，蔑视欲望与享受"⑥。

　　这便是伍尔夫的中国和东方印象。虽然零碎，但从每一个碎片中，她都

① Woolf, Virginia. The Tale of Genji. In McNeillie, Andrew (ed.). *The Essays of Virginia Woolf: Vol 4*. London: The Hogarth Press, 1994: 267.
② 司空图. 二十四诗品//李壮鹰，主编. 中华古文论释林：隋唐五代卷. 北京：北京大学出版社，2011: 513.
③ 苏轼. 书蒲永昇画后//潘运告，编注. 中国历代画论选. 长沙：湖南美术出版社，2007: 277.
④ Woolf, Virginia. Java Head. In McNeillie, Andrew (ed.). *The Essays of Virginia Woolf: Vol 3*. London: The Hogarth Press, 1988: 49-50.
⑤ Woolf, Virginia. The Pursuit of Beauty. In McNeillie, Andrew (ed.). *The Essays of Virginia Woolf: Vol 3*. London: The Hogarth Press, 1988: 233.
⑥ Woolf, Virginia. The Pursuit of Beauty. In McNeillie, Andrew (ed.). *The Essays of Virginia Woolf: Vol 3*. London: The Hogarth Press, 1988: 233.

读出了中国和东方其他国家的思维之美与性情之和，以及它们与欧美文艺的不同。

单纯依靠这些文字碎片，很难获得对中国思维和性情的整体理解，幸运的是，她从 20 世纪初广泛流行在英国的"中国风"物品上所绘制的中国风景图案中获取了直观的视觉印象。这些简单而宁静的中国图像频繁出现在瓷器、屏风、折扇、壁纸、画卷、丝绸、玉器之上，展现在伦敦中国艺术展和大英博物馆东方艺术部中，或者以建筑物的形式矗立在英国国土上（比如坐落在伦敦皇家植物园邱园中的中国宝塔，修建于 1761—1762 年）。其中，最广为人知并给人深刻印象的是源自中国的垂柳图案青花瓷盘（willow-pattern blue plate，见图 1）。

图 1　垂柳图案青花瓷盘

最初，这些青花瓷盘是由传教士和商人从中国带到欧洲的。17、18 世纪在荷兰东印度公司的全球贸易活动推动下，青花瓷盘开始从中国大量销入欧洲各国。英国人从 17 世纪开始仿制中国青花瓷，到 18 世纪已经建立了较大规模的陶瓷生产厂家。他们不仅模仿中国青花瓷盘的图案，而且采用转印图案技术，将复杂图案做成瓷胚，用机械方式大量重复印制，同时他们还赋予垂柳图案以凄美的中国爱情故事。这些青花瓷故事在维多利亚时期的报刊、书籍、戏剧、小说中被不断演绎，将一个带着浓郁中国风情的故事慢慢定型，在英国社会家喻户晓，成为英国人遥望中国文化的一扇视窗。

青花瓷盘上的基本图案是这样的：瓷盘中心是一株大柳树，柳枝随风飘扬；柳树的左边矗立着亭台楼阁，四周环绕着桃树、玉兰树等，树下扎着可爱的篱笆；柳树的右边有一座小桥，桥上行走着三个人。小桥的前方是湖泊，不远处有一条遮篷船，船夫正站在船头撑篙，更远处是一座小岛，上面有农舍、宝塔和树木。柳树的正上方飞翔着一对斑鸠，四目相对，含情脉脉。

图案的背后流传着一则古老的中国爱情故事：很久以前，在中国杭州，一位官吏的女儿爱上了父亲的文书，但父亲逼迫女儿嫁入豪门，于是那对情侣只能私奔。桥上的三个人正是出逃中的女儿和她的恋人，后面紧紧追赶的是手执皮鞭的父亲。女儿和恋人渡船逃到小岛上生活了多年，后来被人发现后被烧死。他们的灵魂化作斑鸠，飞翔在当初定情的柳树上空，形影不离。①

这一青花瓷传说有很多版本，以童谣、儿童故事、戏剧、小说乃至电影等方式不断在英国重复演绎。比如，1865 年，在利物浦的威尔士王子剧院上演了戏剧《垂柳瓷盘的中国原创盛典》（*An Original Chinese Extravaganza Entitled the Willow Pattern Plate*）；1927 年，由美国人詹森执导，所有角色均由中国人扮演的古装默片《青花瓷盘的传说》（*The Legend of Willow-Pattern Plate*）在伦敦首映，英国女王出席了首映仪式②。

这种瓷盘与传说同步且长期传播的方式，几乎将垂柳图作为中国的象征印入几代英国人的心中。瓷盘中所展现的中国审美方式既困扰了英国人（尤其是早期英国人），也在潜移默化中让英国人默认了这一表现方式，乃至视其为理解中国思想的参照物。

查尔斯·兰姆（Charles Lamb）1823 年点评青花瓷盘图案时所表达的不解，代表了早期英国人对东方思维的困惑。兰姆认为它是"小小的、毫无章法的、蔚蓝而令人迷醉的奇形怪状的图案"，那上面有女子迈着碎步走向停泊在宁静的小河彼岸的轻舟，而"更远处——如果他们世界中的远和近还可以估计的话——可以看见马群、树林和宝塔"③。兰姆既不习惯画面中的远近距

① O'Here, Patricia. The Willow Pattern That We Know: The Victorian Literature of Blue Willow. In Fantannaz, Lucienne & Wilson, Barbara Ker. *The Williow Pattern Story*. London: Angus & Roberyson Publish, 1978.

② 沈弘.《青花瓷盘的传说》——试论填补中国电影史空白的一部早期古装默片. 文化艺术研究，2012(4): 36-44.

③ Lamb, Charles. Old China. In Brown, John Mason (ed.). *The Portable Charles Lamb*. New York: Viking, 1949: 291.

离完全不符合透视法的布局，也不习惯将人物非常渺小地置于自然风景之中的表现方式——它与西方绘画聚焦人物而隐去自然风景的传统做法是截然不同的。

对 20 世纪初期的伍尔夫而言，这一视像却为她理解令人费解的中国文字故事提供了参照物。她阅读蒲松龄《聊斋志异》中的志怪故事后，觉得"那些氛围古怪且颠三倒四的小故事，读了三五则后，让人觉得好像行走在垂柳图案青花瓷盘里那座小桥上一般"①。可以看出，伍尔夫对垂柳图案比较熟悉，她尝试用它来理解蒲松龄的故事在人、兽、鬼之间的快速变形，理解那些"梦境"一般的无厘头叙述。

至此，我们已经追踪了伍尔夫的"中国眼睛"与东方文化（特别是中国文化）之间的渊源关联。作为 20 世纪初期渴望了解并热情接纳中国文化的英国作家，伍尔夫不仅从大量阅读中感受东方人的思维模式和性情，而且将东方人直观感应昆虫、河流、阳光、清风、人兽鬼幻变及中国女子的恬淡、中国菩萨的宁静无欲等点点滴滴均注入垂柳图案青花瓷盘之中。整个东方便异常生动地呈现在她的面前。中国青花瓷盘所发挥作用就如"眼睛"一般，将一种全新的观察世界和理解生命的方式展现在她面前。正是透过"中国眼睛"，伍尔夫重新审视并拓展了英国人的生命故事。

二、"中国眼睛"与中国式创作心境、人物性情、审美视野

伍尔夫在随笔《轻率》和小说《达洛维夫人》《到灯塔去》中所描绘的"中国眼睛"的内涵各有侧重，分别体现了她对中国式创作心境、人物性情和审美视野的感悟。

在《轻率》中，伍尔夫给英国玄学派诗人约翰·多恩安上了一双"中国眼睛"，以赞誉他拥有中国式的整体观照思维模式和超然自如的创作心境。在该随笔中，伍尔夫将英国作家分为三类：一类作家在创作中隐含着性别意识，比如乔治·艾略特、乔治·戈登·拜伦、约翰·济慈、塞谬尔·约翰逊等；另一类作家超然于性别意识之上，但注重作品的道德教诲作用，比如约翰·弥尔顿、托马斯·布朗、马修·阿诺德等；最后一类作家最伟大，他们超然于

---

① Woolf, Virginia. Chinese Stories. In McNeillie, Andrew (ed.). *The Essays of Virginia Woolf: Vol 2*. London: The Hogarth Press, 1987: 8.

一切自我意识、性别意识和道德评判之上，整体观照活生生的世界的本来面目，他们包括威廉·莎士比亚、约翰·多恩和瓦尔特·司各特。在论述约翰·多恩时，伍尔夫给他嵌入了一双"中国眼睛"，并详细描述他的高超之处：

> 有一位诗人，他对女人的爱荆棘满地，又抱怨又诅咒，既尖刻又温柔，既充满激情又隐含亵渎。在他晦涩的思想中，某些东西让我们痴迷；他的愤怒灼人，却能激发情感；在他茂密的荆棘丛中，我们可以瞥见最高的天堂之境、最热烈的狂喜和最纯粹的宁静。不论是他年轻时用一双狭长的中国眼睛凝视着喜忧参半的世界，还是他年老时颧骨凸显，裹在被单中，受尽折磨，最后死于圣保罗大教堂，我们都不能不喜爱约翰·多恩。①

伍尔夫之所以将约翰·多恩与莎士比亚并置于英国文学的巅峰，是因为他们都能够整体考察、理解和表现生命，旨在表现生命的本真面目而不是以自我意识、性别意识、道德意识去束缚和评判它们。她认为，莎士比亚伟大，是因为他能够"将内心的东西全部而完整地表现出来"，他的头脑"是澄明的"，里面没有障碍和未燃尽的杂质②；而多恩的"中国眼睛"则代表着超然于自我、社会、世界之上的创作境界。她对多恩的狂放和纯真的赞叹，不禁让人联想到陶渊明对生命的整体观照。在阿瑟·韦利赠送伍尔夫的《170 首中国诗歌》中，有 12 首陶渊明诗作的英译文③，其中包括他著名的《形影神三首》，以形、影、神三者的对话揭示道家的人生哲理。在陶渊明"影答形"诗节中有一行"与子相遇来，未尝异悲悦"（自从我影子与你形体相遇以来，一直同甘共苦，喜忧参半）。阿瑟·韦利的译文是"Since the day that I was joined to you / We have shared all our joys and pains"④；而伍尔夫在评点多恩时，采用了"Whether as a young man gazing from narrow Chinese eyes upon a world

① Woolf, Virginia. Indiscretions. In McNeillie, Andrew (ed.). *The Essays of Virginia Woolf: Vol 3*. London: The Hogarth Press, 1988: 463.

② Woolf, Virginia. *A Room of One's Own*. San Diego: Harcourt Brace Jovanovich, Inc., 1957: 58.

③ Waley, Arthur. *A Hundred and Seventy Chinese Poems*. New York: Alfred A. Knope, 1918: 103-116

④ Waley, Arthur. *A Hundred and Seventy Chinese Poems*. New York: Alfred A. Knope, 1918: 107.

that half allures, half disgusts him"（他年轻时用一双狭长的中国眼睛凝视着喜忧参半的世界）。用词虽然不同，但是他们对喜忧参半的现实本质的理解却相近，所启用的是一种超然于二元对立思维之上的整体观照法。

他们把"顺其自然"作为人生最高境界的态度同样相近。陶渊明的人生最高境界表现在"神释"的最后四行中："纵浪大化中，不喜亦不惧。应尽便须尽，无复独多虑。"（在宇宙中纵情放浪，人生没有什么可喜，也没有什么可怕，当生命的尽头来临，那么就让生命之火熄灭吧，不必再有什么顾虑。）韦利的英译文是："You had better go where Fate leads— / Drift on the Stream of Infinite Flux / Without joy, without fear / When you must go—then go / And make as little fuse as you can."[①] 而伍尔夫则在随笔中直接描写了走入生命尽头的多恩，以及她对他始终如一的喜爱之情："… or with his flesh dried on his cheek bones, wrapped in his winding sheet, excruciated, dead in St Paul's, one cannot help but love John Donne."（……还是他年老时颧骨凸显，裹在被单中，受尽折磨，最后死于圣保罗大教堂，我们都不能不喜爱约翰·多恩。）综合考察伍尔夫对多恩狂放诗句的包容，对他超然诗境的赞美、对他死亡形态的坦诚，以及对他由心而发的喜爱之情，超然自如和观照生命本真无疑是她对他的人生和创作的最高评价，而这一切都是透过他的"中国眼睛"来传递的。

在小说《达洛维夫人》中，伍尔夫借助伊丽莎白·达洛维的"中国眼睛"表现了中国式淡泊宁静的人物性情。

伊丽莎白是达洛维夫妇的女儿，两位黄头发蓝眼睛的欧洲人所生的女儿，却拥有中国人的特征："她黑头发，白净的脸上有一双中国眼睛，带着东方的神秘色彩，温柔、宁静、体贴人。"[②] 关于她的中国血缘，伍尔夫做了含糊其词的交代，暗示达洛维家族带着一点蒙古人血统。在小说中，伊丽莎白出场次数不多，总是与母亲达洛维夫人最憎恨的人物基尔曼一起出现。达洛维夫人憎恨基尔曼是因为她是一位虔诚的基督教徒，对达洛维夫人这样的有产阶级怀着极度的嫉妒和仇恨。达洛维夫人感受到了基尔曼内心强压的激愤，由此对宗教产生怨恨之情，认为是宗教使人走火入魔，是宗教摧毁了基尔曼的灵魂。伊丽莎白对母亲和基尔曼之间的敌对情绪心知肚明，却能淡然处

---

① Waley, Arthur. *A Hundred and Seventy Chinese Poems*. New York: Alfred A. Knope, 1918: 108.

② Woolf, Virginia. *Mrs. Dalloway*. London: Penguin Books, 1996: 135.

之。她喜爱自然和小动物；宁愿住在乡下，不受外界干扰，做自己想做的事；她"个性上趋于被动，不善言辞"；她"美丽、端庄、安详"；"她那双美丽的眼睛因为没有别人的眼睛可对视而凝视着前方，茫然而明亮，具有雕塑一般凝神专注和难以置信的天真"。①

伊丽莎白善良、美丽、平和、淡泊的柔和形象，几乎可以说是英国人心目中的东方人的典型形象，恰如垂柳图案中的中国女子，《爪哇岬》中的中国媳妇桃云、《源氏物语》中的日本女子、《东方的呼唤》中的日本母亲和宁静安详的中国菩萨。伊丽莎白个性平和，拥有轻松快乐的心境，与小说中其他人物因爱憎分明而充满烦恼和痛苦的心理状态形成显著反差：比如女主人公克拉丽莎·达洛维热爱生活，但内心缺少温暖，心中不时涌动莫名的仇恨；男主人公彼得·沃尔什理智而尖刻，与他人和社会格格不入，其内心脆弱且封闭，只能在梦中获得平和心境；塞普蒂莫斯·沃·史密斯个性冷漠、麻木不仁，内心充满恐惧，直至最终走上不归路；多丽丝·基尔曼偏执扭曲，狂热信仰宗教，但内心冷漠无情，言行举止充满怨恨和痛苦。这部典型的意识流小说，深入揭示了众多英国人物的复杂心理状态，表现了他们努力消解内心情绪冲突，取得心理平衡的过程。伍尔夫让"有一双中国眼睛"的、平静宽容的伊丽莎白作为其他人物的反衬，就好比用宁静、平和、友好、安详等人类天性去映衬战后英国社会弥漫着的仇恨、冷漠、恐惧、偏执等负面情绪，显然是有意而为之。

伍尔夫这一中西比照模式和立场并非基于盲目想象，而是形象地表现了她所在的布鲁姆斯伯里团体对中国人的共识。曾到北京大学担任客座教授的哲学家罗素（布鲁姆斯伯里团体主要成员之一）在专著《中国问题》（*The Problem of China*, 1922）中明确论述了这一共识，他以中西对比模式揭示了中国人平和、宽容、幸福的生活形态及理念："一个普通的中国人，即使他贫穷悲惨，也要比一个普通的英国人更为幸福。他之所以幸福，是因为该民族建立在比我们更人道、更文明的观念基础上……中国，作为对我们科学知识的回报，将会给我们一些她的伟大宽容与沉思的恬静心灵。"② 他认为中国

---

① Woolf, Virginia. *Mrs. Dalloway.* London: Penguin Books, 1996: 149-150.
② 罗素. 中西文明的对比//何兆武，柳卸林，主编. 中国印象：外国名人论中国文化. 北京：中国人民大学出版社，2011: 357-358.

人的基本性格是，"中国，从最高层到最底层，都有一种冷静安详的尊严"①。罗素有关中国人的哲学论述与伍尔夫的中国人形象几近琴瑟和鸣。

在小说《到灯塔去》中，伍尔夫用丽莉·布里斯科的"中国眼睛"阐释了天人合一的审美视野。

丽莉·布里斯科是《到灯塔去》中拉姆齐夫妇的朋友，她用她那双"中国眼睛"整体观照了拉姆齐一家围绕"到灯塔去"这一主情节展开的现实事件和心路历程。丽莉的魅力在于有"一双狭长的'中国眼睛'，白皙的脸上略带皱纹，唯有独具慧眼的男人才会欣赏"②，同时她具备"一种淡淡的、超然的、独立的气质"③。这一独特的形貌，不仅赋予她智慧、从容、超然、独立的气质，也赋予她观察者的角色，让她承担起融理性与感性、主体精神与客观自然为一体的职责，以实现从天人相分到天人合一的转化。

她用"中国眼睛"洞察到的令人困惑的情形是：拉姆齐先生所代表的理性思辨与拉姆齐夫人所代表的感性领悟之间截然对立。拉姆齐先生只关注"主观和客观和现实本质"④，"为了追求真理而全然不顾他人的感情"⑤，所代表的是柏拉图在《理想国》中所推崇的那类只追求绝对真理的西方哲学家，他们只追求"一个'真'字。他们永远不愿苟同一个'假'字"⑥，他们关注本体和现象的区分，依托理性认知来追寻形而上本体（真理）。这种纯粹的理性思辨模式，其内在隐藏着"天人相分"的理念，即预设现象界与本体界是割裂的，追寻真理是"从一个理念到另一个理念，并且最后归结到理念"的过程，不需要依靠任何感性事物⑦。而拉姆齐夫人关注的是"人"本身，她对世界的理解和对自我的洞察均源自对自然之物的凝视和直觉感悟："她从编织中抬起头，正好看见灯塔的第三道闪光，她仿佛与自己的目光相遇了，就像她在独处中探究自己的思想和心灵那样……"⑧ 她所代表的是一种物我混沌式的天人合一，即"天"与"人"在根本上是相合不分，同源一体的。丽

① 罗素. 中西文明的对比//何兆武，柳卸林，主编. 中国印象：外国名人论中国文化. 北京：中国人民大学出版社，2011：368.

② Woolf, Virginia. *To the Lighthouse*. London: Penguin Books, 1996: 42.

③ Woolf, Virginia. *To the Lighthouse*. London: Penguin Books, 1996: 157.

④ Woolf, Virginia. *To the Lighthouse*. London: Penguin Books, 1996: 38.

⑤ Woolf, Virginia. *To the Lighthouse*. London: Penguin Books, 1996: 51.

⑥ 柏拉图. 理想国. 郭斌和，张竹明 译. 北京：商务印书馆，2010：23.

⑦ 柏拉图. 理想国. 郭斌和，张竹明 译. 北京：商务印书馆，2010：270.

⑧ Woolf, Virginia. *To the Lighthouse*. London: Penguin Books, 1996: 97.

莉用她的"中国眼睛"敏锐地观察到拉姆齐夫妇之间的根本对立，在自己的绘画创作中长久地思考如何在拉姆齐先生和她的画作"这两股针锋相对的力量之间取得瞬间平衡"①，最后在经历了长时间的生命体悟（尤其是残酷战争）之后，她以自己的精神之旅感应拉姆齐先生一家到灯塔去的现实之旅，在忘却表象、忘却自我的某一瞬间，她在画作中央添加了关键的"一条线"，终于取得了拉姆齐先生所代表的理性之真与她的画作和拉姆齐夫人所代表的感性之爱两股力量之间的瞬间平衡，实现了从天人相分到天人合一的转化。

> 当她忘却对外在事物的感知，忘却她的姓名、个性、容貌，也忘却卡迈克尔的存在的时候，她脑海深处不断涌现场景、人名、话语、记忆和观点，它们像喷泉一般，喷洒到眼前这块耀眼的、令人惧怕的白色画布上，而她就用绿色和蓝色在上面绘制。②

> 她看着画布，一片模糊。她一阵冲动，似乎在刹那间看清了它，她在画面的中央画了一条线。作品完成了，结束了。是的，她精疲力竭地放下画笔，想道：我终于画出了心中的幻象。③

丽莉在画面中央添加的那"一条线"，类似于中国诗学中的"物化"意象，在一定程度上表现了审美创作主客体浑然一体的境界。它以物我两忘为基点，在创作主体超越个体自我和现实表象的瞬间，实现物与我之间的互化，或者说"天"与"人"之间的合一。它是小说整体结构上的中心点，将小说第一部分"窗"中拉姆齐夫妇之间理性和感性的对立，第二部分"时光流逝"中残酷战争所带来的毁灭性打击，和第三部分"到灯塔去"中丽莉的精神之旅与拉姆齐一家的现实之旅之间的交相呼应，用"一条线"聚交在一起，喻示精神与现实、主体与客体、我与物这些平行前行的线最终合一。它具化为詹姆斯·拉姆齐的觉醒（即他意识到物理灯塔与想象灯塔实为一体）和丽莉的顿悟（即她在拉姆齐先生与她的画作这两股针锋相对的力量之间取得瞬间平衡），以"一条线"为聚合的表征，喻示天人合一的境界。

---

① Woolf, Virginia. *To the Lighthouse*. London: Penguin Books, 1996: 283.
② Woolf, Virginia. *To the Lighthouse*. London: Penguin Books, 1996: 234.
③ Woolf, Virginia. *To the Lighthouse*. London: Penguin Books, 1996: 306.

伍尔夫的小说结构与她所熟悉的青花瓷盘"垂柳图"的布局极为相似。在垂柳图中，一对青年男女从相恋、抗争、夫妻生活到化为斑鸠的悲剧故事被巧妙地置入垂柳、小桥、小岛和斑鸠等空间物象中，背衬着天空、湖泊、大地、树木、亭台楼阁，呈现出人与自然合一的全景图：垂柳下的恋情——小桥上的抗争——小岛农舍里的夫妻生活——灵魂化为斑鸠。不同时空的场景以循环模式共置在青花瓷的圆形平面上，其中心就是那对"斑鸠"，表现了物我互化、天人合一的象外之意。伍尔夫的小说用战前某下午、战争某夜晚、战后某上午共置出一个循环时空图，最后以"一条线"将它们聚合在一起，所表现的同样是物我互化（万物世界与理性精神互化）的天人合一之境。

伍尔夫与她的朋友对中国诗学的"物化"理论是有自觉意识的，将它视为中国艺术的根本特性："他们（指中国人，笔者注）用心灵和直觉感受去理解动物这一生命体，而不是用外在和好奇的观察去理解它们。正是这一点赋予他们的动物之形以独特的生命活力，那是艺术家将内在生命神圣化和表现化的那一部分。"①

三、结　语

伍尔夫的"中国眼睛"是直觉感知的，它的基点是大量阅读东方和中国故事；又是创造性重构的，它的源泉是创作主体的生命体验和审美想象。借助这双"中国眼睛"，伍尔夫不仅深切领悟了中国诗学的意蕴，而且拓展了人类生命故事的内涵和外延。

原文出处：高奋. 弗吉尼亚•伍尔夫的"中国眼睛". 广东社会科学，2016(1): 163-172.

---

① Fry, Roger et al. *Chinese Art: An Introductory Handbook to Painting, Sculpture, Ceramics, Textiles, Bronzes & Minor Arts*. London: B. T. Batsford Ltd., 1935: 4-5.

克莱夫·贝尔的形式理论与中国北宋文人画理论

高　奋

　　欧洲后印象主义绘画实质上标志着"西洋绘画史上的大革命"①，所开启的是西方绘画从"再现"走向"表现"的重大转向。这一重大转向的学理归纳，正如丰子恺②、朱光潜③所言，很大程度上是由克莱夫·贝尔在专著《艺术》中阐发的。而在中国绘画史上曾发生过从"写实"走向"写意"的重大转向，那就是北宋时期的文人画，它的学理归纳是由北宋文人欧阳修、苏轼、黄庭坚、米芾等共同完成的。贝尔在归纳后印象主义创作的基础上，提出了颇具原创性的形式理论。他的形式理论与中国北宋时期的文人画理论有诸多共通之处。

　　比照中西艺术史上的两个转向，不仅可以揭示英国形式主义批评家克莱夫·贝尔的形式理论的内涵与价值，而且可以阐明中国文人画理论的重要意义。

---

① 丰子恺. 如何看懂印象派. 北京：新星出版社，2015: 141.

② 1928 年，画家丰子恺在《一般》杂志上连载介绍西方各名画派的文章，在题为"主观主义化的艺术——后期印象派"的讲座中，他概述了贝尔理论的要点，称其为"塞尚艺术的哲学解释"，认为贝尔的理论充分说明了 19 世纪与 20 世纪画派之间的巨大差异。这些文章后由开明书店于 1930 年结集出版，即《西洋画派十二讲》。其中有关印象派、后印象派的部分在 2015 年由新星出版社结集出版。见丰子恺. 如何看懂印象派. 北京：新星出版社，2015.

③ 1936 年，美学家朱光潜在欧洲留学期间完成的初稿《文艺心理学》由开明书店出版，在论析"心理距离"的章节中朱光潜提到了贝尔的理论，认为贝尔的《艺术》从学理上总结了法国后印象主义艺术，"值得注意"。见朱光潜. 朱光潜全集：第 1 卷. 合肥：安徽教育出版社，1987: 231.

一、欧洲后印象主义绘画与中国北宋文人画：中西绘画史上的艺术大革命

"后印象主义"这一概念是英国著名艺术批评家罗杰·弗莱提出的，喻义是"印象主义之后"。1910 年 11 月 8 日至 1911 年 1 月 15 日，罗杰·弗莱、克莱夫·贝尔、德斯蒙德·麦卡锡等在伦敦格拉夫顿画廊举办了一场画展①，展出了塞尚、高更、凡·高、马奈、毕加索、修拉、西涅克、德兰等法国当代画家 1885—1905 年间的作品，画展的名称是"马奈与后印象主义者"（Manet and the Post-Impressionists）。画展的先锋派构图和技法激起了艺术界和观众的极大愤怒，麦卡锡称它为"1910 年的艺术地震"②。为了向观众阐明"后印象主义绘画"的特性和价值，罗杰·弗莱于 1910—1912 年间发表了著名的"为后印象主义辩护"系列论文③，克莱夫·贝尔则出版了学术专著《艺术》（1913），提出"有意味的形式"说和形式理论，为后印象主义作辩护。

中国画家丰子恺于 1928 年点评"后印象主义"时，精炼而深刻地阐明了它的革命性作用：

> 所以西洋画派的变迁，每一派是一次革命。然而以前所述的古典派、写实派、印象派、点描派，都不过是小革命而已；最根本的大革命，是本文所要说的"后期印象派"。何以言之？古典、浪漫、写实三派，虽然题材的选择各不相同，然画面上大体同是以客观物象的细写为主的；印象派注重瞬间印象的描表，不复拘之于物象的

---

① 这是第一场"后印象主义"画展，第二场于 1912 年举办。

② Hussey, Mark. *Virginia Woolf A-Z: A Comprehensive Reference for Students, Teachers and Common Readers to Her Life, Works and Critical Reception*. Oxford: Oxford University Press, 1996: 218.

③ 包括 Fry, Roger. The Grafton Gallery I. In Reed, Christopher (ed.). *A Roger Fry Reader*. Chicago: The University of Chicago Press, 1996: 86-89; Fry, Roger. The Grafton Gallery II. In Reed, Christopher (ed.). *A Roger Fry Reader*. Chicago: The University of Chicago Press, 1996: 90-94; Fry, Roger. Post Impressionism. In Reed, Christopher (ed.). *A Roger Fry Reader*. Chicago: The University of Chicago Press, 1996: 99-110; Fry, Roger. The Grafton Gallery: An Apologia. In Reed, Christopher (ed.). *A Roger Fry Reader*. Chicago: The University of Chicago Press, 1996: 112-116, etc.

细写，然其描写仍以客观的忠实表现为主——非但如此，又进而用科学的态度，极端注重客观的表现，绝不参加主观的分子。所以这几派，在画面上可以说是共通地以客观描写为主。说得浅显一点，所画的物象都是同实物差不多的，与照相相近的。到了前世纪末的后期印象派，西洋画坛上发生了根本的动摇，即废止从来的客观的忠实描写，而开始注意画家的主观内心的表现了。说得浅显一点，即所画的事物不复与照相或真的实物一样，而带些奇形怪状的样子了……所以"后印象主义"是西洋画界中的最大的革命。 ①

丰子恺从全景视野审视西方整个绘画史，阐明：

第一，古典主义、浪漫主义、现实主义、印象主义本质上都属于客观再现物象的模仿范畴，画家本人的情感和思想不掺入其中，是"写实"的。它们之间的区别在于题材，比如从宗教故事（古典主义）转为自然风景（浪漫主义）再转入日常景物（现实主义）；它们的区别也在于技法，比如从物象写实（古典主义、浪漫主义、现实主义）的线性透视、块面、明暗等技法，转为视觉印象写实（印象主义、新印象主义）的大气透视、色彩和谐、色调亮度、点彩等技法。因而它们之间只发生了小革命。

第二，后印象主义与所有先前的画派都不同，它重在表现画家的情感和思想，是"写意"的。因而它是西方绘画史上的大革命。

丰子恺的概述可谓切中要害。"后印象主义"经罗杰·弗莱和克莱夫·贝尔的辩护和学理阐述后，获得了广泛认同，促成了西方绘画的全方位"表现"转向。其影响力至少体现在下面三个方面。

第一，"表现"创作被普遍接受："公众和政府对所谓'先锋派'艺术的态度有了根本的改变。1914 年以前，公众完全抵制那些艺术。"②

第二，各类以"变形"为特性的"表现画"在欧洲各国遍地开花：纳比派、野兽派、立体派、新造型派、未来派、超现实派、现代原始派、表现派等，这些画的共同特性就是"表现性"。

第三，完全脱离物象的抽象主义艺术在欧美快速更迭，"表现"逐渐被推向极致，画家个性得到淋漓尽致的表现。比如：抽象表现主义、色域绘画、原

---

① 丰子恺. 如何看懂印象派. 北京：新星出版社，2015: 142-144.

② 德·斯佩泽尔，福斯卡. 欧洲绘画史. 路曦，等译. 桂林：广西师范大学出版社，2002: 296.

生艺术、斑点派、另类艺术、抽象与身体动作、暗码与符号；波普艺术、极简艺术、观念艺术等。①

在西方绘画史从"再现"走向"表现"的过程中，罗杰·弗莱和克莱夫·贝尔的辩护和理论建构发挥了至关重要的作用。罗杰·弗莱被赞誉为改变欧洲审美趣味的那个人②，贝尔的理论阐述被认为"产生了比较广泛的冲力"③。而催生弗莱和贝尔的"后印象主义"理论的重要因素，除了世界各地的原始艺术、欧洲拜占庭艺术之外，还有中国唐、宋、明代的绘画。弗莱和贝尔不断在自己的艺术批评和理论论著中提到中国艺术作品，比如贝尔声称"以魏、梁、唐代佛教名画为顶峰的艺术坡段，要高于以 7 世纪希腊原始艺术为顶峰的坡段，也高于以苏美尔雕塑为顶峰的艺术坡段"④。弗莱在自己的著作中附上了王维的雪景图和明代王彪的《桃源仙境图卷》。或许中国北宋时期兴起的文人画，这一标志着中国绘画"写意"转向的画派，冥冥之中与千年之后在西方兴起的"后印象主义"有着悠远的呼应。

中国北宋"文人画"指称北宋期间基于苏轼、欧阳修、黄庭坚、米芾等"写意"理论之上兴起的画派。中国绘画历来重视"形神兼备"，不过不同时期，重形似和重神似各有侧重。

> 大体上说，从春秋到两汉，重形似；如韩非论画，说画狗马难，画鬼魅易，就是重形似的理论……从东晋顾恺之提出传神论之后，神似被重视起来了。南北朝至隋唐，是形神并重时期。到了宋代，在继承五代西蜀黄筌画风的宫廷画院，重形似超过了重神似。文人画理论兴起后，文人画家则重神似超过重形似，神似成为评画的主要标准。这是古代绘画理论发展中的一个大变化。⑤

这一段话概述了中国绘画史上"写实"和"写意"的发展历程，阐明了北宋文人画在中国绘画发展史上的重要作用。顾恺之的确是第一个明确提出

① 参见乌尔里希·莱瑟尔，诺伯特·沃尔夫. 二十世纪西方艺术史(下). 杨劲，译. 北京：商务印书馆，2016.

② Fry, Roger. *Last Lectures*. Cambridge: Cambridge University Press, 1939: ix.

③ 雷纳·韦勒克. 近代文学批评史：第五卷. 杨自伍，译. 上海：上海译文出版社，2009: 98.

④ Bell, Clive. *Art*. North Charleston: Create Space Independent Publishing, 2012: 45 .

⑤ 葛路. 中国画论史. 北京：北京大学出版社，2009: 88.

图1　《芙蓉锦鸡图》（北宋　赵佶）

"传神论"的画家,不过他强调的是"以形写神",也就是在形似的基础上重点突出人物的精神气质,推崇"迁思妙得",从各方面反复观察对象以捕获人物的神态,重在以目传神,"传神写照,正在阿堵中"[①]。但是北宋文人画理论则强调"写意不写形",为突显神似而脱略形貌,笔简而意足,与北宋宫廷画院形貌毕肖的工笔画形成鲜明的对比。最显著的例证就是宋徽宗赵佶的《芙蓉锦鸡图》（见图1）与苏轼的《枯木怪石图》（见图2）之间的反差,前者工笔精细,形貌逼真,但锦鸡之外,别无他意;后者寥寥数笔即勾勒神韵,构图独具匠心,笔触富有意趣,木石之外蕴含道学思想。

图2　《枯木怪石图》（北宋　苏轼）

　　笔简意远的北宋文人画理论包括欧阳修的"萧条淡泊"论、苏轼的"萧散简远"论、黄庭坚的"参禅识画"论和米芾的"平淡天真"论,他们合力在中国绘画史上开创了"写意"之先河,为提升中国画构图上的意趣神韵和

① 刘义庆. 世说新语. 杭州：浙江古籍出版社，1998：305.

意境上的高远古意发挥了极其重要的作用。其"写意"画风和美学思想对元、明、清及现代的绘画艺术和画论产生了深远影响，后世拓展性的重要画论包括：元代赵孟頫的"古意论"、倪瓒的"逸气说"；明代画家担当的"惟画通禅"论，董其昌的"以禅论画"论；清代石涛的"法自我立"论、恽南田的"静净"论、"扬州八怪"的"无今无古"论；现代齐白石、黄宾虹的"妙在似与不似之间"论等，均继承北宋文人画"写意"之神韵，推进形简意远，格高无比的境界。①

二、贝尔形式理论与中国文人画理论的异同

我们从方法论、创作宗旨、构思模式、形式要旨、艺术境界、创作笔法、创作构图等多个方面，对比贝尔表现理论和北宋文人画写意理论的异同。

1. 方法论上的共通性

北宋文人画理论与贝尔的形式理论在方法论上具有共通性，两种理论都是从绘画创作的生命体悟中提炼出来的。

贝尔遵循英国 17 世纪经验主义美学中培根②、洛克③等倡导的经验归纳法，强调美学理论须基于审美经验，通过理性概括而完成："一个人若想详尽阐明一种可信的美学理论，就必须具备两种素质：艺术鉴赏力和明晰的思辨力。没有鉴赏力，一个人就无法获得审美经验，而不能基于广博而深入的审美经验的理论显然是没有价值的。"④ 他的主要研究对象是法国后印象主义绘画和世界各地的原始绘画，同时他广泛研读文学、宗教、历史、伦理、哲学等多学科著作，因而其审美体验和理论概括超越于单纯的经验论，具有生命感悟的整体性和高境界。

---

① 参见陈传席. 中国绘画美学史（上、下）. 北京：人民美术出版社，2002.

② 培根指出，人的感觉经验是认识的来源："全部解释自然的工作是从感官开端，是从感官的认知经由一条径直的、有规律的和防护好的途径以达于理解力的认知，也即达到真确的概念和原理。"见培根. 新工具. 北京：商务印书馆，1984: 216-217.

③ 洛克提出了著名的"白板说"，认为人降临世界时，心灵犹如白纸，人的所有观念和知识都是外界事物在心灵白板上印刻的痕迹，都是从"经验"来的："我们的一切知识都是建立在经验上的，而且最后是导源于经验的。"见洛克. 人类理解论：上册. 北京：商务印书馆，1983: 68.

④ Bell, Clive. *Art*. North Charleston: Create Space Independent Publishing, 2012: 2.

北宋文人欧阳修、苏轼、黄庭坚、米芾的绘画美学源自他们自身的审美感悟和生命体验，彰显"诗言志"这一中国诗学的核心精神。他们精通文学、书法和绘画，都是北宋时期著名文人，既担任过社会要职，又经历过政治磨难，因而兼具宽广的社会政教伦常怀抱（志），以及深刻的诗书画与儒道佛相贯通的生命体验（情）。他们的文人画理论是从"情志为本"的生命体验中领悟的诗性智慧，阐发在诗歌和文艺评论之中，其简洁的论述体现物我合一、群己互渗的生命本体观，同感悟与超越相贯通的意境，体现了中国诗学的气质和神韵。"中国人以生命概括天地本性，天地大自然中的一切都有生命，都具有生命形态，而且具有活力。生命是一种贯彻天地人伦的精神，一种创造本质。中国艺术的生命精神，就是一种以生命为本体、为最高真实的精神。"①

2. 创作宗旨：表现"有意味的形式"/画意不画形

贝尔的形式理论主要是从后印象主义画家塞尚的创作中提炼出来的。他相信塞尚是新艺术运动的领航人，"只要我们可以说一个人能启发一个时代，那么塞尚就是启发当代艺术运动的那个人"②；"如果没有塞尚，今天用作品的意味和原创性来愉悦我们的那些富有天才和禀赋的艺术家，可能会被永远困在港口之内，找不到目标，缺乏航行图、方向舵和指南针。塞尚是发现了形式的新大陆的克里斯托弗·哥伦布"③。

贝尔清晰地认识到塞尚在创作宗旨上的创新，那就是：表现"有意味的形式"。贝尔认为，塞尚将西方绘画从画家对物象或视觉印象的客观模仿，转向画家对景物所激起的情感的主观表现，因此，塞尚在19世纪与20世纪之间划开了一道鸿沟。也就是说，贝尔相信：第一，塞尚观照眼前的景物时，既不像文艺复兴以来的画家那样，将它看作现实之物，忠实地模仿物象；也不像19世纪印象派那样，将它看作自然光对景物千变万化的照射，忠实地模仿光的嬉戏带来的瞬间视觉印象；塞尚"把景物本身当作目的，当作一个带有强烈情感的对象来理解"，"当作纯粹的形式"，他关注的是"创造形式，去表现他从眼前景物中感受到的情感"。第二，塞尚认为，在所有东西中都可以找到"纯粹的形式"，而"纯粹的形式"的背后则隐藏着能给人带来狂喜的"神

---

① 朱良志. 中国艺术的生命精神. 合肥：安徽教育出版社，2006：序.

② Bell, Clive. *Art*. North Charleston: Create Space Independent Publishing, 2012: 73 .

③ Bell, Clive. *Art*. North Charleston: Create Space Independent Publishing, 2012: 76 .

秘意味"。第三，塞尚用一生的时间努力去捕捉和表现"有意味的形式"。[①]

贝尔是从塞尚的画论中提炼出这一原则的。塞尚本人这样说：

> 按照自然来画画，并不意味着摹写客体，而是实现色彩的印象——一种事物的纯绘画性的真实。天真纯朴地接触自然，那是多么困难啊！人们须能像初生小儿那样看世界……但是我对自己满意了，当我发现人们必须通过某一别的东西来代表它，即通过色彩自身。人们无须再现自然，而是代表着自然。通过什么呢？通过造型的色彩的"等值"。只有一条路，来重现出一切，翻译出一切，色彩！色彩是生物学的，我想说，只有它，使万物生气勃勃。[②]

在这段话中，塞尚清楚地阐明：绘画不是再现自然，而是感悟自然，进而重现和翻译和创造自然；创造自然的媒介是色彩，色彩造型可表现生机勃勃的万物。在这一过程中，人们须像新生儿那样去发现自然的本来面目，体会并表现自然在人们心中唤起的情感和意味。

贝尔将塞尚的直觉感悟提升到理论层面，从中提炼出"把景物本身当作目的，当作一个带有强烈情感的对象来理解"，用"纯粹的形式"表现隐藏在景物背后的"神秘意味"[③]的绘画原则。这既体现塞尚的原意，又上升到普遍性层面，勾勒出由"物"到"情"，最终实现"有意味的形式"的创作宗旨及实现过程。

北宋文人的创作宗旨是从他们自己的绘画体验和同时代画家们的作品中提取出来的，以苏轼的理论为主导。

北宋文人在诗歌和画论中明确声称"画意不画形"的宣言，旨在改变当时社会上宫廷画院工笔画盛行的现状。欧阳修的诗歌《盘车图》（《欧阳文忠公文集》卷六）这样写道："古画画意不画形，梅诗咏物无隐情。忘形得意知者寡，不若见诗如见画。"[④] 这里的"古画"并非实指古代绘画，而是以古托今，指称他心目中的理想绘画，以重墨突显"画意不画形"的重要性。"梅

---

① Bell, Clive. *Art*. North Charleston: Create Space Independent Publishing, 2012: 76 .

② 瓦尔特·赫斯. 欧洲现代画派画论. 宗白华，译. 桂林：广西师范大学出版社，2002: 17.

③ Bell, Clive. *Art*. North Charleston: Create Space Independent Publishing, 2012: 76 .

④ 胡经之. 中国古典文艺学丛编（二）. 北京：北京大学出版社，2001: 81.

诗"指北宋著名诗人"梅尧臣的诗歌","无隐情"指梅尧臣"咏梅"时将隐在之"意"表现了出来。梅尧臣在《六一诗话》中曾记载他与欧阳修论诗的一段话,指出好的诗歌是"状难写之景,含不尽之意"。比如,温庭筠的诗句"鸡声茅店月,人迹板桥霜",其中的物和景都只是"形",以表达出外行人生活艰辛之"意","意"在象外。这一段对话生动地阐明了欧阳修"画意不画形"的意蕴。①

苏轼在点评同时代画家宋汉杰的画作时,同样表达了"画意不画形"的理念。"观士人画如阅天下马(千里马),取其意气所到。乃若画工,往往只取鞭策、皮毛、槽枥、刍秣,无一点俊发,看数尺便倦。汉杰,真士人画也。"②在这一段话中,他解析了"文人画(士人画)"的概念,言明"文人画"的主要特性是表现内在"意气",不像工笔画,只再现"鞭策""皮毛"等外在"形貌"。苏轼又在诗歌中直言"形似"之浅薄:"论画以形似,见与儿童邻。"③欧阳修和苏轼曾身居要职,其诗书之功出类拔萃,在社会上具有极大影响力。他们直白明了的"写意"宗旨,在北宋掀起了强大的"文人画"画风。

贝尔的"有意味的形式"和北宋文人的"画意不画形"两者都创立了表现/写意的宗旨,但它们的出发点不同,路径也相异,但殊途同归,其理论意蕴相近。

贝尔面对的是西方根深蒂固的"模仿论"和强烈的现实关怀,他要先破除"艺术模仿现实"这一惯常理念,因而须确立融"意味"与"形式"为一体的"表现"论。他的创新路径是:第一,净"物",即提出"把景物本身当作目的,当作一个带有强烈情感的对象来理解",剥离"物"与"现实"之间的模仿关系和利害关系;第二,立"形",即从"物"中提炼"纯粹的形式"以表现隐藏其后的"意味";第三,确立"有意味的形式"概念,即实现"形式"与"意味"的融合。

北宋文人画家所面对情形是:一方面,自春秋至北宋初期,"形似"几乎达到炉火纯青的高度,黄筌、赵佶的画作栩栩如生,但意蕴的表达却受制于物象;另一方面,北宋初期国泰民安,教育繁荣,科举兴盛,儒道佛交汇,

① 陈传席. 中国绘画美学史(上). 北京:人民美术出版社,2002:286-287.
② 苏轼. 跋宋汉杰画山//潘运告,编注. 中国历代画论选. 长沙:湖南美术出版社,2007:279.
③ 苏轼.《苏东坡集》前集卷十六《书鄂陵王主薄折枝二首》之一//胡经之. 中国古典文艺学丛编(二). 北京:北京大学出版社,2001:82.

文人阶层思想丰厚，擅长以诗书画表情达意①。欧阳修、苏轼等直接提出"画意不画形"，其路径极为简单：第一，突破"形似"屏障；第二，倡导"写意"，将思想融入绘画。其目标并非弃"形似"，而是在"似与不似"的形神兼备中表现意蕴。

3. 构思模式：物与心交/身与竹化

贝尔认为，塞尚的艺术创作方法不同于西方传统艺术家。西方艺术家有三种常见的创作模式，"有些艺术家再现事物表象，有些回忆事物表象，有些全靠纯粹的想象力"②：第一种是写实性绘画，第二种是视觉印象性绘画，第三种是抽象性绘画。塞尚的创作与上面三种都不同：

> 他沿着欧洲绘画的传统道路向终极现实挺进。正是在他所见的景物中，他发现了崇高的结构，它包含着普遍性，为每一个特殊的个体赋形。塞尚不断向前推进，以彻底揭示有意味的形式，但是他需要某种具体的景物作为出发点。因为塞尚只能通过他所见的景物来表现终极现实，他从来没有创作纯粹抽象的形式……每一幅画都让他向自己的目标靠近一点，他的目标就是——彻底表现。因为他所关心的不是画画，而是表现自己的有意味的形式，因而他一旦尽情表现了他的意味后，就会对这幅作品失去兴趣。他的作品对他而言不过是梯子上的横档，梯子的顶部才是彻底的表达。他整个后半生都在向这一理想攀登。③

贝尔准确地领悟并阐明了塞尚的构思过程：观照景物——领悟情感与结构——创造形式——表现普遍意义。这一方式不同于西方传统绘画"始于景物止于景物"的物象再现和"始于景物止于景物视觉印象"的视觉印象再现，也不同于"始于想象止于抽象概念"的抽象绘画。塞尚的绘画是"物"与"心"交的产物，具有强大的内在生命力。

贝尔的概括与塞尚本人所陈述的突破印象派绘画的决心、"物我合一"的

---

① 寿勤泽. 中国文人画思想史探源. 北京：荣宝斋出版社，2009: 13-24.
② Bell, Clive. *Art*. North Charleston: Create Space Independent Publishing, 2012: 22 .
③ Bell, Clive. *Art*. North Charleston: Create Space Independent Publishing, 2012: 76-77 .

构思状态息息相通：

> 我也曾经是印象派。毕沙罗对我有过极大的影响，印象主义是色彩的光学混合，我们必须越过它。我想从印象派里造出一些东西来，这些东西是那样坚固和持久，像博物馆里的艺术品。我们必须通过自然，这就是说通过感觉的印象，重新成为古典的。没有勉强，并且面向着自然寻找出那些方法，像四个或五个伟大的佛罗伦萨画家所运用的。你设想普桑完全在自然的基础上新生，你就获得我所了解的"古典的"了。①

> 我所画的每一笔触，就好像从我的血流出的，和我的模特的血混合着，在太阳里、在光线里、在色彩里，我们须在同一节拍里生活，我的模特，我的色彩，和我……各物相互渗透着。②

塞尚的超越是一种全新的融会贯通：他要给印象派嵌入"坚固和持久"的内核，要给古典派添加"自然"的色彩，让它们获得新生。塞尚相信，绘画意味着创造，一种"心"与"物"的融合，一种将模特、景物、色彩、画笔与创作者的心灵完全融合的过程。塞尚显然描绘了伟大艺术家所达到的最高创作心境。比如，刘勰在《文心雕龙》中曾作精妙概括："故思理为妙，神与物游。神居胸臆，而志气统其关键；物沿耳目，而辞令管其枢机。枢机方通，则物无隐貌；关键将塞，则神有遁心。"③ 其中，"思理为妙，神与物游"是统括一切的关键句。"神"即审美主体的精神，即以澄明之心感知物象的那颗"心"；"物"即审美感知的对象。"神与物游"即精神与物象的交融，心与物合一。

不过，贝尔对塞尚"心物合一"的状态并没有完全提炼出来。虽然英国哲学家休谟在 18 世纪曾提出"同情说"，指出美丑感在于"人心与它的对象之间的一种同情或协调"④；英国浪漫主义诗人柯尔律治在 19 世纪上半叶提

---

① 瓦尔特·赫斯. 欧洲现代画派画论. 宗白华，译. 桂林：广西师范大学出版社，2002: 18.
② 瓦尔特·赫斯. 欧洲现代画派画论. 宗白华，译. 桂林：广西师范大学出版社，2002: 26.
③ 周振甫. 文心雕龙今译. 北京：中华书局，1986: 248.
④ 转引自北京大学哲学系美学教研室. 西方美学家论美和美感. 北京：商务印书馆，1980: 108.

出艺术是物质形象、内在情感和生命理念的有机统一体①；德国伏尔盖特、费舍尔、立普斯等学者在 19 世纪下半叶提出心理学上的"移情作用"，阐明人心对外在事物的投射移情作用②，但是并无西方学者从审美视角论析伟大艺术家构思过程中必然达到的"神与物游"心境，贝尔的论述也含糊其词，只点出塞尚必定从景物出发进行创作这一特性。

北宋文人对构思时的"神与物游"心境有自觉意识。苏轼在点评文与可（文同）的画作（见图 3）时，阐明了他"身与竹化"的心境。"与可画竹时，见竹不见人。岂独不见人，嗒然遗其身。其身与竹化，无穷出清新。庄周世无有，谁知此疑神。"③ 在这里，苏轼将文与可的"无我"心境与庄周的"吾丧我"心境相比拟，阐明创作构思时主客体浑然一体的境界，唯有"遗其身"，才可超越个体，触及极丰富极深奥的生命本真，物化生命意蕴，"无穷出清新"。这是极高的境界。正是为了达到这样的境界，通晓儒道佛思想的北宋文人们才推崇"写意"，以削弱"形似"，为情感和思想的表现留出空间。

作为理论家的贝尔并未自觉领悟并阐明"心物相交"是"写意"的关键之所在，他的"有意味的形式"这一兼容"物象"和"意味"的概念也很快被"抽象主义"取而代之，"物象"被弃，"意味"漫游。而从刘勰的"神与物游"到苏轼的"身与竹化"，中国画家和画论一直自觉遵循"物我合一"的要诀。这是中西绘画不同的主要原因之一。

4. 形式要旨：创造形式/随物赋形

贝尔认为，塞尚是一位完美的艺术家，他的突出特点就是"创造形式"，"因为只有创造，他才能实现自己存在的目标——表现有意味的形式。"④ 贝尔相信，塞尚已经将绘画完全融入他自己的生命之中，"创造形式"是他实现情志表达的唯一方式，也是他存在的意义。贝尔这样评论塞尚：

他的生命就是不断努力去创造形式，这样就可表达他获得灵感

① 其引文参见吉尔伯特，库恩. 美学史. 夏乾丰，译. 上海：上海译文出版社，1999: 530-531.

② 参见牛宏宝. 现代西方美学史. 北京：北京大学出版社，2014: 145-152.

③ 苏轼.《苏东坡集》前集卷十六《书晁补之所藏与可竹画》//胡经之. 中国古典文艺学丛编（一）. 北京：北京大学出版社，2001: 198.

④ Bell, Clive. *Art*. North Charleston: Create Space Independent Publishing, 2012: 76-77 .

时的感受。在他看来，艺术无须灵感，为艺术寻找公式这样的观念是荒谬的。他生命中真正的要务不是去画画，而是去实现自我拯救……塞尚的任何两幅画都有着深刻的区别。他从来不想重复自己。他无法停滞。这就是为什么整整一代完全不同的艺术家都能从他的作品中汲取灵感。①

　　贝尔之所以突显塞尚"创作形式"的特性，一来是针对西方画界 400 年来一直局限在"再现"物象和"再现"视觉印象的现状而发出的呼吁；二来是要阐明塞尚的伟大之所在，其作品之深刻、有力和丰富。他就像莎士比亚、柯尔律治、雪莱等伟大文学家一样，其画作的意蕴全都源自生命本身，唯有通过形式创造，才能突破物象之束缚，将灵魂注入作品之中。

图 3　《墨竹图》（北宋　文与可）

　　贝尔的概括是从塞尚本人的话语中提炼的，只是塞尚对"创造形式"的论述专业性更强一些：

　　　　对于画家来说，光作为光是不存在的。在色彩里的各个面，这

―――――――――――――――――

① Bell, Clive. *Art*. North Charleston: Create Space Independent Publishing, 2012: 77 .

就是说，色彩的结合好似把各个面的灵魂融为一体，是各个面在日光里相遇相合。人们必须看见各个面，准确地，但把它们安排、整理和融会，须同时使它们围绕和组织自己。为了在它的本质里作画，人必须具有这样的画家眼睛，只用色彩来占有客体，把它与别的客体联合起来，让画的东西从色彩里诞生出来，萌长出来。①

塞尚将"物"简化为"色彩"的融合，提出"创作形式"的要诀是：第一，全面观察物体，把握其结构（各侧面的关系）。第二，用色彩（绘画媒介）"安排、整理和融会"，以"形式"表现"本质"。这是一个"由表及里"和"本质物化"的过程，其核心是"心与物交"。比如，在塞尚的《石榴和梨静物画》（见图4）中，每一只水果都是完整的、鲜活的，画面虽然有限，我们却可以感觉到它们的整体、重量和内质。这不是古典式和浪漫式的物象模仿，也不是印象式的光影实录，这是心物交融之后的物化，它将心灵对物象的生命感悟色彩化了："让画的东西从色彩里诞生出来，萌长出来。"

图4 《石榴和梨静物画》（塞尚）

北宋文人深刻认识到"创造形式"的重要性，苏轼将最高的形式创造的方式称为"随物赋形"。他这样称赞这一文艺创作之佳境：

---

① 瓦尔特·赫斯. 欧洲现代画派画论. 宗白华，译. 桂林：广西师范大学出版社，2002: 20.

> 　　古今画水多作平远细皱，其善者不过能为波头起伏，使人至以
> 手扪之，谓有洼隆以为至妙矣；然其品格，特与印版水纸争工拙于
> 毫厘间耳。唐广明中，处士孙位，始出新意，画奔湍巨浪与山石曲
> 折，随物赋形，尽水之变，号称神逸……性与画会。始作活水……①

　　苏轼先列举了两种画水的方法，"平远细皱"和"波头起伏"，阐明它们
不过是"形似"，并无品格可言。唯有孙位的"奔湍巨浪与山石曲折"才能展
现创意，其创意在于"随物赋形，尽水之变"。此处之"物"实质指称"物性"，
即画家对物之物性的体悟；而"形"则是"物我合一"之际的形式创造，既
体现"物"性又体现"心"性。"性与画会"就是苏轼对"随物赋形"的最好
释意。"随物赋形"是北宋文人们最为推崇的"神逸"等级。我们不妨看看著
名书法家米芾和诗人黄庭坚是如何点评苏轼的《枯木怪石图》的。米芾在《画
史》中说："子瞻作枯木，枝干虬屈无端，石皴硬。亦怪怪奇奇无端，如其胸
中盘郁也。"② 黄庭坚在《题东坡竹石》中说："风枝雨叶瘠士竹，龙蹲虎踞
苍藓石，东坡老人翰林公，醉时吐出胸中墨。"③ 两人全都点出苏轼"性与
画会"的特性，其画作实质是苏轼本人的"胸中盘郁"和"胸中墨"的物化。

5. 艺术境界：表现"物自体"/写"常理"

　　贝尔认为，塞尚的绘画克服并超越了现实主义和浪漫主义的缺陷，因为
前者只再现景物的特性，后者只再现景物所激发的种种联想，它们都略去了
真正重要的东西，那就是哲学上称为"物自体"（the thing in itself）或"本质
现实"（the essential reality）的东西,而这正是塞尚所表现的。那么，"物自体"
是什么呢？如何发现"物自体"？贝尔以形象的语言阐明了深奥的哲学问题：

> 　　对于塞尚来说，两种阐释（指浪漫主义和现实主义，笔者注）
> 都是离题的，因为两者都略去了最重要的东西——哲学家过去称为
> "物自体"，现在称它为"本质现实"的那种东西。那么，一朵玫瑰

① 苏轼. 书蒲永昇画后//潘运告，编注. 中国历代画论选. 长沙：湖南美术出版社，2007：
　　277.
② 米芾. 画史//潘运告，编注. 中国历代画论选. 长沙：湖南美术出版社，2007：292.
③ 黄庭坚. 山谷题跋. 中国书画全书：第 1 册. 上海：上海书画出版社，2000：245.

究竟是什么？一棵树、一条狗、一堵墙、一只船是什么？物体的特定意义是什么？一只船的本质当然不是它唤起了紫帆商船队的联想，也不是它能运煤到纽卡斯尔。把一只船完全隔离起来，将它从人、人的急迫活动和虚构历史中剥离出来，它还剩下什么？我们依然对它做出情感反应的东西是什么？那就是纯粹形式和形式背后的意味。塞尚毕生所表现的，就是他从物体中感受到的情感。新运动（指后印象主义，笔者注）的第二个特性，是从塞尚那儿继承的，强烈关注以物体本身为目的物自体……新运动的画家们有意识地要成为艺术家。他们的独特性就是这一意识——凭借这种意识，他们消除了所有横亘在他们自己和物体的纯粹形式之间的东西。①

贝尔直截了当地阐明：第一，艺术的终极目标和最高境界是表现"物自体"或"本质现实"，而不是像现实主义和浪漫主义那样表现外在特性或外在联想；第二，获得"物自体"的方法是剥离所有依附于物体的利害关系，以物体本身为目的，以此消除画家与物体之间的遮蔽物，洞悉"物"之"物性"，即"物自体"。

贝尔的"物自体"概念来自康德。康德指出，存在于人类之外的"物自体"是不依赖于人的意识而存在的，人类所认识的只是"物自体"作用于我们感官而在我们心中留下的感悟。以此为基础，康德指出美或美的形式的四大本质特质，其中第一大特质就是：从鉴赏判断的质来看，美是"完全无利害观点的"②。贝尔在论述中不断指出，艺术家需要在没有利害关系（即剥离与现实的关系）的基础上才能洞悉并表现"物自体"，其观点与康德的观点一脉相承。也正是因为贝尔借鉴了康德的观点，他不仅阐明了艺术的终极目标和最高境界，而且将他的形式理论提升到美学高度。

贝尔的观点是以塞尚的画论为基础的。塞尚这样阐明他的终极目标："'自然'固然永远是这一个，但是从它的现象里是没有什么可以停留下来的。我们的艺术必须赋予它们以持久性的崇高。我们必须使它们的永恒性开始显现出来。在自然现象的背后是什么？或者没有任何东西，或者是一切。"③ 塞

---

① Bell, Clive. *Art*. North Charleston: Create Space Independent Publishing, 2012: 77-78 .

② 康德. 判断力批判. 宗白华，译. 北京：商务印书馆，1996: 47.

③ 瓦尔特·赫斯. 欧洲现代画派画论. 宗白华，译. 桂林：广西师范大学出版社，2002: 21.

尚的目标就是表现永恒的本质，或者说"物自体"，不过他的认识并不清晰。

贝尔的贡献在于：将塞尚的直觉感悟与康德的哲学观点相融合，提炼出视觉艺术的最高境界。

北宋文人画理论家心目中的至境是象外之"常理"。其中苏轼的论述最有代表性：

> 余尝论画，以为人禽、宫室、器用皆有常形，至于山石竹木、水波烟云虽无常形，而有常理……虽然常形之失止于所失，而不能病其全；若常理之不当，则举废之矣。以其形之无常，是以其理不可不谨也。世之工人，或能曲尽其形，而至于常理，非高人逸才不能辨。与可之于竹石枯木，真可谓得其理者矣……合于天造，厌于人意，盖达士之所寓也欤？ ①

此处，"常理"相当于老庄哲学中"天地一指，万物一马"的齐物之"道"，"常形"则指物体"固定外形"。苏轼阐明三个要点：

第一，绘画需突破"常形"，才能表现"常理"。人禽、宫室、器用等有固定形态，不易于注入画家的思想；而山石竹木、水波烟云等变幻无常，可以表达画家的心中之道。因而，艺术创作只有不囿于物象之"常形"，才能表现世界之"常理"。

第二，"常理"高于"常形"。画作中"常理"须谨慎对待，如果"常形"不当，影响微弱；但如果"常理"不当，整幅画就全废了。一般画家只能描摹"常形"，唯有高人才子才能表现"常理"。

第三，创作的至境是：既合于天造，又合于人意。无常形的山水烟云被注入创作主体的思想精神，其品质体现天道人意的契合，是最高境界的创作。文与可的竹木枯石就是表现"常理"的典范。

而"常理"须表现在象外。苏轼最欣赏王维（王摩诘）的画，称赞"摩诘得之于象外"②。

北宋其他文人表达了同样的至境标准。比如：欧阳修推崇"萧条淡泊"和

---

① 苏轼. 净因院画记//潘运告，编注. 中国历代画论选. 长沙：湖南美术出版社，2007：266-267.

② 转引自陈传席. 中国绘画美学史（上）. 北京：人民美术出版社，2002：294.

"闲和严静趣远之心"①；黄庭坚倡导"参禅而识画，把禅的境界和画的境界等同起来"②；大书法家米芾力推"平淡天真"和"意趣高远"③的境界。米芾儿子米友仁的《潇湘奇观图》（见图 5）是典型的文人画，体现了其笔法和画境。画家以无常形的山石水波烟云为表现对象，寥寥数笔便淋漓尽致地勾勒出刚柔相济的山水、变幻莫测的烟云和朦胧迷茫的天色。云天一色，山水相融，浑然天成的气势跃然纸上，表现出创作者自由奔放、静寂空明的心境。

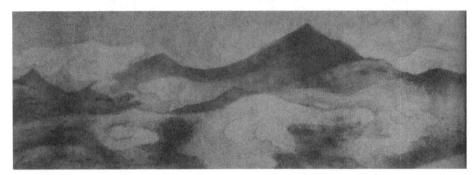

图 5 《潇湘奇观图》局部（南宋 米友仁）

贝尔的"物自体"和苏轼的"常理"，分别代表着西方和东方哲学家对世界理解的最高境界，两者的内涵不同，但是道通为一，它们均代表着艺术所能达到的最深意蕴和最高境界。

6. 创作笔法：简洁/萧散简远

贝尔相信，不同时代的画家所表达的"意味"有共通处，但是不同时代的形式和技法是不同的。塞尚等后印象主义者的主要笔法特征是"简洁"（simplification）。因为"艺术就是要创造'有意味的形式'，而只有简洁才能把'有意味的形式'从无意味的形式中解放出来"④。欧洲绘画自 12 世纪开始出现了现实主义倾向，细节受到越来越多的关注，艺术变得臃肿不堪。后印象主义立志要简化细节，以表现意味。"简洁"的要旨有二：第一，去除不

---

① 陈传席. 中国绘画美学史(上). 北京：人民美术出版社，2002: 285.

② 陈传席. 中国绘画美学史(上). 北京：人民美术出版社，2002: 304.

③ 陈传席. 中国绘画美学史(上). 北京：人民美术出版社，2002: 309-310.

④ Bell, Clive. *Art*. North Charleston: Create Space Independent Publishing, 2012: 80 .

必要的细节，即尽量删去与现实有利害关系的信息，让绘画脱离现实；第二，简化的宗旨，即表现"意味"。

北宋文人反复强调简笔的重要性，比如：欧阳修强调，绘画必须"萧条淡泊"[①]；苏轼建议，绘画要"萧散简远，妙在画笔之外"[②]；晁补之提出，要"遗物以观物""画写物外形"[③]等。苏轼的《枯木怪石图》和米友仁的《潇湘奇观图》是很好的例证。欧阳修、苏轼和晁补之的观点相通，主要体现为两点：第一，遗忘物象，化繁为简，勾勒实质；第二，表现象外之意。

在笔法上，贝尔与北宋文人画家观点一致。

7. 创作构图：构建有意味的整体/成竹于胸

贝尔认为，"构图就是把形式组成一个有意味的整体的过程"[④]，这是对印象派过于简单的视觉印象模仿的一种反拨。贝尔从塞尚的绘画中大致整理出如下七条构图原则：第一，具有整体性；第二，以表现意味为核心；第三，具有内聚力，各部分关系建构取决于所表达的意味；第四，受灵感驱动，仿佛绘画本身引导着画家创作；第五，在审美上要打动人，能唤起审美情感；第六，内在结构具备有机性，充满张力和力度；第七，善于运用色彩。[⑤] 贝尔的总结看起来有点杂乱，看得出主要是围绕"有意味的形式"这一概念展开的，重点强调了构图的整体性、情感性、有机性、灵感性、审美性、色彩性等。

北宋文人对构图的理解简洁明了，强调：立意在先，神领意造。苏轼在评点文与可的墨竹图时重点赞美他构图时"胸有成竹"的立意在先方式，"故画竹必先得成竹于胸中，执笔熟视，乃见其所欲画者，急起从之，振笔直遂，以追其所见如兔起鹘落，少纵则逝矣"[⑥]。沈括则在《梦溪笔谈》中强调构思的神领意会特性，他说："书画之妙，当以神会，难可以形器求也"[⑦]；"神领意造，恍然见其有人禽草木飞动往来之象；了然在目，则随意命笔，默以

① 陈传席. 中国绘画美学史（上）. 北京：人民美术出版社，2002：285.
② 陈传席. 中国绘画美学史（上）. 北京：人民美术出版社，2002：295.
③ 陈传席. 中国绘画美学史（上）. 北京：人民美术出版社，2002：298.
④ Bell, Clive. *Art*. North Charleston: Create Space Independent Publishing, 2012: 83 .
⑤ Bell, Clive. *Art*. North Charleston: Create Space Independent Publishing, 2012: 83-86 .
⑥ 潘运告，编注. 中国历代画论选. 长沙：湖南美术出版社，2007：269-270.
⑦ 潘运告，编注. 中国历代画论选. 长沙：湖南美术出版社，2007：263.

神色会，自然境皆天就，不类人为，是谓'活笔'"①。

看得出，北宋文人画家更强调构图的浑然天成，而贝尔的构图理论更多一点理性思考。

三、结　语

无论是贝尔的形式理论，还是北宋文人画理论，均有开创表现/写意理论之先河的贡献，又有破旧立新，承前启后的作用。其主要价值在于：第一，揭示了"后印象主义绘画"和"文人画"的学理，建构起具有普遍性的理论；第二，将艺术提升到表现"物自体"和"常理"之高度，提升艺术的意蕴；第三，唤起艺术界对"创造形式"的高度重视，增强艺术的品质；第四，提出多种极具原创性的概念和方法，如："有意味的形式""简洁""构图"和"画意不画形""身与竹化""随物赋形""萧散简远""成竹于胸"等。

当然，两者有很大的不同。贝尔力推"有意味的形式"，以"意味"撼动并突破西方根深蒂固的"模仿论"和文艺复兴以来已经有400年历史的再现，所面临的阻力之大不言而喻。所幸的是他的理论与罗杰·弗莱的批评终于联手获得成功；这在很大程度上要归功于塞尚、凡·高、高更、马蒂斯等人的作品所蕴含的动人心魄的情感力量。贝尔和弗莱只是"后印象主义"的阐释者，但是他们的阐释让整个西方近现代绘画改变了方向，走上了表现之路。北宋文人画以团队的力量，用"写意不写形"打破"形似"的壁垒，为艺术注入了更丰厚的生命情感和思想。他们的力量源自其理论意境之高远，激发了同时代文人更深入地体悟和表现生命体验的旨趣。他们的成就不是改变中国绘画的方向，而是提升了中华艺术形神合一的意蕴和境界，促进中国诗学内在质量的升华。

原文出处：高奋. 英国形式主义美学及其文学创作实践研究. 杭州：浙江大学出版社，2021：200-217.

---

① 潘运告，编注. 中国历代画论选. 长沙：湖南美术出版社，2007：265.

弗吉尼亚·伍尔夫《伦敦风景》中的"情景交融"

高　奋

1931—1932 年，弗吉尼亚·伍尔夫接受伦敦《好管家》杂志的约稿，创作了六篇关于伦敦的随笔，它们是：《伦敦码头》《牛津街之潮》《伟人故居》《西敏寺和圣保罗大教堂》《这是国会下议院》《一个伦敦人的肖像》。这些随笔于 1975 年和 1982 年先后汇集成随笔集《伦敦风景》（ *The London Scene* ）出版，它们既是生动翔实的导游手册，娓娓道出伦敦的市井风情、街景文化、文学宗教；又是温润如玉的经典散文，为伦敦抹上情感和想象的温度，透过对伦敦码头、牛津街、伟人故居、下议院、私人住宅、大教堂的描写，指向伦敦的形貌、脉络、精神、情性和生死，揭示了伦敦作为一个大都市的生命情志。

这组发表于 1931—1932 年的随笔代表着伍尔夫创作的新高度，即情景交融的诗意高度。在此之前，伍尔夫已经完成了从《远航》（1915）、《夜与日》（1919）的写实模式（现实主义小说）向《雅各的房间》（1922）、《达洛维夫人》（1925）、《到灯塔去》（1927）和《奥兰多》（1928）的写意模式（意识流小说）的原创性转向，而 1931 年出版的《海浪》表明伍尔夫正在走向另一种全新模式，即诗意模式。诗意模式的主要特性是情景交融，而情景交融正是伍尔夫同一时期发表的随笔《伦敦风景》的主导特性。我们可以透过《伦敦风景》系列随笔，窥见伍尔夫对诗意模式的原创性建构。

国内外学者对《伦敦风景》的研究极少。现有的讨论或者聚焦女性主义视角，指出《伦敦风景》揭示了伍尔夫"作为妇女在父权制社会中的经历"[①]，或者从后现代主义视角切入，指出其中的两篇随笔《伦敦码头》和《牛津街之潮》分别体现了伍尔夫毕生创作的两种主导风格，即"源于深情和目的性的写作"和"源于文字组合的感官愉悦性的写作"。[②] 这两位学者的分析细致入微，揭示了伍尔夫这一系列随笔的主题和风格，但并未阐明这组随笔的主导共性。伍尔夫对伦敦的描写是全方位的，物质的、视觉的、记忆的、想象的、历史的、人文的，一应俱全，重点表现她对伦敦的"物景"描绘，"情感"回应和言外之"意"的融会贯通，体现了娴熟的创作功力。

下面我们将以中国诗学的"情景交融"范畴为参照，阐明伍尔夫的技法与意蕴。

一、伍尔夫与"情景交融"说

"情景交融"指称文艺作品中主观情感与客观景象融会贯通的特性。"情"指称作者的情感，"景"指称作者表现在作品中的物景和场景，两者既独立又融合，其交融体现主体情感与客观物景"神与物游"的审美体悟过程，最终达到"意与境会"的诗意境界。

"情景交融"是中国诗学的重要范畴，在历代诗学的发展中，其"物我合一""形神合一""言外之意"的深层内涵得到揭示。先秦时期，庄子的"天地与我并生，万物与我为一"的齐物论思想为它提供哲学基础[③]，而孔子的"智者乐水，仁者乐山"（《论语·雍也》）则是情景交融的典型命题。魏晋南北朝时期，"情景"范畴获得发展，陆机的"悲落叶于劲秋，喜柔条于芳春"（《文赋》），刘勰的"岁有其物，物有其容，情以物迁，辞以情发。一叶且或迎意，虫声有足引心"（《文心雕龙·物色》），均强调了"情景交融"中"物我合一"的内在本质，即：创作者的情感和心境与他所表现的物象相融为一。宋朝和明朝时期，诗话发达，情景交融作为艺术创作的上乘技法得到大力推行，比如，范晞文赞叹"感时花溅泪，恨别鸟惊心"诗句是"情景相触而莫

---

① Squier, Susan Merrill. *Virginia Woolf and London: The Sexual Politics of the City*. Chapel Hill: University of Northern Carolina Press, 1985: 3.

② Caughie, Pamela L. *Virginia Woolf and Postmodernism: Literature in Quest and Question of Itself*. Urbana/Chicago: University of Illinois Press, 1991: 120.

③ 顾祖钊. 艺术至境论. 天津：百花文艺出版社，1993: 163.

分"的范例，进而提出"景无情不发，情无景不生"（《对床夜话》卷二）的创作原则；谢榛指出"夫情景相触而成诗，此作家之常也。或有时不拘形胜，面西而言东，但假山川以发豪兴尔"（《四溟诗话》卷四）；李维桢认为"触景以生情，而不迫情以就景"（《大泌山房集·青莲阁集序》），都重点阐明了"情景交融"中的"形神合一"的特性，即：艺术形式既要符合"事物"本身的特性，又要投合创作者本人的性情。到清代，艺术家们进一步强调了"情景交融"旨在表达"言外之意"的思想。比如，李渔指出情景交融的终极目标是"妙理自出"（《李笠翁一家言全集·闲情偶记·戒浮泛》），王夫之提出"含情而能达，会景而生心，体物而得神，则自有灵通之句，参化工之妙"（《姜斋诗话》下卷）的创作标准，阐明达情绘景以传神的文艺创作宗旨。总之，"情景交融"作为一种广泛运用的创作技法，其物我合一、形神合一、言外之意等内在意蕴在两千年的中国诗学思想发展史上逐步获得了深入的提炼。

伍尔夫对"情景交融"的领悟是在广泛阅读数百部英国、古希腊、法国、俄罗斯、美国等国的文学作品的基础上获得的。她曾撰写长篇随笔《小说概观》，将欧美小说划分为写实的、浪漫的、人物刻画的、心理的、讽刺奇幻的、诗意的六种类型，她最推崇诗意小说，并将诗意小说的主要特性概括为"情景交融"。她指出伟大的作品都是以独特方式传达生命诗意的，比如，托尔斯泰的《战争与和平》的诗意源于其深沉而热情的"情景"，艾米丽·勃朗特的《呼啸山庄》的诗意源于其极具想象力和象征意蕴的"场景"。[①]

她在随笔中陆续描述了自己对"情景交融"的领悟。

第一，物我合一："石楠并不重要，岩石也不重要，可是当诗人的眼睛看出石楠和岩石所能表达的彼此间活生生的关系之后，它们是非常重要的——它们表现了一种与人类的生命共存的美，因而其意义是无穷的……"[②]也就是说，只有当"石楠之景"（物景）与"诗人之情"（情感）融合时，艺术的美和生命诗意才能表现出来。

第二，形神合一："如果闭上眼睛，把小说作为一个整体来考虑，那么小说似乎就是一个与生命有着某种镜像般相似的创造物，尽管带着无数的简化

---

① Woolf, Virginia. *Granite and Rainbow: Essays*. London: Harcourt Brace Jovanovich, Inc., 1958: 137-139.

② Woolf, Virginia. Patmore's Criticism. In Lyon, Mary (ed.). *Books and Portraits*. London: The Hogarth Press, 1977: 51.

和歪曲。不管怎么说，它是留存在精神目光中的一个形体结构，时而呈方块状，时而呈宝塔形，时而伸展出侧翼和拱廊，时而就像君士坦丁堡的圣索非亚大教堂一样坚固结实且带有穹顶……这一形体源于某种与之相应的情感。"① 也就是说，伍尔夫相信，作品的形式与作者的情感精神是合一的。

第三，言外之意：伍尔夫相信，文学是这样一种艺术，它"运用语言中的每一个文字，分清它们的轻重，辨认它们的色彩，聆听它们的声音，把握它们的关系，以便使它们相融……寄托言外之意……"② 也就是说，文学语言的形、色、声的最终目标是传达"言外之意"。

"情景交融"本质上是一种深切的创作感悟和上乘的创作技法，伟大的文艺创作者对此都有领悟。比如，后印象主义者塞尚就将创作者与表现对象和表现形式的合一视为最重要的创作特性："我所画的每一笔触，就好像从我的血流出的，和我的模特的血混合着，在太阳里、在光线里、在色彩里，我们须在同一节拍里生活，我的模特，我的色彩，和我……各物相互渗透着。"③ 伍尔夫的好友，英国艺术批评家罗杰·弗莱明确指出，每一位伟大艺术家所做的事是"他以自觉的深思凝神观照事物。他看待事物时已经抛开了一切个人利益。他从事物本身及其关系中寻找形式原则，寻找某种有形的基调，既投合他的性情，又对他有特殊的意味。他将它们画下来，以便使这一特殊的意味变得更清晰。"④ 弗莱揭示了艺术形式既符合"事物"本身的形式关系和原则，又投合创作者本人的性情的"物我合一"和"形神合一"特性。

二、"伦敦随笔"中的景·情·意

《伦敦风景》中"情景交融"的主要特性是：每一篇随笔都包含景、情、意三层内涵，表现以景传情、以情达意的主客交融过程。

她在《伦敦码头》中描绘了伦敦形貌，揭示伦敦市貌显现了人类的需求。

① Woolf, Virginia. *A Room of One's Own*. San Diego: Harcourt Brace Jovanovich, Inc., 1957: 74-75.

② Woolf, Virginia. *The Death of the Moth*. New York: Harcocourt, Brave and Company, Inc., 1942: 223.

③ 瓦尔特·赫斯. 欧洲现代画派画论. 宗白华，译. 桂林：广西师范大学出版社，2002: 26.

④ Fry, Roger. The Meaning of Pictures I—Telling a Story. In Reed, Christopher (ed.). *A Roger Fry Reader*. Chicago: The University of Chicago Press, 1996: 399.

她首先引领读者乘船沿着泰晤士河向伦敦码头进发，着重描写了"伦敦塔桥"的巍然景观：

> 当我们接近塔桥时，这座威严的城市展露出迷人风采。建筑物密密麻麻、层层叠叠。天空布满阴沉的紫色云朵。穹顶隆起，教堂日久年深的白色尖顶与工厂尖细的、铅笔状的烟囱林立……我们站立在厚重的、令人生畏的、古旧的石头围墙跟前——那儿曾鼓声震天，人头落地——踏上了伦敦塔。荒芜之地绵延数英里，如同蚂蚁似的人们在这里活动……[①]

这是一种全景观照，既是物质的、历史的，也是人文的。我们不仅能看到看到伦敦密密麻麻的建筑、教堂、工厂在云朵映衬下的壮观气势；也可以透过古石墙斑驳陆离的印痕，联想它悠长的历史；还可以遥望绵延的荒地，感慨千百年来伦敦人生命历程的恢宏、悲壮和渺小。

然后，她引导我们观看伦敦码头装卸货物的繁忙景象和四周高楼林立的景观，将一丝感悟导入我们心中。无数船只从全世界的平原、森林、牧场中采集到的货物，都从货舱中被搬上岸，放到应放的地方。

> 每种货物存在的意义都十分明确，货物运输的全过程都表现出预见性和意向性，似乎想通过秘密途径提供美的要素……于是美悄然而至。吊车抓举、旋转，在惯常操作中蕴含着一种节奏……人们通过它们看到了伦敦所有的屋顶、桅杆和尖塔……（10-11）

在这里，码头景观变成了激发思想的导线。卸货与安置的过程，让我们意识到货物的作用早已有预设：正是码头上的无数货物，构建起伦敦的壮丽美景。这段描写超越了码头与货物的物质形貌，将其升华到伦敦壮美的构成元素。伦敦码头（景）和伦敦遐想（情）融为一体。

最后，言外之意飘然而至。码头的繁忙和伦敦的壮丽的原动力是人类的

---

① 弗吉尼亚·伍尔夫. 伦敦风景. 宋德利，译. 南京：译林出版社，2010. 此书是中英双语版，本论文中《伦敦风景》的引文均由笔者译自此书中的英文原文，此后只在引文后标出页码，不再一一标注。

生存需求：

> 正是我们自己——我们的口味、时尚和需要——才使吊车不停地抓举和旋转，才使所有船只远洋而来。我们的身体就是它们的主人。（13）

我们身体的需求是伦敦形貌和繁荣的内驱力。身体与货物构成不可或缺的循环链：身体将物品从世界各地召唤到码头，经历复杂的分配、制作和消费过程，最终伦敦遵循身体的需求展现其独特的美。伦敦巍然矗立，而身体藏于其中。

伍尔夫在《牛津街之潮》中描绘伦敦的脉络，阐明它是人类欲求的物化。伦敦川流不息的内在脉络是由街道构成的。就像人的血管一样，街道是流动的、鲜活的、代谢的。伍尔夫从视觉的、触觉的、听觉的、记忆的等多视角展现牛津街的"景象"，描写它的勃勃生机和喜怒哀乐：

> 牛津街上有太多的讨价还价，太多的销售，太多的货物……你会看到美轮美奂的彩灯、堆积如山的丝绸、光彩夺目的公共汽车……在另一处街角，不少乌龟静卧在杂物遍布的草地上……一个女人停下脚步，把一只小乌龟放进她的包中。这或许是人类眼睛能看到的最珍贵情景了……可怕的悲剧在人行道上萌生：女演员离婚，百万富翁自杀……（18-19）

琳琅满目的物品、讨价还价的喧闹、车水马龙的繁忙，豪华富贵的建筑，离婚自杀的悲剧，以及街角那只可爱的小乌龟和充满爱心的女士，在这幅看似杂乱的拼图中，声、色、景具现，在流动态势中呈现伦敦的活力、忧伤和温馨。

在活力四射的物品、买卖、建筑之后，我们可以感受到人的欲望和冲动。每一周的某一天，人们会看到牛津街在工人镐头的敲击下消失：

> 我们建造房屋只为了满足我们的需要……我们根据自己的期

望把建筑物推倒重建。创造和富裕均源自冲动。（22）

从高楼的毁灭和重建中，我们感受到时代的轻浮、炫耀和仓促，也感觉到人类的欲望和冲动。言外之意就隐藏在牛津街的浮华和更替之后：

> 成千个声音在牛津街大呼小叫，全都那么紧张，那么真实……之所以如此，是因为他们都迫于养家糊口的压力……生活是一场战斗……（24-25）。

生存压力是牛津街活力的真正激发剂。无数人的生存欲望和炫耀冲动构成了牛津街的繁荣和更新。

在《伟人故居》中，伍尔夫描绘了伦敦精神，阐明它是伟人气质的印痕。伦敦的精神和想象力刻录在伟人故居之中。屋如其人，伟人故居的房屋、桌椅、窗帘、地毯折射着时代的形态和风貌，与伟人所描写的时代精神遥相呼应。卡莱尔和济慈的故居，代表着两种不同的伟人气质。

伍尔夫从传记、感受、想象、视觉、审美等视角切入，描写伟人的故居。卡莱尔在简陋嘈杂的房间里，源源不断地写出"英雄崇拜论"。

> 卡莱尔在高高阁楼的天窗下呻吟，他坐在马鬃椅上与历史角力时，一道黄光从万家灯火的伦敦射到他的书稿上。手摇风琴喋喋不休地嘎嘎作声，小贩声嘶力竭地叫卖……卡莱尔太太日复一日躺在挂有酱紫色帷幕的四柱大床上，不停地咳嗽。（31）

济慈在一贫如洗的房间里写下了优美的《夜莺颂》和《古瓮颂》：

> 我们走进济慈居住过的那座房子时，一片悲凉的阴影似乎笼罩了花园。一棵大树已经倒伏，在地上苦苦硬撑着。枝条摇摆不定，把影子忽上忽下投射到白墙上。在这里，受到四周祥和宁静氛围的吸引，夜莺前来吟唱。（34-35）

在这两幅截然不同的场景对照中，卡莱尔和济慈不同的生命价值观昭然若揭。卡莱尔的房间像"一片战场"（32），充斥着劳苦、拼搏和争斗；济慈虽然生命短暂，"却有一种处变不惊、安之若素的英雄气概"（36）。

伟人的辛劳与奉献，让我们感受到了言外之意。伟人是那些将我们引领到山顶，让我们看见整个伦敦，乃至整个世界的人："无论何时，此处都有魅力无穷的亮丽风景线。"（37）伟人故居刻录下的印痕，铸就了伦敦精神。

伍尔夫在《国会下议院》中描绘了伦敦的首脑，阐明它是公众意志的体现。国会下议院大厅的"景象"是从历史、理性、政治的视角描写的，除了权杖和议长的假发与衣袍，它既不华美壮观，也不庄严肃穆；议员们与普通人相比并无特别之处。所有的决策都代表公众的意志，国会下议院大厅兼具独特性和普通性：

> 这里没有任何东西具有悠久历史……唯一像样的东西是权杖和议长头上的假发、身上的袍……下议院的议员们在议会厅落座，处理国家公事……权杖是我们的权杖，议长是我们的议长……（54）

人们感悟到：伟大政治家的雕像之所以竖立在下议院大厅门口，不是由于个人魅力，而是因为他们为国家做了贡献。

> 这些相貌平平酷似生意人的人们是负责制定法律的，直至他们红面颊、高礼帽和格纹裤变成尘土和灰烬时，这些法律继续实施。伟大时刻发生的那些影响人们幸福和国家命运的事情现在正在这里发生，有人正在为这些普通人塑像。（59-60）

议员们代表国家和民众的利益，因而他们的雕像只是一种象征，与具体的个人无关。从中可以领悟到这样的深意：

> 一个人说了算的独裁时代已经过去……让我们把这个世界重建成宏伟的大厅，让我们不再塑像，不再为他增添无法具备的美德。（61-62）

伍尔夫在《一个伦敦人的肖像》中描绘了伦敦的特性，阐明伦敦生活的常态。

她以全景聚焦模式，将伦敦普通人的生活"景象"浓缩为克罗夫人和她的会客厅。伦敦的特性体现在伦敦人的活动和交往中，它是由无数个克罗夫人用充沛的精力在伦敦私人住宅中编织出来的，它们构成巨大的网络，将互不相干的人们联结成一个整体。

> 伦敦的私宅就像一个模子里刻出来的……客厅里熊熊壁炉的两边各有一张沙发，另加 6 把扶手椅，3 扇长窗面向大街……克罗夫人总是坐在壁炉旁的扶手椅上……她坐了整整 60 年——不是单独一个人，总有访客坐在她对面的椅子上。（67-68）

为了这漫无边际的闲聊，克罗夫人们在过去 50 年中竭力收集各类信息，在每个下午茶时刻，与人闲聊，汇聚、发散、传播各类信息。

> 她坐在椅子上与客人闲聊时，总是一次又一次像小鸟般将目光投向背后的窗户，似乎半只眼睛望着大街，半只耳朵听着窗外汽车驶过的声音和报童的叫卖声。为什么？因为每时每刻都会有新鲜事儿发生。（74）

透过克罗夫人和她的客厅，我们顿悟：伦敦就在无数克罗夫人的出生、结婚、谈话、聚会、工作、死亡中生生不息，走向未来。

> 在了解伦敦时……应当将它看作人们聚会、聊天、欢笑、结婚、死亡、绘画、写作、表演、裁决、立法的地方，最根本的是要去了解克罗夫人。只有在她的客厅里，宏伟的大都会的无数碎片才会被拼接在一起，成为鲜活、可理解、迷人、令人愉快的整体。（74）

伍尔夫在《西敏寺和圣保罗大教堂》中描写了伦敦的生死，揭示教堂乃伦敦生生不息的象征。

她从宗教、历史、文化、心灵等视角呈现西敏寺和圣保罗大教堂的"景象"，描述肃穆的景象中隐藏着生与死的奥秘。

> 圣保罗大教堂的宏伟壮丽中包含着神秘的东西，它就隐藏在巨
> 大的空间和无声的肃穆之后……伟大的政治家和活动家虽然早已离
> 开这个世界，但似乎依然衣着华丽地接受同胞的谢意和掌声。
> （43-44）

> 西敏寺既不是死亡安息之地，也不是德高望重者接受美德回馈
> 的长眠室……西敏寺充斥着国王王后、公子王孙和公爵贵胄的身
> 影……早已逝去的诗人仍在这里冥思苦想，质问存在的意义。（46）

教堂既是死者的安息地，又是生者的婚庆场所。我们可以从每一寸墙体
上感受已逝的国王王后、诗人政客神采飞扬的鸿篇大论：

> 在这场绝妙的集会中，每个人都有自己的思想和意志……国王
> 王后、诗人政客仍表演着各自的角色……他们依然神气十足地进行
> 辩论。（47）

与此同时，风华正茂的新郎新娘在光彩照人地宣誓结婚。
伦敦的教堂就在逝者的辩论和生者的婚誓中安宁长存。人们既不害怕死
的黑暗，也不害怕生的艰辛，因为生死循环，生生不息。

> 死者已心甘情愿地放弃传播自己的尊姓大名或美德的权利。他
> 们没有悲伤的理由。当园丁种下球茎或播下草籽后，这些植物又会
> 重新开花，以绿草或草皮装点大地。（49）

三、物境、情境和意境的交融

在上述 6 篇散文中，伍尔夫无一例外地采用了景、情、意层层递进、相
互交融的特性，包含浓厚的物我合一、形神合一、言外之意的内蕴。我们不
妨用唐代诗人王昌龄的"物境、情境和意境"论阐明伍尔夫"情景交融"的

诗意。

王昌龄指出

> 诗有三境：一曰物境。欲为山水诗，则张泉石云峰之境，极丽绝秀者，神之于心，处身于境，视境于心，莹然掌中，然后用思，了然境象，故得形似。二曰情境。娱乐愁怨，皆张于意而处于身，然后驰思，深得其情。三曰意境。亦张之于意而思之于心，则得其真矣。①

也就是说，物境指创作者置身于泉石云峰之中，将秀丽景物融入心中，用心揣摩，获得对物景之"形"的酷肖把握。它以观物取象为特征，以"心"感"物"，获得"景"，体现"物我合一"意蕴。情境指创作者以"心"悟"景"，驰骋情思与想象，真切把握自身的"情感"。它以景与情的想象性交游为特征，体现"形神合一"特性。意境指创作者用心感悟物景之"象"和心灵之"情"获得对超越于尘世万物与自我情感之上的"意"的把握。它以神与物游为特征，因心、意、象合一而获得带有普遍性意义的"象外之意"，是艺术的最高境界。

物境、情境与意境代表"情景交融"的三个不同层次，而伍尔夫六篇随笔的每一篇都包含这三个层次。

1. 第一层次："物境"

叙述人整体观照伦敦码头、教堂、大街等具体景物后，凝练出多视角、全方位、整体的"景象"。比如：第一，从物质、历史、人文等视角展现"伦敦塔桥"的雄伟、厚重和悲凉；第二，从视觉、触觉、听觉、记忆等多视角展现"牛津街"的繁忙、奢华、温馨和悲伤；第三，从传记、感觉、想象、视觉、审美等视角描写大作家卡莱尔和济慈的人生的艰辛、执着与优雅；第四，从历史、理性、政治等视角描写国会下议院的权高位重与平凡普通；第五，以全景聚焦模式，用克罗夫人及其会客厅的忙碌和琐碎塑造伦敦人的日常形态；第六，从宗教、历史、文化、精神等视角展现西敏寺和圣保罗大教堂的肃穆和热烈。"景象"以客观"物性"的表现为主导，叙述人的情感隐藏在视角选

---

① 王昌龄. 诗格//胡经之. 中国古典文艺学丛编(二). 北京：北京大学出版社，2001：105.

择和塑形方式上。感性的观察、理性的概括和审美的判断均发挥重要作用。

2. 第二层次："情境"

叙述人用心感悟已塑形的"物境"，依照自己的性情，领悟其深层的"情"悟。比如：第一，伦敦无以计数的货物是建构伦敦美的元素；第二，牛津街奢华的毁灭与重建的根源是人的欲望与冲动；第三，卡莱尔的成就源自拼搏，济慈的优雅源自安之若素的英雄气概；第四，伟大政治家的雕像是因为为国奉献而竖立，并非因为个人魅力；第五，热衷于收集和传播伦敦日常信息的克罗夫人是伦敦人的形象代言人；第六，逝去的政客名流依然在教堂中扮演角色，发表宏论，逝者如生。这一层面的"情"悟是对第一层次的"物景"的进一步洞悉，它以叙事人的生命感悟为源泉；依然保持"象"的生动性，但主要体现"悟"的深刻性，具有原创性，展现"景"与"情"的融合。

3. 第三层次："意境"

叙述人超越于"物境"和"情境"之上，彻底剥离了他与现实和自我的关联，以超然心境获得对人类共通"意味"的把握，实现物、情、意的合一。比如：第一，货物丰裕与伦敦壮观的根基是身体的欲求；第二，牛津街的繁华源自生存的压力；第三，伟人为伦敦建构了魅力无穷的亮丽风景线；第四，天下为公，伦敦无须再塑雕塑以颂扬并不具备的美德；第五，真正的伦敦存活在普通人的聚会、谈话、娱乐、结婚、立法、死亡等信息的聚散中；第六，死者与生者和谐相处，生死循环。"意境"是言外之意和象外之象，是超越世界万物与人类个体的存在之思和生命之道，它源自灵魂深处，是原初而永恒的。

伦敦是一个整体，伍尔夫的六篇随笔既独立又关联，不仅展现伦敦独特的形貌、脉络、精神、权利、情志和生死，而且赋予它一颗灵魂。她在其中一篇随笔中对伦敦做了整体观照：

> 伦敦展现着自身独特的风貌：层叠有致的地貌，巍然挺拔的建筑，烟雾缭绕在高高的塔尖上。国会山也可以看到前方的乡村。更远处，丘陵起伏，树林葱郁，鸟儿鸣叫，鼩鼠或野兔驻足倾听……济慈，也许还有柯尔律治和莎士比亚，都曾在山顶俯视伦敦。此刻，

一位普通的年轻人正坐在铁凳上，一位同样普通的年轻女子则紧紧
挽着他的手臂。（37）

　　作为一个城市，伦敦具有独特的地貌、建筑、气候，但更为最重要的是：
它四周环绕的自然万物和封存在历史中的思想精神，以及眼前这对普通的年
轻男女，他们是最普通也是最重要的活生生的生命。正是无数活着的和逝去
的生命个体，他们用自己的需求、欲望、情志、权利、意志和生死铸就了城
市的特性和本质。这就是伍尔夫对伦敦的深刻洞见。

　　伍尔夫《伦敦风景》的主要特性，就是景、情、意的递进和融合，这正
是她诗意创作的主要特性。伍尔夫之所以将"情景交融"视为文学创作的最
高境界，是因为她始终坚持文学"是完整而忠实地记录真实的人的生命的唯
一艺术形式"[①]的生命情感说，因而她既深入其内，又飘然其外；不仅达到
了由表及里的深度，而且达到了超然物外的高度。

四、结　语

　　正如中国清代著名思想家王夫之所言，真正杰出的作品须达到这样的境
界："含情而能达，会景而生心，体物而得神，则自有灵通之句，参化工之
妙。"[②] 万物生生不息的灵动跃然纸上，内含无穷妙处，却看似不加雕琢、不
加渲染。要达到这样的境界，情景交融是极为重要的手法，伍尔夫的"伦敦
随笔"为我们提供了范例。

　　原文出处：高奋. 弗吉尼亚·伍尔夫《伦敦风景》中的"情景交融". 英
美文学研究论丛，2021(35): 12-23.

①　Woolf, Virginia. *Granite and Rainbow: Essays.* London: Harcourt Brace Jovanovich, Inc.,
　　1958: 141.
②　王夫之. 姜斋诗话//胡经之. 中国古典文艺学丛编（二）. 北京：北京大学出版社，2001:
　　310.

弗吉尼亚·伍尔夫《达洛维夫人》的伦理选择与中国之道

高 奋 陈 思

20世纪英国作家弗吉尼亚·伍尔夫（*Virginia Woolf*）在构思小说《达洛维夫人》（*Mrs. Dalloway*, 1925）时曾这样阐明其创作意图："我要描写生命和死亡，健全和疯狂；我要批判社会体制，以最强烈的形态揭露它的运行。"[①] 她在创作意图中所表明的"双重性"和她在小说中将主要和次要人物的处世之道和生死之道并置的"双重性"，表明她的作品隐含着伦理选择。

中西批评界一直很少关注《达洛维夫人》中的伦理取向。批评家在论析这部作品的"双重性"时大致持两种观点：对立论与和谐论。前者认为，《达洛维夫人》表现两种对立观点之间的斗争，比如"两种对立的适应世界方式之间的本质的、辩证的斗争"[②] 与"两种生命观之间的对立"[③]。后者认为，《达洛维夫人》中的对立观点是和谐统一的。比如，J. 希利斯·米勒（J. Hillis Miller）的观点就颇具代表性，他认为，小说中的人物共享一个无所不知的叙事人，他代表"一种普遍意识或者社会思绪"[④]，发挥着将多个人物的意

---

① Bell, Anne Olivier & McNeillie, Andrew. *The Diary of Virginia Woolf: Vol. 2*. London: The Hogarth Press, 1978: 248.

② Harper, Howard. *Between Language and Silence: The Novels of Virginia Woolf*. Baton Rouge: Louisiana State University Press, 1982: 127.

③ Fleishman, Avrom. *Virginia Woolf: A Critical Reading*. Baltimore: Johns Hopkins University Press, 1975: 94.

④ Miller, J. Hillis. Mrs. Dalloway: Repetition as the Raising of the Dead. In Beja, Morris (ed.). *Critical Essays on Virginia Woolf: Vol 3*. Boston: G. K. Hall & Co. 1985: 388.

识流整合为一个整体的作用；另有批评家认为，作品"揭示了和谐是如何被领悟和被建构的"①。对立论与和谐论均以作品的意识流叙事形式为研究对象，其优势在于用共时研究揭示了对立观念的内涵，阐明了它们的差异性或共通性，以及冲突或融合的方式；其局限在于忽视了作品的特定历史背景，忽视了观念冲突中隐含的善恶选择和批判性反思。实际上，文学旨在表现并揭示人的本质，它以辨明善恶的伦理选择昭示对"人的本质的选择"②，它是作品最震撼人心的关键之所在，隐在地主导着作品的走向，决定着不同观念的真正价值。与对立观、和谐观的静态共时研究相比，伦理选择研究融历时研究与共时研究为一体，能充分揭示思想的动态变化和本质意蕴。

伍尔夫相信文学是伦理道德的表现，发挥着心灵教诲的作用。她将作家分为两类，一类像牧师，手拉着手将读者领进道德殿堂，威廉·华兹华斯（William Wordsworth）、珀西·比希·雪莱（Percy Bysshe Shelley）属于这一类；另一类"是普通人，他们把教诲包藏在血肉之中，描绘出整个世界，不剔除坏的方面或强调好的方面"③，杰弗里·乔叟（Geoffrey Chaucer）属于后一类，他将道德融入人们的生活中，作者没说一个字，却能让读者深深地感悟到人物的道德观。伍尔夫认为再没有比乔叟这样的描写"更有力的教诲"④了。她的《达洛维夫人》便是典型的将伦理道德融入生活的作品。《达洛维夫人》创作于1922—1924年间，当时第一次世界大战刚结束不久，欧洲许多思想家、文学家都沉浸在对西方文明的反思和批判中。他们中的很多人将目光转向东方，翻译中国典籍，论析中西文明的异同，伯特兰·罗素（Bertrand Russell）的《中国问题》（*The Problem of China*, 1922）就是代表作之一。《达洛维夫人》正是在这样的氛围中写成的，体现出用中国之道反观西方文明的特性。

近年来，中西学者已开始关注伍尔夫与中国文化的关系问题。帕特里夏·劳伦斯（Patricia Laurence）在《弗吉尼亚·伍尔夫与东方》（*Virginia Woolf*

① Caughie, Pameila L. *Virginia Woolf and Postmodernism: Literature in Quest and Question of Itself*. Urbana and Chicago: Illinois University Press, 1991: 75.
② 聂珍钊. 文学伦理学批评导论. 北京：北京大学出版社，2014: 35.
③ Woolf, Virginia. The Pastons and Chaucer. In McNeillie, Andrew (ed.). *The Essays of Virginia Woolf: Vol 4*. London: The Hogarth Press, 1992: 31.
④ Woolf, Virginia. The Pastons and Chaucer. In McNeillie, Andrew (ed.). *The Essays of Virginia Woolf: Vol 4*. London: The Hogarth Press, 1992: 31.

and the East, 1995）和《丽莉·布里斯科的中国眼睛》（*Lily Briscoe's Chinese Eyes*, 2003）中论述了以伍尔夫为核心成员的英国布鲁姆斯伯里团体与中国"新月派"诗社的文化交往关系①。高奋在《弗吉尼亚·伍尔夫的"中国眼睛"》（2016）中考证了伍尔夫与中国文化的关系，指出伍尔夫作品中的三双"中国眼睛"分别体现了她对"中国式创作心境、人物性格和审美视野的感悟"②。因此，若能进一步深入探讨中国之"道"在伍尔夫作品中的深层意蕴，将会有益于更深层次地阐明中西思想的交融。

本论文拟探讨的主要问题是：伍尔夫如何接受中国之"道"？她在《达洛维夫人》中如何建构中西对比之"形"，来展现她对西方当代社会的伦理批判？她的伦理选择的"意味"是什么？

一、中国之"道"的西渐与伍尔夫的接受

中国之"道"作为一种抽象理念，主要是通过中国典籍的外译而进入欧洲思想界和文艺界的，其中影响最大、传播最广的典籍是老子的《道德经》。大约在 18 世纪中叶，西方传教士和汉学家卫方济（Frederick Wells Williams）、傅圣泽（Jean-François Foucquet）、雷米萨（Jean-Pierre Abel-Rémusat）等相继将《道德经》翻译成拉丁文、法文。19 世纪，《道德经》的德文本和俄文本陆续出现。最早的英译本出现在 19 世纪 70 年代，1884 年伦敦出版巴尔弗的《道德经》，1891 年理雅各（James Legge）的《道德经》译本在牛津出版；20 世纪初，出现了多种《老子》英译本，已有译本也大量重印。在 20 世纪的诸多英译本中，阿瑟·韦利（Arthur Waley）1934 年的译本影响最大③。

20 世纪初期，尤其是第一次世界大战后，欧洲各国学界对中国之"道"表现出异乎寻常的热切关注。比如，1919 年，德国汉学家、诗人克拉邦德（Klabund）提倡西方将道家思想运用于生活，"把他之所以能克服悲伤，归于

---

① 详见 Laurence, Patricia. *Lily Briscoe's Chinese Eyes: Bloomsbury, Modernism and China*. Columbia: University of South Carolina Press, 2003; Laurence, Patricia. *Virginia Woolf and the East*. London: Cecil Woolf Publishers, 1995.

② 高奋. 弗吉尼亚·伍尔夫的"中国眼睛". 广东社会科学，2016(1): 164.

③ 老子. 老子. Arthur Waley，英译；陈鼓应；今译. 长沙：湖南人民出版社/北京：外文出版社，1999: 前言 31-32.

自己成了道的孩子，懂得了生死同一的道家学说"①。1925 年，英国小说家威廉·S. 毛姆（William S. Maugham）发表小说《面纱》，借小说人物诠释他作为一名西方作家对"道"的理解："道就是道路及行人"（[Tao] is the Way and the Way goer）②。德国哲学家马丁·海德格尔（Martin Heidegger）在《海德格尔全集》（*Martin Heidegger: Gesamtausgabe*）第 75 卷中引用《道德经》第十一章"三十辐共一毂"来讨论存在，并将其称为"箴言"（Spruch）③。1930 年，瑞士心理学家荣格（Karl Gustav）在文章《纪念理查·威廉》（"In Memory of Richard Wilhelm"）中指出"道"对西方的重要意义，"在我看来，对道的追求，对生活意义的追求，在我们中间似乎已成了一种集体现象，其范围远远超过了人们通常所意识到的"④。

欧洲学界对"道"的译法各不相同，大致体现了从归化走向异化的翻译取向，显现出西方对"道"的接受方式的渐变。早期翻译大都采用归化方式，将"道"转化为西方文化价值观；现代翻译大都采用异化方式，保留"道"的中国文化特色。比如，在 18 世纪末的拉丁文译本中，"道"被译作"理"；19 世纪初，法国汉学家雷米萨在编译《道德经》时，将"道"对应"逻各斯"；然后，儒莲（Stanislas Julien）忠实于中文注释，将"道"译为"路"⑤。19 世纪末，英国汉学家理雅各在《道德经》（1891）中将"道"大部分音译为 Tao，但也有部分意译为 way，如第五十九章中的"长生久视之道也"被译为"this is the way to secure that its enduring life shall long be seen"⑥。20 世纪，汉学家阿瑟·韦利将"道"大部分译成 way，比如，《道德经》第一章第一句译为 "The Way that can be told of is not an Unvarying Way"（道可道，非常道）⑦。

伍尔夫对中国之"道"（way）的认识经历了从了解到领悟两个阶段。布鲁姆斯伯里团体成员、汉学家阿瑟·韦利是伍尔夫了解中国之道的重要来源，

① 卫茂平. 中国对德国文学影响史述. 上海：上海外语教育出版社，1996: 388.

② Maugham, W. Somerset. *The Painted Veil*. London: William Heinemann Ltd., 1934: 228.

③ Heidegger, Martin. *Gesamtausgabe Band 75: Zu Hölderlin Griechenlandreise*. Frankfurt am Main: Vittorio Klostermann, 2000: 43.

④ 荣格. 心理学与文学. 冯川，苏克，译. 北京：三联书社，1987: 255.

⑤ 卜松山. 与中国作跨文化对话. 刘慧儒，张国刚，等译. 北京：中华书局，2000: 76 页.

⑥ Lao Tse. Tao Te Ching *or the Tao and its Characteristics*. Trans. James Legge. Auckland: The Floating Press, 2008.p.109.

⑦ 老子. 老子. Arthur Waley，英译；陈鼓应，今译. 长沙：湖南人民出版社/北京：外文出版社，1999: 3.

伍尔夫曾在《奥兰多》（*Orlando*, 1928）序言中特别感谢韦利，"无法想象阿瑟·韦利的中国知识竟如此之丰富，我从中获益良多"①。伍尔夫的藏书中有韦利出版于 1918 年的《170 首中国古诗》，韦利在该书的自序中写道："道（即自然之道），相当于佛教的涅槃，基督教神秘教义中的上帝（Tao [Nature's Way] corresponds to the Nirvana of Buddhism, and the God of Christian mysticism）。"②

　　布鲁姆斯伯里团体的另一重要成员，英国著名哲学家伯特兰·罗素是伍尔夫了解中国文化和思想的另一重要来源。1922 年，罗素在论著《中国问题》中剖析现代中国的现状与前景以及中西文明的异同。他在解析老子的"道"的内涵时，将"道"与西方《圣经》作比照，指出老子《道德经》的主要内涵是，"每个人、每只动物和其他世界万物都有其自身特定的、自然的处世方式或方法（way or manner），我们不仅应该自己遵从它，也要鼓励别人遵从它。'道'（Tao）指称'道路'（way），但含义更为玄妙，犹如《新约》中'我是道路、真理和生命'（I am the Way and the Truth and the Life）这句话"③。罗素是伍尔夫的长辈，她阅读他的著作，曾多次在随笔、日记中提到他。她在随笔《劳动妇女联合会的记忆》（"Memories of a Working Women's Guild"）中为妇女罗列的阅读书目就包括罗素的《中国问题》④。

　　除了韦利和罗素的著作外，伍尔夫的藏书中还有翟理斯的《佛国记》（*The Record of Buddhist Kingdoms*, 1923）、《动荡的中国》（*Chaos in China*, 1924）、《中国见闻》（*Things Seen in China*, 1922）等书籍，同时他们夫妇共同经营的霍加斯出版社也曾出版 2 部有关中国的著作,《今日中国》(*The China of Today*, 1927）和《中国壁橱及其他诗歌》（*The China Cupboard and Other Poems*, 1929）。此外，她曾阅读蒲松龄的《聊斋志异》译本，大量阅读英美作家撰写的东方故事，撰写了《中国故事》《东方的呼唤》《心灵之光》《一种永恒》等多篇随笔，细致论述她对中国文化的直觉感知和对审美思维的领悟，以及对

① Woolf, Virginia. *Orlando*. Oxford: Oxford University Press, 1992: 5.

② Waley, Arthur. *A Hundred and Seventy Chinese Poems*. London: Constable and Company Ltd, 1918: 14.

③ Russell, Bertrand. *The Problem of China*. London: George Allen and Unwin Ltd, 1922: 188.

④ Woolf, Virginia. *Virginia Woolf: Selected Essays.* Oxford: Oxford University Press, 2008: 69.

中国人宁静、恬淡、宽容的性情的喜爱①。

伍尔夫小说中对中国的描写体现了由表及里的过程。在小说《远航》(*The Voyage Out*, 1915)中，中国作为一个远东国家被提到；在《夜与日》(*Night and Day*, 1919)和《雅各的房间》(*Jacob's Room*, 1922)中，出现有关中国瓷器、饰物的描写；在《达洛维夫人》(1925)和《到灯塔去》(1927)中，两位重要人物伊丽莎白·达洛维和丽莉·布里斯科都长着一双"中国眼睛"。从笼统的地理概念到具体的文化物品，再到传达情感和思想的眼睛，伍尔夫对中国的领悟逐渐进入灵魂层面。《达洛维夫人》是她以中国之"道"为镜，反观西方文化，表现其伦理取舍的典型作品。

二、中西之"道"的并置与伦理批判

《达洛维夫人》的显性和隐性结构均体现"道"(way)的喻义。小说的显性结构包含两条平行发展的"伦敦街道行走"的主线：一条表现克拉丽莎·达洛维与亲朋好友，从一早上街买花到盛大晚宴结束的一天活动；另一条表现赛普蒂莫斯·沃伦·史密斯与妻子行走在伦敦街道，找医生看病，直至赛普蒂莫斯傍晚跳楼自杀的一天活动。两群人互不相识，但他们同一时间在相近的伦敦街道行走，几次擦肩而过。他们在街道、人群、车辆、钟声、天空、阳光所构建的声光色中触景生情，脑海中流转着恋爱、家庭、社交、处世、疾病、困惑等五味杂陈的意识流，突显他们不同的处世之道和喜怒哀乐。小说的隐性结构是由"道"(way)这一关键词所编织的网状结构构成的。小说中 way 这一单词共出现 73 次，比较匀称地用于主、次要人物的性格和言行描写，也用于描写社会和大自然的运行之道。这 73 个 way 就像漂在水面上的浮标，标示出人物的处世方式和生命态度，浮标的下面连接着人物的意识流大网。这是伍尔夫最欣赏的俄国作家陀思妥耶夫斯基的灵魂描写模式，她曾这样概括陀氏作品的隐性结构：它用"海面上的一圈浮标"联结着"拖在海底的一张大网"，大网中包含着深不可测的灵魂这一巨大的"海怪"。② 不

---

① 高奋. 走向生命诗学——弗吉尼亚·伍尔夫小说理论研究. 北京：人民出版社，2016: 121-126.

② Woolf, Virginia. More Dostoevsky. In McNeillie, Andrew (ed.). *The Essays of Virginia Woolf: Vol 2.* London: The Hogarth Press, 1987: 84.

过，《达洛维夫人》中的 way 浮标，所连接的是多人物的意识并置，与陀氏的深度灵魂探测略有不同。

小说的基点是主人公彼得的梦中感悟，他在梦境中将生命视为一种超然物外的心境。"在我们自身以外不存在其他东西，只存在一种心境（a state of mind）……那是一种愿望，寻求慰藉，寻求解脱，寻求在可怜的芸芸众生之外，在脆弱、丑陋、懦弱的男人和女人之外的某种东西。"① 整部小说就是由多个人物的心境纵横交叉所构成的巨网，充分展现"生命和死亡，健全和疯狂"② 的对抗与连接，但人物的心境各不相同——"人人都有自己的处世方式"（Every man has his ways）（31）。伍尔夫像罗素、韦利、毛姆等学者作家一样，"把目光转向东方，希望在东方文化，尤其是中国哲学文化中找寻拯救欧洲文化危机的出路"③，伊丽莎白的"中国眼睛"就是显著的标志。

伍尔夫将人物的伦理道德融入他们的处世方式之中，用并置方式展现，然后从克拉丽莎的视角做出伦理批判。小说无章节，大致可分成 12 个部分，每个部分聚焦某特定人物的意识流，大体呈现"克拉丽莎·达洛维—赛普蒂莫斯—克拉丽莎—彼得（克拉丽莎的前男友）—彼得—赛普蒂莫斯—赛普蒂莫斯—理查德·达洛维（丈夫）—伊丽莎白·达洛维（女儿）、基尔曼（家庭教师）—彼得—彼得—晚会"这样的人物交叉并置形态。

人物并置的模式有两种。

不同处事方式的并置：以克拉丽莎的态度为分界线，她所赞赏的伊丽莎白、理查德·达洛维和萨利·西顿三人，与她所批判的彼得·沃尔什、多丽丝·基尔曼二人，其处世之道并置，前者体现中国的"无为之道"，后者体现西方的"独断之道"。

不同生命之道的并置：克拉丽莎（生命之道）与赛普蒂莫斯（死亡之道）并置，前者体现中国的"贵生之道"，后者体现西方的"无情之道"。

1. 以"无为之道"反观"独断之道"

老子《道德经》中的"无为之道"，既是社会治理之道，也是个人处世之

---

① Woolf, Virginia. *Mrs. Dalloway*. London: Penguin Group, 1996: 63-64. 《达洛维夫人》小说的引文均出自此书，均为自译。此后只在文内标注页码，不再一一注明。

② Bell, Anne Olivier & McNeillie, Andrew. *The Diary of Virginia Woolf: Vol. 2*. London: The Hogarth Press, 1978: 248.

③ 葛桂录. 雾外的远音——英国作家与中国文化. 银川：宁夏人民出版社，2002: 379.

道，其主要内涵有二：

第一，顺其自然。老子认为，"是以圣人处无为之事，行不言之教；万物作而弗始，生而弗有，为而弗恃，功成而弗居"①。也就是说，有道之人以"无为"的态度来处理世事，让万物兴起而不加倡导；生养万物而不据为己有，作育万物而不自恃已能，功业成就而不自我夸耀。无为，就是让万物自由生长而不加干涉，一切随顺。

第二，无欲无争。老子说"'道'常无为而无不为……不欲以静，天下将自正"②。也就是说，"道"永远是顺其自然的，然而没有一件事情不是它所作为的……不起贪欲而归于安静，天下自然走上正常的轨道。无为，就是无欲。

伊丽莎白·达洛维、理查德·达洛维和萨利·西顿三个人物均表现出顺应天性、无争无欲的处世之道，体现"无为"之道的特性。

伊丽莎白，克拉丽莎和理查德的女儿，她的处世方式是"趋向消极"（inclined to be passive）（149）。她不像达洛维家族其他成员一样金发碧眼，而是一位"黑头发，白净的脸上长着一双中国眼睛，带着东方人的神秘色彩，个性温和、宁静、体贴"（135）的女孩。她的眼睛"淡然而明亮，带着雕像般凝神注目和不可思议的天真"（150）；她喜欢"自由自在"（149）；喜欢"住在乡村，做她自己喜欢做的事"（148），不喜欢伦敦的各类社交活动；她想从事"某种职业"（150），成为医生或农场主；她推崇"友善，姐妹之情、母爱之情和兄弟之情（geniality, sisterhood, motherhood, brotherhood）"（152）。伊丽莎白的"消极"处世方式在小说中并无负面含义，而是一种人人喜爱的品性。她母亲克拉丽莎觉得伊丽莎白"看上去总是那么有魅力……她几乎是美丽的，非常庄重，非常安详"（149）；她的家庭教师基尔曼虽然对世界充满仇恨，却"毫无嫉妒地爱她，把她看作露天中的小鹿，林间空地里的月亮"（149）；亲朋好友们将她比作"白杨树、黎明、风信子、幼鹿、流水、百合花"（148）。伊丽莎白自由自在、无欲无争的性情，体现的正是老子的"无为"之道。老子相信，"无为"之所以有力量，是因为"无有入无间"（88），无形的力量能

---

① 老子《道德经》原文和英文均引自：老子. 老子. 阿瑟·韦利，英译；陈鼓应；今译. 长沙：湖南人民出版社，2007: 4.

② 老子. 老子. Arthur Waley，英译；陈鼓应；今译. 长沙：湖南人民出版社/北京：外文出版社，1999: 74.

够穿透没有缝隙的东西。这也正是伊丽莎白获众人喜爱的原因：她像大自然那样自在地显露天性，无争无欲，尽显善意。众人被她的美丽和单纯折服，视其为自然之化身，"友善，姐妹之情、母爱之情和兄弟之情"之象征。

理查德·达洛维的处世方式是"客观明智"（matter-of-fact sensible way）（83），与伊丽莎白一样展现"无为"的处世方式。"他是一个十足的好人，权力有限，个性敦厚，然而是一个十足的好人。无论他承诺了什么事，他都会以同样的客观明智的方法去完成，不掺杂任何想象，也不使用任何心机，只是用他那一类型的人所特有的难以描述的善意去处理它。"（83）"他性情单纯，品德高尚……他行事执着顽强，依照自己的天性在下议院中维护受压迫民众的权益。"（127）他赋予亲朋好友支持、关心和尊严。达洛维先生"客观明智"的处世方式的最大亮点在于，他始终用自己的天性去看待事物，保持事物的本真面目，顺其自然处理事物，不掺杂个人的偏见和欲念，具备轻松化解矛盾和解决问题的能力。他保持自己天性的纯真自在，不违心，不委曲求全。他所达到的境界就是老子所说的，"为无为，事无事，味无味"①，以无为的态度去作为，以不搅扰的方式去做事，视恬淡无味为味。达洛维处世方式的根基是他单纯、善良、宽容、敦厚的"无为"品性，这正是克拉丽莎拒绝前男友彼得而嫁给达洛维的原因，她从他那里获得真正的幸福。

萨利·西顿的处世方式是"我行我素，绝不屈服"（gallantly taking her way unvanquished）（41）。她作为克拉丽莎的闺密，在一次散步中忽然吻了她一下，被彼得看见了，"而萨利（克拉丽莎从未像现在那样爱慕她）依然我行我素，绝不屈服。她哈哈大笑"（41）。她喜爱花道，颇具超凡脱俗的东方神韵："萨利有神奇的魅力，有她自己的天赋和秉性。比方说，她懂花道（way with flowers）。在伯顿，人们总是在桌上静置一排小花瓶。萨利出门去摘些蜀葵、天竺牡丹——各种以前从不会被放在一起的花——她剪下花朵，让它们漂浮在盛水的碗里。效果极好。"（38）萨利一直以"我行我素"的方式生活着：和父母吵架后，她一文不名地离开家庭，独立生活；她不喜欢的势利男人吻了她一下，她抬手就是一记耳光；她嫁给自己喜爱的商人，生了五个孩子，全然不顾世俗的偏见。她热情、有活力、有思想，生性快活，依循天性自在地

---

① 老子. 老子. Arthur Waley，英译；陈鼓应；今译. 长沙：湖南人民出版社/北京：外文出版社，1999：128.

生活，大体上属于老子所说的"上德无为而无以为"①的人，也就是，顺其自然而无心作为的有德之人。

伊丽莎白、达洛维先生、萨利三人共同的处世原则是依照天性、顺其自然、自由自在和无争无欲；从另一角度看，他们最大的特性是：从不用自己的观念去强迫和压制他人；给自己自在空间，决不侵犯他人自由。他们是伍尔夫笔下"健全"（sane）的人。与他们相对的是"疯狂"（insane）的人，他们试图以各种名义去压制和改变他人，不尊重他人，给他人带来困扰和痛苦。彼得·沃尔什和多丽丝·基尔曼便是这类人物。前者以爱情的名义，用各种方式伤害恋人克拉丽莎，导致恋情破裂；后者以宗教的名义，仇视世界，伤害他人，自己也陷入痛苦深渊。

罗素在《中国问题》中对比中西文化时，曾这样说："老子这样描述'道'的运作，'生而弗有（production without possession），为而弗恃（action without self-assertion），功成而弗居（development without domination）'，人们可以从中获得关于人生归宿的观念，正如善思的中国人获得的那样。必须承认，中国人的归宿与大多数白人所设定的归宿截然不同。'占有'（possession）、'独断'（self-assertion）和'主宰'（domination）是欧美国家和个人趋之若鹜的信念。尼采将它们归结为一种哲学，而他的信徒并不局限于德国。"②

如果说伊丽莎白、达洛维、萨利的性情具备"生而弗有，为而弗恃，功成而弗居"的中国之道的特性，那么彼得和基尔曼所操持的正是西方文明所推崇的"占有""独断"和"主宰"的信念。

彼得·沃尔什的处世方式是"对抗"（be up against）（52）。他用自己的观点去对抗社会规则、习俗和所有人，包括恋人，"我知道我对抗的是什么，他一边用手指抚摸着刀刃一边想，是克拉丽莎和达洛维以及所有他们这样的人"（52）。他被牛津大学开除，不断遭遇各种挫折，一生都很失败。他与克拉丽莎相爱，情感相通，却始终只能从自己的观点出发去理解她，觉得她"懦弱、无情、傲慢、拘谨"（66），不断批评指责她，讽刺她是"完美女主人"（69），"用一切办法去伤害她"（69）。克拉丽莎认为他很愚蠢，"他从不遵从

① 老子. 老子. Arthur Waley，英译；陈鼓应；今译. 长沙：湖南人民出版社/北京：外文出版社，1999：76.

② Russell, Bertrand. *The Problem of China*. London: George Allen and Unwin Ltd, 1922：194.

社会习俗的愚蠢表现，他的脆弱；他丝毫不理解别人的感受，这一切使她很恼火，她一直对此很恼火；他到现在这年龄了还是那样，真愚蠢"（52）。他自己也觉得自己很荒谬，"他向克拉丽莎提出的许多要求是荒谬的……他的要求是难以达到的。他带来许多痛苦。她原本会接纳他，如果他不是如此荒谬的话"（70）。彼得体现了西方文化所推崇的"独断专行"（self-assertion）信念的某种后果。

基尔曼的处世方式是"自我中心主义"（egotism）（146）。"她知道是自我中心主义导致她一事无成"（145-46），但是她觉得"这个世界鄙视她，讥讽她，抛弃她，给了她这种耻辱——它将这具不讨人喜欢、惨不忍睹的身体强加给她"（142）。她认为"上帝已经给她指了道，所以现在每当她对达洛维夫人的仇恨，对这世界的仇恨，在心中翻滚时，她就会想到上帝"（137），"她心中激起一种征服的欲望，要战胜她，撕碎她的假面具"（138）。"控制"和"主宰"（domination）的欲望是她个性中最主要的特征。

伍尔夫通过克拉丽莎的意识流，对彼得和基尔曼以爱情和宗教的名义，独断专行地去占有和征服他人的行为做出激烈的伦理批判，认为"爱情和宗教是世界上最残忍的东西，她想，看着它们笨拙、激动、专制、虚伪、窃听、嫉妒、极度残酷、肆无忌惮，穿着防水布上衣，站在楼梯平台上"（139）。他们的可怕之处在于，当他们带着理性的、宗教的观念去控制和征服他人的时候，他们从不尊重生命，从不理会生命的差异，从不知道他们正在毁灭最美好的东西——人的生命本身。

"自我中心"是彼得和基尔曼一叶障目，迷失天性的主要原因。彼得有魅力有才智，"总能看透事物"（175），但他"生性嫉妒，无法控制自己的嫉妒情绪"（175），经历了那么多年的挫折和失败后，他与克拉丽莎见面时依然只关心"他自己"，克拉丽莎称之为"可怕的激情，使人堕落的激情"（140）。唯有在睡梦中，他才获得"平和的心境"（a general peace），仿佛看见大自然用它神奇的双手向他泼洒"同情、理解和宽恕"（compassion, comprehension, absolution）（64）这些他生命中缺少的、至关重要的东西。他最终明白，"生命本身，它的每一瞬间、每一点滴、此处、此刻、现在、在阳光下、在摄政公园，这就足够了"（88）。而基尔曼虽然得到了上帝的指引，她内心却一直在黑暗中苦苦挣扎，期盼自己能够超越仇恨与痛苦。"她用手指遮住眼睛，努力在这双重黑暗中（因为教堂里只有虚幻的灵光）祈求超越虚荣、欲望和商品，消除心里的恨与爱"（147）。

正是通过两组人物的并置，伊丽莎白、达洛维、萨利所代表的"生而弗有，为而弗恃，功成而弗居"，与彼得和基尔曼所代表的"占有""独断"和"主宰"，两种处世之道的利弊不言自明。无为之道的根基是善，它的立场是利人利己，因而人人和谐相处，人人各得其所。独断之道的根基是一种偏狭的善，它的立场是利己损人，只能导致对立和冲突，结果是害人害己。仇恨、冲突、战争是独断之道的产物。

2. 以"贵生之道"反观"无情之道"

老子倡导珍爱生命，他从生命本质、处世原则、生命法则和生死关系等多个方面突显了呵护生命的"贵生之道"。

第一，生命的本质是"柔弱胜刚强"。老子从鲜活的身体是柔弱的，生机勃勃的草木是柔脆的这些生命现象出发，阐明生命的属性即柔弱，死亡的属性即刚硬，进而提出"柔弱胜刚强"的生命本质："人之生也柔弱，其死也坚强。草木之生也柔脆，其死也枯槁。故坚强者死之徒，柔弱者生之徒。是以兵强则灭，木强则折。强大处下，柔弱处上"[①]；"柔弱胜刚强"[②]；"天下之至柔，驰骋天下之至坚"[③]；"守柔曰强"[④]；"弱之胜强，柔之胜刚"[⑤]。

第二，处世的原则是"无为"。老子阐明"道"生万物，生命所遵循的规则就是"道"的"无为"规则。"故'道'生之，'德'畜之；长之育之；亭之毒之；养之覆之。生而不有，为而不恃，长而不宰。是为'玄德'"[⑥]。也就是说，道生成万物，德蓄养万物；使万物成长发育；使万物成熟结果；对

---

① 老子. 老子. Arthur Waley，英译；陈鼓应；今译. 长沙：湖南人民出版社/北京：外文出版社，1999: 154.

② 老子. 老子. Arthur Waley，英译；陈鼓应；今译. 长沙：湖南人民出版社/北京：外文出版社，1999: 72.

③ 老子. 老子. Arthur Waley，英译；陈鼓应；今译. 长沙：湖南人民出版社/北京：外文出版社，1999: 88.

④ 老子. 老子. Arthur Waley，英译；陈鼓应；今译. 长沙：湖南人民出版社/北京：外文出版社，1999: 106.

⑤ 老子. 老子. Arthur Waley，英译；陈鼓应；今译. 长沙：湖南人民出版社/北京：外文出版社，1999: 158.

⑥ 老子. 老子. Arthur Waley，英译；陈鼓应；今译. 长沙：湖南人民出版社/北京：外文出版社，1999: 104.

万物抚养调理。这就是最深的德。

第三，生命的法宝是"以慈卫之"。老子指出保全生命的三大法宝是，慈爱、俭朴、不敢为天下先。慈爱赋予勇气，俭朴带来宽广，不敢居天下先才能成为万物之首。若舍弃慈爱、俭朴和退让，将走向死亡。"我有三宝，持之保之。一曰慈，二曰俭，三曰不敢为天下先，慈故能勇；俭故能广；不敢为天下先，故能成器长。今舍慈且勇；舍俭且广；舍后且先；死矣！夫慈，以战则胜，以守则固。天将救之，以慈卫之。"①

第四，生死的关系是"死而不亡者寿"。老子认为，人出世即为生，入地即为死，死生是一体的。"出生入死"②。不迷失本性的人能活得长久，身体死亡后不被人忘记是真正的长寿。"不失其所者久。死而不亡者寿。"③

老子所阐释的生命以柔弱、无为、慈爱、死而不亡为特性，在《达洛维夫人》中得到了生动的描写，主要体现在克拉丽莎的生命之路上。

克拉丽莎的处世之道是"慈爱"："她的态度中有一种自在（ease），一种母爱（something maternal），一种温柔（something gentle）"（69）。

首先，她的慈爱表现为对自我生命的珍爱。她从未受过教育，凭直觉感悟到了生命的脆弱，觉得自己全靠本能来了解别人和世界，常常有"危机四伏"（11）的感觉，因而不愿意对他人和自己品头评足。基于这种危机意识，她年轻时果断拒绝了不断伤害她的恋人彼得，嫁给了个性宽厚的达洛维，她明白彼得的极度嫉妒和过分要求会"毁了他们两人"（10）。

其次，她的慈爱表现为对他人的"无为"善意。面对彼得的伤害，她除了偷偷哭泣和主动割断恋爱关系之外，从未用自己的观点去批驳或反击彼得，让他受窘受罪，而是用自己的勇气和忍耐力保持对他的善意和友情，从不对他一事无成的人生妄加评论。面对基尔曼出于宗教信仰的仇恨目光，她虽然大为震惊，心中油然升起愤恨，但她尽量让自己明白，她恨基尔曼的思想而不是她本人，因此将仇恨化为"哈哈一笑"（139）。但是，她内心始终严厉批判用爱情和宗教指责和压制他人的行为，认为它们最大的危害是毁灭生命本

① 老子. 老子. Arthur Waley，英译；陈鼓应；今译. 长沙：湖南人民出版社/北京：外文出版社，1999: 136.

② 老子. 老子. Arthur Waley，英译；陈鼓应；今译. 长沙：湖南人民出版社/北京：外文出版社，1999: 102.

③ 老子. 老子. Arthur Waley，英译；陈鼓应；今译. 长沙：湖南人民出版社/北京：外文出版社，1999: 66.

身——"生命中有某种神圣的东西，不管它是什么，但是爱情和宗教却要毁掉它，毁掉灵魂的隐私"（140）。她不仅努力实践"无为"的处事原则，而且让自己成为"最彻底的宗教怀疑论者"（86），因为她相信"众神总是不失时机地伤害、攻击和毁灭人类的生命"（87）；她认为众神根本就不存在，还是让人类自己来装饰自己的家园，让人类尽可能活得体面而有尊严；她为此发展出一套无神论准则："为善而行善"（87）。

再次，她的慈爱表现为对生命和世界的热爱。她之所以善待彼得和基尔曼即使他们伤害她，是因为她爱他们，她明白每个个体都有自己的苦衷，有自己的生存方式，她不能侵犯他们。她热爱生命，愿意善待他们。她热衷于举办家庭晚会，虽然引起误解，彼得认定她是"势利眼"（134），想通过晚会引人注目，丈夫达洛维认为她"太孩子气"（134）；她想告诉他们，她举办晚会是因为她热爱生命（134）。

最后，她对生死关系有一种本能的理解，既不是基督教的，也不是理性主义的，而是对生死一体的直觉领悟，类似老子的"死而不亡者寿"。她问自己："她的生命某一天会终结，这要紧吗？"（11）她的回答是："在伦敦的大街上，在世事的沉浮中，这里，那里，她会幸存下去，彼得也会幸存下去，他们活在彼此的心中；她确信她是自己家乡树丛的一部分，是家乡那座简陋、凌乱、颓败的房屋的一部分，是她从未谋面的家族亲人的一部分；她像薄雾一样飘散在她最熟悉的亲人中间……"（11）她相信，死亡是生命的延续，生命将以记忆的方式留存在亲朋好友的心中，印刻在它曾生活过的万事万物之中，死而不亡。

而赛普蒂莫斯·史密斯的死亡之道所体现的恰恰是克拉丽莎"贵生之道"的反面，它以理想、无情和绝情为主要特性。

首先，赛普蒂莫斯的处世之道是无情（He could not feel）（96）。他的无情表现为理想主义膨胀，但缺少自我认识。他从小受过良好的教育，年轻时心中充满"虚荣心、雄心、理想、激情、孤独、勇气、懒惰"，且急于"完善自己"（94），贪然地读书，他的思想与社会文化和国家意志一致，却缺乏对自我天性的自觉认识。

其次，他的无情表现为对生命的漠然和对生活的绝望。世界大战初期，他听从国家召唤义无反顾地走上战场；他英勇善战，获得晋升；他漠然地看着亲密战友阵亡，"无动于衷"（96），还庆幸自己不为感情所动。战争结束后某一天，他突然经历了"雷鸣般巨大的恐惧"（96），从此他彻底"失去了感受力"（96）。他对生活感到绝望。他觉得，"他的头脑完好无损，却失去了感受力，那一定是世界的过错"（98）；他认为"世界没有意义"（98）；他相信莎士比亚的作品里充满了"厌恶、仇恨和绝望"（98）；他认定"人类没有仁慈，没有信念，没有怜悯，只图一时享乐"（99）。

再者，他的无情表现为对生命的绝情。医生诊断他没病，于是他觉得他精神出问题是因为他对战友的死亡没感觉，他犯罪了，"人性已经判处他死刑"（101），世界已经抛弃了他。于是他大声宣布，"他要自杀"（18）。当医学权威布拉德肖判定他的病因是"失去均衡感"（107），要将他从妻子身边强制带走，送医院隔离治疗时，他无法忍受与妻子分离，便跳楼自杀了。

对于赛普蒂莫斯的死，伍尔夫做出了严厉的伦理批判。她批判了被医学界置入神坛的"均衡"理论，以及它所代表的"只重理性精神，漠视情感需求"的荒唐理论被神化后所产生的巨大危害。作为一种被理性主义神化的权威理论，它坚信"健康就是均衡"（110），失去健康的病人必须被隔离休息，不准与亲朋好友在一起，不准看书，不准发表自己的观点，直到获得均衡感才可以回家。它像宗教"劝皈"一样，隐藏在博爱、爱情、责任、自我牺牲等冠冕堂皇的面具下，它的目标是"吞噬弱者的意志，将自己强加于人，将自己印刻在公众脸上，并为此而得意扬扬"（111），它的强烈欲望是"践踏它的对手，将自己的形象不可磨灭地刻入他人的殿堂"（113）。在它的强大压力下，"一些意志薄弱的人崩溃了，哭泣了，屈服了；而另一些人则用一种老天才知道的极度疯狂当面质骂威廉爵士是该死的骗子"（112）。赛普蒂莫斯就属于后一种人，他不愿违反本性臣服于"均衡"理论，因而跳楼自杀了。

克拉丽莎称他的"死亡是反抗"（202），是对那些被供奉在神坛上的"无情"理论的反抗。只是他的反抗来得太迟，付出了生命的代价。他年轻时候的思想是被老师波尔小姐点燃的，里面全都是放入神坛的理想主义思想。由于它们从未与他的自我本性相融，因而这些无根的思想，"没有活力，闪烁着虚幻的、脆弱的金红色光泽"（94）。当这些虚幻的理想被世界大战的惨烈击碎后，他便精神崩溃了，同时丧失的是他那原本就发育不良的感受力。失去了虚幻理想和直觉感受力，他的躯体空空如囊，他的世界和生命变得毫无意义，连莎士比亚都无法唤醒他心中的爱。当"均衡"理论要将他从他唯一依恋的妻子身边拉走时，他终于做出了本能的反抗——自杀。

伍尔夫用赛普蒂莫斯的死表达了对西方社会制度和思维方式的批判，表达了直观感悟世界的渴望。她通过克拉丽莎的意识流，赞赏赛普蒂莫斯的自杀行为，表示"为他的自杀感到高兴"（204），认为他的死亡是"一种反抗，是一种交流的努力"（202），有了这样的反抗和交流，人们才能推开挡在人们眼前的、被宗教和理性主义置于至高无上的神坛的权威理论；只有这样，人们才能用自己的生命去直观感受世界，去领悟思想。

　　伍尔夫这种超越神学和理性主义的思想，一方面来自 20 世纪的英国伦理学家 G. E. 摩尔的《伦理学原理》的启示。摩尔剖析了自然主义伦理学、快乐主义伦理学、形而上学伦理学分别视自然、快乐、超感觉的实在为善的观点的谬误，提出"'善'是不能下定义的"的观点[1]。摩尔的论述使伍尔夫和布鲁姆斯伯里团体其他学者们豁然开朗，他向他们展示了对真理、自明以及普通常识的追求，也传达了他所认可的一些价值，其中包括"纯净"（purification）。不像劝导者（proselytizers）、传教士（missionaries）……传道者（propagandists）那样以宗教或哲学的名义建立一种劝皈体系，摩尔的"纯净"以友谊为基础，为布鲁姆斯伯里团体带来的影响力却无比巨大[2]。伍尔夫的写作风格中就流露着这种由自明、光亮和真实带来的纯净。伍尔夫的思想另一方面来自中国之道带给她的启示。正如荣格所说，中国思想"不是仅仅诉诸头脑而是同时诉诸心灵，它给沉思的精神带来明朗，给压抑不安的情绪带来宁静"[3]。"同时诉诸头脑和心灵"正是伍尔夫所渴望，伍尔夫的伦理选择体现的是对善的全新诠释。

三、伦理选择

　　通过两组人物的处世之道和生死之路的并置和伦理批判，伍尔夫已经隐在地表明了她对无为之道和贵生之道的赞赏和对独断之道和无情之道的批判。但是伍尔夫作为对西方社会和思想有透彻领悟的作家，她自然不会简单地将中国之道作为她的最终选择，而是在汲取道家思想的长处的基础上，对

① 乔治·摩尔. 伦理学原理. 长河，译. 上海：上海人民出版社，2005: 13.
② Woolf, Leonard. *Beginning Again: An Autobiography of the Years 1911—1918*. London: Hogarth Press, 1964: 24-25.
③ 荣格. 心理学与文学. 冯川，苏克，译. 北京：三联书社，1987: 255.

西方理念进行修正，提出了适合西方社会的伦理观。

伍尔夫接受摩尔的伦理学原理，将伦理思考聚焦于"作为目的是善的"这一本质层面，而不是置于"作为手段是善的"这一方法论层面，前者在一切情况下都是善的，后者只有在一些情况下是善的，而在另一些情况下是恶的①。就比如，"生而弗有，为而弗恃，功成而弗居"的信念在一切情况下都是善的，它是"作为目的的善"；而"占有""独断"和"主宰"等信念只有对自己是善的，对他人却是恶的，因而只能归入"作为手段是善的"。伍尔夫所做的，就是借助中国之道，将西方的伦理观提升到"作为目的是善的"这一本质层面。

伍尔夫的伦理选择是"珍爱生命"。

首先，"珍爱生命"表现为她对"以生命为本"的伦理立场的推崇。她通过克拉丽莎的意识流阐明：生活的奥秘就是珍爱生命，要呵护每一个个体的天性，不要试图用宗教信条和理性观念去征服、压制和毁灭它。

> 为什么还需要信条、祷告词和防水布衣服呢？克拉丽莎想，既然那就是奇迹，那就是奥秘，她指的是那个老妇人……基尔曼会说她已经解开了这个至高无上的奥秘，彼得或许会说他已经解开了，但是克拉丽莎相信他们两人一点都不知道怎样解开它；其实那奥秘很简单，它就是：这是一间房间，那是一间房间。宗教解开它了吗？爱情解开它了吗？（140-141）

生活至高无上的奥秘就是那个"老妇人"和那些居住在房间里的"生命个体"，他/她是如此生动，如此可爱。尊重他们，让他们有尊严地活着，那是最根本的。"以生命为本"的原则体现了伍尔夫用"贵生为本"的老子思想对以真理为本的西方主导观念的适度修正。

其次，"珍爱生命"表现为她对"尊重生命"这一伦理原则的呼吁。"人都有尊严，有独处的愿望，即便夫妻之间也存在着鸿沟；必须尊重这一点……如果你放弃了它，或者违背丈夫的意愿将它拿了过来，那么你就失去了自己的独立和尊严。"（132）这一席话表达了伍尔夫对维护自我尊严和自我隐私的强烈关注。只有消去"占有""独断""主宰"信念中的"好斗"的成分，学

---

① 乔治·摩尔. 伦理学原理. 长河，译. 上海：上海人民出版社，2005: 25-31.

会尊重生命，那样自我意识才会对个人、他人和社会都大有裨益。"尊重生命"原则体现了伍尔夫对以无我为立场的"无为"之道与以自我为立场的"独断"之道的适度融合。

最后，"珍爱生命"表现为她对"联结生命"的伦理实践的倡导。伍尔夫相信，生命的价值就在于感受生命本身，并为人与人的聚集和融合做出奉献：

> 她称之为生命的东西对她意味着什么呢？哦，很奇怪。某人住在南肯辛顿，另一个在贝斯沃特，另一个在梅费尔，比方说。她不断感觉到他们的存在，她觉得那是多大的浪费啊，多大的遗憾啊；若能将他们聚集在一起有多好；所以她就那样做了。这是一种奉献；去联合，去创造；但为谁奉献呢？也许是为奉献而奉献吧。不管怎么说，这是她的天赋。除此之外，她再没有其他才能了……日子在一天天流逝……她依然早上醒来，仰望天空，去公园散步……这就够了。在这之后，死亡多让人难以相信啊！然而它必定会到来；这世上没有人能知道她多么热爱这一切，热爱这每一分钟每一秒钟……（135）

原文出处：高奋. 弗吉尼亚·伍尔夫《达洛维夫人》的伦理选择与中国之道. 文学跨学科研究，2019(2): 295-307.

本书作者简介

高奋 浙江大学外语学院教授、博士生导师、外国文学研究所所长。全国美国文学研究会常务理事、中国外国文学研究会英国文学研究分会常务理事。英国剑桥大学高级研究学者和美国印第安纳大学访问学者。主要研究方向：英美现代主义文学、比较文学。出版学术著作《走向生命诗学——弗吉尼亚·伍尔夫小说理论研究》（2016）、《英国形式主义美学及其文学创作实践研究》（2021）、《欧美现代主义文学散论》（2022）、《现代主义与东方文化》（2013）、《小说、诗歌与戏剧探寻之旅——英语文学导读》（2013）与译著《到灯塔去》（2021）等 10 余部；发表 A&HCI、权威和一级期刊等论文 70 余篇；主持国家社科基金项目"弗吉尼亚·伍尔夫小说理论研究""英国形式主义美学及文学创作实践研究""中国诗学范畴语境下的弗吉尼亚·伍尔夫小说研究"等 3 项，重大项目子课题 1 项；获教育部第八届高等学校科学研究优秀成果奖三等奖和浙江省哲学社会科学优秀成果奖多项，主持国家级一流本科课程。

陶家俊 北京外国语大学英语文学博士、美国加州大学人文研究所西方批评理论博士后，教育部新世纪人才，英语文学教授，博士生导师，英国文学学会副会长，中国外国文学学会理事，文学人类学研究会理事。主要研究方向：英语文学与跨文化研究、西方批评理论、后殖民研究、文化研究、比较文学与比较文化研究。主要学术著作：《文化身份的嬗变——E. M. 福斯特小说和思想研究》《思想认同的焦虑——旅行后殖民理论的对话和超越精神》

《文学、权力与主体》《认同的边界：论文化认同与文化转化》《认识哈代》《形象学研究的四种范式》《跨文化的文学场：20世纪中英现代主义的对话和认同研究》。发表学术论文近100篇。承担国家社科基金一般项目"思想认同的焦虑：旅行后殖民理论中的对话与超越精神""跨文化的文学场：20世纪中英现代主义的对话与认同"，重大项目子项目"新中国60年阐释学的引进与读者理论研究的考察与分析"和重点项目"英国现代主义对中国古典文明的美学阐释"。获北京市第十一届哲学社会科学优秀成果奖二等奖，辽宁省第三届哲学社会科学学术年会优秀成果一等奖等。

杨莉馨 南京师范大学文学院教授、博士生导师、比较文学与世界文学学科带头人。兼任中国比较文学学会常务理事、中国高等教育学会外国文学专业委员会常务理事、江苏省比较文学学会副会长等职。主要从事中外文学—文化关系、英国文学、女性文学等方面的教学与研究。主持国家社科基金项目"弗吉尼亚•伍尔夫小说美学与视觉艺术关系研究""'布鲁姆斯伯里团体'现代主义运动中的中国文化元素研究"和"《伯灵顿杂志》与中国艺术美学西传研究"3项。已出版《异域性与本土化：女性主义诗学在中国的流变与影响》《20世纪文坛上的英伦百合：弗吉尼亚•伍尔夫在中国》《伍尔夫小说美学与视觉艺术》《"布鲁姆斯伯里团体"现代主义与中国文化关系研究》等专著9部，出版《阁楼上的疯女人：妇女作家与十九世纪文学想象》等译著6部。

谢雅卿 北京师范大学外国语言文学学院英文系副教授，英国诺丁汉大学英语文学博士、北京外国语大学英语文学博士。主要研究方向：英美文学、英国现代主义文学与文化、跨文化研究等。在 *The Cambridge Quarterly* (A&HCI)、*English Literature in Transition* (A&HCI)、《外国文学研究》《外国语文》等国内外核心期刊发表论文多篇，主持中国博士后科学基金第70批面上项目和北京师范大学青年基金项目、教改项目等多项教学科研项目。

白薇臻 文学博士，毕业于南京师范大学比较文学与世界文学专业，现为南京工业大学海外教育学院讲师。主要从事中外文学—文化关系、英语文学、对外汉语的教学与研究。在《中国比较文学》《南京师大学报（社会科学版)》《西北师大学报（社会科学版)》《艺术设计研究》等核心期刊上发表论文多篇，出版专著《"布鲁姆斯伯里团体"现代主义与中国文化关系研究》（二作，2022)，主持江苏省社科基金青年项目"20 世纪留美江苏籍汉学家的学术实践和影响研究"，参与国家社科基金项目 2 项，主持并完成校级项目多项。

　　陈思　浙江大学外国文学博士，北京外国语大学在站博士后，贵州大学讲师。主要研究方向为英国现代主义文学。主持贵州省教育厅项目"中华文明话语体系有关重大问题、前沿问题研究"，参与省级金课"中国文化视野下的英国文学"建设。在《国外文学》等核心期刊发表论文多篇，包括《味·感·象——伍尔夫〈奥兰多〉中"趣味"的东方转向》《中西互译中的"味"论——以严复的〈美术通诠〉为例》等。